Geschichten aus der Welt »Divoisia«

WELTENBRUCH
DAS MAL DER SONNE

Geschrieben von

Laura Schiereck

Jessica Arndt

Florian Harloff

Oliver Alraun

Philip Beierbach

Bibliografische Information der
Deutschen Nationalbibliothek
Die Deutsche Nationalbibliothek verzeichnet diese
Publikation in der Deutschen Nationalbibliografie;
detaillierte bibliografische Daten sind im Internet über
http://dnb.d-nb.de abrufbar.

1. Auflage
© 2019 Divoisia GbR
Alle Rechte vorbehalten

Verlag
Divoisia GbR, Rosenheim
Inhaltliche Korrektur
Isa Rückemann
Lektorat
Pia Kasper
Cover- und Innenillustration
Izabela Witkiewicz
Covergestaltung und Buchsatz
Michael Liebhauser

www.divoisia.de
ISBN: 978-3-96698-204-7

Die Divoisia App
Kreiere dein persönliches Divoisia-Lexikon!

Du wirst beim Lesen des Buches immer wieder Symbole entdecken, die du mit der kostenlosen Divoisia App einscannen kannst. Dahinter verbirgt sich jeweils ein zusätzlicher Inhalt, der so freigeschaltet wird. Das kann ein Steckbrief zu einem Charakter, Hintergrund zu einem Ort, Dokument aus Divoisia, oder eine zusätzliche Zeichnung oder weitere Überraschung sein. Nichts davon ist aber für das Verständnis der Geschichten notwendig, du musst unsere App also nicht zwingend verwenden.

Du findest die App unter »Divoisia« im Google Play Store (Android) und im App Store (iOS) und kannst sie dort direkt auf dein Smartphone oder Tablet herunterladen. Dann musst du in der App nur noch deinen kostenlosen Divoisia-Account erstellen und kannst dich auch schon auf die Suche nach dem ersten Symbol machen. Alles Weitere wird dir in der App erklärt.

INHALT

Teil 1

Teil 2

TEIL 1

HALDÎR-SAGA

Lasst euch erzählen von Haldîr, der Axt des Windes und dem Stürzer der Tyrannen. Ich war sein Begleiter, sein Kamerad. Ich folgte ihm auf seiner Reise, die ihn hierher führte. Zu euch, hohe Menschen des Westens. Gruselt euch mit mir. Freut euch. Weint mit Haldîr. Ich erzähle euch, wer er ist und dass ihr euch nicht zu fürchten braucht, solange es ihn gibt, ihn, der zwischen uns und dem Bösen steht.

Haldîr, großer, starker Mann - so kühn und auch so weise
Der, der von der Küste kam - bewund're und lobpreise

Trîtêm schenkte ihn der Welt - sie sicherer zu machen
Geister, Monstren zu bekämpfen - und über euch zu wachen

Der Wind und der Sturm wurden seine Brüder als sie merkten, welch großes Schicksal ihm vorherbestimmt war. Sie begleiteten ihn bis weit in den Süden, wo er auf die schöne Witwe Hild traf, die ihren Mann, den Jarl, betrauerte. Sie erzählte von einem Monster, das ihn getötet hatte. Und so zog Haldîr los, ihm seine gerechte Strafe zukommen zu lassen, denn er konnte das Vergehen an der Unschuld nicht einfach hinnehmen. Er stellte es auf freiem Felde und sprach:

»Monster, das du so voller Hass und Lust am Leid der Welt bist. Du tötest aus Gier und so werde ich dich töten, denn du bedrohst die Gerechtigkeit und den Frieden in diesem Land.«

Haldîr stürmte mit dem Wind - die Axt in seinen Händen
Und wie der Wind so stach er zu - den Schrecken zu beenden

Das Monster biss und schlug nach Haldîr, doch er ist ein Mann des Kampfes! Nicht einmal die großen Nordbären wollten sich einst in seinen Weg stellen. Und so schnitt er dem Monstrum den Kopf von den Schultern. Die Witwe Hild begann zu weinen, doch es waren Freudentränen. Sie fiel ihm um den Hals, küsste ihn, doch Haldîr senkte ergeben das Haupt.

»Werde mein Jarl, Haldîr«, rief sie.

»Ich bin ein einfacher Bauerssohn«, antwortete er.

»Haldîr«, sagte sie und hob seinen Kopf. »Vertraue meinen Worten. Du wirst ein Held sein.«

Und er nahm sie zur Frau.

Doch - oh weh! So viele Neider gibt es in der Welt. Der arge, der klägliche Aramêus, Schattentyrann, Rattenkönig von Vêmenhâven, gönnte unserem Helden sein Glück nicht.

Der Rattenkönig ritt herbei - sein Schwert
im Wahn erhoben
Er lachte wirr und stach dann zu - nahm Hild,
ach weh, das Leben

Der Rattenkönig floh mit blutigem Schwert in den Schoß der Hexe zurück, die ihm seine Macht geschenkt hatte. Der schwarzen Königin. Der Mutter aller Angst. Wohl trägt sie hier andere Namen. Sie ist die Schöpferin des Schlechtens, der dunklen Magie und der Krankheiten, die eure Kinder und eure Alten befallen. Als ihr Diener war der Schattentyrann zu ihrer rechten Hand geworden. Zu einem Unterdrücker, der mit gierenden Augen in den Westen sah und Reichtümer entdeckte, die seine Rattenkrallen niemals fassen würden. Haldîr schwor noch an Hilds Grab, dass er Rache an Aramêus üben würde. Er sah, wie er das Land immer mehr vergiftete und so stürmte er die Rattenfeste und fand ihn bettelnd auf den Knien. Erbärmlich winselnd wie ein kranker Köter. Zerfressen von Hass und Neid. Allein, ohne die führenden Ketten seiner Königin, die ihn aufrecht gehalten hatten. Haldîr erlöste ihn und sein Reich mit einem einzigen, gnädigen Schnitt. Da erblickte er eine Lichtgestalt.

Wie ein Stern vom hohen Himmel - so fiel Âramêa nieder
Rattenblut, doch fand sich in ihr - des Vaters Gift nicht wieder

»So rette mich«, flehte sie mit zitternden Lippen und küsste seine Finger. »Ich will dir schenken, was mein Vater dir nahm. Ich will dich heiraten, dich ehren und deinen Kindern eine Mutter sein, um dieses Land zu regieren.«

Und so wurde unser Haldîr zum Lord von Vêmenhâven. Er befreite das Volk von der Ratte und bald schon sollte Lady Âramêa ein Kind erwarten. Doch erinnert euch:

Trîtêm schenkte ihn der Welt - sie sicherer zu machen
Tyrannen, Hexen zu bekämpfen - um über euch zu wachen

Im Westen hörte die schwarze Königin von Haldîrs Taten. Voller Bosheit und Hass stahl sie Lady Âramêa und ihr ungeborenes Kind. Sie floh bis in die Stadt Vardar, in der Met in den Brunnen fließt und an allen Bäumen Äpfel und Pflaumen und blaue Birnen zur selben Zeit wachsen.

Haldîr ritt über die goldenen Straßen nach Vardar und fand die schwarze Königin, die sich als Zauberin mit eisblauen Augen verkleidet hatte. Wie eine Wugengeburt sah sie aus. Wie eines jener Magiewesen, die euch im Schlaf mit ihrem Hexenwerk die Seele rauben – sicher fürchtet auch ihr euch hier vor ihnen?

»Haldîr! Du wirst mich nie besiegen!«, krächzte sie und ihre Magie ließ aus allen Schatten Krieger auf unseren Helden zustürmen.

Auf der Königin Geheiß - zog Zwielicht durch die Straßen
Und aus den Schatten krochen - Wugen in Vardars Gassen

Haldîr, unser Held, erhob - kühn die silberweiße Waffe
Er dacht' an Hild und Âramêa - und sann auf wohlverdiente Rache

Besiegte einhundert Mann allein - auf Vardars gold'nen Wegen
Dank seinem Mut und seiner Kraft - und Dank Trîtems Segen

Doch, ach, die schwarze Königin - hat mehr
als ihre Truppen
Ihr wuchsen Hörner, Flügel, Klauen - und
bitterschwarze Schuppen

Der Drache wuchs, es regnete Steine - als das
Biest die Straßen sprengt
Bis sein krumm verdrehtes Horn - sich gar im
Mondlicht selbst verfing

Haldîr warf seine Axt empor - krachend
knackten Knochen
Und glatt durchtrennte Silberstahl - den Hals
des schwarzen Drachen

Der Kopf der finst'ren Bestie - fiel Haldîr vor die Füße
Brüllte, mit dem Tode ringend - »Dafür tust du Buße!

Alles Böse dieser Welt - will ich vor dir warnen
Will mit diesen Bergen - die and'ren Monster mahnen!«

Und als der Körper des Drachen zu Boden fiel, brach Vardar. Die Häuser stürzten unter der Last des Monsters zusammen, die Straßen barsten und in den Steinregen mischten sich schwarzes Drachenblut und das Gold von Vardars Straßen. Und als die Magie mit dem Blut aus dem Drachenhals quoll, fielen auch die Flügel zu Boden. So weit, dass ein Mensch nicht sehen könnte, wo die Flügelspitzen landeten. Sie warfen dreckige Wellen, wühlten den Boden auf. Nicht nur Vardar – die ganze Welt brach entzwei. Und die schwarze Königin baute im Tode aus ihren Flügeln eine Mauer, ein Gebirge, das Haldîr für immer von seiner Heimat fernhalten und all das Böse der Welt warnen soll, dass er sogar eine Bestie töten konnte, die die Erde selbst hätte besiegen können.

Doch wo ist seine Gattin Âramêa? Ihre Spuren sind blass. Wir folgen ihnen. Hört, Menschen. Der große Haldîr würde Berge versetzen, um sie zu finden. Er würde noch hundert, noch tausend düstere Magier besiegen, Wugen köpfen, Drachen töten, um zu seiner Frau und seinem Kind zu gelangen. Sucht nach der Grenze der Welt, nach den Bergen, die sie nach Haldîr benannt haben, die ein Mahnmal für jene sind, die denken, dass sie ihn davon abhalten könnten, seiner Bestimmung zu folgen.

Aus der Angst

Augen. Es sind mindestens ein, vielleicht zwei Dutzend Augen. Braune, blaue ... einige sind grau. So grau wie das Meer, in dem sie beinahe ertrunken wäre. Sie machen ihr Angst. Sie zieht den Kopf zwischen die Schultern. Wo ist sie hier? Wer sind all diese Menschen? Wo sind all jene, mit denen sie über das Meer gefahren ist?

Eine hagere Frau bahnt sich einen Weg durch die Menge, vorbei an den Männern, die sie festhalten. Die Hände, mit denen sie einen der beiden Männer aus dem Weg schiebt, sind aufgerissen von harter Arbeit. Aszka kennt solche Hände – die ihrer Mutter sahen genauso aus. Ihr Herz zieht sich zusammen, als sie sich erinnert, dass sie ihre Mutter verlassen hat. Dort allein gelassen, wo das Blut den Boden tränkt. Wo Kinder sterben und Frauen und Männer weinen. Aszkas Unterlippe zuckt. Sie alle sterben. Alle um sie herum sterben.

Kara hatte noch nie so einen Menschen gesehen. Ihre Haut ist viel dunkler als ihre eigene. Ihr Haar ist beinahe schwarz und ihre Augen sind klein und haben die Farbe von Bernstein. Kara würde die Fremde gerne berühren, würde gerne fühlen, ob ihre

Haut so warm ist, wie sie aussieht. Sie muss fürchterlich frieren. Ihre Mutter bahnt sich einen Weg durch die Menge und legt der Fremden eine Decke um die Schultern.

Diese Augen.

Kara würde sie gern in den Arm schließen und ihr die Angst nehmen, die ihr so deutlich ins Gesicht geschrieben steht. Ob ihr Haar auch so dunkel aussieht, wenn es getrocknet ist?

Einige Norrvask treten zur Seite und machen Ignaia Platz. Sie ist ihre Anführerin. Die Frau, von der wie immer eine Aura der Wärme ausgeht. Die Norrvask verharren erwartungsvoll, während sie die Fremde mustert.

»Wie heißt du?«, fragt sie ruhig.

Die Fremde schweigt. Sie starrt die Frau mit dem roten Haar an, als würde sie in das Gesicht einer längst verstorbenen Seele blicken. Kara kann es ihr nicht verübeln. Ignaia wirkt schon auf den ersten Blick nicht wie eine normale Frau. Sie ist groß, größer als viele der Männer hier. Sie ist schön, schöner als alle anderen Norrvask. Und in ihrer Gegenwart wird einem warm. Kara hatte sich häufiger gefragt, ob es ein Zauber ist, den sie webt oder ob das Gefühl aus ihrem eigenen Herzen kommt, wenn sie mit der Güte jener Augen betrachtet wird.

Ignaia spricht fremde Worte, doch wieder versteht die mit den Bernsteinaugen nicht. Noch einmal wechselt Ignaia die Sprache und dieses Mal begreift die Fremde. Sie wirkt erstaunt, dann erleichtert und nickt.

»Aszka«, sagt die Fremde mit heiserer, vom Salz zerkratzter Stimme.

»Dies ist Aszka vom Festland«, spricht Ignaia. Ihre Stimme ist so warm wie die Luft um sie herum. Nochmals richtet sie Worte an die Fremde. Aszka runzelt die Stirn. Sie nickt erneut, zögert jedoch. Die Silben, die sie spricht, klingen wie Musik. Sie rollen über die geschwungenen Lippen der Fremden und erzählen von roten Sonnenuntergängen, Sand und Fernweh.

»Aszka ist geflohen – wie wir einst. Auch sie floh vor dem, was die finsteren Götter mit dem Festland machen. Lasst sie uns wie eine von uns aufnehmen. Wie eine Norrvask, damit sie vergisst, welch Schrecken sie erleben musste. Bald wird Aelion wiederkehren. Dann entscheiden wir endgültig.«

Die Norrvask brummen zustimmend, einige klopfen mit ihren Speeren und Angeln auf den Boden. Erneut ist es ihre Mutter, die vortritt. Sie beugt ihr Haupt vor Ignaia.

»Ich will sie mit zu mir nehmen. Wir haben genug Platz und jemanden in ihrem Alter im Haus.« Ignaia sieht zu Kara, dann nickt sie und streckt ihre Hand nach der Fremden aus. Sie greift nach ihrer Hand, drückt ihre Finger sacht und schenkt ihr ein herzliches Lächeln.

»Willkommen, Aszka. Deine Flucht ist vorbei. Dies ist ein Zuhause.«

Die Fremde lächelt, doch Tränen treten in ihre Augen. Ein Schluchzer schüttelt ihren Leib. Kara tritt auf ihre Mutter und die Fremde zu.

»Kara«, stellt sie sich vor und legt die Hand an ihre Brust. Aszka zieht die Decke dichter um ihren Leib. Ihre Lippen sind blau angelaufen. Die weiche Linie ist zerfranst von blutigen Rissen.

»Kara, geh ins Nordhaus. Frag, ob sie dort noch Feuerkraut haben«, weist ihre Mutter sie an. Dann legt sie einen Arm um Aszka. »Komm, Kind. Bald wird dir warm sein.

»Eins. Zwei. Drei.«

Mit jeder Kelle Wasser füllt sich der Topf in der Mitte des großen Raumes.

»Vier. Fünf ... Sechs?« Aszkas Stimme verfällt in einen fragenden Tonfall. Ihr Blick sucht Kara, die eine auffordernde Geste macht. Mit einem kleinen Stock stochert sie in der Glut unter dem Gefäß. »Sieben. Acht ...« Aszkas Stirn legt sich in tiefe Falten. Die Kelle verharrt in der Luft. Ein einzelner Tropfen fällt ins Feuer und zischt.

»Neun«, hilft Kara ihr nach einigen Augenblicken und Aszka gießt eine weitere Kelle Wasser in den Topf.

»Zehn«, sagt sie und legt die Kelle ab. Sie lächelt, dann deutet sie auf den Beutel in Karas Hand. »Kraut?«

»Feuerkraut? Nein«, antwortet Kara und öffnet den Beutel. Ein Knochen kommt zwischen dem Leder hervor. Aszka verzieht das Gesicht, als Kara ihn in den Topf gleiten lässt. »Wir machen Suppe.« Sie unterstreicht ihre Aussage, indem sie beide Hände wie eine Schüssel formt und zu ihren Lippen führt. Aszkas Gesicht erhellt sich, dann schüttelt sie lachend den Kopf.

»Zuhause ... Wir sind nur ...« Sie zögert. Erneut zeichnen sich dunkle Linien auf ihre Stirn. Kara amüsiert die Angewohnheit der fremdländischen Frau. Sie steht auf, beugt sich an dem Feuer vorbei und streicht mit der Hand über ihre Stirn. Aszkas Haut ist weich, obwohl sie die halbe Welt gesehen haben muss. Viele Meere, viel Salz und Blut. Aszka lacht laut und die Fältchen verschwinden. Sie greift nach Karas Hand und kneift ihr neckisch in den Finger. »Wir essen nur ... Kraut. Blumen. Keine ...« Sie deutet in den angrenzenden Teil des Hauses, in dem abends die Schafe unterkommen.

»Keine Tiere«, antwortet Kara und Aszka nickt.

»Nur Vögel.« Sie lässt ihre Hand los und hebt beide Arme wie Flügel, um wild damit zu schlagen. »Nur Männer Tiere.«

»Nur Männer essen bei euch Fleisch?«, fragt Kara und Aszka nickt erneut. Es ist seltsam. Je mehr sie über die Welt erfährt, aus der Aszka kommt, desto mehr bewundert sie die Frau aus dem Süden. Männern ist dort vieles erlaubt, was Frauen verwehrt wird. Sie erzählte von Gewalt, von Druck und Angst und von der Flucht aus dem Osten. Sie erzählte, dass die Frauen ihre Ketten sprengen wollten, um frei zu sein, dass sie jedoch immer wieder eingefangen wurden, bis das Chaos auf dem Festland so groß wurde, dass man sie nicht wieder fand. Ihre Mutter war mit ihr auf dem Boot gewesen. Wenn Aszka von ihr redet, wird die Stimmung in dem flachen Haus meist gedrückter und die Mädchen wechseln das Thema.

Aszka hat trotz all der Geschichten über ihre Heimat ihren eigenen Kopf. Sie verteidigt ihre Meinung, lässt sich nicht kleinreden. Manchmal kann sie stur wie ein Wollbock sein.

»Fleisch«, sagt Aszka und tänzelt um das Feuer herum. Sie greift nach Karas Hand und beugt sich hinunter, um ihr ins Ohr zu flüstern. »Durch Fleisch wird der Mann dumm«, säuselt sie in albernem Singsang.

Kara kichert. Es klopft an den steinernen Eingang des Hauses.

»Ja?«, ruft Aszka und richtet sich auf. Kara tut es ihr gleich. Maron kriecht gebückt durch den abgehangenen Vorraum. Der Norrvask ist groß, hat von der Feldarbeit trainierte Schultern und graublaue Augen. Aszka zieht Kara an der Hand hoch, die sie noch immer festhält, und sieht Maron entgegen.

»Sei gegrüßt«, sagt sie und macht einen ungelenken Knicks. Kara räuspert sich.

»Sei gegrüßt, Aszka«, antwortet er und das charmante Grinsen entblößt eine Reihe heller Zähne. »Ich wollte zu Kara.«

Aszkas Blick schweift von ihm zu Kara, dann seufzt sie und nickt. »Ich gehe.«

Ihre schmale Statur verschwindet zwischen den Fellen im Eingang und Maron schlendert mit weiten, langsamen Schritten auf sie zu. Ein scheues Lächeln stiehlt sich auf ihre Züge, dann hebt er die Hand vor ihr Gesicht und lässt eine Kette daran herabbaumeln. Daran hängt ein Bernsteinanhänger. Ein leuchtender Wolfskopf blickt Kara entgegen.

»Die hier habe ich heute von meiner Großmutter bekommen. Sie will, dass ich sie dir schenke«, sagt er. Sacht umfassen Karas Finger den Anhänger. »Sie hat gesagt, dass das ein Zeichen unserer Verbindung ist. Sie hat sie damals von meinem Großvater bekommen«, erzählt er und lässt das Lederband los, an dem der kleine, goldgelbe Anhänger schwingt. »Ich habe auch gesagt, dass es vielleicht etwas früh dafür ist«, sagt Maron schnell. »Wir haben noch bis zum Sommer. Und vielleicht willst du ja auch erst im …«

»Sie ist wunderschön«, unterbricht Kara ihn. Sie lächelt und sie schließt ihn rasch in ihre Arme. Stille hüllt die beiden ein. Wärme.

Erneut ein Klopfen. Dieses Mal wartet jedoch niemand auf eine Antwort. Karas Mutter betritt den Raum. Sie wirft Kara einen flüchtigen Blick zu, als sie sich hastig aus der Umarmung windet. Sanfte Röte legt sich auf ihre Wangen. Maron hingegen legt einen Arm um ihre Schultern und senkt kurz das Haupt.

»Rita. Ich grüße dich.«

»Und ich dich, Maron. Schön, dich zu sehen.« Dann wendet sie sich ihrer Tochter zu. »Kara, Aszka wartet draußen. Treibt bitte das Vieh zusammen. Ignaia sagt, dass Hagel kommt.«

»Ich helfe euch«, antwortet Maron und löst sich von Kara, um ihr nach draußen zu folgen.

»Sie. Hat. Mich. Gebissen!«

Maron hält Kara seine Hand unter die Nase. Sie greift danach, streicht über die roten Abdrücke, die Aszkas Zähne hinterlassen haben, um dann sacht seine Finger zu tätscheln.

»Ich bin mir sicher, dass du den Schmerz ertragen wirst«, sagt sie und kann sich das Kichern nicht länger verkneifen. Aszka zwinkert Maron neckisch zu.

»Kara, sie kann mich nicht einfach beißen – sag ihr das!«, schimpft Maron, doch auch er kann sein Grinsen nicht länger verbergen.

»Beiß halt zurück«, sagt Eldur und versucht, Aszkas Blick einzufangen, doch diese greift nach Karas Hand und zieht sie auf die Beine.

»Sing!«, fordert Aszka Eldur auf. Dieser runzelt die Stirn. Aszka lacht laut, beugt sich zu ihm herab und streicht mit ihren Fingern über die zerfurchte Haut. »Sing, los!«

Eldur zögert noch, dann aber beginnt er mit dunkler Stimme zu summen. Bald wird aus seinem Summen Gesang. Altbekannte Verse. Maron klopft dazu rhythmisch auf den Mahlstein vor sich und Aszka dreht sich mit Kara im Kreis. Flink fliegen ihre Füße über den Boden. Ihre Hüften wiegen im Takt und ihre Hände formen Blumen in der Luft. Dann fällt sie in den Gesang mit ein. Kara gibt sich alle Mühe zu folgen, doch Aszka fliegt, dreht sich immer schneller und bald kann sie ihrem Tempo nicht mehr folgen. Sie lässt sich erschöpft neben Maron nieder, doch Aszka tanzt weiter. Marons Hände wandern zu Kara. Sanft legt sich ein Arm um ihre Hüfte, während Eldur aufsteht und Aszkas Hände greift, um ausgelassen mit ihr zu tanzen. Die junge Frau lacht. Kara lächelt und schmiegt sich an Maron.

»Ich wünschte, es würde immer so sein«, sagt sie und schließt die Augen. Maron schweigt, summt allein die Melodie, mit der Eldurs Stimme den Raum füllt. Es raschelt, als sich die Ochsen hinten im Stall regen. Draußen fegt der Wind. Doch Aszkas Lachen liegt über all den Geräuschen.

»Wir können machen, dass es immer so ist, Kara«, sagt Aszka dann. Sie lässt sich von Eldur drehen, dann will sie sich neben ihre Freundin setzen, doch Eldur schlägt eine neue Strophe an und fasst Aszkas Hand für eine erneute Drehung fester. Sie windet sich mit einem beschwichtigenden Lächeln aus seinem Griff und lässt sich neben Kara auf den Boden sinken.

»Aszka, ich werde heiraten«, antwortet Kara, von ihrem Lachen beflügelt und öffnet die Augen. »Ich werde fortziehen. Vielleicht wird es unseren Kindern irgendwann mal gehen, wie es uns jetzt geht.« Aszka verzieht das Gesicht. Sie betrachtet Maron, dann streckt sie ihre Füße dem Feuer entgegen und schüttelt den Kopf.

»Wie ist es, wo du herkommst, Aszka? Bleiben die Menschen dort für immer jung?«, fragt Eldur und setzt sich neben sie. Er nimmt sich einen Stock, um die Glut daran lecken zu lassen.

»Nein«, antwortet sie und ihr Blick wandert stockend von Maron und Kara zu ihm. »Bei uns waren Frauen wie ... Tiere. Und Männern gehörte alles.«

»Klingt gar nicht schlecht«, antwortet Eldur mit einem Zwinkern gen Maron. Dieser lächelt zwar, schweigt jedoch.

»Unfug«, faucht Aszka und funkelt Eldur böse an. »Wir konnten nicht machen, was wir wollen. Ihr dürft machen, was ihr wollt.«

»Achso?«, fragt Maron. Sacht, scheinbar gedankenverloren streicht seine Hand Karas Arm empor. Aszkas Blick verfinstert sich. »Wenn ich tun könnte, was auch immer ich will, würde ich hier bleiben. Und ich würde ein neues Haus bauen und Nordkälber züchten.« Sein Blick sinkt hinab zu Kara. »Und du?«

»Ich würde ... Ich würde Aszka mit uns nehmen«, antwortet Kara und sieht zu ihr auf. Ein Lächeln legt sich auf ihre Züge. Ihre Wut verglimmt. Dann legt Eldur einen Arm um sie.

»Wenn ich tun könnte, was ich will ... Ich würde dich küssen, Aszka.«

Karas Blick huscht zwischen den beiden hin und her. Maron räuspert sich. Eldur beugt sich vor. Seine Hand legt sich auf Aszkas Schenkel, seine Lippen nähern sich den ihren. Einen Moment lang steht die Welt still. Dann donnert Aszkas Hand mit Wucht flach auf Eldurs Wange. Sie springt auf.

»Nein!«, ruft sie. Auch Kara springt auf, doch Maron hält sie zurück. Eldur presst sich die Hand auf die Wange, dann wandert sein Blick zu Aszka hinauf.

»Wie kannst du ...«, beginnt er vollkommen schockiert. Er rappelt sich auf, stellt sich Aszka gegenüber und greift nach ihrer Hand. »Hast du auf dem Festland vielleicht den Verstand verloren?« Aszka zerrt wild an ihrem Arm und Kara befreit sich von Maron, um sich zwischen die beiden zu stellen. »Geh mir aus dem Weg, Kara«, sagt Eldur und ruckt nochmals an Aszkas Arm. »Das kann sie nicht einfach tun.«

»Eldur«, ermahnt Maron und richtet sich ebenfalls auf.

»Sie kann tun was sie will«, antwortet Kara und legt eine Hand an Eldurs Brust, um ihn zurück zu schieben.

»Sie hat mich geschlagen«, sagt Eldur mit einem trockenen Lachen.

»Ich habe mich gewehrt«, fällt Aszka ihm ins Wort. »Geh weg!«

»Gehen?«, fragt Eldur und schüttelt den Kopf. Seine Stimme wird lauter. »Nein, du! Du solltest gehen. Du und deine seltsame Sprache und die ... die Geister, die du vom Festland herlocken wirst!«

Aszka will vorspringen, doch Kara hält sie zurück. Maron schiebt Eldur vom Feuer weg.

»Eldur, sag nichts, was du ...«, sagt er.

»Ich hab doch Recht!«, unterbricht Eldur ihn. »Sie sollte dahin zurückgehen, wo sie herkommt. Nicht *ich* sollte gehen müssen. Wenn sie hier ist, muss sie tun, was ein Norrvask tut.«

»Deine Kinder bekommen und deine Kleider nähen?«, spuckt Aszka ihm entgegen und krallt sich in Karas Arm. »Ich will dich nicht. Ich darf dich nicht wollen!«

»Sie *muss* gar nichts«, sagt Kara, doch als sie in Marons Gesicht blickt, erstarrt sie. Er widerspricht Eldur nicht. Er schiebt ihn ein weiteres Stück zurück gen Ausgang. »Sag doch was«, fordert sie ihn auf.

»Kara, wenn sie hier lebt, muss sie eine Norrvask sein«, antwortet er. »Da hat Eldur Recht.«

»Und deswegen darf er sie anfassen?«, fragt sie aufgebracht.

»Nein. Nein, natürlich nicht, aber ...« Marons Blick huscht zwischen den beiden jungen Frauen hin und her. »Kara, merkst du es nicht? Sie darf nicht ...«

Kara hört Aszka hinter sich nach Luft schnappen.

»Was?«, fragt sie. Dann dreht sie sich um und sieht ihrer Freundin ins Gesicht. »Was meint er?« Aszka erwidert ihren Blick. Angst liegt darin. Wieso hat sie Angst? »Aszka – was meint er?«

»Sie ist krank – das meint er«, antwortet Eldur und schnaubt bitter. Er rückt sein Hemd zurecht und wendet sich zum Gehen. »Ich wollte ihr eh nur einen Gefallen tun.«

Damit verlässt er das Haus. Maron geht auf die beiden jungen Frauen zu. Aszka schluckt trocken, dann dreht sie sich zu Kara.

»Ihr seid so frei«, sagt sie und ein trauriges Lächeln legt sich auf die geschwungenen Lippen. »Mein Herz will aber noch freier sein.«

Maron fährt sich durch das lange Haar. Er seufzt schwer. Aszka mustert ihn und Kara erkennt in diesem Blick einen Wunsch. Ein Begehren.

»Liebst du ihn?«, fragt sie atemlos. Dunkler Nebel sickert in ihren Geist. Maron lacht traurig.

»Nicht mich, Kara.«

Es zerspringt wie ein Tonkrug vor ihren Augen. Langsam, ganz langsam sieht sie zurück zu Aszka.

»Ich habe kein ... Herz für Maron. Oder Eldur. Oder Nares. Oder irgendeinen anderen der Männer«, sagt sie mit zitternder Stimme und ihre Hand findet Karas. Sie umfasst sie fest. »Ihr Norrvask liebt, um euch zu vermehren. Ich liebe aus ...« Hilfesuchend sieht sie zu Maron.

»Sehnsucht«, sagt er.

»Ja«, antwortet sie.

Kara blinzelt, dann schließt sie Aszka fest in die Arme.

»Ich werde Eldur aufhalten, bevor er etwas dummes anstellt«, sagt Maron und streicht sacht über Karas Rücken. Dann sind sie alleine. Aszka wischt sich lächelnd eine Träne von der Wange.

»Eure Freiheit hat mich ... gelockt.«

Kara lächelt. Dann schüttelt sie den Kopf und streicht die Träne von Aszkas Wange.

»Du bist meine Schwester. Mein Herz schlägt auch für dich«, antwortet sie. »Aber ... Aelion sagt, dass wir davon abhängig sind, dass jeder von uns seinen Teil tut.«

»Teil wozu? Warum müsst ihr Kinder bekommen, die ihr dann auch in die Gefangenschaft all eurer Regeln zwingt?«

»Damit alle überleben. Aszka, wir sind hier im Norden. Wir müssen zusammenhalten, um zu überleben. Unseren Regeln folgen. Wir beide könnten nie ...«

Aszka schnaubt leise. »Ich habe ein Leben gesehen, in dem sich jeder blind den Regeln beugt«, sagt sie. »Ich habe gesehen, was passiert, wenn man die weg stößt, die man liebt, weil man glaubt, dass es das Richtige ist. Weil man nicht lieben kann, wen man damit verletzt.«

In diesem Moment hören sie Marons Stimme. »Kommt raus! Das müsst ihr euch ansehen.«

Die beiden Frauen wechseln noch einen Blick, dann treten sie vor das Haus und gehen den schmalen Weg zur Klippe hinauf, auf der Maron steht. Er deutet auf den Horizont.

»Das kann doch nicht ...«

Ein Schiff hält auf Aldor zur. Größer als jedes Schiff, das Kara bisher gesehen hatte. Es ist nah. Nah genug, um zu erkennen, wer dort an Deck steht. Aelion. Der Sohn der Götter. Und hinter ihm dutzende Menschen mit brauner Haut und dunklem Haar.

PFAD DER ÄSCHERNEN

»Höret, Bürger Erastos! Ich verkünde Euch die weisen Worte unseres Herrschers Oube toh Heqeth toh Nael, Padisha von Ost-Stisia. In seiner ewig währenden Weisheit hat er Folgendes beschlossen:

Vom heutigen Tage an gehen alle Frauen und Männer, die nicht gesegnet genug waren, um auf stisianischem Boden unserer verehrten Targutensi geboren zu werden, in den Besitz des Padishas von Ost-Stisia über. Sie werden all ihre Besitztümer der Stadt überlassen und gelten von nun an als Sklaven.

Sklaven besitzen keine Bürgerrechte. Sie werden auf diesem Boden geduldet, aber ihnen ist persönlicher Besitz verboten, darunter zählen Geld, eine eigene Wohnung, Kleidung oder jeglicher Eigentum von Wert. Auch dürfen sie keine eigene Familie gründen, es sei denn, die Eigentümer des Paares willigen ein. In einem solchen Fall müssen sich die Eigentümer darüber im Klaren sein, dass die Frau in den Besitz der Familie ihres Mannes übergeht.

Als ihr Eigentümer darf der Padisha darüber entscheiden, wem die Sklaven unterstellt sind. Dafür können sie gegen einen Pfand von 15 Goldstücken erworben werden. Der neue Eigentümer besitzt von da an das allumfassende Entscheidungsrecht über den Sklaven.

Jeder, der erwägt, einen Sklaven zu erwerben, muss für dessen Wohlergehen sorgen. Er muss eine Unterkunft sowie Mahlzeiten zur Verfügung stellen. Sollte diese Regelung missachtet werden, geht der Sklave ohne Abfindung wieder in den Besitz des Padishas über.

Hört auf diese Worte. Noch heute werden die Wächter der Stadt alle Flüchtenden registrieren. Wer sich den Gesetzen widersetzt, macht sich des Hochverrats schuldig!

Dies waren die Worte unseres weisen Herrschers!«

Das war ein schlechter Scherz. Hetep konnte nicht glauben, was er gerade gehört hatte. Er schaute in verwirrte Gesichter der Leute, die ebenfalls mit angehört hatten, was der Padisha beschlossen hatte. Einige hatten die Folgen der Gesetzesänderung anscheinend nicht verstanden, andere tuschelten aufgeregt und verärgert über diese Regelung.

Langsam kehrte das Leben auf den Markt zurück. Händler priesen, zunächst zaghaft, dann in gewohnter Manier, ihre Waren an, doch viele der Kunden und Händler sahen beunruhigt aus. Es waren einige der Geflüchteten zugegen, die Besorgungen erledigten, oder für einen Hungerlohn als Aushilfen arbeiteten. Vermutlich konnten sie das Ausmaß der neuen Gesetze nicht begreifen, da sie der Sprache nicht mächtig genug waren.

Hetep verspürte nichts als Abscheu seinem Herrscher gegenüber. Niemand benötigte diese Gesetze. Bis jetzt waren sie auch gut ohne sie ausgekommen. Und nun? Nun wurden die, die vor dem Krieg geflohen waren, nicht einmal mehr wie Menschen, sondern als Ware behandelt.

Hetep löste sich aus seiner Schockstarre. Er musste Nisha erzählen, was geschehen war und welches Schicksal ihr bevorstand. Er musste sie retten. Irgendwie.

Es dauerte eine Weile, bis Hetep den Rand der Stadt erreicht hatte. Nisha war in einer der Randwohnungen untergekommen.

Aus Ermangelung an Platz wurden die Räumlichkeiten des äußeren Rings, die sonst als Verteidigungswälle dienten, kurzerhand zu Wohnungen umfunktioniert, als der Platz innerhalb der Stadt knapp geworden war. Nicht nur hier in Erasto sonder auch aus dem ganzen Land war zu hören, dass die Menge an Menschen nicht nachzulassen schien. Dementsprechend notdürftig waren die Unterkünfte eingerichtet. Aber es reichte den Flüchtenden zum Überleben und sie mussten wenigstens nicht mehr im Freien übernachten.

Hetep stürzte beinahe die Leiter herunter, die den Eingang auf dem flachen Dach mit der Wohnung verband.

»Nisha, bist du da?«, fragte er besorgt. Wie fast alle Wohnungen in Erasto bestand die Unterkunft aus wenigen Räumen, die von vielen Menschen benutzt wurden. Es gab keine Türen, sondern nur Durchgänge, sodass es kaum möglich war, einen Moment für sich alleine zu haben. Neben dem Eingang war eine Kochnische mit einem Ofen, dessen schmaler Schornstein zu einem Loch im Dach führte, um den Rauch ableiten zu können.

Hetep trat durch den Durchgang gegenüber der Leiter. Dort war der Schlafraum, in dem neun Leute zusammengepfercht Platz fanden. Nisha sprang auf und betrachtete ihn besorgt.

»Was ist los, Hetep?«, fragte sie und zog ihn aus dem Schlafzimmer, um wenigstens etwas vor den Ohren und Augen der anderen geschützt zu sein.

Hetep liebte es, wie Nisha seinen Namen so tief aus der Kehle aussprach. Er wusste immer noch nicht, wie sie das anstellte. Schon im ersten Moment, als er sie erblickt hatte, war er fasziniert gewesen. An ihr war alles so anders, ihre Augen, ihr Haar, diese Stimme. Schon immer hatte er sich für die Geschichten der Menschen interessiert, die aus aller Welt nach Stision kamen. Und für ihre ganz besonders. Er hatte sich schon oft vorgestellt, wie sie zu ihm und seiner Mutter ziehen würde. Doch dafür war es nun zu spät.

»Wir müssen dich fortbringen. Es wurde ein Gesetz ausgerufen, das dir jegliche Rechte nimmt. Du wirst versklavt werden, wenn du hier bleibst.«

Nisha legte die Stirn in Falten, wie immer, wenn sie seinen Worten nicht folgen konnte. »Ich verstehe nicht?«

Hetep seufzte und nahm sie in den Arm. Nisha war klein genug, um ihr einen Kuss auf das blonde Haar hauchen zu können. »Du musst gehen. Schon wieder fliehen.«

Nisha drückte sich eine Armlänge von ihm weg und schaute ihn mit aufgerissenen Augen an. »Schon wieder fliehen? Ich bin doch gerade erst angekommen!«

Das Rollen der Buchstaben jagte ihm kleine Schauer über den Rücken. »Ja, du musst wieder fliehen. Sie wollen Sklaven aus euch machen, weil ihr nicht hier geboren wurdet.«

Nisha sah ihn verwirrt an, also suchte er verzweifelt nach den richtigen Worten. »Weißt du, was ein Sklave ist? Jemand kauft dich und beherrscht dich. Du bist nicht mehr frei, sondern musst gehorchen.«

Ihre Miene hellte sich auf, als sie verstand und verdunkelte sich wieder, als sie das Ausmaß seiner Worte begriff. »Das heißt, ich darf nichts entscheiden?«

Hetep nickte traurig und nahm sie in den Arm. »Deshalb müssen wir dich hier weg bringen«, murmelte er und starrte die Wand hinter ihr an.

»Du kannst mich als Sklave haben«, schlug sie vor und schaute erwartungsvoll auf. »Dann können wir zusammen bestimmen.«

Hetep seufzte und strich ihr sanft über den Rücken. Anscheinend hatte sie das gesamte Ausmaß ihrer Zukunft noch nicht ganz verstanden. »Das geht nicht. Ich könnte niemals so viel Geld aufbringen, um dich zu kaufen. Und ... ich will dich nicht besitzen«, erklärte er ihr traurig. »Deshalb musst du fliehen«, fügte er mit gesenkter Stimme hinzu und beobachtete die anderen Flüchtenden im Raum nebenan. Je mehr davon wussten, desto gefährlicher würde es für Nisha werden. Am liebsten würde er sie alle retten, aber sein Plan sah leider nur einen Platz vor.

»Aber ich will nicht weg«, flehte sie. Langsam strich Hetep mit seinen Fingern durch ihr langes Haar.

»Ich kann nicht mitkommen. Ich würde es, sofort. Aber du weißt, dass ich mich um meine Mutter kümmern muss. Ich kann sie nicht alleine lassen.« Er ergriff ihre Hände. »Aber ich werde nachkommen. Irgendwann. Irgendwie. Doch zuerst müssen wir dich in Sicherheit bringen.«

»Wie?«, fragte sie mit Tränen in ihren grasgrünen Augen. Es brach ihm das Herz, sie so zu sehen, doch würde er sich hassen, wenn er sie nicht vor der Sklaverei retten könnte.

»Ich frage meinen Freund Najdoo, ob er dich mit seinem Fischerboot über das Meer bis nach Takos bringen kann. Dort bist du sicher. Dort werden dich Freunde von mir aufnehmen, bei denen du unterkommen kannst.« Wie gerne würde er mit ihr gehen und zusammen ein neues Leben beginnen.

»Ich habe Angst. Ich möchte nicht wieder fliehen.« Jetzt kullerten die Tränen über ihre hohen Wangen. Er wischte sie mit den Daumen fort und hielt ihr Gesicht in beiden Händen.

»Ich weiß. Und ich möchte auch nicht, dass du gehst, aber wir haben keine Wahl. Ich verspreche dir, dass ich dir folgen werde. «

Hetep fühlte sich unwohl, als er Nisha den Mantel umlegte, der sie vor der Kälte der Nacht schützen sollte. Seine Gedanken drifteten immer zu möglichen Komplikationen auf der Flucht ab. Er hatte erfahren, dass viele versuchen wollten, über das Wasser in der Nacht zu fliehen. Was, wenn jemand mitbekam, dass so viele Menschen fliehen wollten? Den Wachen würde es sicher nicht entgehen. Er musste sich dazu zwingen, nach außen ruhig zu wirken.

Nisha trug den Anhänger aus ihrer Heimat um den Hals. Ein Bernstein, in den ein Samenkorn eingeschlossen war. Ihre Mutter hatte ihr die Kette geschenkt, als Erinnerung an ihre Heimat. Nisha sagte, sie stünde für den neuen Anfang, aus dem etwas Großes wachsen würde.

Als er die hölzerne Brosche an ihrem Hals verschloss, fühlte sich die Entscheidung so endgültig an. Es schmerzte ihn, sie mit nur einem Bündel ihrer Habseligkeiten in den Händen zu sehen. Und so traurig.

Zum Glück waren die Wachen noch nicht hergekommen, um die Flüchtenden am nordwestlichen Rand der Stadt zu listen. Hetep dankte den Geistern dafür.

Najdoo hatte zugestimmt, Nisha sicher über die Grenze zu bringen.

»Bist du bereit?«, fragte er und trat zur Leiter.

Nisha schluckte und schüttelte den Kopf. Sie kämpfte mit den Tränen. Er seufzte, trat von der ersten Sprosse der Leiter und zog sie erneut in seine Arme. Sie verkrampfte sich bei seiner Berührung nur noch mehr.

Sein Herz wurde immer schwerer, je näher der Moment des Abschieds kam. Doch er musste Stärke beweisen, musste sie trösten und ihr die Hoffnung auf eine gemeinsame Zukunft geben.

Sanft hob er ihr Kinn an und schaute ihr tief in die Augen. »Ich liebe dich, Nisha«, sagte er und hauchte ihr einen Kuss auf den Mund. Ihre Verkrampfung löste sich in seinen Armen.

»Ich liebe dich auch, Hetep.« Da war er wieder, der kehlige Laut, als sie seinen Namen aussprach. »Ich will nicht weg.«

»Ich weiß«, erwiderte er und strich ihr sanft über den Kopf. »Wir müssen jetzt los. Wir haben nur diese eine Chance.«

Diesmal erklomm er die Leiter, ohne sich aufhalten zu lassen. Oben angekommen atmete er die kühle Luft der Nacht ein und ließ seinen Blick über die Stadt streifen. Das Zentrum lag einige hundert Meter höher als die äußeren Ringe.

Der Hafen lag an der gegenüberliegenden Seite und der Weg dorthin konnte gefährlich werden, sollten sie einer Wache begegnen, die sich dafür interessierte, was sie zu so später Stunde noch auf den Dächern trieben. Hetep richtete ein Stoßgebet an die Geister und erflehte ihren Schutz.

Er half Nisha die letzten Stufen der Leiter hinauf und legte die Holzplatte wieder über die Öffnung. Sie suchte seine Hand und hielt sie fest. Er würde sie nicht loslassen.

Hetep zog ihr die Kapuze über die langen blonden Haare, bevor er sich in Bewegung setzte.

Er rechnete damit vielen Wachen zu begegnen, die alle Geflüchteten auf ihren Listen vermerken wollten. Was würde er tun, sollten sie entdeckt werden? Kampflos würde er ihnen Nisha nicht überlassen und sollte es sein Leben kosten!

Nachdem sie einige Häuserreihen und die ersten Ebenen bergauf hinter sich gebracht hatten, nahm Hetep eine knarzende Leiter wahr, worauf polternde Schritte folgten. Er zog Nisha an die vor ihnen liegende Hauswand der nächsten Ebene. Sie sahen einen flackernden Lichtschein, der von oben herunter schien. Jemand war aus der Dachluke eines Hauses geklettert.

Hetep legte einen Finger auf seine Lippen. Eine überflüssige Geste. Alles, was sie momentan tat, war sich an seine Hand zu klammern und starr geradeaus zu blicken. Er wusste, dass sie Angst hatte.

Nisha hatte ihm von ihren Erlebnissen auf ihrer Flucht nach Stision erzählt. Es waren Geschichten voller Entbehrungen, Schmerzen und Hunger. Der Kampf gegen den Hunger war ihren Erzählungen nach der, der die meisten Opfer gefordert hatte.

Der Lichtschein der Fackel über ihnen bewegte sich, hielt dann aber abrupt inne. »Thal!« Einen kurzen Augenblick war es still. »Gut, dass ich dich treffe.« Jetzt war die Stimme direkt über ihnen.

»Was gibt's, hab' noch viel zu tun«, grunzte die Stimme.

»Wir haben die Anweisung uns zurückzuziehen. Es gibt einige, die versuchen, sich den neuen Gesetzen zu widersetzen. Wir werden auf der anderen Stadtseite gebraucht!« Hetep schluckte. Sie waren also nicht die Einzigen.

»Na, wenn's sein muss.« Hetep hörte förmlich, wie Thal mit den Schultern zuckte.

Er wartete einen Moment, bis der Lichtschein der Fackel erloschen war. Dann atmete er tief durch.

»Lass uns weitergehen. Wir sollten hier vorerst sicher sein«, flüsterte er ihr zu und zog sie weiter.

Oder waren sie zu spät dran? Wenn die Wache schon andere Flüchtige geschnappt hatte, würden sie es dann überhaupt noch schaffen? Er schüttelte den Kopf. Solche Zweifel durfte er erst gar nicht aufkommen lassen. Vielleicht konnten sie unentdeckt bis zum Hafen zu gelangen, wenn sich die Wachen um andere Probleme kümmern mussten.

Seine Hoffnung sollte sich bewahrheiten. Sie hatten die Stadtmitte längst hinter sich gelassen, als sie das nächste Mal auf einen Wachmann trafen, der für die Nachtwache eingeteilt war. Hetep zog Nisha zwischen zwei Häuser, um sich hinter Haken und Fischernetzen zu verstecken. Sie blieben unentdeckt.

Endlich konnte er das trügerische Schimmern des Meeres erblicken, das durch die wenigen Lichter am Hafen erzeugt wurde. Es war nicht unüblich, dass am Hafen zu dieser Nachtstunde reges Treiben herrschte. Die meisten Fischer fuhren ihre Reusen für den Fang am nächsten Tag aus. Najdoo hatte Hetep seine Route mitgeteilt, um kein Aufsehen zu erregen.

Sie brachten den Weg zum Hafen ohne Vorfälle hinter sich. Nisha hatte kein Wort geredet, seitdem sie ihre Unterkunft verlassen hatten. Bald würde das ,Leb wohl' kommen. Würde er überhaupt Zeit finden, sich von ihr zu verabschieden?

Ein Pfiff schreckte ihn aus seinen Gedanken auf. Ein blasser Lichtschein flackerte aus einer schmalen Gasse. Das musste einer der Nachtwächter sein. Panisch schaute sich Hetep nach einem Versteck um. So kurz vor dem Ziel durften sie nicht entdeckt werden. Er spürte, wie Nishas Hand die seine immer fester drückte.

Sie brauchten ein Versteck. Wenn sie es zu den angetauten Booten schaffen würden, könnten sie sich bei den Frachtkisten verstecken. »Komm, beeil dich«, wisperte er und lief so schnell er konnte zu den Kisten.

Er blickte sich nach Nisha um und blieb mit dem Fuß in einem dicken Tau hängen. Rücklings fiel er hinter die Kisten. Er prallte hart mit der Schulter auf. Nisha riss er mit sich. Sie fiel direkt auf ihn und presste ihm die Luft aus den Lungen. Hetep unterdrückte einen Aufschrei.

Beide hielten den Atem an. Endlose Momente der Stille vergingen. Der Schein der Fackel wurde heller, der Wächter näherte sich. Doch hatte er sie gehört? Er hätte doch längst reagiert, wenn er sie gehört hätte.

Nishas Atem ging stoßweise, er spürte ihn auf seiner Haut. Immer noch lag sie auf seiner Brust. Die Kapuze war ihr vom Kopf gerutscht und das Haar fiel ihr ins Gesicht. Er strich ihr Strähne für Strähne hinter die Ohren und musterte ein letztes Mal jede Einzelheit ihres Gesichtes. Ihre geschwungenen Lippen, die kleine Stupsnase, die hohen Wangenknochen und das intensive Grün ihrer Augen.

Er nahm ihr Gesicht in beide Hände und zog sie zu sich heran, um seine Lippen mit ihren zu verschmelzen. Kein flüchtiger Kuss, nein, er legte all seine Sehnsucht, Angst, Wut und Liebe hinein. Zum ersten Mal an diesem Abend entspannte Nisha sich und gab sich ihm völlig hin. Ihre Hände krallten sich so fest in seine Haare, dass es beinahe schmerzte.

Ein letztes Mal konnte er sie riechen, ein letztes Mal schmecken, ein letztes Mal am ganzen Körper spüren. Er genoss jeden

Augenblick, als würde er nie wieder die Möglichkeit bekommen, ihr so nahe zu sein.

»Geh nicht«, nuschelte er, als sie seine Lippen freigab und ihm eine feurige Spur am Hals entlang küsste. Doch sie schüttelte nur den Kopf und beschlagnahmte erneut seine Lippen. Hetep seufzte leise. Diese Frau hatte ihn vom ersten Augenblick an in ihren Bann gezogen.

Wehmütig schaute er sie an. Er wünschte sich so sehr, dass sie hier bleiben konnte. »Wir müssen weiter.«

»Ich will nicht«, murmelte sie leise, doch sie rappelte sich bereits auf.

Das war leichtsinnig von ihm gewesen. Was, wenn sie jemand entdeckt hätte? Das hätte er sich niemals verzeihen können, nur weil er einen letzten Moment mit Nisha teilen wollte.

»Es ist nicht mehr weit«, sagte er nur und huschte von Kiste zu Kiste.

Hetep achtete darauf, dass sie immer im Schatten blieben. Hier und da verlud ein Fischer seine Reusen für die nächtliche Fahrt. Einige Schiffe waren schon aufs Meer hinaus gefahren und die Wächter prüften jedes, bevor sie den Hafen verließen. Einmal mussten sie mit ansehen, wie zwei Wächter eine Gestalt aus einem Boot schleiften. Bei diesem Anblick fing Nisha an zu zittern.

Hetep musste sich anstrengen, um Najdoos Anlegestelle im Dunkeln nicht zu verpassen. Sein Freund war eifrig dabei, seine Reusen zu entknoten, als sie bei ihm ankamen.

»Psst, Najdoo, wir sind da«, flüsterte Hetep.

»Na, das wurde aber auch Zeit. Du weißt gar nicht, wie oft ich dieses verdammte Teil wieder verknoten musste, damit ich unnötig viel Zeit damit verbringen konnte, sie wieder zu entknoten!« Najdoo ließ die Reuse fallen und schlurfte zum Boot. Er war ein liebenswürdiger Kerl, auch wenn er vermutlich durch die Fischerei zu viel Sonne abbekommen hatte.

»Hier, kommt her!« Najdoo winkte ihnen zu, als er ein Netz von einer großen Holzkiste nahm, die auf seinem Boot stand. »Sie kann sich darin verstecken, wir werden sie mit den Netzen und Reusen abdecken, so wird sie nicht gesehen, sollten die Wächter in die Kiste schauen.«

»Ich danke dir, Najdoo. Du weißt, du musst das nicht tun.« Hetep sah seinen besten Freund besorgt an.

»Ach was.« Er tat Heteps Besorgnis mit einer lässigen Handbewegung ab. »Ich krieg' das schon hin.«

Hetep bewunderte, wie selbstsicher sein Freund in Anbetracht der momentanen Lage war.

Er hielt Nisha wieder fest, sie hatte sich an ihn gedrückt, als sie sich die Kiste angesehen hatten.

Das war er also, der Moment des Abschieds. Nur noch einmal. Einmal berührte er mit seinem Daumen ihre Wange, umschloss ihr Gesicht mit seinen Händen und drückte ihr einen innigen Kuss auf die Lippen. Ein letztes Mal atmete er den Duft ihrer Haare ein. Ein allerletztes Mal ...

Jemand räusperte sich. »Entschuldigt, aber wir müssen los.« Najdoo hielt erwartungsvoll die Kiste auf.

Er musste sie loslassen, wenn er es nicht tat, brachte er sie alle nur in weitere Gefahr.

Hetep schaute ihr in die Augen. »Ich werde versuchen, nachzukommen, sobald ich kann. Das verspreche ich dir. Warte auf mich, ich werde kommen.«

Nisha nickte. »Ich werde auf dich warten. Ich liebe dich, Hetep.« Sie drückte seine Hände unter Tränen, dann wandte sie sich ab und stieg vorsichtig auf das Boot. Najdoo hielt sie fest, als sie durch das Schaukeln des Bootes beinahe das Gleichgewicht verlor.

»Vorsicht, vorsicht«, murmelte er zerstreut. Er half Nisha in die Kiste und tapste von einem Bein auf das andere. »Ich decke dich jetzt zu und dann darfst du keinen Mucks mehr von dir geben«, sagte er.

Ein letztes Mal trafen sich die Blicke der beiden Geliebten. Dann schloss sich die Kiste und sie war fort.

Hetep schluckte. »Danke, Najdoo«, flüsterte er mit erstickter Stimme. »Sieh zu, dass ihr hier schnell wegkommt.«

»Versteck dich«, zischte Najdoo, der gerade die festgetauten Seile des Fischerbootes lösen wollte. Hetep dachte nicht nach. Er duckte sich hinter einem Stapel Kisten, als der Fackelschein den Steg erleuchtete. Von dort konnte er einen Teil des Bootes einsehen. Ein Wächter war gekommen.

»He da, Fischer!«, rief er ihm zu. »Bei der Arbeit?«

Hetep hörte Najdoo ausgiebig seufzen. »Ja«, antwortete seine nasale Stimme gedehnt.

»Ich bin zur Kontrolle hier. Hast du irgendetwas geladen?« Der Fackelschein näherte sich dem Boot. Hetep hielt die Luft an. Er durfte nicht in die Kiste schauen.

»Nein, nein. Ich habe nichts geladen«, erwiderte Najdoo genervt. »Ich will meine Netze auswerfen, so wie jede Nacht. Das weißt du doch, du bist doch öfter hier.«

»Natürlich. Ich muss trotzdem nachsehen.« Hetep hörte, wie jemand auf das Boot trat. Nein, er darf nicht weiter. Er musste etwas unternehmen.

»Wenn's sein muss«, stöhnte Najdoo. »Aber wenn du mich nicht rausfahren lässt, dann fange ich keine Grapfer. Und ich weiß, wie sehr du deinen Grapferfladen am Morgen liebst.« Hetep sah die Schemen von Najdoo und dem Wächter auf dem Boot stehen. »Und wenn du heute nach deiner Schicht im Morgen einen Grapfer im Fladen kaufen möchtest, solltest du mich so schnell wie möglich losfahren lassen, die sind nämlich nur zu einer bestimmten Zeit aktiv.« Er legte dem Wächter auf dem Boot einen Arm um die Schultern. »Und ich wäre dir auch dankbar dafür, wenn du mir mein Geschäft nicht ruinieren würdest. Woher bekommen die Bäcker die Grapfer, um Grapfer im Fladen herzustellen? Richtig.« Najdoo dehnte das letzte Wort genüsslich. »Von mir. Keine Grapfer im Fladen, keine Grapfer. Keine Grapfer, kein Geld für mich. Ganz einfache Rechnung.« Die beiden standen auf dem Steg vor dem Boot. »Ich schlag dir was vor. Du lässt mich fahren und ich schenke dir einen Grapfer, wenn ich wiederkomme.«

Schaffte sein Freund es wirklich mit einem Fisch, den Wächter davon abzuhalten, das Boot zu untersuchen?

»Gut, gut! Und jetzt mach weiter mit deiner wichtigen Arbeit!« Najdoo trat auf das Boot, um die Knoten in den Seilen zu lösen. Zögerlich entfernte sich der Fackelschein vom Boot. Hetep atmete tief durch. Sein Freund hatte es tatsächlich geschafft.

Das letzte Seil löste sich vom Steg, Najdoo stieß das Boot mit einem Paddel ab und stellte das Segel in den Wind.

Hetep schaute ihnen hinterher, bis das Boot mit dem Schwarz der Nacht verschmolz. Jemand schrie auf.

Mitten auf dem Meer stoben Flammen in den Himmel auf. Er benötigte einen Augenblick, bis er begriff, dass dort ein Schiff brannte. »Nein«, keuchte er. Warum brannte ein Schiff auf dem Meer? Da hörte er es. Das Zischen der Verteidigungskatapulte. Ein weiteres Schiff ging in Flammen auf.

»Nisha«, murmelte er verzweifelt und suchte den Horizont nach dem kleinen Fischerboot ab. Doch er hatte es aus den Augen verloren. Im Feuerschein der brennenden Schiffe sah Hetep, dass es auf dem Meer nur von Booten wimmelte. Hunderte von Flüchtenden mussten auf ihnen sitzen und darauf hoffen, über die Grenze zu kommen.

Ein weiteres Schiff fing Feuer, Pech- und Feuerkugeln zischten über seinen Kopf. Der Padisha duldete keinerlei Regelverstöße und Infragestellungen seiner Person.

Tränen der Wut stiegen in Heteps Augen. Mindestens ein Dutzend Fischerboote brannten bereits. War Najdoos Boot unter ihnen? Er schlug die Hände vor den Mund. Hatte er Nisha und Najdoo in den Tod geschickt?

Mittlerweile hatten sich viele Menschen am Hafen versammelt und starrten fassungslos auf das brennende Meer. Wie viele Schiffe blieben von den Katapulten verschont? Wie weit konnten die Geschosse fliegen? Wenn er doch nur wüsste, wo Nisha war.

Verzweifelt sank Hetep auf die Knie und blickte auf den Pfad brennender Schiffe. Tränen rannen über seine Wangen. Was hatte er nur getan?

SEELENLICHT

Teil 1

Kapitel 1: Die Knochen

Waren all die Strapazen der letzten Wochen umsonst gewesen? Fyladon hatte sich diese Frage häufig gestellt, doch jetzt war er sich beinahe sicher, die Antwort zu kennen.

»Sind das böse Menschen?« Das kleine Mädchen sah zu ihm auf und ihre leuchtenden Augen weiteten sich. In ihnen schien sich der Himmel zu spiegeln, doch ein Schleier aus Angst hatte sich über das Blau gelegt.

»Nein«, sagte Fyladon und setzte ein Lächeln auf. »Hab keine Angst.«

Vermutlich war das eine Lüge. Die Gruppe Einheimischer, die auf dem kargen Gipfel vor ihnen aufgetaucht war, machte nicht den Eindruck, Gutes im Sinn zu haben. Mit Waffen in den Händen stellten sie ihre braungebrannten, muskulösen Oberkörper zur Schau.

»Was sollen wir tun?«, fragte Korynar. Sogar ihm hatte die erbarmungslose Sonne das Fleisch von den Knochen geschmolzen. Der Krieger war nur noch ein wandelndes Skelett.

Fyladon nahm sein Kinn zwischen Daumen und Zeigefinger und sah zu Livayn. Obwohl viele den Strapazen erlegen waren, hatte der alte Mann seine innere Ruhe stets bewahren können. »Wir werden sie um Hilfe bitten«, entschied er. »Entweder werden sie unserem Gesuch entsprechen oder ...« Livayns Blick fiel auf Meliin.

Korynar nickte schwach. Die zweite, wahrscheinlichere Möglichkeit war jedem bewusst und sie auszusprechen, hätte dem Mädchen nur Angst gemacht.

Langsam stapfte die Gruppe der Überlebenden dem Gipfel entgegen. Jedes Mal, wenn sich Fyladons Fuß vom trockenen Boden hob, fuhr ihm ein Schmerz durch das Knie. Dass auch er nicht endlos weitermarschieren konnte, durfte er nicht zeigen. Meliin setzte all ihre Hoffnungen in ihn. Die zerbrechliche Hand in seiner eigenen ließ ihn durchhalten.

Als sie zum ersten Mal nach seiner Hand gegriffen hatte, war ihr Gesicht vor Ruß ganz schwarz gewesen. Auch ihre Kleider hatten von dem Schrecken gezeugt, den sie hatte erleben müssen. Die Große Angst hatte die Welt ins Chaos gestürzt und viele Dörfer hatten dem Ansturm der flüchtenden Menschenmassen nicht standhalten können. Letztlich hatte es sie alle erwischt. Auch in seiner Heimat war ihm keine andere Wahl geblieben, als ein Teil dieses Stroms zu werden. Doch egal wie viele Trümmer, Brände oder Leichen ihm auf seinem Weg begegnet waren, nichts hatte ihn so sehr schockiert wie das Dorf Semir. Oder das, was davon geblieben war.

»Wer seid ihr?«, bellte eine tiefe Stimme den Berg hinab und riss Fyladon aus seinen Gedanken. Die Einheimischen sprachen einen ungewohnten Dialekt, weshalb er ihre Worte nur schwer verstehen konnte. Ob seiner Gruppe nun das gleiche Schicksal drohen würde wie den Bewohnern Semirs?

»Wir sind auf der Flucht und kommen aus dem Osten«, rief Fyladon ihnen zu. Langsam hob er die Arme in die Luft und zeigte seine nackten Handflächen. »Wir sind unbewaffnet.«

Nach einem kurzen Zögern reckten auch die anderen die Arme in die Höhe. Einige aus ihrer Gruppe hatten sich jedoch soweit in ihr Innerstes zurückgezogen, dass sie von der realen

Welt nichts mehr mitbekamen. Sie versteckten sich vor den Schmerzen und dem Hunger und starrten auf ihre Füße.

Ein Mann mit schwarzem, krausem Haar, das zu einem Zopf zusammengebunden war, kam ihnen entgegen. Trotz der Hitze war er in lederne Kleidung gehüllt, die an verschiedensten Stellen mit Gurten und goldenem Schmuck versehen war. Neben ihm schritt ein Hüne, der seinen muskulösen Oberkörper zur Schau stellte. Er trug nur eine Hose, ebenfalls aus dunklem Leder, die ihm bis zu den Schienbeinen reichte. Sein Kopf war kahl geschoren und verlieh ihm eine harte Ausstrahlung. In seinen eisig blauen Augen tobte ein Sturm, der nur darauf wartete, sie alle zu verschlingen. Die sichelförmigen Klingen, die beide Männer in den Händen hielten, wirkten wie Vorboten des nahenden Unheils.

»Wer ist euer Häuptling?«, rief der prunkvolle Kerl. Häuptling? Nannten sie so ihren Anführer?

Fyladon wartete, wer aus der Gruppe das Wort ergreifen würde. Sie hatten nie eine Person als Anführer erwählt, doch Korynar, Livayn und er selbst waren stets vorangegangen. Und die anderen fünfzig Männer und Frauen waren ihnen gefolgt. Doch als er in Korynars Gesicht blickte, erkannte er, dass Wille allein nicht genügen würde. Immer wieder hatte er seine Nahrungsrationen mit seiner Frau geteilt, statt sie selbst zu essen. Der junge Krieger hatte seine Reserven längst aufgebraucht und taumelte wie ein Betrunkener. Selbst seinen Kopf konnte er nicht mehr heben. Korynar war nicht in der Verfassung diese Rolle zu übernehmen.

»Seid ihr taub?«, brüllte nun der Kahlkopf. »Wer ist euer Häuptling?«

Fyladon zwang sich, die Schreie zu ignorieren. Er musste Ruhe bewahren und nachdenken, denn jeder Fehler konnte ihr Ende bedeuten. Neben ihm öffnete Livayn seinen Mund, um den Barbaren eine Antwort zu geben, doch als Fyladon ihn ansah, fuhr ihm ein Schauer über den Rücken. Sämtliche Haare seines Körpers richteten sich auf. Es war kaum zu erkennen und doch war es so auffällig: Die Lippen des Alten zitterten. In all der Zeit hatte er das bei Livayn noch nie gesehen.

»Ich«, rief Fyladon voller Überzeugung und trat vor Livayn und Korynar. »Ich bin ihr Anführer.« Hinter ihm stöhnte jemand auf. War es Nyander? Fyladon hoffte, dass dieser Bursche den Ernst der Lage verstand und nicht ausgerechnet jetzt eine seiner Diskussionen begann. *Wenn du mich jetzt anzweifelst, sind wir alle tot.*

»Komm rauf zu uns und erzähl, warum ihr hier seid«, forderte der Langhaarige, den Fyladon aufgrund seines Schmucks für den Anführer hielt. Der Hüne an seiner Seite erschien ihm eher wie ein Vollstrecker. Erbarmungslos wie die Sonne sah er auf sie hinab.

Sich diesem Befehl zu widersetzen, würde einem Todesurteil gleichkommen und auf das Wohlwollen der Barbaren zu setzen, kam ihm nicht in den Sinn. Das Einzige, was er tun konnte, war sie auf seine Seite zu ziehen. Doch wie sollte er das anstellen?

Als Fyladon den Hang hinaufsteigen wollte, bemerkte er, dass ihn Meliin noch immer festhielt. Sie hatte Tränen in den Augen. Plötzlich umklammerte sie sein Bein mit all ihrer Kraft, so als wüsste sie, was ihn dort erwartete. Das leise Schluchzen schnürte ihm den Hals zu.

»Alles wird gut«, sagte er und streichelte ihr durch das braune Haar. In diesem einen Moment war er davon überzeugt, dass es die Wahrheit war. Er durfte nicht zulassen, dass sich das Massaker von Semir wiederholte. Weiße Knochen, die aus einem viel zu großen Aschehaufen herausragten. Überall diese weißen Knochen. Knochen von Männern und Frauen, Knochen von Kindern, so weiß wie Schnee.

Wenn es ihm nicht gelang, die Barbaren friedlich zu stimmen, würde Meliin genau so enden. Neben all den anderen aufgebahrt, bei lebendigem Leib verbrannt, nicht mal die eigenen Schreie hörend, weil die der anderen sie einfach übertönen würden.

Fyladon drückte sie und löste sich dann sanft von ihr. Er streckte seine Hand aus und als sie wusste, was passieren würde, schlich sich ein Lächeln auf ihr Gesicht. Ganz langsam entstand ein kleines Licht über seiner Handfläche und schwebte auf Meliins Nasenspitze zu, wo es verschwand. »Ich werde dich beschützen, Meliin. Egal, was es kosten mag.« Das einzig nützliche, was er mit seinen magischen Fähigkeiten auf dieser Reise hatte erreichen können, waren diese Lichter. Wann immer es dem Mädchen schlecht ging, brachten sie ihre natürliche Fröhlichkeit wieder zum Vorschein.

Dann erhob er sich, um seiner Aufgabe entgegenzutreten. Er selbst hatte entschieden, dass er der Beste dafür war. Jetzt musste er es allen beweisen, musste Nyander und die anderen genauso überzeugen wie die zwei Gestalten auf dem Hügel. Der Geruch von Asche stieg ihm in die Nase.

Kapitel 2: Der Schauspieler

»Mein Name ist Herom. Man nennt mich den Auserwählten«, sagte der Barbar in der Lederrüstung. Er wirkte friedlicher als es von weitem den Anschein gemacht hatte. »Das hier ist Pekarot. Ihn nennt man den Riesen.«

Und genau dieser Riese war das bedrohlichere Problem, vermutete Fyladon. Grimmig starrte dieser auf ihn herab, wohlwissend, dass er ihn zerquetschen könnte wie eine Fliege. Fyladons Stärke waren nie seine Muskeln gewesen. Er zog es vor mit dem Kopf zu arbeiten, um seine Ziele zu verwirklichen. Nun türmte sich jedoch ein Berg vor ihm auf, der unüberwindbar schien.

»Freut mich euch kennenzulernen«, log er. »Mich nennt man Fyladon.« Als die beiden Barbaren darauf nichts erwiderten und ihn nur erwartungsvoll ansahen, fügte er hinzu: »Einfach nur Fyladon.«

Das vertrieb zwar nicht die Verwunderung aus ihren Gesichtern, lockerte die versteinerten Mienen aber dennoch auf. Scheinbar war es unter ihnen gängig, sich Beinamen zu geben. Vermutlich standen sie für irgendwelche Leistungen oder herausragende Attribute. Das musste er sich merken.

»Wieso sind du und deine Gruppe in unserer Heimat? Ihr kommt offensichtlich nicht von hier und habt einen weiten Weg hinter euch«, sagte Herom der Auserwählte. Wie er wohl zu seinem Beinamen gekommen war?

»Wir mussten fliehen. Irgendetwas hat die Menschen im Osten in den Wahnsinn getrieben«, sagte Fyladon und sah, wie sich die Stirn der beiden in Falten legte. Sie glaubten ihm nicht. »Ich weiß, wie seltsam das klingen mag, aber wenn man in die Gesichter dieser Menschen gesehen hat, glaubt man ihnen. Sie alle sagen, eine Angst hätte sie ergriffen. Eine Angst, die mit nichts zu vergleichen wäre. Sie hat die Menschen in den Westen getrieben und ...«

»Habt ihr auch Angst?«, fragte der Riese mit dem Namen Pekarot. Er grinste.

Die Frage sollte ihn verunsichern. Fyladon entschied sich dazu, einfach fortzufahren. »Wir selbst haben von dieser Angst nichts mitbekommen, aber Tausende flohen und drängten die Grenzen unseres Reichs immer weiter zurück, bis wir ...«

»Was ist ein Reich?«, fragte Herom. Immer wieder hatte er mit seinem Begleiter Blicke gewechselt. *Der spinnt doch*, hatten sie gesagt ohne auch nur ein Wort zu sprechen.

»Ein Reich?« Fyladon überlegte. »Ein Reich ist ein Gebiet, das einem gehört.« Er suchte nach dem Wort, was Herom selbst genannt hatte. »Es ist eine Art Heimat.«

»Also befindest du dich gerade in meinem Reich?«, fragte Herom.

»Wenn euch dieses Land gehört, ja.«

»Und jetzt willst du mich zurückdrängen?«

Pekarot hob sein Krummschwert drohend vor sich.

Sie wollen mich einschüchtern, dachte Fyladon wieder. *Sie wollen mich prüfen.* »Natürlich nicht, Herom. Wir sind einfach nur auf der Suche nach einem Unterschlupf. Wir wollen euch nichts tun. Wir können euch nicht einmal –«

Schallendes Gelächter unterbrach ihn. Der Riese hielt sich den Bauch, so als hätte Fyladon den besten Scherz der Welt erzählt, der Pekarots Gedärme in einen solchen Aufruhr versetzt hatte, dass sie nun kurz davor waren zu zerreißen. Bei dieser Lautstärke war das nicht einmal abwegig. Fyladon hasste diesen Kerl und für einen kurzen Moment stellte er sich vor, dass er wirklich explodieren würde. Bumm. Einfach weg.

»Ihr?«, begann Pekarot und wurde dann von einem erneuten Lachen geschüttelt. Mit diesem Talent hätte ihn jedes fynersche Theater mit Kusshand aufgenommen. »Ihr wollt uns nichts tun? Mensch, da bin ich aber froh!«

»Ihr wollt also einen Unterschlupf in meinem – Reich?«, fragte Herom und ignorierte seinen Gefolgsmann.

»Ja. Wir haben eine anstrengende Reise hinter uns und die meisten von uns werden nicht mehr lange durchhalten, wenn wir nicht rasten können«, sagte Fyladon ehrlich. Es hatte keinen Sinn, ihre Schwäche zu verstecken. Entweder die Barbaren würden sie aufnehmen oder sie würden sterben. Ob nun im Kampf oder am Durst.

»Habt ihr denn Wasser bei euch?«, fragte Herom. Der Zweifel in seiner Stimme war unüberhörbar.

»Nur noch wenige Tropfen«, gab Fyladon zu.

»Und was bietet ihr uns stattdessen an?«

»Wir haben nicht viel. Aber wir können euch helfen. Bei der Arbeit, beim Suchen von Wasser, im Krieg.« Er hatte genug von Kriegen, aber wenn es ihr aller Überleben retten würde …

»Wie viel Wasser, wie viel Nahrung, wie viel Platz müssten wir euch bereitstellen? Wie lange müssten wir warten, bis ihr wieder zu Kräften kommt? Wer garantiert uns, dass ihr nicht ansteckende Krankheiten in euren Leibern tragt?«

Heroms Fragen waren keine Fragen. Sie waren das Ende dieses Gesprächs. Das wusste Fyladon, sobald der Anführer angefangen hatte zu sprechen. Traurig senkte er den Blick und sah auf den Boden. An einigen Stellen war er so grau wie Asche. Dunkel und leblos.

Herom nickte Pekarot zu. Ohne ein weiteres Wort zu wechseln, hob der Riese sein Schwert. So würde es also enden? Immerhin besser als bei lebendigem Leibe verbrannt zu werden. Er kniff die Augen zusammen. Stellte sich vor wie die Waffe durch die Luft schnitt. Wie sie sich in seinen Hals grub. Wie der Schmerz kommen und ihn mit sich aus dieser Welt nehmen würde. Letztlich stimmten die blutigen Geschichten über die Bergmenschen, die Barbaren, also doch.

Ein Schritt im Gras.

Aber kein Schlag. Kein sausendes Geräusch. Kein Blut.

Fyladon schlug die Augen auf und sah sich um. Herom stand vor ihm, doch Pekarot war verschwunden. Er wirbelte herum und sah den Hünen, wie er auf seine Gruppe zuging, auf Korynar, auf Livayn, auf Meliin.

»Nein«, schrie Fyladon und wollte zu ihr laufen, sich auf den Riesen werfen und ihm mit seinen Zähnen das Fleisch von den Knochen reißen. Er wollte ihm mit seinen schwachen Armen auf den Rücken trommeln, ihn kratzen und ihm die Daumen in die Augen rammen. Er würde alles tun, solange er nur von Meliin fern blieb. Doch eine schwere Hand legte sich auf seine Schulter und hielt ihn ohne Probleme zurück. Herom.

»Fyladon«, sagte der Häuptling mit sanfter Stimme.

»Was?«, fauchte er.

»Ich möchte das nicht tun.«

»Dann stoppt ihn. Ihr seid der Häuptling!«

Ein Schrei hinter ihm. Hatte das Gemetzel begonnen?

»Wie stellst du dir das vor? Wir haben kaum ausreichend Nahrung und Wasser für uns. Wie sollen wir euch aufnehmen?«

»Wir können einfach weiterziehen. Wir werden einen anderen Ort finden.« Fyladons Stimme überschlug sich, so schnell redete er.

»Das werdet ihr in diesem Gebirge nicht. Wir sind nur ein kleiner Stamm. Einer von vielen.«

Noch ein Schrei. War das Meliin gewesen? Er wollte sich am liebsten umdrehen, doch Herom behielt ihn fest im Blick. Er durfte jetzt keine Schwäche zeigen.

»Dann ziehen wir halt durch das gesamte Gebirge. Irgendwo muss es doch einen Platz für uns geben.« Verzweiflung mischte sich in seine Stimme. Seine Worte zitterten. *Beruhige dich!*

»Niemand von euch wird auch nur die Mitte dieses Gebirges zu Gesicht bekommen.«

»Wir –«

»Seht euch doch an! Keiner von euch wird noch lange durchhalten und hier ist kein Platz für euch. Sieh es ein, Fyladon. Sei kein Dummkopf.«

»Aber ...« Die Trauer erstickte ihn. Er konnte sterben, das war kein Problem. Aber Meliin ... Sie hatte all diese Schrecken überlebt und jetzt sollte alles umsonst sein? Einfach so? Ihm musste irgendetwas einfallen! »Warum müsst ihr uns töten?«

»Ihr habt Wasser. Nahrung. Kleidung. Auch wenn es nicht viel ist, können wir es gut gebrauchen. Und ihr braucht es nicht mehr.« War da Mitleid in den Augen des Häuptlings? »Mögen eure Seelen stark sein, auf dass sie wiedergeboren werden«, sagte Herom fast feierlich.

Starke Seelen? Ein Blitz jagte durch Fyladons Kopf bis hinab in die Zehenspitzen und rief eine längst vergessene Geschichte in ihm wach. Seelen, genau! Seelen! Sofort waren seine Ängste verschwunden, sein Verstand nun klar wie ein Bergsee. Dann drang zum dritten Mal ein Schrei in sein Bewusstsein vor und er wusste, dass ihm jetzt keine Zeit mehr blieb.

»Ich kann euch behilflich sein«, schrie er dem Häuptling ins Gesicht. Dann, deutlich ruhiger, fast schon flüsternd, fügte er hinzu: »Sehr nützlich.«

Herom sah ihn fragend an. Hatte er ihn bereits abgeschrieben? Der wahre Fyladon war nun wieder zurück an die Oberfläche gekehrt. Es gab noch diese eine Chance. Seelen!

»Herom. Ich besitze eine Fähigkeit, von der du sicher schon einmal gehört hast.« Das hatte er sicherlich nicht, aber er musste nun so überzeugend sein wie noch nie in seinem Leben. Wenn er sich richtig an jene Geschichten erinnerte, die ihm als Kind vor einem warmen Feuer erzählt wurden, dann waren Seelen für das barbarische Bergvolk von großer Bedeutung. Und in jeder Geschichte steckte ein Fünkchen Wahrheit. »Ich selbst bin schwach, aber ich kann die Stärke jeder einzelnen Seele lesen.«

Heroms Augen weiteten sich. »Du kannst was?«

Fieberhaft überlegte Fyladon, wie er seiner Lüge mehr Glaubwürdigkeit verleihen konnte. »Da wo ich herkomme, war es eine meiner Aufgaben die Stärke einer Seele herauszufinden. Ich ... ich kann es dir zeigen.« Konnte er das? Wie stellte er das am besten an? Vielleicht mit einer Illusion. »Ich kann jede Seele sichtbar machen.«

»Akzeptiere einfach deinen Tod.« Doch in Heroms Gesicht spiegelten sich Zweifel.

»Vertrau mir, was habt ihr zu verlieren? Ich kann es dir zeigen! Aber vorher«, Fyladon zeigte mit dem Daumen hinter sich, »halte ihn auf. Wenn ich lüge, könnt ihr immer noch alle töten.«

»Was soll mir deine angebliche Kraft überhaupt bringen?«, fragte Herom.

Fyladon biss sich auf die Lippen und ignorierte die Panik, die sich in seinem Rücken abspielte. Er musste konzentriert bleiben und sein Gegenüber dazu bringen, diesem Wahnsinn Einhalt zu gebieten. Auch wenn er befürchtete, dass es bereits zu spät sein konnte. »Wenn ihr wisst, wer eine starke Seele hat, wisst ihr auch, wem ihr besonders wichtige Aufgaben erteilen könnt. Ihr wisst auch, welches Kind eine große Zukunft vor sich hat. Genauso wisst ihr, wen ihr eher für niedere Arbeiten einsetzen solltet.«

Ob seine Worte fruchteten? Er musste noch einen draufsetzen. Er würde alles auf eine Karte setzen. »Ich biete euch eine unschlagbare Waffe an, mit der ihr jeden Krieg gewinnen werdet. Eine Waffe, die nur euch gehört. Eine Waffe, die euch erlaubt, die stärksten Krieger auszubilden und so einen Stamm nach dem anderen zu bezwingen.« Er machte eine Pause. »Ich bin diese Waffe!«

Herom war sprachlos, doch Fyladon konnte nicht deuten, ob er ihm glaubte oder ob er aufgrund dieses Hirngespinsts einfach nur erstaunt war. In jener Geschichte war es auch um die

Wiedergeburt gegangen. Dass starke Seelen von Verstorbenen in Körpern von Neugeborenen wieder erblühten. Angeblich glaubten alle Bewohner der Berge an diese Vorstellung, doch entsprach das auch der Wahrheit? Er hatte keine Ahnung. Fyladon konnte nur sein Leben und das aller anderen in einen Topf werfen und hoffen, dass Herom die Suppe, die er ihm aufgetischt hatte, schmecken würde.

Der Häuptling leckte sich über die Lippen und seine Bartstoppeln. Dann öffnete er langsam den Mund. »Pekarot! Mach mal kurz Pause und komm hier rüber. Dieser Witzbold möchte uns etwas zeigen.«

Der Witzbold spitzte die Ohren. Was ging hinter ihm nur vor sich? Waren sie bereits alle tot? Was war mit Meliin? Er hoffte inständig ihre Stimme zu hören oder wenigstens ein Aufatmen. Er würde es sicher erkennen. Aber da war nichts. Nur Stille. Dann ein tiefer Seufzer und zügige, schwere Schritte, die immer näher kamen. Fyladon wollte sich nicht umdrehen, wollte nicht noch einmal die Knochen aus der Asche ragen sehen. Solange er sich nicht umdrehte, war Meliin noch am Leben. Sie war noch am Leben.

Pekarot schritt an ihm vorbei und gab ihm einen harten Stoß mit der Schulter. Fyladon konnte sich gerade noch auf den Beinen halten. »Was willst du uns zeigen?«

Verdammt! Er hätte die Zeit nutzen sollen, um sich etwas auszudenken und nicht um sich Sorgen zu machen. Wie sollte er eine Seele erschaffen? *Denk nach, denk nach, denk nach!*

»Er kann die Kraft unserer Seelen zeigen«, sagte Herom abwertend, doch Fyladon meinte einen hoffnungsvollen Ton hinter dieser Fassade auszumachen. Vielleicht war es aber auch nur seine eigene Hoffnung, die ihm das weismachen wollte. Dann wandte sich Herom wieder Fyladon zu. »Was musst du machen?«

Bevor das Chaos über sie hereingebrochen war, hatte er sich einmal »Den Tanz des Seidenspinners« in der Weißen Stadt angesehen. Nach der Vorstellung hatte der Mann neben ihm angefangen zu erzählen und noch heute erinnerte sich Fyladon gut an seine wichtigtuerische Art. »Jeder Schauspieler hat einen entscheidenden Punkt in seiner Laufbahn«, hatte er gesagt. »Dieser Punkt ist der Moment, in dem der Schauspieler eine außergewöhnliche Rolle erhält, die jede andere in seinem Leben übertrifft, die seine eigenen Fähigkeiten übertrifft. Und das entscheidende daran ist, ob er dieser Rolle gerecht werden kann, ob er in sie hineinwachsen kann. Schafft er es, so steht ihm die Welt offen und jedes Theater wird sich um ihn reißen. Doch schafft er es nicht, so wird er keine zweite Chance erhalten und seinem Spottlohn nie entkommen. Das ist der Punkt, an dem sich das Besondere vom Gewöhnlichen trennt.«

Fyladon wurde bewusst, dass dieser Moment nun für ihn gekommen war. Jetzt musste er zu etwas Besonderem werden, jetzt musste er beweisen, dass es die richtige Entscheidung gewesen war, sich über Livayn und Korynar gestellt zu haben, jetzt war dieser entscheidende Punkt.

»Hier ist die Seele am stärksten.« Mit dem Finger tippte er sich an die Stirn. »In unserem Kopf sitzt die Seele. Hier entscheidet sie, was wir tun und was wir nicht tun.« Seine Stimme war ruhig. Das war gut. »Ich werde meine Hand genau auf diese Stelle legen und dann, ganz von allein, wird sich eure Seele zeigen. Und dann könnt ihr entscheiden, ob ihr mir glaubt oder ob ihr es immer noch als Witz abtut.«

»Dann mach es bei mir«, sagte Pekarot.

Herom nickte. »Aber wenn das nur ein Trick ist und du Unsinn machst, wird dein Kopf noch heute unser Heim schmücken.« Mit einer raschen Bewegung zog er sein Krummschwert und hielt es ihm an die Kehle. Das Metall fühlte sich gleichzeitig heiß und kalt an.

»Es ist kein Unsinn«, sagte Fyladon gezwungen ruhig. Dann, ganz langsam, zog Herom seine Waffe zurück, behielt sie jedoch zum Schlag bereit.

Der Magier hob die Hände und Pekarot ging leicht in die Knie, damit er seine Stirn überhaupt erreichen konnte. Fyladon schluckte. Vor ihm stand ein Ungetüm von Mensch, mit seinen Muskeln, zum Zerreißen gespannt, neben ihm wartete das Schwert Heroms darauf, ihm den Kopf vom Haupt zu trennen. Schweiß rann ihm die Schläfe herab. Seine Finger zitterten. Also atmete er tief ein und aus, verschloss die Augen vor allen Geräuschen und Gefühlen und tauchte in die Dunkelheit ein, lauschte in sich hinein.

Dort war ein Rauschen, ganz leise, wie fließendes Wasser. Irgendwo in seiner Brust. Er musste näher heran, musste es sehen. Der Strom wurde lauter. Nur noch ein Schritt. Und noch einer. Und noch einer. Und ...

Plötzlich stellten sich Fyladon die Nackenhaare auf. Er war an der Quelle seiner Macht angekommen und ohne Zeit zu verlieren, tauchte er in sie hinein und wurde mit einem Kribbeln, das den ganzen Körper vibrieren ließ, belohnt.

Langsam öffnete er die Augen, nur darauf bedacht, die Verbindung zur Quelle in seinem Inneren nicht zu verlieren. Das Rauschen, das er aus weiter Ferne gehört hatte, dröhnte nun in seinen Ohren und machte ihn taub für die Worte, die Pekarot ihm mit grimmigem Gesicht entgegenwarf. *Hab nur noch ein bisschen mehr Geduld, du elender Mistkerl*, dachte Fyladon und in diesem Moment floss der Strom endlich aus seiner Brust in seine Schulter und von dort in seinen Arm, quälend langsam zur Hand hinauf, die Pekarots Stirn berührte.

Wieder schloss Fyladon die Augen und grub in seinen Erinnerungen nach einem Bild, dass ihm die nötige Kraft gab, sein Werk zu vollenden. Er hatte keine Ahnung, ob all das hier funktionieren würde. Wenn er ausgeruht und bei guter Verfassung gewesen wäre, hätte er seine Erfolgsaussichten wohl besser eingeschätzt, aber es gab ohnehin nur diese eine Chance. Also grub er sich tiefer, bis er das fand, wonach er gesucht hatte.

Kapitel 3: Der Schatz

»Was geschieht nur mit dieser Welt?«, fragte Livayn.

»Sei mal leise«, sagte Fyladon zu seinem Gefährten, der bereits seit der Weißen Stadt an seiner Seite war. Vor der Flucht waren sie sich nur gelegentlich begegnet, wenn sie dem Hochadel mit ihren magischen Fähigkeiten zu Diensten sein sollten, doch diese Zeiten waren nun vorbei.

Jetzt standen sie nicht mehr in prachtvollen Bauten, sondern in den Trümmern eines Dorfes, das einst den Namen Semir getragen hatte. Um sie herum waren die Häuser bis auf die Grundmauern niedergebrannt worden. Der Wald, einige hundert Schritte entfernt, stand noch immer in Flammen. Nichts hatte der Zerstörungswut Widerstand leisten können. Doch das Schlimmste waren die Knochen gewesen, die aus einem Ascheberg herausgeragt hatten wie Blumen aus einem Grab. Es war die Ära der Plünderer und Mörder, hatte Livayn gesagt.

Der Alte hielt inne und lauschte. Hatte sich Fyladon das Geräusch nur eingebildet? Vielleicht war es auch nur eine streunende Katze, die sich hierher verirrt hatte.

Und dann gab es wieder ein Rascheln. Nur ganz leise. Links von ihnen, in einem verbrannten Haus, dessen Außenwand nur noch an einer Seite vorhanden war, bewegte sich etwas. Ein Kind erhob sich aus der Asche und schaute zu ihnen herüber. Ein kleines Mädchen! Wie um alles in der Welt hatte sie überleben können?

»Hey Kleine!«, rief Livayn. »Geht es dir gut? Wir wollen dir nichts tun.«

Das Mädchen, ganz dreckig von der Asche, in der es gekniet haben musste, rührte sich nicht. Es sah einfach nur ausdruckslos zu ihnen herüber. Fyladon wusste nicht, was er tun sollte.

Livayn schien es ähnlich zu gehen, aber schließlich sagte er leise: »Komm. Wir holen sie.«

Fyladon nickte. Und so gingen sie durch die Asche, die wie der Atem des Todes um ihre Knöchel wehte, bis sie bei dem Mädchen ankamen, das sich immer noch keinen Fußbreit bewegt hatte.

»Geht es dir gut?«, fragte Livayn noch einmal und ging vorsichtig in die Knie, darauf bedacht sie nicht zu verschrecken. Fyladon war sich gar nicht so sicher, ob sie überhaupt Notiz von ihm nahm.

Für eine Weile schien die Zeit stehen zu bleiben. Livayn vor dem Mädchen kniend, das Mädchen vor Livayn stehend, Fyladon etwas abseits auf die Szene herabblickend. Er fühlte sich fehl am Platz. Und dann bewegte das Mädchen ihren Kopf und sah direkt in seine Augen. Ihre waren wie Wasser im Reich des Feuers, löschten die Unruhe in seinem Inneren und gaben ihm Mut. Diese Augen waren nicht tot, diese Augen waren immer noch voller Leben. Dann, ohne den Blick abzuwenden, ging sie auf ihn zu und griff nach seiner Hand. Fyladons Herz raste und Livayn sah überrascht zu ihm auf.

»Warum hast du eigentlich meine Hand ergriffen?«, fragte Fyladon das kleine Mädchen einige Tage später.

»Weil ich wusste, dass es richtig ist«, sagte Meliin und grinste. Er hätte nie für möglich gehalten, dass sie nach all dem Schrecken überhaupt noch einmal lachen würde, aber sie hatte die Ereignisse hinter eisernen Türen versiegelt. Und er hatte nicht die Absicht, sie mit einem Rammbock zum Einsturz zu bringen. Doch diese eine Frage musste er beantwortet haben. Sie ließ ihm einfach keine Ruhe.

»Und woher wusstest du es?«, fragte er.

»Deine Augen«, sagte sie entschlossen, so als würde das alles erklären.

Sie gingen gerade einen der endlosen Hügel hinab, immer weiter auf Karcos` Zähne zu, einem Gebirge, das ihre einzige Hoffnung darstellte, dem Großen Krieg zu entkommen. So viele Schreckgeschichten hatte Fyladon als Kind von diesem Ort gehört.

»Meine Augen?«

»Ja.«

Er musste an ihren Blick zurückdenken, als sie seine Hand zum ersten Mal ergriffen hatte. So ein Blau vermochte nicht einmal die Natur zu schaffen. »Was ist damit?«

»Als ich in deine Augen geguckt habe«, begann sie, »da wusste ich, dass du lieb bist. Und stark.«

Lieb und stark? Das bezweifelte er, wenn er an sein vergangenes Leben zurückdachte. An all die gezinkten Würfel und versteckten Karten, an all die kleinen Kniffe, die sein Leben ein wenig angenehmer gemacht hatten. Er sollte lieb sein?

»Immer wenn ich zu dir schaue«, sagte Meliin und ihr Grinsen wurde breiter, »glaube ich, dass alles wieder gut wird.«

Kapitel 4: Das Licht

Das war er. Der Moment, der Licht in die Dunkelheit seines Herzens gebracht hatte. Er griff danach und ließ das Glück, das er damals gespürt hatte, in den Strom einfließen. Dann erreichte das Kribbeln seine Hand und drang nach außen.

Pekarot schien es zu spüren. Kurz zuckte er zurück und seine Augen wurden größer, dann erlangte er seine Beherrschung wieder. Die Stirn des Riesen wurde heller, so als ob ein Licht aus dem Inneren seines hässlichen Schädels heraus drang, so als ob seine Seele ihr Versteckspiel aufgab und sich in all der herrlichen Pracht präsentierte. *Nur*, dachte Fyladon, *dass es meine Kraft ist. Meine ... und die von Meliin.*

Heroms Mund klappte nach unten. Immer intensiver wurde das Leuchten, immer mehr Kraft ließ Fyladon in diesen Zauber fließen. Wenn er die beiden wirklich von sich überzeugen wollte, dann musste die Stirn Pekarots leuchten wie die Sonne selbst. Zumindest beinahe.

»Was geschieht mit mir?«, fragte Pekarot an Herom gewandt. »Was macht er mit mir?«

»Deine Stirn ... sie leuchtet«, sagte der Häuptling. Er drehte den Kopf hin und her, so als könne er den Zauber durchschauen, wenn er ihn von verschiedenen Winkeln betrachtete.

»Nicht seine Stirn«, sagte Fyladon. Er war mit dem blendenden Licht über den Augen des Riesen zufrieden. Und er war erschöpft. Er nahm die Hand herunter und schon wurde das Leuchten schwächer. »Das ist seine Seele und sie ist stark. Sehr stark.«

»Das hätte ich dir auch vorher sagen können, Würmchen«, sagte Pekarot. Er erhob sich und plusterte sich auf, versuchte das Unbegreifliche mit seiner Kraft zu kompensieren.

»So etwas habe ich tatsächlich noch nie gesehen«, gab Herom zu. »Und das war wirklich seine Seele?«

»Ja.« Fyladon sah dem Häuptling aufrichtig in die Augen.

»Und du kannst es bei jedem sichtbar machen?«

»Ja.«

»Egal ob Säugling, egal ob Mann, egal ob Weib?«

»Ja.«

»Das ist doch Schwachsinn«, sagte Pekarot. Dieser Dickkopf wollte sich nicht eingestehen, dass es Mächte gab, die er mit reiner Muskelkraft nicht übertreffen konnte. Magie war etwas, dass nur den wenigsten Menschen zuteilwurde. Und Pekarot, das hätte Fyladon schon von weitem sagen können, gehörte sicherlich nicht dazu.

»Zeig es uns noch einmal«, sagte Herom und wandte sich seinen Männern zu, die oben am Gipfel gewartet hatten, und winkte sie heran. Drei von ihnen kamen herunter getrabt. »Zeig es an ihnen.«

Der erste war ein junger Mann, der deutlich besser als Pekarot aussah und seine Haare kurz geschoren trug. Er wirkte, als würde er einen respektablen Krieger abgeben. Also ließ Fyladon seine Stirn ebenfalls stark leuchten, doch bei weitem nicht so intensiv, wie er es bei Pekarot getan hatte. Er hasste den Riesen zwar, konnte es sich aber nicht leisten, es sich mit ihm zu verscherzen.

Der zweite kam plattfüßig auf ihn zu. Ihm war beim Leuchten der Stirn seines Vorgängers ein überraschter Laut entflohen. Hier würde Fyladon seine Kräfte sparen und nur ein schwaches Leuchten hervorbringen. Er würde niemals eine führende Rolle übernehmen. Mit Glück würde er bei seiner ersten Schlacht nicht direkt getötet.

Nachdem der Plattfuß mit gesenktem Haupt zurückgetreten war, trat ein älterer Mann hervor. Fyladon schätzte ihn etwas jünger als Livayn, immerhin bestand sein Bart noch immer aus mehr Schwarz als Grau. Der Alte hatte sich also schon bewiesen, trug jedoch keine einzige Narbe an seinem Körper, soweit es Fyladon erkennen konnte. Entweder war er also ein talentierter

Kämpfer oder er verstand es, sich von Schwierigkeiten fern zu halten. Der Magier entschied sich daher, die Stirn des Alten hell leuchten zu lassen. Als Fyladon sah, dass sich Zufriedenheit auf das Gesicht des Mannes schlich und auch die Umstehenden vom Ergebnis nicht überrascht wirkten, war er sich sicher, die richtige Entscheidung getroffen zu haben.

»Nun gut«, sagte Herom. »Du hast da eine wirklich interessante ... Gabe. Kannst du sie noch ein letztes Mal anwenden?«

Schweißperlen hatten sich auf Fyladons Stirn gebildet und sein Atem ging keuchend. Jeder Idiot hätte erkannt, dass ihm dieses Zauberwerk große Anstrengung kostete. Er war eingerostet. Zwar hatte er Meliin hin und wieder mit einem Licht aufgemuntert, doch ansonsten hatte er seine Magie auf der ganzen Reise nicht genutzt, auch wenn er versucht gewesen war, Trinkwasser zu beschwören. Er hatte gehört, dass das irgendwie möglich sein sollte, doch Fyladon hatte nie gelernt, wie man das anstellte, und auch Livayn kannte nur Gerüchte. Also hatte er es gar nicht erst probiert und seine Kräfte lieber geschont.

»Ja«, sagte er schließlich und wusste genau, wessen Seele er nun sichtbar machen sollte. Und ob ihm das gelingen würde, stand in den Sternen.

Kapitel 5: Der Riese

Mehr! Keuchend stand er vor dem Häuptling der Barbarengruppe. Seine Stirn leuchtete, aber sie musste heller werden.

Fyladon hatte versucht sich alle Worte, und seien sie noch so unwichtig, zu merken. Worte waren die Hüllen von Wissen und Wissen wiederum war Macht. Heroms Beinamen hatte er sich problemlos merken können. Er bezog sich weder auf körperliche Stärke noch auf geistige. Es war vielmehr ein philosophischer Name und Fyladon war sich sicher, dass der Anführer ihn sich nicht selbst verliehen hatte. *Der Auserwählte.*

Wieder versuchte der Magier die Intensität des Leuchtens zu erhöhen, dachte an Meliin und all das Licht in seinem Inneren, das sie entfacht hatte. Nur mühsam, kaum merklich, gelang es ihm.

Auserwählt war man nur dann, wenn die Leute Großes von einem erwarteten. Und gleichzeitig steigerte das auch die Ansprüche an sich selbst, denn man wollte diesem Namen gerecht werden, man wollte nicht nur der Auserwählte genannt werden. Nein. Man wollte der Auserwählte sein.

Es fehlte nicht mehr viel, bis Heroms Stirn genauso hell glühte, wie die von Pekarot. Aber selbst das war nicht genug. Die Haut sollte strahlen, sollte der Sonne ihre Einzigartigkeit nehmen, denn Herom war der Auserwählte und niemand sonst konnte die Seele des Auserwählten übertreffen. Niemand sonst sollte an seine Macht, an sein Schicksal heranreichen. Wenn Fyladon es schaffte, diese Gefühle in den Anwesenden und in Herom selbst zu wecken, dann, so erhoffte er sich, würde er für den Häuptling unentbehrlich werden. Er würde ein Instrument werden, dessen sich Herom nur bedienen musste, um unter den Barbaren Ruhm und Ehre zu erringen. Und das, ohne etwas tun zu müssen. *Vorausgesetzt, dass niemand meine Lügen enttarnt,* dachte Fyladon.

Er war nicht bei der Sache. Er machte sich zu viel Druck, wusste, welche Last auf seinen Schultern lag. Würde Heroms Stirn nicht die hellste sein, so würde sich sein Trick gegen ihn wenden. Denn warum sollte man ihm noch folgen, wenn man auch demjenigen seine Treue schwören konnte, der die stärkste Seele hatte? Fyladon lief ein eiskalter Schauer über den Rücken. Warum sollten sie dann nicht Pekarot folgen? Und der Magier wusste, dass das nicht gut für ihn und seine Gefährten enden würde.

Er musste es also unbedingt schaffen und dieser Zwang, dieser Druck, verstopfte seine Adern und ließ den Strom nur gebremst das Licht ihrer Hoffnung entflammen. Wenn er sich nicht bald beruhigte, war alles vorbei. Es sei denn ...

»Es tut mir leid«, sagte er zu Herom und zog seinen Zauber zurück. Ihm fehlte die Kraft, um die Intensität zu erreichen, die er sich vorgestellt hatte.

Enttäuschung lag im Gesicht des alten Mannes.

»Aber versteht mich nicht falsch«, sagte Fyladon. »Das war noch nicht das volle Potenzial eurer Seele, Herom.« Und erneut begann das Spiel.

Ein fragender Blick, ein Hoffnungsschimmer.

»Normalerweise schaffen es Seelen nicht, sich meiner Macht zu verwehren, aber eure ist widerspenstiger. Sie weigert sich in jene Welt gezogen zu werden, die nur für uns fleischliche Wesen gedacht ist.« Der Magier machte eine kurze Pause, um sich die folgenden Worte zurechtzulegen. Er musste von seiner Schwäche ablenken. »Noch nie habe ich eine so starke Seele gesehen, noch nie hat sich eine Seele so sehr aufbäumen können.«

Die geweiteten Augen Heroms verengten sich zu kleinen Schlitzen. Hatte er übertrieben? »Ich glaube, du versuchst dich nur rauszureden. Gib es zu, wenn meine Seele nicht die stärkste hier ist, Fyladon.«

Herom durfte ihn nicht anzweifeln. »Ich bin mir sicher, euch ist nicht entgangen, wie sehr ich mich konzentrieren musste, um auch nur einen kleinen Teil eurer Seele in unsere Welt zu ziehen. Ich versichere euch, dass dies keine Ausrede ist. Eure Seele ist stark.« Den letzten Satz versuchte er mit einer Entschiedenheit zum Ausdruck zu bringen, die keine Widerrede duldete.

Heroms Skepsis war nicht gewichen, aber Fyladon meinte, etwas in seinen braunen Augen zu erkennen. Ein Flackern, das mehr war, als nur die Hoffnung auf eine starke Seele. Sah der Anführer die Möglichkeiten, die ihm dieses Lichtspiel bieten konnte, wenn Fyladon die Wahrheit sprach?

»Kannst du meine Seele heraufbeschwören, wenn du bei vollen Kräften bist?«, fragte Herom schließlich. Das war gut! Wieder zu Kräften zu kommen, bedeutete überleben. Zumindest vorerst.

»Nein«, sagte Fyladon jedoch entschieden. Das war gefährlich. Viel zu gefährlich. »Auch wenn ich ausgeruht bin, wird sich mir eure Seele verschließen.«

Der Häuptling seufzte. »Äußerst schade. So werden wir leider nie herausfinden, ob du die Wahrheit gesprochen oder ob du gelogen hast.«

»Nun«, begann Fyladon. »Eine Möglichkeit gäbe es da.«

»Hmm?«

»Ich bin nicht der einzige mit einer solchen Fähigkeit.« Herom sah ihn fragend an. »Auch Livayn wurde in unserer Heimat in dieser Kunst geschult. Gemeinsam könnten wir das Licht deiner Seele für alle sichtbar machen.«

Einen Moment ließ sich Herom die Worte durch den Kopf gehen. »Wie viele von euch beherrschen diese Kunst?«

»Drei«, sagte Fyladon sofort. Er hatte in seinem ganzen Leben nicht sehr viele Magier getroffen. Umso erstaunter war er gewesen, dass sich ausgerechnet in dieser Zeit des Chaos gleich drei von ihnen unter den Überlebenden befunden hatten. Livayns Fähigkeiten waren ebenso wie die seinen vom Hochadel der Weißen Stadt erkannt und für ihre Zwecke genutzt worden. Der junge Nyander wusste von seinen Kräften vermutlich noch gar nichts, doch ein Magier spürte, wenn er einem anderen begegnete.

»Habt ihr das in eurer Heimat gelernt?«, fragte Herom.

»Sind wir zum Quatschen hier oder was?«, unterbrach Pekarot ihr Gespräch. Er hatte erstaunlich lange geschwiegen. »Warum bringen wir sie nicht einfach um, Herom?«

»Gedulde dich noch einen Moment.« Pekarot schnaufte und wandte sich von seinem Häuptling ab. »Hol die anderen.«

»Ja, ja.«

Der Riese marschierte den Hang hinauf zum Gipfel, wo mindestens zwei Dutzend andere Barbaren warteten. Herom sah ihm mit zusammengekniffenen Lippen hinterher. Fyladon würdigte er keines Blickes. »Gut, dann hol sie her, diese anderen. Ich hoffe für dich, dass du nicht gelogen hast.«

Der plötzliche Stimmungswechsel beunruhigte Fyladon und gab ihm doch wieder neuen Mut. Herom gefiel der unterschwellige Ton Pekarots nicht, der seine Anweisungen hinterfragte. Sah der Häuptling in dem Muskelpaket eine Konkurrenz für seine Position?

Fyladon würde das verstehen. In Pekarots Augen schimmerte ein Blutdurst, wie ihn der Magier nur ein einziges Mal zuvor gesehen hatte. Und diese Person war eine Abscheulichkeit gewesen. Nun Livayn und Nyander zu holen, sich umdrehen zu müssen und zu erfahren, was dieser Riese seiner Gruppe angetan hatte, ließ seinen Magen rebellieren. Ging es Meliin gut?

»Holst du sie jetzt oder soll ich dich erst hinunter tragen?«, fragte Herom.

»Ja, entschuldigt«, sagte Fyladon und drehte sich um.

Zunächst bemerkte er nichts Ungewöhnliches. Seine Gruppe stand immer noch so da, wie er sie verlassen hatte. Unruhig suchten seine Augen nach dem kleinsten Mitglied. Er sah Livayn und Nyander, die mit gerunzelter Stirn zu ihm aufsahen. Er sah einen Haufen erschöpfter Männer und Frauen, die auf der trockenen

Erde hockten. Und er sah Ladwia, die Frau Korynars, die neben ihrem am Boden liegenden Mann hockte. Und neben ihr ...

»Meliin!«, rief er und rannte los.

Kapitel 6: Die Auserwählten

Es geht ihr gut!

Sie drehte sich um und als sie ihn entdeckte, begann ihr Gesicht zu strahlen, wie Fyladon keine Stirn je erleuchten könnte. Dieses Mädchen hatten die Götter geschickt.

Nicht auf seine Schritte achtend, stolperte Fyladon, konnte sich aber noch fangen. Als er bei seiner Gruppe ankam, lagen alle Blicke auf ihm, doch ihn interessierte nur Meliin. Er ging in die Hocke, breitete die Arme aus und die Kleine warf sich ihm mit all ihrer Kraft entgegen. Gemeinsam fielen sie nach hinten und lachten laut.

»Ich bin so froh«, sagte Meliin, doch dann wich ihr lachendes Gesicht einem besorgten. »Aber Onkel Korynar, er ...«

Fyladon richtete sich auf. Noch immer hielt er Meliin in den Armen. »Was ist mit ihm?« Er sah zu dem Krieger. Sein Gesicht war blutüberströmt. »Was ist passiert, Ladwia? Ist er ...?«

»Nein«, sagte sie und wandte sich ihm zu. Ihr langes Haar, das vom Staub fast grau gefärbt war, wirbelte herum. Inmitten ihrer milchweißen Haut wirkten ihre Augen wie dunkle Smaragde. In ihnen glitzerten Tränen. »Dieses Ungeheuer«, sie deutete zum Gipfel, »hat ihm ohne Vorwarnung ins Gesicht geschlagen.«

So wie Fyladon das sah, konnte das unmöglich alles gewesen sein.

»Es war ein grässliches Geräusch. Man hat das Knacken trotz der Schreie deutlich gehört.« Ladwia schüttelte es. »Aber das hat ihn nicht umgehauen. Er hat den Schlag einfach entgegen genommen. Und dann ... hat Korynar dem Kerl ins Gesicht gespuckt.«

»Und das hat ihn komplett ausrasten lassen«, sagte Livayn, der neben ihm erschienen war. »Er hat ihn windelweich geprügelt und jeder, der sich diesem Hünen auch nur genähert hat, durfte den Stahl in seiner freien Hand bewundern.« Er deutete nach rechts, wo zwei Männer wie Korynar auf dem Boden lagen. Blut sickerte durch den dreckigen Stoff ihrer aufgerissenen Hemden.

»Sind sie tot?«, fragte Fyladon.

»Noch nicht«, erwiderte Livayn. »Aber ich glaube nicht, dass die beiden es schaffen werden.« Die letzten Worte flüsterte er.

»Livayn!« Bei der Sorge um Meliin hatte er Herom fast vergessen. »Komm mit mir. Und du auch, Nyander!«

»Wohin?«

»Wir müssen zu ihrem Anführer zurück. Und wir werden seine Stirn zum Leuchten bringen.«

»Wir werden was?«

»Kommt einfach mit. Ich erkläre euch alles.«

Und die beiden kamen mit. Livayn hielt sich im Hintergrund und überließ Fyladon den Wortwechsel, Nyander stand einige Meter von ihnen entfernt und beobachtete das Geschehen. Herom sollte ihn zwar sehen, doch ansonsten wollte Fyladon den zukünftigen Magier aus dieser Angelegenheit heraushalten.

Pekarot und die anderen Männer des Stammes hatten sich in einem großen Kreis um Herom aufgestellt, Livayn und Fyladon standen vor dem Häuptling und hoben ihre Hände zu seiner Stirn. Gemeinsam gelang es ihnen ohne Probleme die Intensität von Pekarots Leuchten zu erreichen und sie konnten es noch weiter steigern, bis die Sonne neidisch vom Himmel sah. Einige der Umstehenden mussten sich eine Hand vor die Augen halten und Fyladon musste seine sogar schließen. Das Raunen der Barbaren jagte ihm eine Gänsehaut über den Rücken. Das, was hier gerade geschah, war ein Wunder. Zumindest für Herom und sein Gefolge.

Als sich Fyladon sicher sein konnte, dass auch der letzte diesen Augenblick in sich aufgesaugt hatte, verringerte er die Intensität wieder. Livayn war scharfsinnig genug, es ihm gleichzutun.

»Das …«, begann Fyladon und rang um Worte. »Das hat selbst meine Erwartungen übertroffen.« Er sank auf die Knie. Wieder machte es ihm Livayn nach. »Bitte lasst uns ein Teil eures Stammes werden, Herom … der Auserwählte.«

Fyladon schwebte. Dass dieses Schauspiel tatsächlich Erfolg gehabt hatte, ließ alle Lasten von seinen Schultern fallen. Herom hatte zugesagt, sie leben zu lassen, wenn sie selbst für ihre Verpflegung aufkommen würden, nachdem sie sich erholt hatten.

»Steh auf, hab ich dir gesagt. Ich bin derselbe wie eben«, schrie der Häuptling gerade einen seiner Leute an, der sich, ebenso wie die beiden Magier zuvor, vor ihm auf die Knie geworfen hatte. Heroms Truppe war von der Macht seiner Seele so beeindruckt gewesen, dass sie ihn nun als eine gottähnliche Gestalt verehrten. »Das gilt für euch alle.«

»Das ging gerade nochmal gut«, flüsterte Livayn ihm zu. »Ich verstehe zwar nicht, was du hier getan hast, aber deine Lügen haben uns das Leben gerettet.« Klang da Bitterkeit in seiner Stimme mit? Ihm schien die Art und Weise, wie sie dem Tod entkommen waren, nicht zu gefallen.

»Fyladon!«, rief Herom und riss ihn aus seinen Gedanken. Pekarot folgte ihm. Er wirkte nicht mehr so erzürnt über den Befehl seines Häuptlings wie noch vor wenigen Minuten.

»Ja? Ich habe meinen Leuten gerade angewiesen, sich für den Rest der Reise bereit zu machen.« Sie hatten noch ein gutes Stück Weg vor sich, aber mit dem Dorf der Barbaren, Sonnquell, vor Augen, war es wenigstens kein zielloses Umherwandern mehr.

»Eine Sache habe ich vergessen dir zu sagen«, sagte Herom. Irgendwie beschlich Fyladon das ungute Gefühl, dass er es nicht vergessen, sondern nur herausgezögert hatte. »Wir müssen unseren Pakt natürlich noch besiegeln.«

»Das ist eine gute Idee«, sagte der Magier vorsichtig.

»Damit ihr euer Versprechen nicht brecht, möchten wir etwas von euch«, sagte Pekarot. Ein Grinsen trat auf sein Gesicht und machte es noch hässlicher. »Aber wir geben es euch natürlich wieder zurück, wenn ihr euch an die Regeln haltet.«

Fyladon schluckte. Sie hatten nichts, was sie den Barbaren geben konnten, außer ... »Was wollt ihr haben?«, fragte er gezwungen höflich.

»Pekarot«, Herom erhob die Stimme, damit ihn jeder hören konnte, »genannt der Riese, hat sich in den letzten Monaten und Jahren hervorragend gemacht. Daher möchte ich hier verkünden, dass ich ihn zu meinem Nachfolger ernennen möchte. Sollte meine Seele also eines Tages meinen Körper verlassen, dann wird dieser Mann es sein, der meinen Platz einnehmen wird.«

Fyladon bezweifelte, dass es wirklich Heroms Wille war. Er hatte genug Zeit neben mächtigen Männern verbracht, um zu bemerken, wenn etwas nicht aus eigenem Wunsch geschah, sondern von anderen Motiven geleitet wurde. Geld, Macht, Angst. Oder Verpflichtung.

»Und zur Feier dieses Tages«, fuhr Herom fort und wurde immer lauter, »möchte ich ihm ein Geschenk machen. Und gleichzeitig möchte ich auch unseren neuen Mitgliedern ein Geschenk machen, um unser Bündnis zu festigen.«

Pekarots Grinsen wurde breiter. Fyladon wurde übel.

»Ich gebe drei Frauen nach Pekarots Wahl in seine Obhut. Sie müssen weder Hunger noch Durst leiden, denn er wird für sie verantwortlich sein. Und auch sie werden ihm zu Diensten sein.«

Er hatte es geahnt. Das war kein Bündnis, das war Sklaverei mit einigen, wenigen Vorzügen. Eine nachvollziehbare Entscheidung. Aber dass sie ausgerechnet in Pekarots Gewalt kamen, in die Obhut eines Monsters, für das die Auserwählten nichts als Futter waren, ließ Fyladons Magen auf und ab hüpfen.

Pekarot stampfte los.

Fassungslos sah Fyladon dem Riesen hinterher, der zielstrebig zu seinen Leuten ging und dann vor einem Mann, der am Boden lag, stehen blieb. Er zog den Rotz hoch und spuckte einen Batzen Schleim aus. »Du bist die erste«, sagte Pekarot und sogleich gefror Fyladon das Blut in den Adern. Er zeigte auf Ladwia.

Korynars Frau wich vor dem Riesen zurück, doch er kümmerte sich schon nicht mehr um sie. Stattdessen beugte er sich zu dem am Boden liegenden Mann herunter und flüsterte ihm etwas ins Ohr.

»Du Scheißkerl!«, schrie Korynar mit gebrochener Stimme. »Du elender –«

Der Stiefel des Riesen donnerte auf Korynars Gesicht und sofort erstarb der Schrei. Ladwia stürzte schluchzend zu ihrem Mann.

Ohne es zu merken, hatte sich Fyladon in Bewegung gesetzt und war auf seine Leute zugegangen. Seine Arme baumelten wie schlaffe Äste herab. All das Leid musste doch irgendwann ein Ende nehmen.

Eine Hand legte sich auf seine Schulter. »Mach keine Dummheiten«, flüsterte ihm Herom ins Ohr. Dann nahm er die Hand wieder weg, doch es hatte gereicht, um Fyladon wieder zu Verstand zu bringen. Was dort geschah, war immer noch besser als der Tod, oder?

Pekarot ging weiter durch die Menge und wählte noch zwei Frauen aus, mit denen Fyladon nur wenige Worte gewechselt hatte. Nun umschlangen sie einander und weinten leise, hatten aber keine Kraft mehr sich zu widersetzen.

»Alle hässlich wie die Nacht, aber mit geschlossenen Augen wird's schon gehen«, sagte Pekarot, als er an Fyladon vorbeiging.

Dieser ballte die Faust und biss die Zähne aufeinander. *Dieses widerliche Drecksschwein!*

Dann legte Herom den Arm um seine Schultern. »Du bist ein guter Lügner, Fyladon.« Wie ein kühler Wind strich das Flüstern des Häuptlings über ihn hinweg. Sein Herz setzte aus. »Ich bin nicht dumm. Und wenn ich dich richtig einschätze, bist du es auch nicht.« Stille. Nur das leise Atmen von Herom. »Nicht wahr?«

Ohne eine Antwort abzuwarten, ging auch er zu der Gruppe hinunter und plötzlich brach der Schweiß durch Fyladons Poren wie der Regen aus einer Gewitterwolke.

»Auch ich werde jemanden zu meinem Schützling machen«, rief Herom laut. Dann lächelte er sanft. »Meliin war dein Name, richtig?«

Teil 2

Kapitel 7: Der Anführer

»Was er getan hat, war nicht in Ordnung«, sagte Nyander, als er die Kohlen in eine der zwei eisernen Feuerschalen legte. Die herabhängenden Zweige des Baumes über ihnen griffen immer wieder nach seinen Haaren, was ihn heute noch mehr reizte als üblich.

»Was er getan hat, hat uns das Leben gerettet«, erwiderte Livayn. Nyander hatte das Gefühl, dass das Haar seines Meisters bereits auf der Flucht zu ergrauen begonnen hatte, doch in den Monaten ihres Aufenthalts in Sonnquell hatte es auch den letzten Rest seiner einstigen Farbe verloren. »Er hat dir dein Leben gerettet.«

Nyander spuckte aus. Sofort erhielt er einen Schlag auf den Hinterkopf und schrie erschrocken auf.

»Gewöhn' dir diesen Unsinn ja nicht an«, sagte Livayn. Seine ernsten Augen musterten ihn, so als versuchten sie zu ergründen, was in seinem Kopf vorging. Wenn Nyander ehrlich war, dann wusste er es selbst nicht so genau. Auf der einen Seite hatte sein Meister Recht. Fyladon hatte mit seinen dreisten Lügen vermutlich ihren Tod verhindert. Aber hatte es dafür wirklich keinen besseren Weg gegeben? Und selbst wenn nicht: War es dann nicht besser einfach zu sterben, dafür aber in Ehre? Durch seine Lügen über das Seelenlicht lebten sie in einer Blase, die jeden Moment zu zerplatzen drohte. Überall lauerten Dornen, die die dünne Schicht durchstoßen und die Wahrheit offenbaren konnten.

»Jetzt steh nicht nur so rum, Nyander«, sagte Livayn, nachdem er nichts auf seinen Tadel erwidert hatte. »Wir haben nur noch eine Stunde.«

Der Schüler sah in den rot glühenden Himmel und erblickte den kreisrunden Feuerball. Wenn er zu lange diesem Wunder frönte, schmerzten ihm die Augen, doch gleichzeitig erfüllte ihn die Sonne mit einem Stolz, den er sich nicht recht erklären konnte. War es, weil er es zuletzt selbst geschafft hatte, das Licht einer Seele herbeizurufen? Ein Kind der Sonne?

Es ist einfach nur ein Licht, ermahnte er sich. *So etwas wie eine Seele gibt es nicht.*

Dann wandte er den Blick von der Morgensonne ab und machte sich wieder an die Arbeit. Auch auf der anderen Seite des steinernen Altars, der mit Stroh und weichen Gräsern zugedeckt war, musste er die Kohlen noch in die Feuerschale legen und entzünden, damit die Zeremonie reibungslos verlaufen konnte.

»Es hätte uns doch schlechter erwischen können«, sagte Livayn kurze Zeit später. »Ich sehe doch in deinen Augen, wie sehr du diesen Ort hier liebst. Der Ausblick ist unbezahlbar.«

»Ja, das ist er«, sagte Nyander.

»Und manchmal sind Lügen nicht zu vermeiden. Manchmal erleichtern sie uns das Leben oder verhindern, dass man seine Liebsten verletzt. Und manchmal ...«

»... retten sie einem sogar das Leben«, vervollständigte Nyander den Satz. Diese Weisheit hörte er nicht zum ersten Mal. »Hab's ja verstanden.«

Sein Meister nickte nur. Er war nicht überzeugt. Und Nyander war es auch nicht.

»Dass er das Seelenlicht erfun-«

»Schweig!« Nyander zuckte zusammen. Er hatte Livayn noch nie so wütend erlebt. »Sprich das niemals aus! Von mir aus denke darüber Tag und Nacht nach, aber lass diese Worte unausgesprochen. Ansonsten bringst du uns alle in Gefahr.«

»Entschuldige«, sagte Nyander und biss sich auf die Lippen. Ein weiterer Dorn. Auch er war ein Teil jener Hecke, die ihr Konstrukt aus Lügen in nur einem Augenblick zum Einsturz bringen konnte. Diese verdammten Lügen. Ein Teil von ihm akzeptierte das Märchen um das Seelenlicht und vermutlich wäre alles in Ordnung gewesen, wenn Fyladon es dabei belassen hätte. Doch das war nur eine von vielen Lügen. »Du verteidigst ihn, als wäre er ein Held, aber das ist er nicht. Er hat uns alle hintergangen. Vor allem dich und Korynar.«

Livayn sah ihn nur fragend an.

»Tu nicht so, als wüsstest du nicht, wovon ich rede. Er hat behauptet, dass er unser Anführer sei«, sagte Nyander.

»Vielleicht war er das ja auch.«

»Das hatte er aber nicht zu entscheiden!«

»Das stimmt.« Livayn schien sich seine Worte zurechtzulegen. »Aber es gibt Menschen, die für so eine Führungsrolle mehr, und manche, die dafür weniger geschaffen sind. Schließlich hat mich und Korynar auch niemand gewählt und doch liefen wir an der Spitze.«

»Das ist doch etwas ganz anderes.«

»Ist es das?«

Ja. Aber Nyander sprach es nicht laut aus und schwieg stattdessen. Die Antwort war klar und auch sein Meister musste es wissen. Doch er stand nur da, fasste sich an die Stirn und sah in die Ferne.

»Na gut«, sagte Livayn plötzlich und verzog dabei das Gesicht. Irgendetwas in seinen Augen hatte sich verändert. Sie wirkten jetzt trauriger. »Eigentlich wollte ich dir das nicht erzählen, aber vielleicht muss ich es. Vielleicht verstehst du dann, warum Fyladon so gehandelt hat, wie er handeln musste. Vielleicht siehst du dann etwas anders auf seine Taten.«

Wieder stieg der Drang auszuspucken in ihm auf, doch er konnte ihn unterdrücken. Die stille Traurigkeit seines Meisters hielt ihn davon ab. »Das bezweifle ich.«

»In dem Moment, als der Stamm der Treue dort oben auf dem Hügel stand, war ich – das muss ich zu meiner Schande gestehen – am Ende. Ich habe nicht daran geglaubt, dass wir diesen Barbaren entkommen könnten. Ich habe in meiner Kindheit so viele Schreckgeschichten über das Volk der Berge gehört und all das kam wieder in mir hoch, hatte die ganze Zeit in mir geschlummert. Das Funkeln ihrer Waffen, das Funkeln ihrer Augen. In diesem Moment, Nyander, habe ich aufgegeben. In diesem Moment habe ich aufgehört zu kämpfen.«

Waren das Tränen in den Augen seines Meisters gewesen? Oder hatte er sich das nur eingebildet? Jetzt sah er sie nicht mehr.

»Und erinnerst du dich daran, wie es Korynar ging? Er war nichts weiter als eine wandelnde Leiche. Nichts als Knochen. Auch wenn der Funken des Lebens in ihm noch nicht erloschen war und durch Pekarot« – er flüsterte diesen Namen fast – »noch einmal entfacht wurde.« Livayn sah ihm tief in die Augen. »Aber als Herom uns fragte, wer unser Anführer sei, war nur Fyladon in der Lage diese Aufgabe zu übernehmen. Und das hat er sofort erkannt.«

»Aber er hätte uns doch einfach fragen können?«

»War dafür wirklich die Zeit?«, fragte Livayn. »Hätte er ihnen wirklich zeigen sollen, wie schwach, wie unorganisiert wir waren? Dass wir es nicht gewohnt waren unter einem Anführer zu dienen? Uns seinen Befehlen unterzuordnen?«

»Nun«, begann Nyander. Er suchte nach Worten, fand sie aber nicht. Sein Meister war besser darin. Und Fyladon noch besser, gestand er sich zähneknirschend ein. Er verstand es, die Leute in sein Gespinst aus Lügen einzuwickeln. *Aber bei mir wird das nicht klappen!*

»Auch ich hinterfrage Fyladons Weg, doch eines muss man ihm lassen: Er hat mehr Mut bewiesen, als wir alle zusammen«, sagte Livayn. »Er war unser Schild.«

Nyander verstand nicht.

»Was wäre wohl passiert, wenn Herom ein grausamer Herrscher wäre? Jemand wie Pekarot?«

»Dann hätte er uns alle einfach abgeschlachtet«, sagte Nyander. Er war froh, dass es nicht dazu gekommen war, denn Fyladons Lügen hatten Pekarot seiner mörderischen Genugtuung beraubt.

Sein Meister nickte. »Aber in einer bestimmten Situation hätten sie uns niemals ermordet, selbst ein Pekarot nicht. Und zwar dann, wenn sie Leute gebraucht hätten. Krieger, Arbeiter, Sklaven, ganz egal. Sie hätten uns gebraucht und daher wären wir alle am Leben geblieben. Fast alle. Denn damit wir auch ja nicht auf dumme Ideen kommen, hätten einige sterben müssen. Angst macht gehorsam. Ganz besonders Todesangst.« Livayn fuhr sich mit dem Finger über die Kehle.

»Was hat das eine mit dem anderen zu tun?«

»Was meinst du, an wem sie ein Exempel statuiert hätten? Wen sie als erstes, ja vielleicht sogar als einziges umgebracht hätten?« Eine kurze Pause. »Wen tötet man, wenn man eine Gruppe von Menschen gefügig machen will? Wie tötet man eine gefährliche Bestie?«

Nyander wurde die Antwort schlagartig klar.

»Man schlägt ihr den Kopf ab«, sagte Livayn. »Man tötet den Anführer.«

Kapitel 8: Der Besuch

»Warum habt ihr euch Stamm der Treue genannt?«, fragte Meliin.

»Na, weil hier jeder zueinander hält und man jedem vertrauen kann«, erklärte Herom. Er lehnte sich auf der steinernen Bank zurück, bis sein schmerzender Rücken Entlastung an der Wand fand. »Aber wir haben uns ja ohnehin einen neuen Namen gesucht, wie du weißt.«

»Und warum?«, fragte Meliin wieder. Das Mädchen war neugierig, aber auch aufmerksam. Das schätzte er an ihr.

»Nun ja«, sagte Herom. »Seit ihr unserem Stamm beigetreten seid, hat sich einiges verändert, nicht wahr?«

»Das Seelenlicht?«

»Genau. Mittlerweile kommen fast täglich Leute aus den anderen Stämmen vorbei, nur um diesem Wunder beizuwohnen. Manche schließen sich uns sogar an.« Er machte eine Pause und sah in ihre kristallklaren Augen. »Weißt du, wie man sich einen guten Namen wählt?«

Sie legte den Kopf schräg und nahm ihr Kinn zwischen Daumen und Zeigefinger. Diese Geste zu sehen machte ihn traurig. Fyladon schien immer noch in ihrem Herzen zu leben. »Meinen Namen habe ich mir nicht selbst ausgesucht«, sagte sie.

»Und wie würdest du eine Ziege nennen, wenn sie dir gehören würde?«

»Aber mir gehört ja keine.«

Herom seufzte. »Dann stell es dir vor. Stell dir vor, ich würde dir eine Ziege schenken. Wie würdest du sie nennen? Worauf würdest du bei der Namenswahl achten?«

Wieder nahm sie ihre erworbene Denkerpose ein. »Ich denke, sie sollte einen süßen Namen bekommen.«

Der Häuptling konnte sich ein Schmunzeln nicht verkneifen. »In Ordnung. Ein süßer Name ist für eine Ziege ein hervorragender Name. Aber für einen Stamm braucht es etwas anderes. Etwas, das den anderen Stämmen zeigt, was uns ausmacht. Etwas, das ihnen unsere Macht keinen Moment vergessen lässt.«

»Und Treue ist es jetzt nicht mehr?«, fragte das Mädchen.

»Treue wird immer ein Bestandteil unseres Stammes sein. Aber ist es das, was unseren Stamm jetzt noch ausmacht? Ist es das, woran die Besucher denken, wenn sie hierherkommen?«

»Nein«, sagte sie sofort. »Es ist Fyladons Licht. Das Licht der Seelen.«

Auch wenn ihm der Begriff »Fyladons Licht« nicht gefiel, nickte er. »So ist es. Und deswegen haben wir uns in den Stamm des Lichts umbenannt. Wie gefällt dir der Name?«

Meliin strahlte. »Sehr gut!«

Weil sie in dem Namen ihren Vater sah? Oder war es einfach nur der Klang, der ihr gefiel?

»Herom!« Jemand trommelte an seine Tür. Meliin zuckte zusammen.

»Komm rein!«

Sofort öffnete sich die Holztür und Taron trat ein. Seine Augen waren weit aufgerissen, Schweiß tropfte ihm an der Schläfe herab und er keuchte vor Erschöpfung. Oder Aufregung?

»Was gibt es?«

»Der Große Stamm ist da!«

Das waren schlechte Nachrichten. »Wo sind Livayn und Nyander?«

»Ich ...« Taron überlegte. »Ich bin mir nicht sicher. Ich glaube, sie müssten den Altar für die Rituale vorbereiten.«

»Dann lauf nach oben, aber pass auf, dass dich keiner sieht. Und dann sag den beiden, dass sie sich verstecken sollen. Und das sofort!«

Taron nickte und rannte los. Herom hielt Meliin die Hand vor die Brust. »Du bleibst hier und wartest.«

Sie sah ihn verärgert an, doch der Häuptling des Lichtstamms war sich sicher, dass sie auf ihn hören würde. *Und das ist auch besser so*, dachte Herom und sah Fyladon vor sich. *Das muss sie nicht auch noch mitansehen.*

Kapitel 9: Das Ritual

Das also waren die Anhänger von Relor dem Schlächter. Ohne diesen Mann auch nur ein einziges Mal gesehen zu haben, breitete sich eine Gänsehaut auf Fyladons Körper aus, wenn er an ihn dachte. Der Schlächter. Was musste man tun, um sich einen solchen Namen zu verdienen?

»Wie weit is' es noch?«, fragte der Krieger des Großen Stammes, der hinter ihm ging. Er hatte sich ein längliches Fellstück über seinen Nacken gelegt, das auf seine nackte Brust fiel. Fyladon hatte sich nur seinen Namen gemerkt. Torlund. Sein Beiname hatte keinen bleibenden Eindruck hinterlassen. In den letzten Wochen war dem Magier immer wieder aufgefallen, dass er seiner Aufgabe nur noch unkonzentriert nachging. Eigentlich wusste er, wie wichtig jede noch so kleine Information werden konnte, doch der Frust in ihm war stärker.

»Da oben ist es schon«, sagte Fyladon und deutete mit dem Finger an den Lehmhäusern vorbei. Ein immer schmaler werdender Pfad schlängelte sich den Berg hinauf und einige Meter unterhalb der Spitze befand sich ein Plateau, das wie eine Zunge aus der Felswand herausragte. »Seht ihr den Baum, der dort oben wächst?«

»Glaubst wir sind blind, wa'?«, sagte Torlund. Obwohl er zwei Schritte vor ihm ging, konnte Fyladon seinen Atem riechen.

Er entschied sich, diese Bemerkung zu ignorieren. »Dieser Baum bildet das Dach der Seelenquelle. Und das ist unser Ziel.« Erst nach dem Erscheinen seiner Gruppe hatte dieses Plateau eine Aufgabe und so auch einen Namen erhalten, der jedoch in hartem Widerspruch mit dem vertrockneten Baum stand, der sich wie eine gebückte, alte Frau über das Plateau beugte. Ein hässlicher Baum.

Fyladon hasste diesen Ort. Er hasste die Hitze. Er hasste die Trockenheit. Er hasste die Menschen. Und vor allem hasste er es, von Meliin getrennt zu sein. Und noch mehr hasste er, dass er nichts dagegen unternehmen konnte. Verfluchter Herom!

»Und dieses Lichtdings, von dem alle sprechen«, sagte Torlunds Gefährte, der Quenwin der Fliegende genannt wurde, »das ist wirklich wahr?«

»Ja«, sagte Fyladon. Für einen Krieger des Großen Stamms war Quenwin erstaunlich klein und sein Mund, den er häufig offen stehen ließ, deutete nicht auf ein deutlich ausgeprägteres Gehirn hin. Was hatte Relor nur dazu bewegt, eine solche Gestalt in die Reihe seiner Elitekrieger aufzunehmen?

»Ich habe nicht daran geglaubt«, sagte Quenwin.

»Wenn dem so wäre, wärt ihr wohl kaum hierhergekommen«, sagte Fyladon. Die beiden gingen ihm auf die Nerven. Alles ging ihm in diesen Tagen auf die Nerven.

»Na ja –«

»Halt's Maul«, unterbrach Torlund seinen kleinen Gefährten. »Du quatschst zu viel.« Dann wandte er sich Fyladon zu. »Wenn's nach mir ginge, würd' ich grad auch lieber mit 'nem Weib am Schwanz einen saufen.« Er brach in schallendes Gelächter aus. »Dieser Zauberscheiß geht mir kräftig am Arsch vorbei. Aber Auftrag is' Auftrag, wa'?«

Danke für diese bildliche Erklärung, dachte Fyladon und ließ den Blick wieder zur Seelenquelle schweifen. Der Leuchtende nannten sie ihn jetzt. Einige seiner Leute hatten ebenfalls einen Beinamen erhalten. Livayn der Helle zum Beispiel, weil auch er das Licht der Seelen hervorbringen konnte. Auch Nyander würde bald einen erhalten, der sich auf das Seelenlicht bezog.

Allmählich kamen sie dem Plateau näher und Fyladon hoffte inständig, dass sich Livayn und sein Schüler bereits zurückgezogen hatten. Sie durften nicht entdeckt werden, sonst würde das die Sicherheit von allen gefährden. Und auch, wenn er Meliin nicht mehr zu Gesicht bekam, war sein höchstes Ziel jede Gefahr von ihr fernzuhalten. Jede einzelne.

»Was wirst du gleich mit uns machen?«, fragte Quenwin.

Fyladon seufzte und gab dann die Antwort, die er in den vergangenen Monaten so vielen Fragenden gegeben hatte. »Ich werde die umherirrenden Seelen rufen und gleichzeitig unsere Anwesenheit vor ihnen verbergen. Aber auch vor euren eigenen Seelen. Und nur wenn mir das gelingt, werden sich eure Seelen aus dem Fleisch hervorwagen und mit den Verstorbenen in Verbindung treten.«

»Wird es weh tun?«, fragte Quenwin weiter und erhielt sofort einen festen Schlag als Antwort.

»Ich zeig' dir gleich was weh tut«, sagte Torlund und zog die beiden letzten Worte in die Länge, um sich über den kleinen Barbaren lustig zu machen. »Jetzt halt's Maul und lass dir kein' Schwachsinn erzähl'n.«

Fyladon schwieg. Wenn diese Art der Unterhaltung der übliche Umgangston zwischen den beiden war, dann wunderte es ihn nicht, warum Quenwin so dumm war. Die Schläge halfen sicher nicht dabei, klüger zu werden. Ein Grinsen schlich sich auf sein Gesicht.

Sie erreichten die Seelenquelle und zu Fyladons Erleichterung war von Nyander und Livayn keine Spur zu sehen. Sie hatten alles für das Ritual vorbereitet, aber nun war er mit den beiden Barbaren alleine. Der Bote hatte es offenbar rechtzeitig geschafft.

»Dann fangen wir mal an«, sagte er, schritt unter dem kahlen Baum hindurch und klopfte mit seiner Hand auf die steinerne, mit Stroh gepolsterte Bank. »Wessen Seele wollen wir zuerst rufen?«

Quenwin trat einen Schritt zurück. Torlund blieb unbeeindruckt stehen und musterte die Seelenquelle. Der Ort hatte nichts Magisches an sich. Noch nicht. Dann ging Torlund auf Fyladon zu.

»Wir ham' nich' ewig Zeit«, sagte der Barbar.

»Dann leg dich dort hin«, befahl der Magier und deutete auf die Bank im Zentrum.

Torlund murrte, setzte sich dann jedoch auf das Heu und lehnte sich zurück. »Wag's ja nich', mich zu verarsch'n. Und tatsch mich bloß nich' an.«

Wieder stieg ihm der stinkende Atem des Barbaren in die Nase. *Wenn es nach mir ginge, wären selbst zehn Meilen Abstand zwischen uns noch nicht genug*, dachte Fyladon, doch er verkniff sich den Spruch. Es wäre ein Fehler, es sich mit den beiden zu verscherzen. Stattdessen sagte er: »Schließ die Augen und versuch an nichts zu denken. Und vor allem: Sag nichts!«

»Ich –«

»Nichts!«, sagte Fyladon mit Nachdruck. »Ansonsten können wir es gleich lassen.«

Stille. Nur ein seichter Wind, der sich seinen Weg durch die Zweige des Baums suchte.

Die Kohlen, die in den zwei Feuerschalen neben Torlund lagen, waren erst vor wenigen Minuten zum Glühen gebracht worden. Fyladon nahm die Mischung aus Harz, Wurzeln und Kräuterblättern aus der kleinen Schale, die auf einem der beiden Steinsockel stand, und streute sie auf die Kohlen. Kurz zischte es, dann stieg der Qualm in die Höhe. Der Magier schritt zur anderen Seite und wiederholte die Prozedur, bis der blaue Himmel hinter dem Grau verschwand und sie drei in dunklen Nebel gehüllt waren.

BUMM.

Der erste Trommelschlag ließ Quenwin zusammenzucken.

BUMM.

Das Ritual begann mit langsamen Trommelschlägen, die aus dem Inneren des Berges zu ihnen heraufschallten und sich immer schneller werdend zu einem Rhythmus vereinten, der den menschlichen Herzschlag zu beschleunigen vermochte. BUMM. BUMM. BUMM.

Mehr und mehr verdunkelte der Rauch die Sicht und vertrieb den Tag. Wie so oft in den vergangenen Wochen, in denen hunderte Besucher anderer Stämme gekommen waren, um diesem Wunder beizuwohnen, faltete Fyladon die Hände. Er stand am Kopf des Liegenden und sammelte seine Kräfte. *Denk an Meliin!*

Er trennte seine Hände voneinander, hielt beide um den Kopf Torlunds und ließ den Energiestrom aus seiner Brust, durch die Arme in die Finger und von dort in die Dunkelheit fließen. Wie plötzlich auftauchende Glühwürmchen begann der ganze Kopf des Barbaren zu flimmern. Torlund zuckte.

»Pscht«, sagte Fyladon, um ihn zu beruhigen.

Dann konzentrierte er sich wieder auf seine Magie. Fyladon bewegte seine Hände aufeinander zu und schob so das Licht zusammen, bis er es gebündelt und hell leuchtend vor sich hielt.

»Mach die Augen langsam auf, Torlund«, flüsterte Fyladon.

Der Barbar gehorchte ihm. Noch immer schwieg er.

»Das ist deine Seele«, sagte der Magier. »Das ist deine Kraft.«

Schweigen.

Nicht, weil Fyladon es ihm befohlen hatte, sondern aus Ehrfurcht vor den Geistern, den Seelen, den Göttern. Woran auch immer Torlund glaubte, es hatte ihn ergriffen. Fyladon hatte das schon oft beobachtet und genau dies sollte das Ritual auch bezwecken. Ehrfurcht. Ehrfurcht vor den Seelen und Ehrfurcht vor dem Stamm des Lichts.

Kapitel 10: Der Schlächter

»Ihr habt wirklich starke Seel'n in euren Reih'n«, sagte Torlund zu Herom. Die beiden standen sich vor dem Dorf gegenüber, die Einwohner hinter ihrem Häuptling gesammelt. Nur wenige, darunter auch Fyladon, standen neben Herom. »Wir haben uns umgeseh'n und einige gefund'n, die Relor gern in seinen Reihen hätte.«

Fyladon seufzte. Bis zuletzt hatte er gehofft, dass Herom sich irren würde, doch wie sich jetzt zeigte, hatte er von Anfang an Recht behalten.

»Der Große Stamm wird kommen«, hatte der Häuptling ihm im Vertrauen erzählt. »Wenn das Ritual des Lichts weiterhin so viele Menschen in der Umgebung anlocken wird, wird es sich herumsprechen. Und dann wird auch der Große Stamm Wind von der Sache bekommen.«

»Dann werden Livayn und ich die Seelen auch bei ihnen sichtbar machen. Wo ist das Problem?«

»Das werdet ihr zwar tun, aber das wird sie in ihrem Plan nur bekräftigen. Weißt du, warum dieser Stamm der Große Stamm genannt wird?«

»Nein.«

»Weil es im Grunde der einzige ist«, sagte Herom. »Alle anderen Stämme sind ihm unterstellt. Was Häuptling Relor sagt, das ist Gesetz. Wer sich dagegen wehrt, wird zum Ziel des Schlächters.«

»Und warum sollten wir sie uns zu Feinden machen?«, fragte Fyladon. Für ihn ergab das alles keinen Sinn.

Herom schüttelte den Kopf. »Der Punkt ist: Was Relor sagt, ist Gesetz. Und eines dieser Gesetze wird dir ganz und gar nicht gefallen.«

»Welches?« Fyladon stieg ein Kloß in den Hals.

»Einst kam der Stamm an die Macht. Und um seine Macht auch weiterhin zu festigen, haben schon Relors Vorfahren ein System entwickelt, ihren eigenen Stamm zu stärken und gleichzeitig die anderen zu schwächen. Fällt dir ein, was das wohl sein könnte?«

Er griff sich mit Daumen und Zeigefinger ans Kinn. »Ich denke nicht, dass du auf irgendwelche Abgaben anspielst oder?«

»Oh, sehr gut!«, rief Herom aus. »Abgaben verlangt er natürlich auch. Und doch meine ich etwas anderes. Obwohl man es wohl auch irgendwie als Abgaben bezeichnen könnte.«

Dann dämmerte es Fyladon. »Sie fordern Menschen ein!«

Herom nickte. »So ist es. Und zwar nicht irgendwelche Menschen. Wenn sie ihre Krieger in die Dörfer schicken, um die Abgaben einzutreiben, manchmal auch um bestimmten Gerüchten nachzugehen, sehen sie sich die Einwohner ganz genau an. Und wenn sie jemanden mit großem Talent entdecken ...«

»... nehmen sie ihn mit.«

»Richtig. Daher kann sich kein Stamm mit ihnen messen. Denn egal wie viele große Krieger man hervorbringt, letztlich landen sie doch alle beim Großen Stamm.«

Fyladon schluckte. Das bedeutete ...

»Man sagt, sie töten sogar ihre eigenen Kinder, wenn sie zu schwach sind«, sagte Herom und sah ihm tief in die Augen. »Sie sind drei Jahre alt, wenn die Entscheidung gefällt wird. Sie würden viel Zeit und Ressourcen sparen, wenn sie diese Entscheidung direkt fällen könnten. Vielleicht sogar noch im Mutterleib.«

Fyladon stellte sich vor, wie Meliin durch das Schwert eines Hünen in zwei Teile zerhackt wurde. Eine Gänsehaut zog sich über seinen Rücken bis hinauf zu seinem Nacken.

»Wenn sie also direkt sehen könnten, aus wem einmal ein großer Krieger wird, würde sie das viele Mühen sparen. Es würde sie noch stärker, noch effizienter machen«, sagte Herom.

Fyladon wusste genau worauf er anspielte und hatte doch nicht den Mut, die schreckliche Wahrheit auszusprechen.

»Du kennst eine Möglichkeit. Du bist der Schöpfer dieser Fähigkeit. Und sie werden davon erfahren.« Der Häuptling machte eine Pause. »Tut mir leid, dir das sagen zu müssen, aber du wirst nicht lange bei uns bleiben können. In zwei, drei Monaten werden sie hier auftauchen, weil sich die Gerüchte über das Wunder der Seelenquelle herumgesprochen haben und sie werden dich mit sich nehmen. Das ist unvermeidlich.«

Das war also sein Schicksal? Er hatte den Großen Krieg überlebt, hatte diese endlose Flucht überstanden, war auf den einzig zivilisierten Stamm in den Bergen getroffen, hatte seine Leute die ganze Zeit beschützt. Doch wozu das alles? Um letztendlich von Kindermördern entführt zu werden und selbst zu einem zu werden? Sein Licht würde über Leben und Tod entscheiden, so viele Kinder würden seinetwegen sterben.

»Das gute an der Sache ist«, sagte Herom, »dass wir wissen, *dass* es passieren wird, weshalb wir uns darauf vorbereiten können.«

»Du hast einen Plan?«, fragte Fyladon. Wenn er jemanden aus dem Stamm des Lichts etwas abgewinnen konnte, dann war es Herom. Er verstand es, seinen Stamm zu führen und war dabei nicht so arrogant wie der Hochadel der Weißen Stadt. Wenn Fyladon in jemanden seine Hoffnung setzen konnte, dann in ihn.

»Ja. Und nein. Ich habe einen Plan, aber er wird dir nicht gefallen und auch nicht verhindern, dass du zum Großen Stamm wechseln wirst. Vermutlich wird er nicht einmal verhindern, dass du dort sterben wirst.« Heroms Miene war wie versteinert, ließ keinerlei Anzeichen für Mitleid, aber auch keines für Häme durchscheinen. »Aber es wird dem Stamm des Lichts helfen.«

Zum Teufel mit dem Stamm des Lichts! Warum sollte er diesen Barbaren helfen?

»Was hast du vor?«, fragte er.

»Das werde ich dir nur unter einer einzigen Bedingung erzählen, Fyladon der Leuchtende«, sagte Herom. Für eine Sekunde senkte er den Blick. Nur ganz kurz, doch Fyladon entging es nicht.

»Welche Bedingung?«

»Du wirst dich auch weiterhin von Meliin fernhalten und jeglichen Kontakt zu ihr abbrechen.«

Wie durch einen Schlag ins Gesicht, nein, wie durch einen Huftritt eines Pferdes, wurde sein ganzer Zorn davongeschleudert. In seinem Kopf war nichts als Leere. »Meliin? Warum?«

»Sie hat sich an ihre neue Heimat gewöhnt und das hat sie ohne dich geschafft. Ihr geht es gut. Sie fängt an, sich wie ein normales Mädchen zu benehmen. Zumindest soweit, wie es dem Phönixmädchen möglich ist.«

»Hör auf, sie so zu nennen!« Phönixmädchen. Meliin sollte diese Zeit der Asche vergessen und nicht mit einem dämlichen Namen daran erinnert werden. »Außerdem: Wenn sie sich eingelebt hat, was ändert sich daran, wenn ich sie wieder sehe? Du hast mir versprochen, dass ich nur noch eine Woche warten muss.«

»Das stimmt. Und ich stehe zu meinen Versprechen. In einer Woche darfst du sie sehen. Aber dann erzähle ich dir nicht von unserem Plan. Ich werde für mich behalten, wie wir den Großen Stamm vernichten wollen, damit wir alle ein besseres Leben haben werden. Ein besseres Leben – auch für Meliin.«

»Dann nehme ich sie eben mit mir!« Seine Stimme steigerte sich zu einem hysterischen Schreien.

»Fyladon«, sagte Herom. »Du bist ein schlauer Mann. Ich muss dir nicht erklären, dass das, was du erzählst, Unsinn ist.«

Der Häuptling hatte recht. Das erkannte der vernünftige Fyladon, doch der vor Verzweiflung tobende, bäumte sich dagegen auf, als würde die Akzeptanz der Wahrheit seinen Tod bedeuten. Tat es das nicht auch irgendwie?

»Es ist überhaupt kein Unsinn!«, schrie er.

»Du willst Meliin«, sagte Herom ruhig, »ein kleines Mädchen, das endlich zu leben angefangen hat, mit in den Vulkan nehmen? Mit zu denjenigen, die schwache Kinder einfach töten? Zu denjenigen, die Frauen behandeln wie Vieh? Für den Großen Stamm wäre sie nichts anderes, als ein Objekt, in das sie ihre Saat pflanzen können. Das willst du ihr antun?«

»Ich ...« Ihm fehlten die Worte.

»Ich weiß, was du möchtest. Du möchtest Meliin bei dir haben und alles tun, um sie zu beschützen, richtig?«

Der Magier nickte langsam.

»Nur ist das nicht möglich. Wenn du bei ihr bleibst, wirst du sie verletzen. Es wäre, als würden all ihre Wunden wieder aufreißen und wer weiß, ob sie dann je wieder verheilen.«

Er schwieg.

»Sie fängt gerade an, die Trennung zwischen euch beiden zu überwinden.« Diese Worte versetzten Fyladon einen Stich ins Herz. »Wenn du diese Trennung jetzt wieder aufhebst, nur damit eure Bindung in ein paar Monaten erneut zerreißt und noch schmerzhafter wird, wird sie das verletzen. Das weißt du.«

Ja, er wusste es. Und doch ...

»Gib ihr nicht die Hoffnung, um sie ihr dann wieder zu entreißen.«

Aber ...

»Es wird ihr hier gut gehen. Livayn ist für sie da und auch ich habe das Früchtchen in mein Herz geschlossen. Ich verspreche dir, dass ich auf sie aufpassen werde. Ihr wird kein Haar gekrümmt werden. Wenn auch du deinen Teil dazu beiträgst, können wir sie in eine Zukunft des Friedens führen.«

Wieder sah er die Asche. Er sah Pekarot. Und er sah den Schlächter.

»Sch...« Seine Stimme versagte. Tränen stiegen ihm in die Augen. Dann räusperte er sich und setzte erneut an. »Schwöre es!«

Herom erhob sich von seinem Stuhl und sah Fyladon an, ohne auch nur ein einziges Mal zu blinzeln. »Ich, Herom der Auserwählte, schwöre dir, Fyladon dem Leuchtenden, dass ich mich um Meliin kümmern werde, als wäre sie meine eigene Tochter.«

Langsam nickte Fyladon.

Tausende Stimmen kreisten in seinem Kopf und doch hörte er nichts. Eine lärmende Stille.

Dann, nach gefühlten tausend Stunden, hatte Fyladon gesagt: »In Ordnung. Erzähl mir von deinem Plan.«

Kapitel 11: Das Phönixmädchen

Meliin hatte nie das Bedürfnis verspürt, sich den Anweisungen eines Erwachsenen zu widersetzen. Doch am heutigen Tag in Heroms Haus zu bleiben, kam für sie nicht in Frage. So hektisch wie er aufgesprungen war und ihr verboten hatte, nach draußen zu gehen, war für sie klar, dass dort etwas Wichtiges vor sich gehen musste. Und irgendwie spürte sie, dass es mit Fyladon zu tun hatte.

Meliin hielt es nicht mehr aus. Sie musste hier raus. Also sprang sie von ihrem Holzhocker auf und rannte zur Tür. Ein kurzes Rütteln genügte, um ihre Vermutung zu bestätigen. Sie war abgeschlossen. *Verflucht!*, dachte sie und sofort ermahnte sie sich in Gedanken. Fyladon hatte ihr gesagt, dass sie dieses Wort nicht verwenden sollte.

Aber wenn sie sich ohnehin über das Gesetz eines Erwachsenen hinwegsetzte, warum dann nicht noch über ein zweites? Es war Zeit Fyladon eine Lektion zu erteilen. Wenn er verhindern wollte, dass sie das böse Wort sagte, dann sollte er eben bei ihr sein, um sie auszuschimpfen. Aber solange er es nicht war, konnte sie es sagen. Ja, das konnte sie!

»Verflucht«, sagte sie leise. Sie sah sich um, als würde gleich ein Blitz vom Himmel herabfahren und sie erschlagen, doch es passierte nichts. Dann, dieses Mal mutiger, rief sie: »Verflucht!«

Keine Reaktion. Was hatte sie auch erwartet? Hatte sie geglaubt, Fyladon würde herbeigestürmt kommen? Nein, wohl kaum. Aber gehofft hatte sie es dennoch.

Wieder stiegen ihr Tränen in die Augen und ein Schleier legte sich über die Welt. *Diese blöden Tränen!*, dachte sie und wischte sich durchs Gesicht. Sie schniefte, denn auch ihre Nase hatte sich gegen sie verschworen und das Wasser in ihrem Inneren in Bewegung gesetzt.

In letzter Zeit musste sie häufiger denn je an Fyladon denken und fast jedes Mal kamen ihr die Tränen. Sie hatte ihn oft aus dem Haus heraus beobachten können, doch auf ihre Rufe hatte Fyladon nicht reagiert. Er war einfach weitergegangen. Und sobald sie das Haus verlassen durfte, war er nirgends mehr zu sehen gewesen. Einfach allein gelassen zu werden, ohne den Grund dafür zu kennen, war kein schönes Gefühl. Ganz und gar nicht. Und auch Herom gab ihr keine Antworten.

»Dann muss ich hier raus«, sagte sie zu sich selbst und ballte die Hände zu Fäusten. Immer wenn sie das Haus nicht verlassen durfte, schlich Fyladon draußen umher. »Dann werd' ich ihn zur Rede stellen.«

Das war ein guter Plan! Aber wie sollte sie hier rauskommen? Durch die Tür ging es schon einmal nicht. Ob sie sich durch das schmale Fenster hindurchquetschen konnte?

Sie nahm ihren Hocker, kippte ihn und ließ dann zwei der vier Beine über den Boden kratzen. Um ihn zu tragen, war er viel zu schwer, immerhin war er fast so groß wie sie. Das Schaben war laut und machte sie nervös. Jeder in Sonnquell würde es hören. Und doch zog sie weiter, denn in ihrem Kopf wurde ein Gedanke immer lauter und übertönte alles andere. *Fyladon. Fyladon. Fyladon.*

Als der Hocker das Fenster erreicht hatte, stieg sie auf eine der Quersprossen, die die Beine miteinander verbanden, so als wäre es eine Leiter. Dann wuchtete sie ihr Knie auf die Sitzfläche und schob sich so noch weiter in die Höhe, bis sie aufrecht stand. »Verflucht«, sagte sie. Selbst mit ausgestreckten Armen war das Fenster immer noch zu weit entfernt.

Sie winkelte ihre Beine an und dann, mit all ihrer Kraft, sprang sie nach oben, die Arme in die Luft gereckt. Wäre sie auch nur ein winziges Stückchen kleiner gewesen, hätte sie die Kante des Fensters nicht erreicht, doch so krallten sich ihre Finger an den Stein. Sie biss die Zähne zusammen und zog sich nach oben und stützte sich dabei mit ihren Füßen an der Wand ab. *Wie eine Spinne,* sagte sie sich.

Mit kleinen Schritten kam sie dem Spalt näher, bis sie ihren Arm durch das Fenster strecken und sich an der äußeren Fensterkante festhalten konnte. Dann begann sie damit, ihren Oberkörper durch das Fenster zu ziehen. Kurz blieb sie stecken, wand sich dann jedoch wie eine Schlange hin und her und kam so wieder voran.

Meliin ragte aus dem Fenster heraus und starrte auf den trockenen Boden, der von hier oben unerreichbar erschien und als steiler Abhang noch weiter in die Tiefe führte. *Wenn ich hier herunter springe, wird das ziemlich wehtun,* dachte sie. *Und wenn ich dann den Halt verliere und den Hang hinabrolle ...* Sie schluckte.

Meliin hatte einmal belauscht, wie Fyladon sie ein Kind des Glücks genannt hatte, als er mit Livayn gesprochen hatte. Auch sie wusste, dass es der Wahrheit entsprach. Und die Leute hier im Dorf nannten sie häufig Phönixmädchen. Der Phönix, so hatte ihr Livayn erklärt, sei ein höchst seltener Vogel, der nur aus Feuer bestand und niemals starb.

Ihr gefiel der Name Phönixmädchen. Sie mochte ihn. Und wenn all die klugen Erwachsenen damit Recht hatten, was sie sagten, egal ob sie nun ein Kind des Glücks oder das Phönixmädchen war, dann konnte ihr schließlich nichts geschehen, oder?

Sie sprang.

Kapitel 12: Der Lügner

»Wir nehmen den Schamanen«, sagte Torlund und grinste breit. »Talentierter Bursche dieser Fidalon.« Er lallte leicht.

Herom hatte recht gehabt, dass es ein Vorteil war, auf diesen Tag vorbereitet zu sein, dachte Fyladon. Nach Außen zeigte er keinerlei Regung, nickte nur und hatte das große Ganze vor Augen. Jenen Plan, der so riskant war, der das Unmögliche möglich machen sollte. Fyladon würde das Licht hinter sich lassen und von nun an nur noch in der Dunkelheit leben wie ein Maulwurf. Der Plan konnte funktionieren, konnte sie aber auch alle in den Untergang befördern. Doch eigentlich dachte er nur an Meliin und malte sich aus, wie sie zu einer Frau heranwachsen und ein angenehmes Leben führen würde. Mit langen braunen Haaren und einem weißen Kleid, das im Wind wehte. Und mit ihren strahlend blauen Augen. Dieses Bild des Friedens umgab ihn, als er einen Schritt nach vorne trat.

»Wirst uns Ehre machen, nich'?«, fragte ihn Torlund.

Fyladon ignorierte ihn und tat nur das Nötigste, um es sich mit den beiden Besuchern nicht zu verderben. Die anderen Bewohner Sonnquells verhielten sich anders. Sie schrien Tormund an und verfluchten ihn dafür, dass er ihnen ihr Wunder stahl. Hätte Herom den Befehl zum Angriff gegeben, da war sich Fyladon sicher, würden sie losstürmen und Torlund und Quenwin zerfleischen. Da dieser Befehl aber ausblieb, beließen sie es bei den Beschimpfungen.

Dabei vergaßen die meisten von ihnen, dass zwar der Leuchtende aus ihren Reihen verschwinden würde, das Seelenlicht würde ihnen jedoch erhalten bleiben. Sie hatten noch Livayn. Und seit Herom ihm die Schreckensbotschaft überbracht hatte, hatte sich Fyladon mit dem alten Magier zusammengetan und die Ausbildung von Nyander in Angriff genommen. Gemeinsam würden die beiden auch ohne ihn das Ritual durchführen können, nur durfte das der Große Stamm nicht erfahren. Noch nicht.

»Dann habt ihr ja, was ihr wollt«, sagte Herom und die Schreie der Menge wurden leiser. Ob ihre Wut nun in Enttäuschung umschlug, wo ihr Auserwählter so einfach zusagte und nichts unternahm? »Ihr solltet bald losziehen, sonst könnte euch die Nacht kalt erwischen.«

»Wir ha'm doch jetz' unser Glühwürmchen hier«, sagte Torlund. Er lachte. Die Beschimpfungen der Menge hatten ihm nicht zugesetzt. Ganz im Gegenteil zog er seine Kraft aus dem Hass anderer und gedieh dadurch wie Gras im Regen.

»Eigentlich«, mischte sich Quenwin kleinlaut ein, »wollten wir noch zwei weitere Personen einziehen.«

»Ach richtig, hätt' ich fast vergessen«, sagte Torlund. »Wir nehmen die beiden Riesen noch mit uns.«

Torlund deutete auf Garumt und seinen Bruder – Pekarot. Wieder entfuhr der Menge ein Stöhnen, in das sogar Fyladon einstimmte. Damit hatte er nicht gerechnet. Nach all dem würde Pekarot ihn begleiten? Nicht einmal dieses Übel blieb ihm erspart. *Immerhin ist er dann weg von Meliin.* Und auch die anderen Frauen würden erlöst werden.

Pekarot kam mit einem breiten Grinsen auf ihn zu. So wie er zu Torlund hinübersah und dieser seinen Blick erwiderte, war es für den Riesen wohl keine Überraschung gewesen. Es war abgesprochen. Pekarot stolzierte neben ihn und ließ klar erkennen, welche Ehre es für ihn war, dem Großen Stamm beizutreten. Sein Bruder Garumt war etwas kleiner, doch ansonsten sahen sich die beiden zum Verwechseln ähnlich. Besonders jetzt, wo sie lachend nebeneinander standen.

»War's das jetzt?«, fragte Herom. Mit der Einziehung seines besten Kriegers hatte er offenbar nicht gerechnet, vielleicht hatte er aber auch einfach darauf gehofft, Fyladon würde ihnen genügen. Man konnte sein Zähneknirschen fast hören.

Dann trabte Pekarot zu Torlund und flüsterte ihm etwas ins Ohr. Danach grinste auch er. »Einen müss'n wir noch mit uns nehmen«, sagte Torlund. »Auf Wunsch unseres Ehrengasts.«

Torlund machte eine lange Pause. Ihm gefiel dieses Spielchen.

»Und wer soll es dieses Mal sein?«, fragte Herom. Er hatte zu seiner alten Ruhe zurückgefunden.

»Wie hieß sie?«, fragte Torlund Pekarot. Scheinbar hatte sich der Alkohol längst durch sein Hirn gefressen.

Pekarot antwortete nicht laut, sondern flüsterte es Torlund erneut zu.

»Ah«, sagte dieser. »Ladwia! Sie wird auch noch mit –«

»NEIN!«, schrie eine Stimme aus der Menge. »Nein! Nicht Ladwia!«

Korynar stürmte hervor, sein Gesicht wutverzerrt. Mit Schritten so schwer wie Felsbrocken rannte er auf Herom zu. Zwei Wachen reagierten blitzschnell und hielten ihn von ihrem Häuptling fern. Nur unter Aufbringung all ihrer Kräfte gelang es ihnen.

»Du hast es versprochen!«, schrie er Herom ins Gesicht. Speichel wirbelte durch die Luft. »Du hast gesagt, sie kommt nach drei Jahren zurück zu mir. Nach drei Jahren!«

»Korynar, ich kann da nichts –«, sagte Herom.

»Du hast es versprochen!« Mit einem Ellbogenschlag traf Korynar eine der Wachen an der Schläfe, die sofort zu Boden ging. Er löste sich vom zweiten Mann, rannte die letzten zwei Schritte zu Herom und griff dem Häuptling an den Kragen. »Sie ist schwanger, du elender ...!«

Die Wucht des Ansturms war so groß, dass beide zu Boden stürzten. Als Korynar mit seiner Faust auf Heroms Gesicht einschlagen wollte, wandte der Häuptling seinen Kopf gerade noch zur Seite. Die Faust donnerte in den trockenen Boden. Staub wirbelte auf.

Fyladon verlor die Kämpfenden aus dem Blick, denn die Menge war bei den beiden angekommen und versuchte sie auseinanderzuzerren. Was genau sich dort abspielte, konnte er nicht mehr erkennen. Es widerte Fyladon an, dass Pekarot eine hochschwangere Frau mit in den Vulkan nehmen wollte. Gemessen am Umfang ihres Bauches konnte das Ungeborene jeden Moment entscheiden, auf die Welt kommen zu wollen. Gerade gestern erst hatte ihm Korynar voller Stolz erzählt, dass sie ihren Sohn Trion und ihre Tochter Lysa nennen würden. Weder Ladwia noch ihrem Kind würde eine gute Zeit bevorstehen. Fyladon würde auch für die beiden sein Bestes geben und Heroms Plan in die Tat umsetzen. Das schwor er sich.

»Genau, wie du's gesagt hast«, sagte Torlund neben ihm.

»Dieser Kerl ist ein heißblütiger Idiot«, sagte Pekarot und stimmte ins Gelächter ein. »Und sein Weib scheint ihm besonders am Herzen zu liegen.«

»Is' sie so gut?«, fragte Torlund.

»Sie? Ne«, sagte Pekarot. »Aber ihr Körper ist ganz gut zu gebrauchen. Und nach vier, fünf Schlägen weiß sie auch, dass ihr das Schreien nichts bringt. Und seit sie kugelrund ist, macht's gleich doppelt Spaß.«

Torlund leckte sich über die Lippen und Fyladon wollte sich gar nicht ausmalen, was diesem Ekel gerade durch den Kopf ging. Er hasste es, sich an den Plan halten zu müssen und biss sich auf die Lippen. Jedes Wort konnte die Situation verschlechtern.

Die Menge hatte beide Kämpfenden voneinander lösen können. Korynar strampelte immer noch, doch gegen die vier Männer, die ihn auf den Boden drückten, konnte er nichts ausrichten.

Fyladon vergaß alles um sich herum. Da, nur drei Meter entfernt, stand Meliin. Ihr Kleid war schmutzig. Ihre blauen Augen sahen zu ihm herüber. Was hatte sie hier zu suchen? Herom hatte versprochen, er würde dafür sorgen, dass sie das hier nicht mitansehen müsste. Und nun stand sie da, neben all den Leuten, neben zwei sich prügelnden Männern. Etwas Rotes lief ihr von der Stirn über die Nase bis zum Kinn herab, wo es tropfend zu Boden fiel. Blut?

»Hab sie«, sagte eine Stimme neben Fyladon, doch er nahm sie gar nicht richtig wahr. Was bei Elionna war mit Meliin passiert? Er sah sie seit Monaten zum ersten Mal und dann war sie von Wunden übersät? *Ihr geht es gut*, hatte Herom gesagt. *Ihr wird kein Haar gekrümmt*, hatte er gesagt. *Ich werde sie beschützen*, hatte er gesagt. Waren das alles Lügen?

»Los jetz'«, sagte Torlund neben ihm und griff ihm an die Schulter. »Wir geh'n.«

»Wohin?«, fragte Fyladon völlig perplex.

»Zum Vulkan, du Idiot.«

»Aber«, begann Fyladon, doch als er mit einer harten Drehung herumgerissen wurde, immer noch zur blutüberströmten Meliin blickend, wurde ihm die Luft aus der Lunge gedrückt.

»Beweg dich, Glühwürmchen!«

Die Worte wurden von einem Schlag in seine Rippen begleitet. Dumpfer Schmerz durchströmte ihn. Keuchend rang er nach Atem. Dann ein Schubser von hinten, der ihn nach vorne stolpern ließ.

Waren das Tränen in ihren Augen gewesen? Hatte Herom gelogen? Hatte er die Wahrheit gesagt? Wo kam das Blut her? Ging es ihr gut? War der Plan Wirklichkeit? Was war Wahrheit? Was war Lüge?

Tausende Fragen schossen Fyladon durch den Kopf und in diesem Moment wusste er, dass er auf keine eine Antwort erhalten würde. Nicht heute. Nicht morgen. Niemals. Sein neues Leben würde nicht mehr auf Gewissheiten basieren. Nur auf Hoffnungen, die niemals Erfüllung finden würden. Dann hörte er einen Schrei.

»Ladwia!«

Und dann einen zweiten, der ihm das Herz zerriss.

»Fyladon!«

SCHATTEN DER VERGANGENHEIT

Kapitel 1

Eine kräftige, fremdartige Stimme hallte durch die Stadt. Korynar folgte ihr. Sie führte ihn in eine enge Gasse. Zu beiden Seiten schirmten mehrstöckige Steinhäuser das Tageslicht ab. Korynar drängte sich an einer Kutsche vorbei, betrat einen kleinen Platz und stieß auf eine aufgebrachte Menschenmenge. Die Stimme gehörte zu einem bärtigen Mann, der mit ausgebreiteten Armen auf der Stadtmauer stand. Er war in einen Mantel gehüllt, seine Haut war bleich und er klang zwar, als würde er ihre Sprache nicht perfekt beherrschen, redete aber mit erhobenem Kinn und einem Ausdruck unerschütterlicher Wahrheit in seinem Blick. Neben ihm saß eine junge Frau, die mit den Strähnen ihres blonden Haares spielte. Korynar hielt sich im Hintergrund und versuchte, den Worten des Predigers zu folgen. »... sah er auf uns herab. Ailorn. Er lebte zwischen den Göttern, zwischen euren und unseren. Er sah, wie sie die Menschheit schon vor langer Zeit verrieten. Nicht nur die weiße Frau Elionna hat die Plagen der letzten hundert Jahre zu verantworten, auch Ontanon hintergeht euch schon lange ...«

Eine unheimliche Stille legte sich über den Platz. Die Karokkaner, unter denen Korynar seit mehreren Jahren lebte, hatten immer Angst vor den Bergen, Angst vor Ontanon, gehabt. Irgendwann hatte jedoch auch sie der Große Krieg dazu gebracht, Elionna abzuschwören, Ontanon anzubeten und hierher zu fliehen. Beinah wie in seiner Heimat damals. Nur hatten diese Menschen nicht erst eine Wüste durchqueren müssen.

»Viele Jahre habt ihr gezweifelt und euch immer wieder gefragt, welchem Gott ihr folgen sollt, aber wurdet stets enttäuscht. Elionna versprach euch Sicherheit und doch ließ sie ihre erste Schöpfung vergehen. Sie sind zu gewissenlosen Barbaren geworden. Sie hat euch im Stich gelassen, als diese Barbaren über eure Länder herfielen. Sie hat euch im Stich gelassen, als die Rhakáner eure Höfe und Häuser verbrannten und eure Frauen vergewaltigten. Und das, obwohl ihr mit den Tempeln, die ihr zu Elionnas Ehren erbautet, eure eigenen Fähigkeiten übertroffen habt. Kein Wunder, dass ihr dachtet, ihr hättet die ganze Zeit auf der falschen Seite gestanden. Kein Wunder, dass ihr euch Ontanon zugewandt habt. Dass ihr in sein Gebirge geflohen seid, in der Absicht, ihm zu helfen. In der Hoffnung, alles würde besser werden, wenn ihr gemeinsam mit ihm die Welt von Elionna befreit. Doch hat er sich euch wirklich angenommen? Ist die andere Seite immer die richtige, wenn man auf der falschen Seite stand?«

Als der Prediger eine Pause machte, brach Lärm los. Stimmen überschlugen sich, einige ballten die Fäuste und drohten damit ihrem Nächsten. Viele verteidigten Ontanon, immerhin lebten sie schon seit einigen Jahren in Frieden. Mindestens genauso viele äußerten allerdings Zweifel und meinten, dass es nur eine Frage der Zeit war, bis die Rhakáner erneut über sie herfielen und gaben dem Prediger Recht. Zwar hatte Ontanon auch Korynar in seinen Bergen aufgenommen und ihn damit vor dem sicheren Tod bewahrt, aber ein gutes Leben hatte er in all den Jahren nicht gehabt. Ständig waren neue Menschen aus allen Teilen der Welt in die Berge gekommen. Ständig hatte es Kriege gegeben. Für manche war Korynar sogar selbst verantwortlich. Seit Pekarot ihm seine Frau genommen hatte und er vom Stamm des Lichts verstoßen worden war, hatte er versucht, sie zu befreien. Das war jetzt über zwanzig Jahre her. Er hatte Kriege herbeigeführt und Freunde verraten. Tausende waren gestorben. War es reine Verzweiflung gewesen, die ihn zu einem solchen Monster hatte werden lassen?

»Auch Ontanon brachte euch Leid. Ailorn berichtet von einem Sturm, der aufkommen wird. Von Plagen und Tod, die die Götter senden. Von Reitern, die Feuer und Wasser mit sich bringen und von Monstern, die die Menschheit auslöschen werden ... Denn das ist es, was eure Götter erfreut. Euer Leid mit anzusehen.«

Erste Fäuste flogen. Jeder schrie seine Ansicht heraus und erklärte den zum Feind, der diese nicht teilte. Korynar zog sich in den Schatten eines Hauses zurück, behielt den Prediger aber im Blick. Konnte Wahrheit in seinen Worten liegen? Vielleicht wollte Ontanon sein Gebirge von der Menschheit reinigen. Vielleicht hatte er eingesehen, dass es ein Fehler gewesen war, so vielen Zuflucht zu gewähren. Korynar würde es verstehen. Auch er hatte viel Leid über die Menschen in den Bergen gebracht. Er war als Sklave nach Karokk gekommen, doch hatte es geschafft, sich zum Kommandanten hochzuarbeiten. Korynar selbst hatte die karokkanischen Soldaten angeführt, die die Rhakáner im letzten Jahr zum Sonnenzirkel in den Vulkan geladen hatten, um die Konflikte endlich zu lösen und einen dauerhaften Frieden auszuhandeln. Doch Korynar hatte immer gewusst, dass es keinen Frieden geben würde, solange Pekarot ihr Anführer war. Solange er seine Familie in seiner Gewalt hatte. Korynar hatte versucht, sie alle zu vergiften, doch irgendwie war ihm Pekarot wieder einen Schritt voraus gewesen.

»Doch Ailorn ist anders.« Da die Menge noch immer tobte, wiederholte der Prediger seine Worte. »Ailorn ist anders!«

Die Frau sprang auf. Auch ihr Gesicht strahlte in der Sonne weiß. »Er will uns retten!« Es gelang ihr nicht, den Lärm zu übertönen. Sie schrie lauter. »Hört, denn die, die gut sind, können diesem grausamen Schicksal entkommen!« Tatsächlich beruhigte sich die Menge etwas. »Wandert gen Norden. Wandert, bis ihr das Meer riechen könnt und haltet Ausschau nach den Lichtern. Wenn ihr sie seht, folgt ihnen und ihr werdet aufgenommen werden. Ihr werdet ein Zuhause haben, das voller Liebe und Gnade ist. Ailorn wird euch das Blut von den Händen waschen und alles, was er verlangt, ist Güte und Rechtschaffenheit in euren Herzen. Begrüßt ihn mit einem Lächeln, nicht mit Waffen, und ihr werdet mit einer Mahlzeit und einem Dach über dem Kopf belohnt. Wir müssen lernen, wieder als Menschheit zusammenzuleben. Zusammenzuarbeiten. Wir müssen lernen von dem, der die Menschen retten wird!«

Diese beiden, die so anders wirkten und sprachen, hatten Recht. Genau das war es, was den Menschen hier fehlte. Sie agierten nicht als Einheit und das konnten sie auch nicht. Der Krieg hatte zu viele verschiedene Reiche in diese Berge getrieben. Menschen mit unterschiedlichsten Werten, Religionen und Vorstellungen. Es hatte nur zu weiteren Kriegen kommen können. Kriege, die sich noch über ganze Generationen ziehen würden, bis niemand mehr wusste, warum sie überhaupt geführt wurden.

Ein Neuanfang. Zusammen mit seiner Familie. Weit weg von diesem Ort, der mit so viel Blut getränkt war. Weit weg von Pekarot ... Wieder stiegen die Bilder in Korynar auf, wie der Barbarenhäuptling beim Sonnenzirkel all seine Soldaten in die Kerker geworfen hatte. Wie er ihm Lysa vorgeführt hatte. Nur in dreckige Lumpen gekleidet und am ganzen Körper verwundet, hatte sie vor Korynar gestanden und ihn mit leerem Blick angestarrt, ohne zu wissen, wer er war. Seine Kameraden lagen zu beiden Seiten in Zellen. Sie sahen verzweifelt zu ihm auf, doch Korynar konnte ihnen nicht helfen. Pekarot lachte und ließ sie alle vor seinen Augen hinrichten. Als er aus dem Raum trat und seine Barbaren auf Korynar zukamen, sah er ein bekanntes Gesicht unter ihnen. Ekartor. Korynar hatte ihn Jahre zuvor in Pekarots Leibwache eingeschleust und er war trotz allem unentdeckt geblieben. Er war die kleine Flamme, der kleine Funke Hoffnung gewesen, der Korynar seitdem hatte durchhalten lassen.

»Wenn du also glaubst reinen Herzens zu sein und dem sicheren Untergang entgehen willst, so sage ich dir noch einmal, ziehe in den Norden, bis die Lichter dich leiten! Wir – Rigos und Karmia – werden euch erwarten.« Damit verabschiedeten sich die Prediger, sprangen von der Mauer und ließen die Menschen aufgewühlt zurück.

Vielleicht hatte Korynar es nicht verdient, in dieses fremde Land zu ziehen, doch seine Frau und seine Tochter hatten das ganz sicher. Ein vertrautes Gefühl stieg in ihm auf. Ein Gefühl, das er stets in Ladwias Anwesenheit verspürt hatte. Ein Gefühl, das nur das reinste Herz, dem er sich je genähert hatte, zu erzeugen im Stande gewesen war. Er dachte an den Tag vor über zwanzig Jahren zurück. An den Tag, an dem Pekarot ihm das genommen hatte. An dem dieses Monster Ladwia in den Vulkan entführt hatte, obwohl sie bereits sein Kind in sich getragen hatte. Er hatte sich geschworen, sie zurückzuholen. Er wäre noch in derselben Nacht aufgebrochen, hätte Pekarot aufgespürt und ihm seinen fetten Bauch aufgeschlitzt. Er mochte groß sein und Kräfte haben, die kein anderer Mensch aufbringen konnte, aber Korynar war sich sicher, dass er ihn nur überraschen hätte müssen. Doch dieser verfluchte Herom hatte ihn für eine ganze Woche in eine Zelle werfen lassen. Damit hatte er ihm jede Möglichkeit genommen, Pekarot zu finden, bevor dieses Monster den Vulkan erreichte. Korynar hatte keine dieser Nächte geschlafen. Ohne Pause hatte er gegen die verschlossene Tür gehämmert und die Wachen angefleht, sie mögen ihn aus der Zelle lassen, doch sie waren hart geblieben. Er durfte nicht weiter darüber nachdenken. Er konnte nicht mehr ändern, was geschehen war. Aber vielleicht waren die Prediger das Zeichen, auf das er gehofft hatte. Vielleicht waren sie die letzte Möglichkeit, noch einmal zu versuchen, das Schicksal seiner Familie zum Besseren zu wenden.

Die Menschentraube hatte sich aufgelöst und die Prediger schritten die Straße hinab, die aus der Stadt führte. Korynar lief ihnen hinterher. Keuchend kam er neben der zierlichen Frau zum Stehen. Der Mann musterte ihn skeptisch. Korynar wich seinem Blick aus und wandte sich wieder der Frau zu. Sie schenkte ihm ein sanftes Lächeln. »Ihr seht mir nach einem ehrenwerten Mann aus. Werdet Ihr dem Ruf des Nordens folgen?«, fragte sie.

Hektisch verbeugte sich Korynar. »Das werde ich ...« Er sah die Frau erwartungsvoll an.

»Karmia.«

Er nickte. »Das werde ich, Karmia.«

»Und Ihr seid?«

»Ich bin Korynar.« Zögerlich wandte er sich dem Mann zu. »Und Euch nennt man Rigar, richtig?«

»Rigos«, korrigierte er ihn und schmunzelte. »Ihr solltet bald aufbrechen. Es wird ein Sturm aufziehen und dann ist es zu spät ...«

»Das würde ich ...«, murmelte Korynar und legte sich die Worte im Mund zurecht. Was er ihnen jetzt anbot, würde darüber entscheiden, ob es noch eine kleine Chance gab, seine Familie zu retten. »Aber ich kann nicht.«

»Ich sehe einen Mann im besten Alter mit zwei gesunden Beinen vor mir«, sagte Rigos und lachte. »Falls Ihr nicht wisst, wo der Norden ist ...« Er deutete in die entsprechende Himmelsrichtung. »Geht dort entlang, solange bis Ihr –«

»Die Lichter seht«, beendete Korynar den Satz. »Es liegt nicht daran, dass ich den Weg nicht kenne. Es liegt daran, dass ich mich um die Menschen im Süden sorge.«

Rigos schien unbeeindruckt, aber Karmias blaue Augen wurden größer. »Es leben noch weitere Menschen in diesen Bergen?«

»Ja, weit im Süden liegt ein Vulkan«, begann Korynar zu erklären. »Dort wird ein ganzes Volk unterdrückt. Rhakáner nennen sie sich. Ich bin mir sicher, dass viele dieser Menschen ein reines Herz haben, es wäre ihnen aber niemals erlaubt, ihr Land zu verlassen. Wahrscheinlich würde ihr Anführer es nicht einmal zulassen, dass sie von eurer Botschaft erfahren.« Er hatte tausende Gründe, diese Leute zu hassen, aber das mussten die Prediger nicht wissen.

»Unseren Informationen nach seid ihr die einzigen Menschen hier«, sagte Rigos und runzelte die Stirn. »Wenn aber stimmt, was du sagst, müssen wir dorthin ... Kannst du uns den Weg beschreiben?«

Korynar beherrschte sich, obwohl in seinem Inneren eine Freude ausbrach, die er schon lange nicht mehr empfunden hatte. »Vielleicht könnte ich das«, sagte er, »aber es ist ein langer, schwieriger Weg. Ihr müsst einige hohe Pässe überqueren. Sehr gefährlich, man kann sich leicht verlaufen ...«

»Und Ihr seid bereits dort gewesen?«, fragte Karmia.

»Das bin ich«, antwortete Korynar. »Ich habe jahrelang dort gelebt. Lasst mich euch führen.«

Kapitel 2

Schritt für Schritt kämpfte sich Korynar den Berg hinauf. Wurden diese Prediger denn niemals müde? Sie waren bereits seit Tagen unterwegs und immer verlor er den Anschluss. Korynar spuckte auf den Boden, stemmte die Hände auf seine brennenden Oberschenkel und ließ seinen Blick über den schmalen Pfad schweifen, der sich durch die kargen Felsen bis hinauf zum Pass schlängelte. Kurz bevor er hinter dem Gipfel verschwand, stieg er noch einmal steil an. Dort irgendwo musste der tiefste Punkt liegen, an dem sie das Bergmassiv überschreiten konnten. Das sollte ihnen gelingen, bevor die Sonne vollständig untergegangen war, denn je weiter sie auf der anderen Seite wieder herabstiegen, desto weniger kalt würde die kommende Nacht werden. Schon jetzt hatte die enorme Hitze des Tages nachgelassen und würde sie für den Rest des Weges verschonen.

»Warum tust du dir das an?«

Korynar fuhr herum. Neben ihm stand Karmia. Für einen Moment hatte er geglaubt, die Anstrengung hätte ihn verrückt werden lassen und diese Worte wären nur in seinem Kopf gewesen. Sie musterte ihn von unten bis oben und blieb an seinen Augen hängen. Es wirkte, als versuchte sie, ihm direkt in die Seele zu blicken.

Korynar bemühte sich um ein Lächeln. »Ich könnte es nicht. Ich könnte nicht einfach in den Norden ziehen, während ich weiß, dass es hier noch Menschen gibt, die auch die Möglichkeit haben sollten zu fliehen.« *Ich könnte nicht ohne meine Familie gehen.*

Auch wenn Karmia nichts dazu sagte, sah Korynar ihr an, dass sie diese Antwort nicht zufriedenstellte.

»Komm«, forderte sie ihn auf, »entweder wir holen Rigos ein oder wir müssen in dieser Höhe nächtigen.«

Wieder fiel Korynar auf, wie seltsam bleich Karmias Haut war. Selbst im abendlichen Sonnenlicht strahlte sie beinahe weiß. Sollte Korynar sie fragen, wer sie waren und woher sie kamen? Doch dann würde auch sie weitere Fragen stellen und er hatte Angst, diese zu beantworten.

Korynar spürte mit jedem Atemzug, wie die Luft kühler wurde. Er versuchte mit Karmia mitzuhalten, doch seine rechte Wade krampfte. Wie konnte ihm der Aufstieg nur so viel mehr abverlangen als ihr?

»Du hast gesagt, du hast unter ihnen gelebt«, sagte sie nach einer Weile.

»Ja«, antwortete Korynar. Zwar kostete ihn jedes gesprochene Wort weitere Kraft, aber vielleicht konnte es ihn von den Schmerzen in seinen Gliedern und seiner Erschöpfung ablenken. »Ein halbes Jahrzehnt ... Bis ich vor langer Zeit als Sklave nach Karokk gekommen bin.«

»Dann musst du dort noch viele Freunde haben«, stellte Karmia fest.

»Seitdem ist viel passiert«, sagte Korynar. Nach kurzem Überlegen fügte er hinzu: »Aber Ekartor ist noch dort. Er muss noch dort sein und er wird uns helfen.«

»Ist er der Grund dafür, dass du dorthin willst?«, fragte Karmia.

Korynar antwortete ihr nicht. Damit war sie der Wahrheit bereits erschreckend nahegekommen. Aber würde sie sich überhaupt noch von ihm führen lassen, wenn sie wusste, dass er aus rein egoistischen Gründen mit ihnen gegangen war? Dass er nur seine Frau und sein Kind befreien wollte?

Als sie den höchsten Punkt erreichten, löste Korynar seinen Blick von ihrem Rücken und genoss die atemberaubende Aussicht. Vögel zwitscherten und fegten vor den unzähligen, kleineren Berggipfeln, die sich unter ihm sammelten, durch das dunkle Rot der untergehenden Sonne. Schon durch diese kurze

Ablenkung verlor Korynar den Anschluss an Karmia. Er zwang sich, wieder zu ihr aufzuschließen.

Der Abstieg fiel ihm noch schwerer als der Weg hinauf. Er musste jeden Schritt abfedern. Ein stechender Schmerz setzte sich in seinem rechten Knie fest. Als der Weg immer stärker abfiel, begann Karmia locker zu laufen. Korynar versuchte es ihr gleichzutun, doch gab es schnell auf. Bei ihr sah es so leicht aus. Als würde eine junge Bergziege über die steinernen Felsen hinabspringen, die nicht einen Augenblick strauchelte.

Die letzten Sonnenstrahlen erloschen. Korynar hielt an. Er sah nicht mehr, wohin er trat und wollte Karmia zurufen, sie solle auf ihn warten, als er ein einzelnes, kleines Licht erspähte. Ein Feuer, das seinen goldenen Schein auf Rigos warf, der mit einem Stock etwas darüber briet. Sie hatten es geschafft.

Korynar taumelte zu dem Prediger. Er wischte sich mit beiden Händen den Schweiß aus dem Gesicht und streckte sie den Flammen entgegen. Die Wärme breitete sich über die Handflächen in seinen Körper aus. Rigos grinste und reichte ihm zuerst ein großes Fell, das er sich umlegte, und dann einen Spieß mit gegartem Fleisch. Korynar verschlang ihn mit wenigen Bissen und warf das Stöckchen neben sich. Der saftige Geschmack von gebratenem Hasen breitete sich in seinem Mund aus. Karmia hielt ihm ihren Trinkschlauch hin. Korynar packte ihn und nahm zwei große Schlucke. Er setzte ab und schaute sie fragend an. Als sie nickte, leerte er den Trinkschlauch. Mit einem lauten Rülpser beendete er sein Festmahl. Jeder andere hätte wohl darüber gelacht, die beiden Prediger saßen nur schweigend am Feuer und Rigos entzündete eine Pfeife. Langsam kehrten die Kräfte in Korynars Glieder zurück, aber eine enorme Müdigkeit brach über ihn herein. Wieder musterte Karmia ihn so, als würde sie in seiner Seele lesen.

»Er hat meine Frau und meine Tochter«, platzte es aus Korynar heraus. Keiner der beiden antwortete. Das Knistern des

Feuers erfüllte die Nacht. »Pekarot hat sie vor langer Zeit entführt. Er hat sie eingesperrt, gefoltert und ...« Korynar schluckte schwer. Selbst nach all den Jahren konnte er noch immer nicht in Worte fassen, was dieser Bastard ihnen alles angetan hatte. »Und er hat es geschafft, zum Anführer eines Reiches zu werden. Er ist der Häuptling der Rhakáner. Seitdem ist ein ganzes Land seinem Schrecken ausgesetzt«

»Aber das ist nicht der Grund, weswegen du bei den Karokkanern lebst«, sagte Karmia. »Nein, du wärst nicht ohne deine Familie von dort verschwunden.« Karmia rutschte ein Stück zu ihm heran und sah ihm tief in die Augen. »Du hast versucht, sie zu befreien und das ist schrecklich schiefgegangen. Sie haben dich aus deiner Heimat verjagt. Sie haben dich an die Karokkaner verkauft!«

Korynar schaute sie verwundert an. Das hatte er noch nie jemandem erzählt.

»Ja, sie haben mich verjagt«, gestand er und senkte den Kopf. »Zu Recht. Ich habe hunderte Krieger eines Stammes aus reiner Verzweiflung immer weiter in den Vulkan getrieben und damit in den sicheren Tod geführt. Nur, weil Pekarot meine Familie dort festhält und ich sie befreien wollte. Fast alle wurden abgeschlachtet oder gefangengenommen.« Wieder sah er die unzähligen toten Körper vor seinem inneren Auge. »Aber sie haben mich nicht verkauft. Sie haben mich einfach in Schlachten gegen die Karokkaner geschickt, die nicht zu gewinnen waren. Ich bin als Kriegsgefangener nach Karokk gekommen. Als Sklave.«

»Aber du warst kein Sklave mehr, als du uns deine Hilfe angeboten hattest«, stellte Karmia fest.

»Das ist eine lange Geschichte«, sagte Korynar. Er dachte nicht gerne an diese Zeit zurück. »Aber es ist mir gelungen, mich aus der Sklaverei zu befreien und mich als karokkanischer Soldat zu beweisen. Sie haben mich sogar zum Kommandanten befördert. Nach nur wenigen Jahren.«

»Weil du sie trotz allem nie aufgegeben hast«, staunte Karmia. »Nur deshalb hast du diese Zeit überstanden.«

Korynar starrte in die Flammen und genoss die Stille.

»Du zeigst uns also nur den Weg dorthin, weil du glaubst, wir könnten deine Familie retten?«, fragte Rigos und blies Rauch aus. Er war lange ruhig gewesen.

»Ja ... Vermutlich hätte ich das alles nicht auf mich genommen, wenn nicht auch sie unter Pekarot leiden würde.« Korynar stocherte mit einem Stab in der Glut herum und beobachtete die Funken, die daraus hervorstoben. »Dennoch bin ich mir sicher, dass es auch viele andere Menschen dort gibt, die die Möglichkeit haben sollten, dem Untergang zu entgehen.« Er spuckte auf den Boden und das Feuer warf einen düsteren Schein auf sein Gesicht. »Wenn Pekarot sterben würde ...«

»Wir ziehen nicht durch die Welt, um Menschen zu töten«, warf Rigos ein und fuhr hoch. »Vielleicht ist es ein Fehler gewesen, dir zu vertrauen. Du hättest uns deine Absichten von Anfang an offenbaren sollen.«

»Rigos ...«, sagte Karmia mit beruhigender Stimme, zog ihn zu sich herab und legte ihm ihren Arm auf die Schulter, bis er sich wieder zusammengerissen hatte. »Auch wenn er uns seine wahre Intention nicht verraten hat, hat er uns nicht belogen.«

Rigos murmelte etwas Unverständliches, sah an Korynar vorbei und zog erneut an seiner Pfeife.

»Die Rhakáner müssen unsere Botschaft hören«, sagte Karmia.

»Aber wie stellst du dir das vor?«, grübelte Rigos, während Rauch aus seinem Mund und seiner Nase entwich. »Bei allem, was wir von diesem Herrscher gehört haben, könnten wir wohl kaum auf Verständnis hoffen, einfach in den Vulkan spazieren und unsere Worte vortragen.«

»Ja, diesmal müssen wir es geschickter anstellen«, überlegte Karmia. »Wir sollten sich die Botschaft von selbst verbreiten lassen. Ohne, dass wir viel dazu beitragen müssen. Gute Geschichten waren schon immer eine starke Waffe. Wir schleichen uns in die Stadt, wie wir es besprochen hatten, erzählen hier und da etwas und es wird sich wie ein Lauffeuer verbreiten, sobald wir weg sind. Vielleicht kann uns dein Freund Ekartor ja dabei helfen?«

»Aber ...«, sagte Korynar mit offenem Mund, »Dann wird es zu Aufständen kommen, die in einem Gemetzel enden. Bevor irgendjemand fliehen kann, wird Pekarot sie alle abschlachten lassen. Selbst wir werden dann nicht mehr aus dem Vulkan kommen.«

Karmia wollte etwas einwerfen, doch Rigos kam ihr zuvor. »Wenn sie glauben, dies sei der einzige Weg, dann gehören sie wohl nicht zu den Menschen, die auf der Insel im Norden Zuflucht finden sollen. Unsere Aufgabe ist es nur, sie zu warnen. Was sie daraus machen, wird zeigen, wer sie tief in ihrem Inneren sind.«

Offensichtlich hatten diese Prediger noch nie unter einem grausamen Tyrannen gelebt. Korynar wechselte einen Blick mit Karmia und glaubte in ihren Augen zu sehen, dass sie seine Befürchtungen verstand. Es würde ihm gelingen, sie auf seine Seite zu ziehen. Jetzt musste ihm nur noch Rigos verzeihen. Aber da Karmia einen großen Einfluss auf ihn hatte, war Korynar zuversichtlich. Und dann würde er Pekarot finden und töten, sobald sie ihn in den Vulkan gebracht hatten, egal, was sie davon hielten.

»Als ich mich mit den Kriegern des Stammes in den Vulkan gekämpft und nach meiner Familie gesucht habe, bin ich nur durch großes Glück wieder entkommen.« Korynar wurde übel, als er daran zurückdachte. »Ich irrte mit einigen Kameraden durch die Gänge. Wir versuchten verzweifelt, irgendeinen Ausgang zu finden, bis ich einen Abhang hinuntergerutscht bin. Ich war mir sicher, ich würde sterben, aber ich schlitterte immer weiter durch die Felsspalte und landete dann in einem unterirdischen Fluss. Ich sah ein Licht am Ende der Höhle und rief die anderen zu mir. Der Fluss hat uns aus dem Vulkan gespült. Wir schleppten uns zurück nach Sonnquell, der Hauptstadt unseres Stamms. Doch kaum war ich dort angekommen, hatten sie mich verstoßen, wie ihr wisst. Auf jeden Fall glaube ich kaum, dass die Rhakáner diesen Ausgang kennen.« Nur wenige Jahre später war es dem Stamm des Lichts gelungen, den Vulkan zu erobern, erinnerte sich Korynar. Doch das hatte nichts verändert. Herom hatte Pekarot wieder aufgenommen und er war sein Nachfolger geworden, wie er es ihm versprochen hatte.

»Könnten wir dann nicht einfach dort hinein?«, fragte Karmia.

»Nein«, schüttelte Korynar den Kopf. »Selbst wenn es uns gelingen würde, durch den Fluss entgegen der Strömung in den Berg zu kommen ... Spätestens an der steilen Klippe würden wir scheitern. Aber wir können dort hinaus. In den Vulkan gibt es nur einen einzigen Weg und der ist verdammt gut bewacht. Wir sollten bei dem Plan bleiben, den wir uns in den letzten Tagen überlegt haben. Wir überwältigen drei rhakánische Krieger, legen ihre Rüstung an und versuchen mit den täglichen Patrouillen durch den Haupteingang zu kommen. Ich halte es immer noch für sehr riskant, aber ...«

»Wir werden die Wachen täuschen«, sagte Karmia mit einer Zuversicht, die keine Widerworte duldete. »Und du führst uns anschließend zu deinem Freund und am Ende wieder aus dieser Festung hinaus.« Sie machte eine Pause, doch weder Korynar, noch Rigos äußerten sich dazu. »Wir sollten jetzt schlafen gehen.« Sie rollte sich auf dem Boden zusammen. »Morgen wird ein anstrengender Tag.«

»Nur, weil wir ein paar Wilde verprügeln und sie ihrer Kleidung berauben?«, versuchte Rigos die Stimmung aufzulockern. Er hustete und drückte anschließend die Pfeife aus. »Komische

Kräuter habt ihr hier im Süden«, murmelte er in seinen Bart und legte sich hin.

Rigos machte wieder seine Scherze. Korynar deutete das als gutes Zeichen. Er versuchte, es sich auf dem steinernen Boden bequem zu machen. Obwohl sie sich in eine kleine Grube zurückgezogen hatten, fegte noch immer ein eisiger Wind über sie hinweg. Korynar beobachtete die drei Monde, um sich vom Zittern des eigenen Körpers und seinen düsteren Gedanken abzulenken und fiel in einen unruhigen Schlaf.

Kapitel 3

»Wie finden wir eigentlich diese Rhakáner?«, fragte Rigos und streichelte seinen Schwertknauf.

»Das wird nicht notwendig sein«, antwortete Korynar, während er in jeden einzelnen Busch am Wegesrand spähte und seinen Speer fest umklammert hielt. »Sie werden uns finden.«

Mittlerweile hatten sie den letzten Pass überquert. Ein breiterer Pfad führte sie durch das Tal direkt auf den Vulkan zu, der sich am Horizont bereits abzeichnete. Aus seinem Krater stieg kein Rauch, er hob sich aber durch seine tiefschwarze Farbe deutlich von den umliegenden Bergen ab.

»Wir sollten etwas vom Weg abweichen«, sagte Korynar. Hier konnten bereits Rhakáner siedeln. Und selbst wenn sie diese anlocken wollten, mussten sie sich ja nicht gleich so angreifbar machen.

»Warum?«, fragte Rigos, zog sein Schwert und reckte es in die Luft. »Sollen sie nur kommen, je früher, desto besser!«

Karmia schüttelte den Kopf, aber setzte dem nichts entgegen. Korynar blieb der Mund offen stehen. »Sie werden dich von irgendeinem Busch aus erschießen, noch bevor du deine Hand am Schwertgriff hast.« Wie konnte er nur so naiv sein?

»Falls es dir nicht aufgefallen ist«, entgegnete Rigos mit einem verschmitzten Lächeln auf den Lippen, »habe ich mein Schwert schon jetzt in den Fingern.«

Obwohl er es nicht wollte, schlich sich ein Grinsen auf Korynars Lippen.

»Ich muss es euch einfach fragen«, sagte er. »Woher kommt ihr und wer hat euch mit dieser Botschaft nach Karokk geschickt?«

Als Karmia antworten wollte, würgte Rigos sie ab und legte seinen Zeigefinger an die geschlossenen Lippen. Korynar hatte das Rascheln ebenfalls wahrgenommen. Nur wenige Schritte vor ihnen wuchs ein großer Busch, dessen Äste wackelten. Reflexartig sprang Korynar zur Seite und riss Karmia mit sich. Rigos schritt mit beiden Händen am Schwert auf das Gebüsch zu und stockte dann. Zwischen seinen Beinen schoss ein kleiner Fuchs hervor, der sich kurz umsah und sogleich wieder auf der anderen Seite des Weges zwischen den hohen Gräsern verschwand. Rigos lachte laut auf, ließ sein Schwert sinken und drehte sich zu Korynar und Karmia um, die noch immer am Boden lagen. Er hatte wieder irgendeine spitze Bemerkung auf der Zunge, aber bevor er diese aussprechen konnte, flog etwas Rotierendes knapp an ihm vorbei und blieb im Boden stecken. Rigos zuckte zusammen. Ein Wurfbeil!

Mehrere Rhakáner mit sichelförmigen Waffen sprangen aus den Büschen. Korynar wollte Rigos warnen, doch dieser fuhr bereits herum und zog noch in der gleichen Bewegung dem ersten Rhakáner den Knauf seiner Waffe so hart über den Kopf, dass er zusammensackte.

Korynar sprintete zu Rigos. Der Prediger brüllte, schlug um sich und schien gar nicht wahrgenommen zu haben, dass Korynar ihm zu Hilfe geeilt war. Mühelos nahm er es mit mehreren Gegnern gleichzeitig auf, ohne dass Korynar einzugreifen brauchte.

Hinter den Angreifern tauchten drei weitere Rhakáner auf. Korynar streckte ihnen seinen Speer entgegen. Einer von ihnen überragte die anderen um einen ganzen Kopf. Korynar erstarrte. Pekarot! Nein, das konnte nicht sein, nicht so weit vom Vulkan entfernt. Das war sein Bruder Garumt! Obwohl ein Helm sein Gesicht verbarg, war sich Korynar sicher. Der Riese stemmte seine Hände auf eine Axt, die in dieser Größe sonst nur Henker benutzten. Als sich abzeichnete, dass seine Krieger sie nicht würden besiegen können, stürmte er auf sie zu.

»Geh zu Karmia«, raunte Rigos an Korynar gewandt. Er warf sein Schwert von der einen in die andere Hand und lockerte seine blutbespritzten Muskeln.

Korynar nickte. In Karmias Augen sah er auch nicht nur den Hauch einer Sorge. Während Rigos ruhig stehen blieb und noch immer seine Waffe von einer Hand in die andere wechselte, stürmte der Anführer auf ihn zu und riss die schwere Axt über den Kopf. Er ließ sie auf Rigos herabfahren, der sein Schwert mit beiden Händen packte und es nach oben schwang. Er lenkte den Schlag ab und tauchte darunter hindurch. Die Axt fuhr mit der gesamten Wucht in den Boden und blieb dort stecken. Noch ehe Garumt reagieren konnte, hatte ihm Rigos schon den Knauf seines Schwertes gegen die Stirn gedonnert und er kippte trotz seines Helmes wie ein gefällter Baum zur Seite. Rigos ging in die Knie und schlug ihm noch mal mit voller Wucht gegen die Schläfe.

Diese Schnelligkeit, mit der sich Rigos trotz seiner massiven Statur bewegte, wirkte nicht menschlich. Die restlichen zwei Krieger liefen davon. Wahrscheinlich hatten sie noch nie erlebt, dass ihr Anführer so schnell zu Fall gebracht worden war. Rigos setzte ihnen nach und holte sie ein. Binnen kürzester Zeit hatte er beide niedergeschlagen und zerrte sie hinter sich her.

Während Rigos Garumts Rüstung aufknüpfte und ihn seiner Kleidung entledigte, stand Korynar noch immer mit offenem Mund da. »Ich habe in vielen Schlachten gekämpft, vielen Heerführern gedient, doch noch nie einen Krieger wie dich gesehen«, stammelte er. »Wer seid ihr?« Nach einer kurzen Pause fügte er hinzu: »Was seid ihr?«

»Boten«, sagte Rigos nur. »Boten eines Gottes.«

Karmia rollte mit den Augen und trat neben Korynar. »Ailorn sandte uns. Er sah, wie die anderen Götter eure Rasse aufzugeben begannen, doch er hatte erkannt, wie die Menschheit sein könnte. Viele wurden verdorben, doch er sah den Funken, der noch immer in einigen schlummerte. Uns hat er dazu auserwählt, jene zu finden, bei denen er glaubt, diesen Funken noch entfachen zu können. Sie sollen die Möglichkeit bekommen, gemeinsam auf einer Insel in ewigem Frieden zu leben.«

»Ewiger Frieden?« Eine Heimat ohne Krieg. Nichts sehnte er sich nach all diesen Jahren mehr herbei. Immer wieder war er von den Göttern enttäuscht worden. Und noch nie hatte er erlebt, dass der Segen eines Priesters oder Gottes jemandem wirklich Macht verliehen hatte. Noch nie hatte er jemanden wie Rigos gesehen. Vielleicht gab es diesen Ort tatsächlich. Das alles bestätigte nur, was er sich bereits von Anfang an gedacht hatte. Was er sich erträumt hatte.

»Sobald das hier vorbei ist«, sagte Korynar, »werde ich in den Norden gehen und mich Ailorns Prüfung unterziehen.« *Gemeinsam mit meiner Frau und meiner Tochter.*

Karmia berührte ihn am Unterarm. »Und ich bin mir sicher, er wird dich gerne empfangen.«

Während Korynar sich einen Rhakáner mit ähnlicher Statur suchte und sich an seinen Kleidern und Waffen bediente, kniete sich Karmia zu dem kleinsten, legte seine Rüstung an und setzte sich seinen Helm auf.

Korynar musterte Karmia. Der Helm verbarg den Großteil ihres Gesichts. Wenn man nicht zu genau hinsah, konnte man sie durchaus für einen schmächtigen Rhakáner halten, allerdings zweifelte er daran, dass die Wachen am Eingang das tun würden. Um das hatten sich die beiden Prediger kümmern wollen, hoffentlich enttäuschten sie ihn nicht.

Karmia bedeutete Rigos und Korynar zurückzutreten. Dann beugte sie sich zu den bewusstlosen Rhakánern herab und flüsterte nacheinander einem jeden von ihnen etwas ins Ohr. Korynar konnte einzelne Fetzen davon aufschnappen, aber nichts damit anfangen. Sie benutzte eine Sprache, die ihm unbekannt war.

Ganz langsam bewegten sich die Lippen jedes Rhakáners, dem sich Karmia zuwandte. Sie alle atmeten noch! Rigos hatte keinen einzigen von ihnen umgebracht. Einige von ihnen hatte er aber so übel zugerichtet, dass Korynar nicht in ihrer Haut stecken wollte, wenn sie erwachten und der Schmerz sie begrüßte.

Karmia und Rigos sammelten ihre alte Kleidung und Ausrüstung auf und wollten damit den Weg verlassen, doch Korynar hielt sie zurück. »Wir lassen sie einfach hier? Sobald sie gefunden werden und zu sich kommen, werden sie ...«

»... nicht mehr wissen, was geschehen ist«, führte Karmia seinen Satz zu Ende. »Ich habe dir versprochen, dass wir uns um solche Angelegenheiten kümmern und wir halten unser Wort. Wir erledigen unseren Teil der Abmachung und du den deinen.« Sie lächelte, um ihre Worte zu entschärfen.

Korynar blieb nichts anderes übrig, als ihr zu vertrauen. Oder er würde alle bewusstlosen Rhakáner einfach umbringen. Aber dann würde er die Gunst der Prediger verlieren. Also suchte auch er seine Sachen zusammen und folgte ihnen.

Sie vergruben ihre Kleidung und Waffen ein Stück weit abseits des Weges. Schweren Herzens trennte sich Korynar von seinem Speer. Er wollte die Stelle zumindest mit einem Symbol kennzeichnen, denn er war fest dazu entschlossen, seine Sachen auf dem Rückweg zurückzuholen. Rigos hielt ihn aber davon ab. Stattdessen drehte sich Karmia einmal um die eigene Achse und prägte sich dabei die Umgebung genau ein.

»Jetzt müssen wir die Rhakáner nur noch irgendwo fesseln, wo sie die anderen nicht gleich finden«, sagte sie und schob sich eines ihrer Messer in den Gürtel.

Kapitel 4

»Hier müsste es sein«, zischte Korynar über die Schulter. Er hoffte, dass ihn seine Erinnerung nicht im Stich gelassen hatte und sie vor der richtigen Tür standen. Die Zimmer im Inneren des Vulkans ähnelten sich alle, aber er war sich sicher, dass Ekartors Raum hier gewesen war. Zumindest damals. Wer konnte wissen, ob er noch immer hier wohnte?

Er ballte die linke Hand zur Faust, drückte sich an die Wand und hielt in der anderen eine Axt bereit. Er klopfte dreimal. Zuerst geschah nichts und Korynar glaubte schon, sie müssten ohne Ekartor zurechtkommen, doch dann öffnete sich die Tür. Jemand starrte ihn mit großen Augen an. Korynar zögerte nicht lange, drückte ihm die Klinge seiner Axt gegen die Kehle und schob ihn in den Raum. Karmia und Rigos folgten und zogen die Tür hinter sich zu. Mit einer Hand zog sich Korynar den Helm vom Kopf.

»Ko... Korynar?«, stammelte Ekartor. Korynar nahm seinem Freund die Axt vom Hals und steckte sie wieder ein. Schließlich lockerten sich Ekartors Gesichtszüge. Er lachte und fiel seinem Freund in die Arme. Dann machte er einen Schritt zurück und musterte seine Kleidung. »Ich habe dich erst gar nicht erkannt!« Sein Blick wanderte zu Rigos und Karmia und er runzelte die Stirn.

»Das ist Rigos.« Korynar deutete mit seiner rechten Hand auf ihn und er verbeugte sich. »Und das Karmia.« Jetzt zeigte er mit der Linken hinter sich und auch sie senkte den Kopf für einen Moment. Ekartor erwiderte die Geste zögerlich.

»Sie sind Freunde«, betonte Korynar.

»Wie habt ihr es geschafft, hier reinzukommen?«, fragte Ekartor.

Korynar erzählte von ihrem Vorgehen. Sie hatten gewartet, bis die rhakánischen Patrouillen am Ende des Tages zurückgekehrt waren, und sich unter sie gemischt. Zwar hatten die Wachen sie am Eingang kurz aufgehalten, doch nachdem Rigos einige Worte mit ihnen gewechselt hatte, hatten sie sie einfach passieren lassen.

»Wir haben nicht viel Zeit«, sagte Korynar und packte Ekartor an der Schulter. »Du weißt, warum ich hier bin.« Sein Magen zog sich zusammen. »Bitte sag mir, dass du herausgefunden hast, wo sie sind?«

Ekartors Blick verfinsterte sich. »Setzt euch.« Er zog drei Stühle herbei. Sie kamen der Aufforderung nach, während er selbst sich auf dem Bett niederließ. Ekartor rieb die Hände aneinander, zog die Augenbrauen nach oben, öffnete den Mund und suchte die richtigen Worte. Ein Schock fuhr durch Korynars Körper.

»Ich habe wirklich versucht herauszufinden, was hier vor sich geht«, begann Ekartor. »Aber Pekarot macht seine Sache gut. Ich muss dir gleich sagen, dass ich deine Frau nicht gefunden habe.«

»Was hast du denn dann die ganze Zeit hier getan?!«, fuhr Korynar ihn an. Sein Kopf lief rot an und Speichel schoss aus seinem Mund.

Ekartor atmete hörbar aus. »Aber ich habe herausgefunden, wo er Fet... ich meine Lysa versteckt hält.«

»Er wird Ladwia doch am selben Ort einsperren!«, schrie Korynar. Adern traten auf seinem Gesicht hervor.

»Das habe ich auch vermutet«, erklärte Ekartor. Er zog die Augenbrauen zusammen und musterte Rigos und Karmia, die still auf ihren Plätzen saßen.

»Sie dürfen alles wissen«, sagte Korynar.

»Ich habe mir Zugang zu dem Zimmer besorgt«, fuhr Ekartor fort. »Du glaubst nicht, was ich dafür riskiert habe.« Er griff durch den Kragen seines Oberteils an seine Brust und zog eine lederne Kette hervor. Daran baumelte ein Schlüssel.

Korynar streckte seine Hand aus. Vorsichtig fuhr er mit der Fingerkuppe seines Zeigefingers über das Metall und spürte die scharfen Kanten. »Du warst in dem Zimmer. Du warst in ihrem Gefängnis?«

»Ja«, sagte Ekartor und ließ den Schlüssel sogleich wieder unter seinem Hemd verschwinden. »Als Kommandant der Leibwache habe ich zwar einen Bund mit Schlüsseln zu fast allen Türen, allerdings wollte mir Pekarot nie Zutritt zu seinen privaten Gemächern verschaffen. Deshalb musste ich ihm den Schlüssel stehlen und ihn nachmachen lassen. Du glaubst nicht, was für ein Aufwand das war. Zuerst musste ich herausfinden –«

»Wir haben nicht viel Zeit!«, fuhr Korynar ihn an. Er zwang sich zu einer Pause und atmete einmal langsam aus. »Es tut mir leid … Aber wir müssen uns beeilen. Wie geht es Lysa und wo könnte er meine Frau verstecken, verdammt?«

»Er hat Lysa ihr ganzes Leben in dieses Zimmer gesperrt. Ich glaube nicht, dass sie es oft verlassen hat, selbst gegessen hat sie dort. Sie war verschreckt, als ich das Zimmer betrat, doch ich konnte ihr versprechen, dass wir sie herausholen werden, sobald wir die Möglichkeit dazu haben, auch wenn ich mir nicht ganz sicher bin, ob sie mich überhaupt verstanden hat. Ich habe wirklich mit mir gekämpft, sie nicht einfach gleich aus diesem Gefängnis zu befreien und irgendwie weg von diesem Monster zu bringen … Aber die Chancen, mit ihr lebend zu entkommen, waren so gering. Ich wusste, dass du das nicht gewollt hättest.« Ekartor machte eine Pause und lächelte. »Aber jetzt bist du hier. Und das bedeutet, dass es einen neuen Plan gibt!«

Korynar schluckte schwer. Es gab keinen Plan. Er schlug die Hände vors Gesicht. Seine schlimmsten Albträume der letzten Jahre durch die Worte seines Freundes bestätigt zu hören, erzeugte noch lebendigere Bilder davon in seinem Kopf, was seine Frau und seine Tochter durchgemacht haben mussten.

Korynar atmete tief durch. »Aber wo ist Ladwia?«, begann er zu rätseln. »Warum versteckt er sie an einem anderen Ort?«

»Das habe ich mich auch gefragt«, sagte Ekartor. Mitleid lag in seinem Blick. »Und ich bin zu dem Schluss gekommen, dass ...« Er stockte kurz. »Dass sie bereits seit Jahren tot ist. Sie muss gestorben sein, bevor ich herausfinden konnte, wo er sie versteckt. Es tut mir leid.«

»Tot?«, wiederholte Korynar. Zuerst begriff er die Bedeutung dieses Wortes nicht. Dann wich alle Farbe aus seinem Gesicht. Er stand auf und legte den Kopf in den Nacken. Als er zu wanken begann, sprang Karmia hoch und stützte ihn. »Tot«, sagte er erneut, wirkte dabei aber, als sei sein Geist nicht mehr in diesem Raum. Langsam führte Karmia ihn wieder zum Stuhl herab. Das konnte nicht sein. Das durfte nicht sein. Ekartor musste sich einfach irren. Er hatte sein halbes Leben lang versucht, seine Familie aus diesem Ort zu befreien und nun erzählte Ekartor ihm, dass er zu lange gewartet hatte?

Korynar holte tief Luft. Nein ... Pekarot konnte sie gar nicht töten.

»Vielleicht bist du auch einfach zu dämlich, um Ladwia aufzuspüren«, fauchte Korynar. »Er braucht sie, um mich zu kontrollieren.« Wie konnte Ekartor ihm nur den Schrecken ihres Todes in den Kopf setzen?

»Es tut mir wirklich leid.« Ekartor rutschte näher an ihn heran und wollte ihm eine Hand auf den Oberschenkel legen, doch Korynar schlug sie beiseite. »Aber warum sollte sich Pekarot sonst nie mit Ladwia, sondern nur manchmal mit Lysa zeigen?«, begann Ekartor vorsichtig. »Ihm wäre wohl am liebsten, jeder würde vergessen, dass es sie überhaupt gab. Und das haben die meisten auch bereits. Wichtig ist ihm nur, dass du noch Hoffnung hast. Dass du noch glauben kannst, sie wäre am Leben, denn nur so kann er sich deiner Loyalität sicher sein. Nur so hat er die Garantie dafür, dass du nicht durchdrehst oder dich umbringst, sondern weiter seinem Willen folgst und ganz Karokk für ihn manipulierst. Weil es noch Hoffnung für dich gibt.«

»Vielleicht versteckt er sie«, stammelte Korynar. »Vielleicht hat er Angst, sie könnte versuchen zu fliehen. Lysa war bestimmt leichter zu kontrollieren. Oder er wollte, dass Ladwia keinen Einfluss auf sie hat. Oder ...«

»Du weißt selbst am besten, wie sicher der Vulkan ist«, sagte Ekartor ruhig. »Dass du damals entkommen bist, war verdammt großes Glück und du hattest noch den Vorteil, dass hier totales Chaos herrschte. Pekarot weiß, dass hier niemand entkommen kann.«

Korynar schlug die Hände vors Gesicht und schluchzte. Sogleich rutschte Karmia an ihn heran und legte ihren Arm um ihn. Zuerst wollte er sie abschütteln, doch selbst dafür fühlte er sich in diesem Moment zu schwach.

»Er hat dich dazu gezwungen, deine Heimat zu verraten?«, flüsterte sie ihm ins Ohr. In ihrer Stimme lag eine Mischung aus Erstaunen und Mitleid.

Korynar wischte sich die Tränen aus dem Gesicht, starrte in die Leere und rieb sich nervös die Hände. »Ich habe niemanden verraten. Ich habe nur dafür gesorgt, dass Karokk nicht gegen die Rhakáner in den Krieg zieht. Pekarot hätte sie beide umgebracht, sobald Karokks Soldaten vom Vulkan aus zu sehen gewesen wären. Aber offensichtlich war es ein Fehler zu glauben, er müsse sie beide am Leben lassen, solange ich nicht von den Anweisungen seiner Boten abweiche. Dieser verdammte Bastard!« Korynar sprang auf, fuhr herum und schlug mit der rechten Faust so stark gegen die Wand, dass seine Knöchel knackten. »Er hat sie wirklich umgebracht!«

Karmia nahm seine Hände und sah ihm in die Augen. »Die Zeit um deine Frau zu trauern, wird es geben«, sagte sie in ruhigem Ton. »Aber vorerst musst du dich um die Lebenden kümmern.«

Um die Lebenden? Er sah Lysa vor sich stehen. Genau so, wie Pekarot sie ihm damals vorgeführt hatte. Schwer verletzt, mit diesem ausdruckslosen Blick, als hätte sich ihre Seele schon lange tief in ihren Körper zurückgezogen.

»Karmia«, raunte Rigos aus dem Hintergrund. Er zog sie zu sich und flüsterte ihr etwas ins Ohr. Daraufhin zischte sie etwas in ihrer Sprache. Rigos wich einen Schritt zurück und schaute sie mit aufgerissenen Augen an. Sein Körper spannte sich, er ballte die Hände zu Fäusten und die Adern traten an seinem Hals hervor. Dann brüllte er sie mit hochrotem Kopf an, stürmte aus dem Zimmer und warf die Tür hinter sich zu.

Karmia schüttelte den Kopf und wandte sich an Korynar. »Er glaubt, es wird uns zum Verhängnis werden, wenn wir dir helfen.« Ihr Blick verriet ihm, dass sie die Befürchtungen ihres Freundes durchaus verstand. »Aber ich werde es trotzdem tun. Wir werden Lysa retten und diese Menschen von Pekarot befreien. Und währenddessen wird Rigos die Geschichten in Umlauf bringen, damit wir dann gemeinsam fliehen können.«

Damit hatte Korynar nicht gerechnet. Er fiel ihr in die Arme, was wiederum sie überraschte. Er hatte das Gefühl, dass es gelingen könnte. Zu dritt könnten sie es schaffen.

Kapitel 5

Korynar drehte den Schlüssel um. Es klickte leise und die Tür öffnete sich einen Spalt. Was würde ihn dahinter erwarten? Wollte er das wirklich wissen? Er hielt kurz inne und atmete aus. Nur deshalb war er hergekommen. Was für ein Vater wäre er, würde er jetzt kneifen? Mit geschlossenen Augen schob er die Tür auf. Dicht hinter ihm betrat Karmia den Raum. Ekartor schob die Tür von außen zu. Er würde dort warten und sie warnen, sollte Pekarot früher zurückkommen, als sie annahmen.

Korynar hörte Karmia aufschrecken. Er zwang sich dazu, die Augen zu öffnen. Was sich ihm jetzt offenbarte, ließ trotz der Hitze das Blut in seinen Adern gefrieren. Eine junge Frau lag gefesselt und geknebelt auf einem Bett und war nur mit einem Unterkleid bekleidet. Blut quoll aus einer klaffenden Wunde über ihrem rechten Auge und breitete sich wie ein Netz über ihr Gesicht aus. Auf ihrem ganzen Körper sammelten sich unzählige Schnitte. Seine Tochter starrte ihn mit aufgerissenen Augen an und rutschte so weit im Bett zurück, wie es ihre Fesseln erlaubten.

Korynar wollte zu ihr laufen, doch Karmia zog ihn zurück. Dann hörte er es auch. Dumpf drangen Stimmen durch die Tür. War das Ekartor? Mehrere Personen redeten aufgebracht durcheinander. Karmia eilte zu dem einzigen Schrank im Raum und zwängte sich hinein. Mit einer Hand wies sie Korynar an, unters Bett zu kriechen, dann zog sie die Tür zu. Ohne darüber nachzudenken, kam er der Aufforderung nach.

Die Tür des Zimmers wurde aufgerissen. Jemand trat herein und schleuderte einen Lederbeutel zur Seite. Lysa versuchte zu schreien, doch brachte durch den Knebel in ihrem Mund nur einen dumpfen Ton hervor. Sie zerrte so sehr an ihren Fesseln, dass das Bett wackelte. Zwei stämmige Beine tauchten direkt vor Korynars Sichtfeld auf. Das war Pekarot. Direkt dahinter konnte er auch Ekartors Stiefel erkennen, gefolgt von vielen weiteren. Der Riese war nicht allein gekommen. Korynars Finger wanderten zu seinem Dolch. Er wollte ihn ziehen und ihn dem Rhakáner durchs Bein rammen, doch er schaffte es, diesem Drang zu widerstehen.

Pekarot grunzte. Korynar hörte einen Schlag, gefolgt von einem weiteren Aufschrei Lysas. Bei dem Gedanken, was dieses Monster gleich mit seiner Tochter tun würde, stieg ihm die Magensäure bis in den Hals hinauf. Wenn er schnell wäre, könnte er ihm ein Bein wegziehen und sich mit Ekartor auf ihn stürzen. Er musste handeln!

Als er dazu ansetzen wollte, ging der Riese zwei Schritte zurück. Lysas Beine erschienen vor ihm. Sie stolperte gebückt aus dem Zimmer, Pekarot hinterher. Auch Ekartor verließ den Raum. Bevor die Tür aber ins Schloss fiel, ließ er einen kleinen Gegenstand auf den Boden fallen.

Schnell kroch Korynar unter dem Bett hervor, suchte den Boden ab und fand einen Schlüssel.

Er drehte sich zu Karmia um, die ebenfalls aus ihrem Versteck gekommen war. »Was hat das zu bedeuten? Wo bringt er sie hin?«

»Der einzige, der das wissen könnte, ist soeben mit ihnen verschwunden«, antwortete Karmia achselzuckend. »Aber ... Was will er uns damit sagen?« Sie deutete auf den Schlüssel.

»Er wird sie umbringen«, entfuhr es Korynar. »Er wird sie umbringen, wir müssen ihm folgen!«

Korynar wollte zur Tür stürzen, aber Karmia packte ihn am Arm. »Korynar ... er hat all die Jahre dafür gesorgt, dass sie überlebt, warum sollte er sie jetzt umbringen?«

»Vielleicht ... vielleicht hat er herausgefunden, dass ich hier bin. Vielleicht hat Ekartor uns verraten. Er wollte uns von Anfang an in die Falle locken!«

»Dann hätte er uns doch keinen Schlüssel hinterlassen«, versuchte Karmia ihn zu besänftigen. Korynar raufte sich die Haare und trat mit dem Fuß gegen die Wand. »Ich weiß es doch auch nicht, verdammt!«

Karmia packte ihn an beiden Oberarmen. »Ich schlage vor, wir warten hier, bis er mit ihr zurückkommt.«

»Wir folgen ihnen«, sagte Korynar in einem Ton, der keine Widerworte duldete.

»Ekartor ist bei ihr. Er wird nicht zulassen, dass er ihr etwas antut. Wir –«

»Er hat es jahrelang zugelassen.«

Kapitel 6

Sie hatten Pekarot schnell aufgespürt. Er trieb Lysa vor sich her durch die Große Halle, durch das Zentrum des Vulkans. Neben ihm führte Ekartor einen Gefangenen. Rigos!

Korynar und Karmia kauerten sich an die Wand einer dunklen Gasse und beobachteten das Geschehen. »Was hat das zu bedeuten?«, fragte Karmia.

»Sie haben ihn erwischt«, sagte Korynar. »Pekarot wird ihn in die Todeszellen stecken ... Allerdings ...« Er zeigte ihr den Schlüssel.

»Kommen wir damit in die Zellen?«, fragte Karmia hoffnungsvoll.

»So wie ich Ekartor kenne, wird das der Schlüssel zu genau der Zelle sein, in die er Rigos werfen wird. Pekarot muss ihn erwischt haben, bevor er Lysa aus ihrem Zimmer geholt hat.«

Korynar steckte den Schlüssel wieder ein und wollte Pekarot folgen, doch er verschwand in einem der unzähligen Gänge, die auf der gegenüberliegenden Seite lagen. Sie mussten die gesamte Halle durchqueren. Unzählige Rhakáner liefen dort in alle Richtungen.

»Komm!«, zischte er Karmia zu und trat aus dem Schatten ihres Verstecks. Er hatte das Gefühl, als würden sie die Blicke aller Rhakáner auf sich ziehen.

Korynar visierte den Gang an, senkte den Blick und ging los. Immer wieder rempelte ihn ein Rhakáner an. Korynar wagte es nicht aufzusehen, obwohl der Helm sein Gesicht verbarg.

Im Augenwinkel nahm er große Trümmer wahr. Bearbeitete Felsbrocken, die einmal Statuen gewesen sein mussten. Sie bildeten das Zentrum der Halle, doch alle Rhakáner machten einen großen Bogen darum. Auf einem der Trümmer waren noch Gesichtszüge zu erkennen, die Korynar nur allzu bekannt vorkamen: Relor der Schlächter. Seine Stirn schmückte ein in den Stein gemeißelter Obsidianreif, den die Herrscher des Großen Clans auf dem Kopf getragen hatten. Genau hier hatten die Rhakáner vor einem Jahr gemeinsam mit den Karokkanern, deren Soldaten von ihm angeführt worden waren, den Sonnenzirkel abgehalten. Genau hier hätte alles ein Ende finden sollen.

Karmia zerrte an seinem Ärmel. Sie sollten weitergehen. Als Korynar seinen Blick von der Statue losriss, starrte ein Krieger direkt in seine Richtung. Schweißperlen sammelten sich auf Korynars Stirn. Verdammt! Er hätte nicht zu diesen Trümmern aufsehen sollen. Hatte der Krieger ihn erkannt? Korynar griff nach hinten und zog Karmia enger an sich. Sie stach allein durch ihre Statur mehr aus den Rhakánern heraus als er. Korynar riskierte es, schneller zu gehen und zwang sich dazu, sich nicht nach dem Krieger umzusehen.

Der Gang lag direkt vor ihnen. Hier war niemand mehr! Korynar lief los. Der Weg führte so steil nach unten, dass eine Treppe hineingeschlagen wurde, um ihm überhaupt weiterhin folgen zu können. Korynar blickte kurz über die Schulter zurück und atmete erleichtert aus. Kein Rhakáner war ihnen gefolgt.

Er kniete sich hin und atmete durch. Mit einer Hand strich er über die Stufen. Hier musste es gewesen sein. Hier hatte ihn einer der Rhakáner fallengelassen, als sie ihn mit einem Sack über dem Kopf zu den Zellen gebracht hatten. Sie würden ihr Ziel bald erreichen.

Als sie die letzte Stufe hinter sich gelassen hatten, standen sie vor einem eisernen Tor. Korynar zog den Schlüssel heraus und steckte ihn mit pochendem Herzen in das Schloss. Als er ihn drehen wollte, stieß er auf Widerstand. Er versuchte, mehr Kraft aufzuwenden, aber vergebens. Nichts bewegte sich.

»Scheiße!«, schrie Korynar und schlug mit der Faust gegen das Metall. Dann ließ er sich mit dem Rücken an dem Tor herabsinken und vergrub sein Gesicht in den Händen. Wie konnte das sein? Wie hatte Ekartor nicht bedenken können, dass sie nicht nur in Rigos' Zelle, sondern auch durch dieses Tor mussten? Korynar legte seinen Kopf in den Nacken und lehnte sich zurück. Langsam kippte er nach hinten. Er sprang auf. Das Tor gab nach! Korynar drückte mit seinem ganzen Gewicht dagegen. Es ließ sich öffnen! Ekartor war es wohl gelungen, es nicht ganz zu schließen, ohne dass Pekarot es bemerkt hatte.

Sie traten in einen weiteren Gang, an dessen Ende eine Fackel hing, die spärliches Licht spendete. An beiden Seiten befanden sich in den Vulkan geschlagene Zellen. Zu Korynars Überraschung waren die meisten davon leer und standen offen. Er ließ seine Finger über die eisernen Gitterstäbe gleiten. Die Bilder seiner verwundeten Kameraden stiegen in ihm auf. Erneut spürte er ihre hoffnungsvollen Blicke auf sich lasten und wieder drückten sie ihn zu Boden.

»Korynar!«, zischte Karmia und zeigte den dunklen Gang entlang. »Sieh nur. Dort ist er.« In der letzten Zelle, bevor der Gang mit einem weiteren Tor endete, lag Rigos. Von Pekarot und Lysa war keine Spur zu sehen. Gemeinsam liefen sie zu ihm. Karmia klammerte sich an die Gitterstäbe und Rigos richtete sich langsam auf. »Könnt ihr mich jetzt hier rausholen?«

Er versuchte seine Angst zu überspielen, doch sein Gesicht war graugrün angelaufen. Der Tod jagte selbst dem Prediger Angst ein. Korynar steckte den Schlüssel in das Schloss. Diesmal ließ er sich drehen. Rigos stolperte aus der Zelle und setzte seinen Helm auf. Er versuchte sich zu beherrschen, aber sein Atem ging noch immer schneller als gewöhnlich. Trotzdem schaute er Korynar nur mit zusammengezogenen Augenbrauen an. War es Rigos gelungen, ihre Aufgabe zu Ende zu führen?

»Was ist passiert?«, fragte Karmia und fiel Rigos in die Arme. Als er die Umarmung nicht erwiderte, ließ sie schnell von ihm ab. »Wie haben sie dich erwischt?«

»Einige haben mir zugehört, aber sie meinten immer nur, Pekarot würde jeden, der solche Worte in den Mund nahm, von oben bis unten aufschlitzen lassen«, begann Rigos. »Einer von ihnen muss mich an seine Krieger verraten haben!«

Würden die Prediger den Vulkan also verlassen und diese Menschen ihrem Schicksal überlassen? Sie waren ihm das nicht schuldig, aber trotzdem hoffte Korynar, dass sie ihm helfen würden. Sie mussten ihm helfen, alleine konnte er es nicht schaffen. Er hatte keine Ahnung, wohin Pekarot mit Lysa verschwunden war, wusste nicht, was er ihr gerade antat und ob sie je zurückkommen würde. Pekarot könnte tausend Gründe haben, sie umzubringen. Korynar glaubte nicht, dass er den Anforderungen des Häuptlings in den letzten Monaten gerecht geworden war. Vielleicht hatte Pekarot schlicht und einfach entschieden, dass Korynar sich als Spitzel nicht mehr lohnte. Vielleicht dachte er aber auch, er könnte vorgeben, Lysa sei noch am Leben, wie er es jahrelang bei Ladwia getan hatte. Er musste sie jetzt hier rausholen. Und dafür brauchte es übermenschliche Fähigkeiten.

»Du hättest mit mir kommen müssen«, sagte Rigos an Karmia gewandt. »Zu zweit hätten wir die Botschaft schneller in Umlauf bringen können, jetzt ist es zu spät.« Er wandte sich von Karmia ab und ging auf Korynar zu. »Alles nur, weil du dein eigenes Wohl über das der gesamten Menschheit stellst!«

Korynar wich zurück und senkte den Kopf. Rigos hatte Recht. Korynar verabscheute sich selbst für seine Gedanken, aber er konnte sie nicht verhindern. Es war ihm wichtiger, dass seine Tochter diesen Ort endlich verlassen konnte, als dass diese Barbaren vor dem Untergang in den Norden zogen. Und das, obwohl ihm bewusst war, dass es sicher auch unter ihnen viele gute Seelen gab. Damals war er auch nicht davor zurückgeschreckt, sie alle vergiften zu lassen. Er hatte sogar seine Kameraden so weit in den Vulkan getrieben, dass sie sie alle abgeschlachtet worden waren. Er hatte seine engsten Freunde verraten. Zumindest das würde er heute nicht mehr tun. Zu Laut waren ihre Schreie, die ihn noch immer in seinen Träumen verfolgten.

»Vielleicht ist es an der Zeit, eine unserer Regeln zu brechen«, begann Karmia vorsichtig.

»Was meinst du damit?«, fragte Rigos.

»Wenn wir einen von ihnen töten«, begann Karmia, doch Rigos kniff bei dem letzten Wort bereits seine Augen zusammen, »können wir tausenden die Möglichkeit geben, in den Norden zu ziehen, wo Ailorn über sie urteilen wird. Wir haben gesehen, was er getan hat. Er ist die Art von Mensch, vor der uns Ailorn immer gewarnt hat.« Sie strich Rigos über die Schulter. »Er verdirbt die Menschen und lässt nicht zu, dass ihr innerer Funke entflammt. Im Gegenteil. Er erstickt ihn im Keim.«

Rigos rang mit sich und gab keine Antwort.

»Lass uns eine dunkle Seele von dieser Welt verbannen, um hunderte zu retten«, fügte Karmia hinzu.

»Sie haben darüber geredet, was sie mit Lysa tun werden«, murmelte Rigos. Er wandte sich Korynar zu und sah ihn mit aufgerissenen Augen an. »Ein solches Monster gäbe es auf einer Welt nicht, wie Ailorn sie sich erträumt. Allerdings ...« Er breitete seine Arme aus. »Haben sie mir alle Waffen genommen.«

Korynar reichte ihm seine Axt. »Hier, nimm sie. Du kannst damit mehr ausrichten als ich.«

»Aber ich tue das nicht für dich«, raunte Rigos und nahm ihm die Waffe aus der Hand.

»Wir wissen nicht, wo er mit ihr hin ist«, fluchte Korynar und schlug sich mit dem Handballen mehrmals gegen die Stirn. Er musste sich an irgendetwas erinnern. Da musste es doch noch etwas geben, das helfen könnte.

»Pekarot hat darüber geredet, dass Lysa wieder eine verstorbene Seele in sich aufnehmen soll«, sagte Rigos und ging vor Korynar in die Knie. »Scheinbar hat sie das schon einmal getan.

Es hörte sich an wie eine Art Ritual, wahrscheinlich eine religiöse Spinnerei ...«

Korynar riss die Augen auf. Er kannte dieses Ritual. Die Rhakáner hatten es wenige Jahre, nachdem Fyladon das erste Seelenlicht herbeigerufen hatte, eingeführt. Sie wollten damit die Seele eines Verstorbenen an ein Kind weitergeben. Aber das bedeutete ... Das war unmöglich. Hatte Lysa bereits ein Kind bekommen und war sie gerade wieder schwanger? Das durfte nicht sein. Korynar wollte den Gedanken verdrängen, doch er bohrte sich immer wieder an die Oberfläche. Wie oft hatte Pekarot sie in all den Jahren wohl vergewaltigt? Übelkeit stieg in ihm auf.

»Ich kenne das Ritual und den Ort, an dem es vollzogen wird«, sagte er mit zitternder Stimme.

Kapitel 7

Korynar konnte nicht abschätzen, wie lange sie bereits unterwegs waren. Die Rhakáner glaubten, dass man jedem Gang folgen konnte, der weiter in den Vulkan hinabführte, wenn man den tiefsten Ort dieser riesigen Höhle betreten wollte. Jenen Ort, an dem das Herz des Vulkans pochte – ein See aus glühender Lava. Genau dort war die Ritualstätte.

Korynar erinnerte sich an den Verlauf der Gänge. Hier war er schon einmal gewesen. An einer Abzweigung stockte er kurz. Der schmale Gang, der wieder etwas weiter hinauf führte, musste es sein.

»Das ist er«, sagte Korynar. »Über diesen Gang kommen wir zu dem Spalt, der uns zum geheimen Ausgang führt!« Er merkte sich die Stelle und winkte die anderen hinter sich her. »Weiter!«

Ein tiefer Gesang hallte ihnen entgegen, der sich aus vielen Stimmen zusammensetzte. Das mussten die Schamanen sein, die das Ritual begleiteten. Gleichzeitig schlug ihnen eine unerträgliche Hitze entgegen und der Lavasee warf am Ende des Ganges einen gelbroten Schein gegen den Fels. Der Chor steigerte seine Lautstärke, bis er abrupt stoppte. Ein heller Schrei. Das war seine Tochter!

Lysa, ich komme! Korynar beschleunigte seine Schritte, obwohl die Hitze mit jedem Moment stärker auf seiner Haut und in seinen Augen brannte. Trotzdem erreichte Rigos die Biegung vor ihm. Direkt dahinter stoppte er. Korynar stieß gegen seinen Rücken und taumelte einige Schritte zurück. Rigos holte mit der Axt aus und ließ sie mit der flachen Seite auf einen Rhakáner hinunterfahren. Er traf ihn mitten auf den Kopf. Trotz seines Helmes sackte der Barbar in sich zusammen.

Verdammt, dachte Korynar. *Krieger bewachen das Ritual!*
Weitere Rhakáner strömten ihnen entgegen.

»Das ist der Gefangene!«, schrie einer von ihnen. »Sie haben ihn befreit! Tötet sie!«

Obwohl Korynar weiter zurückstolperte und Rigos zuschrie, er solle ihm folgen, wich dieser nicht von der Stelle. Der Prediger schlug alleine in der Mitte der Wachen wild um sich. Zwei lösten sich aus der Menge und stürmten auf Korynar und Karmia zu. Sie zögerte nicht lange, riss in einer Bewegung ihr Messer aus dem Gürtel und schleuderte es den Feinden entgegen. Sie traf einen von ihnen in den Oberschenkel. Er verzog das Gesicht vor Schmerz, taumelte und musste sich an der Wand abstützen. Korynar nutzte die Verwirrung seines Kameraden und stürzte sich auf ihn. Er täuschte einen Faustschlag an und versuchte ihm gleichzeitig ein Bein zu stellen, doch der Rhakáner wich dem Angriff erst gar nicht aus. Stattdessen schlug er Korynars Hand zur Seite und stieß seine Stirn mit voller Wucht gegen Korynars Kinn. Unerträgliche Schmerzen schossen ihm durch den Kiefer. Er taumelte zurück. Dann fiel der Rhakáner zu Boden. Hinter ihm tauchte Ekartor auf und nickte Korynar zu.

Ein erneuter Schrei ließ Korynar jeden Schmerz vergessen. Er rannte los, drängte sich an Rigos vorbei, der gegen die letzte Wache kämpfte, und kam auf einem schmalen Plateau in einer riesigen Höhle zum Stehen. Nur wenige Schritte entfernt bildete ein Dutzend Schamanen einen Kreis. Sie vollführten synchrone Bewegungen, präsentierten ihre bemalte Haut und erzeugten mit dem Aneinanderschlagen von Stöcken einen düsteren Rhythmus. In ihrer Mitte kniete Lysa und beugte sich über einen blutigen Gegenstand. Dahinter stand Pekarot mit verschränkten Armen auf eine riesige Axt gelehnt und beobachtete sie.

Als Korynar erkannte, was seine Tochter dort tat, schnürte sich ihm der Hals zu und gleichzeitig musste er würgen. Er hatte zwar gewusst, was ihre Rolle bei diesem Ritual sein würde, aber es zu sehen, brach ihm das Herz.

Vor Lysa stand ein abgetrennter Kopf, dessen Schädeldecke entfernt worden war. Seine Augen waren verdreht und die Zunge hing ihm aus dem Mund. Die Rhakáner hatten den Kopf mit der Asche des Toten aufgefüllt und darauf sein blutiges Gehirn gebettet. Lysas Zähne gruben sich mit einem gequälten Gesichtsausdruck in das Hirn und rissen ein Stück davon heraus. Sie würgte es hinunter und gab einen angewiderten Laut von sich. Dann stützte sie sich mit einer Hand auf den Boden, wischte sich mit der anderen den blutverschmierten Mund ab und richtete sich wieder auf. So sollte sie die Seele des Verstorbenen in sich aufnehmen. Das Ritual war erst abgeschlossen, wenn sie das Gehirn und die Asche darunter verspeist hatte. Bis auf den letzten Rest.

Als Korynar sich von dem Schock erholt hatte, zog der Schädel wieder seine Aufmerksamkeit auf sich. Er kannte den Toten. Das war Garumt! War er einfach an den Folgen seiner Verletzungen gestorben oder hatten die anderen Rhakáner die Gefangenen zu spät gefunden? Was hatte das zu bedeuten?

Pekarot schaute zu ihnen hinüber, löste sich aus dem Kreis und kam ihnen entgegen, während er sich seine riesige Axt auf die Schulter hievte. Es war die Axt seines toten Bruders. »Wer wagt es, die Wiedergeburt von Garumt dem Mutigen zu stören? Verschwindet!«

»Nur mit Lysa«, zischte Korynar. Er wollte den Häuptling niederschlagen, wollte Lysa aus diesem Wahnsinn befreien, doch Ekartor hielt ihn zurück. Mit einem Ruck riss sich Korynar los. All die Jahre hatte Pekarot ihn in seinen Träumen begleitet. Tausende Male hatte er sich vorgestellt, wie er dieses Monster in den Tod schicken würde.

»Korynar, nicht!«, schrie Karmia, doch diese Worte erreichten ihn nicht. Ohne eine Waffe hielt er auf Pekarot zu, der bereits zum Schlag ausholte.

Das riesige Axtblatt fuhr auf Korynar herab, doch er blieb nicht stehen. Mit seinem ganzen Gewicht warf er sich gegen Pekarot. Der Riese strauchelte. Korynar spürte, wie etwas seinen Kopf streifte. Bunte Lichter tanzten vor seinen Augen. Dennoch schaffte er es, dem Riesen einen Fuß zwischen die Beine zu stellen. Pekarot stolperte darüber hinweg. Bevor er sich wieder fangen konnte, trat Korynar ihm mit voller Kraft in die Kniekehle.

Der Rhakáner krachte mit seinem ganzen Gewicht auf den Rücken. Die Axt fiel klirrend neben ihm zu Boden. Korynar packte die Waffe und konnte sie gerade so mit beiden Händen in die Luft stemmen. Mit offenem Mund rutschte Pekarot bis an den Rand des Plateaus zurück. Korynar stellte sich vor ihn. Tief unter dem Barbarenhäuptling flimmerte die glühende Lava.

»Bleib wo du bist!«, zischte Korynar und deutete an, die Axt auf ihn herabfahren zu lassen.

Der Riese riss die Augen auf. »Du bist es ... Vielleicht hätte ich damals doch fester zutreten sollen.«

Es gab Korynar Genugtuung, dass der Rhakáner ihn in diesem letzten Augenblick seines Lebens erkannte. Er lachte und wollte ihm die Axt schon in den Schädel rammen, da hob Pekarot die Hände.

»Ich habe sie geliebt, Korynar«, murmelte er. Korynar glaubte zu erkennen, wie sich eine Träne in seinem rechten Auge bildete. »Ich habe Ladwia geliebt, warum sonst hätte ich nur sie mit in den Vulkan nehmen sollen?«

Pekarot wurden drei Frauen zugesprochen, um das Bündnis zu sichern. Es stimmte. Er hatte nur Ladwia mit sich genommen. Im Augenwinkel sah Korynar, wie Ekartor und Rigos versuchten, die Schamanen zu vertreiben, während Karmia sich um Lysa kümmerte.

»Du hast sie umgebracht!«, schrie Korynar Pekarot mit hochrotem Kopf an. Mit jeder Silbe schoss Speichel aus seinem Mund und er zitterte am ganzen Körper. »Du hast sie gefoltert, du hast sie vergewaltigt. Du hast sie so lange eingesperrt, bis Lysa dir besser gefallen hat.« Die Dämpfe des Lavasees flackerten düster um sie herum. »Du hast sie beide ein ganzes Leben in Gefangenschaft verbringen lassen!«

»Sie hat sie umgebracht«, entgegnete Pekarot. Auch in seinem Gesicht zeichnete sich jetzt Zorn ab. »Wäre Fetera nicht schon geboren worden, kurz bevor wir den Vulkan erreicht hatten, wäre Ladwia heute noch am Leben! Diese verfluchte Hure trägt die alleinige Schuld an ihrem Tod!«

Allein für den Namen, den dieser Barbar seiner Tochter gegeben hatte, freute er sich darauf, ihm die Axt zwischen die Augen zu treiben. Aber was wollte ihm dieses Monster damit sagen? Dass Ladwia bereits bei Lysas Geburt gestorben war? Das würde bedeuten, dass sie schon seit über zwanzig Jahren tot war. Wenn stimmte, was Pekarot sagte, würde das bedeuten ... Korynar senkte die Waffe. Es würde bedeuten, dass Korynar all die Jahre versucht hatte sie zu retten, obwohl sie schon längst nicht mehr unter den Lebenden gewesen war. Dass er Menschen verraten und getötet hatte, dass er niemals aufgehört hatte zu kämpfen, obwohl ... Nur begriff dieser Abschaum eine Sache nicht. Er hatte das nicht nur für Ladwia getan. All das war auch für Lysa gewesen. Er könnte seiner Tochter niemals die Schuld für den Tod seiner Frau geben.

»Ich habe mir geschworen, Ladwias Leichnam zu verbrennen und ihre Asche aufzubewahren.«, sagte Pekarot.

Korynars Muskeln spannten sich an und Adern traten an seinem Hals hervor. »Ich will nichts davon hören«

Der Riese ließ sich nicht unterbrechen. »Natürlich hätte ich ihre Seele irgendeiner schwangeren Frau übertragen können, aber das wäre ihrer nicht würdig gewesen. Ich wollte, dass ihre eigene Tochter ihre Seele wieder auf diese Welt bringt.«

»Ruhe!«, brüllte Korynar und ärgerte sich darüber, dass er nicht anders konnte, als den Worten des Rhakáners zu lauschen. Dieser Bastard versteckte tatsächlich irgendwo in dieser Festung ein Kind von Lysa!

»Nur so konnte sie diese unermessliche Schuld bezahlen, die sie mit ihrer Geburt auf sich genommen hatte«, fuhr Pekarot fort.

»Du hast sie die Asche eines toten Menschen essen lassen!« Korynar würgte. Was war aus dem Stamm des Lichts nur für ein grausames Volk geworden? »Und du hast wirklich geglaubt, dass dadurch Ladwias Seele in Lysas Kind gelangt ist? Und jetzt wolltest du das Ganze mit deinem Bruder wiederholen?« Korynar wusste nicht warum, aber er musste lachen. Das war Wahnsinn. Dann kehrte der Zorn in seine Augen zurück und er hob die Axt erneut hoch über den Kopf. »Wo versteckst du das Kind?«

Pekarot warf den Kopf zurück und lachte.

»Wo versteckst du Lysas Tochter?«, brüllte Korynar.

»Ich habe sie umgebracht«, sagte Pekarot mit einem wahnsinnigen Funkeln in den Augen. »Sie war nicht wie Ladwia. Ihre Seele hatte ihre Asche wohl schon verlassen, als ich –«

»Ich war es, der deinen Bruder getötet hat«, fuhr Korynar ihn an. Zwar war das nicht die Wahrheit, aber er genoss es, wie sich zuerst Unglaube und dann purer Hass auf Pekarots Gesicht breit machte. Mit aller Kraft ließ er die Axt auf den Häuptling der Rhakáner herabfahren. Pekarot sprang auf die Beine, riss die Arme nach oben, als könnte er die scharfen Klingen damit ablenken und schrie. Ein dunkler Schatten huschte zwischen sie und rammte Pekarot. Es krachte, Blut spritzte und Knochen brachen. Doch es war nicht nur der Riese, den Korynar getroffen hatte. Vor ihm lag Lysa, seine Tochter. Benommen ließ er die Waffe fallen. Blut schoss aus ihrem linken Bein.

»Nein!«, schrie Lysa mit tränenüberströmtem Gesicht. Mit letzter Kraft zog sie sich an den Abgrund und warf einen Blick in die Lava. »Vater!« Ihre Glieder erschlafften.

Unfähig sich zu bewegen, sank Korynar auf die Knie. Rigos rannte auf ihn zu. Er ließ seine Axt fallen, griff sich Pekarots Waffe und schrie etwas mit geweiteten Augen, doch Korynar konnte seinen Worten keine Bedeutung zuordnen. Dann sprang er herum und stürmte zu Ekartor. Gemeinsam trieben sie die Schamanen weiter zurück. Äxte blitzten zwischen ihnen hervor. Krieger drängten sich vor sie und versuchten, sie zu beschützen.

Korynars Blick blieb an einem Schamanen im Hintergrund haften. Ihre Augen trafen sich. Sein Gesicht war blass, fast grau, von tiefen Falten durchzogen und seine Augen wirkten gläsern, wie hinter einem Schleier, als hätte sich die Seele vor langer Zeit zurückgezogen. Und doch war sich Korynar sicher. Das war Nyander. Was hatte Pekarot nur tun müssen, um den vorlauten Nyander von einst zu brechen und gefügig zu machen?

Weitere Krieger stürmten den Ritualraum. Korynar stützte sich mit den Händen am Boden ab. Schweiß tropfte ihm von der Stirn.

Karmia eilte herbei. Hektisch versuchte sie, Korynars Tochter das Bein abzubinden. »Korynar! Wir müssen sofort hier raus!«

Sie schlang sich Lysas Arm um den Hals und schleppte sie in die Richtung des Gangs. Langsam kehrte die Kraft in Korynars Glieder zurück. Sie mussten Karmia und Lysa vor diesen Bestien beschützen! Er griff nach seinem Beil, stemmte sich hoch und rannte zu ihm.

Der gesamte Zorn der letzten Jahre stieg in Korynar auf. Das Blut pumpte durch seine Adern, sein Beil wirbelte durch die Luft und fegte durch die Feinde. Schritt für Schritt trieben sie die Menge zurück.

»Hier ist er«, schrie Karmia. »Der Weg zum Ausgang.«

Ekartor ließ sich langsam zurückfallen, doch Korynar schlug weiter auf die Feinde ein, vollkommen im Rausch des Kampfes gefangen.

»Du musst sie hier rausbringen!«, rief Rigos ihm zu, während er eine Wache mit der Faust bewusstlos schlug. »Da kommen immer mehr!«

Korynar wich nicht von seiner Seite. Er parierte einen weiteren Angriff, ließ sein Beil herumfahren und stieß es dem Feind in den Oberschenkel. Rigos rammte Korynar seinen Ellenbogen in die Seite. »Verschwindet, verdammt! Und kommt ja nicht auf die Idee, wegen mir zurückzukommen. Ich werde nicht gehen, ehe die Aufgabe vollendet ist.«

Korynar schlug noch einem Rhakáner das Beil in die Schulter, dann rannte er zu den anderen. Karmia schaute ihn mit entsetztem Blick an. »Führe uns zum Ausgang!«

»Aber Rigos«, entgegnete Korynar. »Er wird das nicht ...«

»Er hat einen Plan.«

Kapitel 8

Korynar war es gelungen, sie durch den geheimen Ausgang zu führen, den er schon vor so vielen Jahren benutzt hatte. Erneut hatte ihn der Fluss aus dem Vulkan gespült, doch dieses Mal mit seiner Tochter. Nur Rigos war zurückgeblieben. Entweder es war den Rhakánern gelungen, ihn zu töten, oder sie hatten ihn in eine der Zellen geworfen, wie er es geplant hatte. Karmia war fest davon überzeugt, dass er ihre Aufgabe selbst als Gefangener noch vollenden würde. Pekarots Tod würde die Rhakáner spalten und das würde er nutzen.

Korynars Tochter war noch immer ohne Bewusstsein und musste abwechselnd von ihm und Ekartor getragen werden. Er hatte auf dem Weg viel Zeit zum Nachdenken. Ladwia musste bereits tot gewesen sein, als Herom ihn freigelassen hatte. Es hatte nie auch nur die Möglichkeit gegeben, es zu verhindern.

Nach nur zwei Tagen war die Zeit des Abschieds gekommen. Karmia wollte in den Norden ziehen und darauf hoffen, dass Rigos auch dorthin zurückkehrte.

Kapitel 9

Einige Monate später

Korynar klopfte an Lysas Tür. Er erwartete auch diesmal keine Antwort, doch hielt trotzdem einen Augenblick inne, bevor er eintrat. Wie immer fand er sie um diese Zeit nicht in ihrem Bett liegend, sondern zusammengekauert in einer Ecke des Zimmers. Ihr gesamter Körper war mit Dreck verschmiert, da sie sich seit Wochen weigerte, sich waschen zu lassen. Selbst die große Narbe an ihrem Bein kam nur an wenigen Stellen unter einer braunen Schicht hervor.

Als sie Korynar bemerkte, fuhr sie herum und fauchte wie ein wildes Tier. Blutige Striemen zogen sich über ihre Unterarme. Korynar ahnte, was das bedeutete. Er stellte die Schüssel mit der Suppe auf den kleinen Tisch neben ihrem Bett. Wenn sie nicht essen würde, würde sie mit ihrem ungeborenen Kind sterben, also ging er vor ihr in die Knie, packte sie an beiden Handgelenken und zerrte sie in seine Richtung. Sie schrie, schleuderte ihren Kopf herum und trat auf ihn ein. Korynar musste sie loslassen und zurückweichen, doch seine Befürchtung hatte sich bestätigt. Quer über ihre Unterarme zogen sich mehrere Wunden, die sie sich mit den Fingernägeln zugefügt haben musste.

Kaum hatte er sich etwas zurückgezogen, beruhigte sie sich wieder. Trotzdem kauerte sie in der Ecke. Erneut ging Korynar in die Knie und kam langsam einen Schritt auf sie zu. »Lysa«, redete er beruhigend auf sie ein. »Du bist in Sicherheit. Ich bin dein Vater, ich würde dir niemals etwas antun.«

Sie reagierte nicht auf seine Worte. Korynar blinzelte die Tränen weg, die sich in seinen Augen sammelten. Er nahm die Suppe wieder vom Tisch.

»Nun gut«, versuchte er es nach einer Pause erneut. »Du hast bereits seit Tagen nichts gegessen. Die Hebamme hat gesagt, dass dein ungeborenes Kind stirbt und du verhungerst, wenn du auch heute wieder alle Mahlzeiten verweigerst.« Als sie noch immer nicht reagierte, sondern an ihren Armen zu kratzen begann, fügte Korynar noch ein Wort hinzu. »Fetera.«

Sie drehte sich herum. Ihre Lippen waren aufgeplatzt und auch ihr Gesicht war von Kratzern übersät. Korynar kroch langsam zu ihr und setzte sich neben sie an die Wand. Lysa zog beide Knie so nah an ihren Körper heran, wie es die Schwangerschaft erlaubte, und hielt sie fest umklammert. Sie starrte ihn mit zusammengekniffenen Augen an. Korynar schöpfte mit dem Löffel etwas Brühe aus der Schüssel und führte ihn zu ihrem Mund. Der Hunger übermannte sie. Gierig biss sie zu.

»Sehr gut, Fetera«, lobte er sie. Er wollte ihr mit der Hand durch die Haare fahren, aber Lysa trat ihm die Suppenschüssel aus der Hand. Sie flog durch die Luft und der Inhalt verteilte sich im ganzen Raum.

»Du hast ihn umgebracht«, zischte sie und drehte ihm den Rücken zu.

Korynar seufzte. »Er war nicht dein Vater. Er ...« Ihm fehlten die Worte. So oft hatte er versucht ihr zu erklären, was für eine Lüge ihr Leben gewesen war. Korynar näherte sich ihr erneut und legte ihr seine Hand auf die Schulter.

»Du hast ihn umgebracht!«, schrie Lysa. Sie sprang auf, drehte sich herum und kratzte ihm mit einer Hand quer übers Gesicht. Korynar sprang hoch und schrie. Er taumelte rückwärts und fuhr sich mit dem Handgelenk über die rechte Wange. Blut lief an seinem Arm herab. Er versuchte ihre Hände zu greifen, doch das gelang ihm erst, nachdem sie ihm noch zweimal in den Bauch geschlagen hatte. Jetzt trat sie nach ihm. Korynar stöhnte auf, packte ihre Hände aber nur fester. Sie schrie und schüttelte ihren Körper mit einer Kraft, die er ihr nicht zugetraut hätte.

Korynar musste loslassen. Sie schlug und trat weiter auf ihn ein, bis er die Tür hinter sich zuzog.

Korynar seufzte. Sein Magen zog sich schmerzhaft zusammen. Sie hatte nie einen Vater gehabt, der sie liebte und sich um sie kümmerte und das konnte er nicht ändern. Aber vielleicht konnte Korynar ihr ein neues Leben verschaffen, sobald sie das Kind zur Welt gebracht hatte. Das Kind, in dem immer ein Teil von Pekarot sein würde. Er musste mit ihnen in den Norden ziehen. In das Land, von dem die Prediger erzählt hatten. Sie würden seiner Tochter helfen, hoffte Korynar. Aber würde sie eine Reise dorthin überhaupt überstehen?

Ein
unwiderstehliches
Angebot

Mit einem Rauschen wurde der Bastvorhang der Hütte aufge-
zogen. Menhoret schaute auf und erblickte Hem, hinter dem
die Baststränge hin- und herschwangen. Er war mit einem aus
getrockneten Pflanzenfasern gewobenen Rock bekleidet. Über
seinen Oberkörper rannen Schweißperlen, die zeigten, dass er
durch die Hitze geeilt war. Seine Stirn lag in Falten.

Der Mann am Schreibtisch runzelte die Stirn. »Was gibt es,
Hem?«, fragte er streng und legte seine Arbeit beiseite.

»Es kann so nicht weitergehen«, schnaubte Hem und stapfte auf den Tisch aus Baumstämmen in der Mitte des Raumes
zu.

»Was ist passiert?« Menhoret seufzte, sein Freund hatte ihn
aus einem Tagtraum gerissen.

»Es sind die anderen. Sie fallen immer wieder in unsere Gebiete ein und bringen uns um unsere Rohstoffe und Nahrungs-
mittel. Ich habe Berichte von unseren Leuten gehört, dass unsere
Gebiete abgesammelt sind und ich selber habe Jagdspuren entdeckt, die ich niemandem zuordnen kann. Unsere Fischer haben
ihre Boote an unseren Grenzen gesehen. Das dürfen wir ihnen
nicht durchgehen lassen«, erwiderte er zornig.

Menhoret schaute ihn mit zusammengezogenen Augenbrauen
an. »Warum sollte Nunet so etwas tun? Er riskiert damit seinen

Aufenthalt auf dieser Insel.« Menhoret stützte sich auf den Tisch und legte seine Fingerspitzen aneinander. »Er weiß, dass er gegen uns nichts ausrichten kann, wenn er gegen die Regeln verstößt. Solch ein Risiko würde er nicht eingehen.«

»Aber wenn ich es dir doch sage! Es sind ja nicht nur die Tiere, die gejagt oder Bäume, die gefällt werden. Unsere Nutzpflanzen, der Fischbestand. Das reicht nicht für zwei Gruppen, vor allem nicht, wenn sich eine nicht an die abgesteckten Grenzen hält.« Hem knallte seine Faust auf den Tisch.

Hem hatte schon oft verkündet, dass er sie am liebsten alle tot sehen würde – eine Einstellung, die Menhoret teilte. Es wäre nicht das erste Mal, dass diese Schmarotzer ihnen Ärger machten. Sie sind auf diese Insel gekommen und plünderten, was Menhoret und seinen Leuten gehörte. Der Frieden, der seit einiger Zeit zwischen ihnen währte, war ein bröckeliges Konstrukt. Sie misstrauten einander und rechneten damit, dass ihnen der jeweils andere in den Rücken fallen würde.

Es gab eigentlich keinen Zweifel, dass Nunet so etwas durchziehen würde, um das Überleben seiner Gruppe zu sichern, aber er handelte gewöhnlich nicht so unbedacht. Es sei denn, er befand sich in einer verzweifelten Lage. Das war die Chance, auf die Menhoret so lange gewartet hatte.

»Wir sollten handeln. Vielleicht werden wir sie endlich los und können wieder in Frieden auf dieser Insel leben.«

Hem nickte. »Was soll ich tun?«, fragte er voller Tatendrang.

»Wir dürfen das Ganze nicht überstürzen. Vermutlich ist es das Beste, wenn wir sie mit ihren Fehlern konfrontieren und ihnen ein Ultimatum setzen, die Insel zu verlassen. Wenn sie klug sind, wählen sie diese Variante und wir können alles ohne Blutvergießen abhandeln.«

Hem sah beinahe enttäuscht aus. »Meinst du wirklich, dass sie einfach alles aufgeben werden? Und wir sie nicht vertreiben müssen?«

»Oh, wir werden sie vertreiben«, antwortete Menhoret mit einem schwachen Lächeln auf den Lippen. »Aber wenn Nunet klug ist, schützt er seine Leute, indem sie uns endlich in Ruhe lassen. Und wenn –«

»Menhoret«, rief jemand und abermals wurde der Bastvorhang energisch beiseitegeschoben.

Menhoret seufzte und rechnete mit dem Schlimmsten. »Was gibt es, Nephida?«, fragte er die hereingestürmte Frau gereizt.

»Das solltest du ... solltet ihr euch ansehen«, brachte sie mit einem Seitenblick auf Hem hervor.

Menhoret zog die Augenbrauen hoch. »Was?«, fragte er. Einen weiteren Vorfall konnte er jetzt nicht gebrauchen. Die Chance, Nunet und seine Gruppe von der Insel zu verscheuchen, benötigte seine volle Aufmerksamkeit.

»Zwei Fremde sind im Dorf aufgetaucht und sprechen zu den Leuten. Die Menschenmenge wird immer größer. Ich dachte, dass du dich vielleicht darum kümmern möchtest«, antwortete sie und verschränkte bei ihren Worten die Arme vor der Brust.

»Also gut«, seufzte er gedehnt und stand auf. »Das sollte ich mir wirklich einmal anschauen.« Er legte sich den grauen Pelz des großen Brüllzähners um, der ihm als Anführer zustand.

Menhorets Augen verengten sich, als sie der Dorfmitte näher kamen. Verärgert schüttelte er den Kopf. Nephida hatte Recht. Beinah all seine Leute waren zusammengekommen, um den Fremden zu lauschen.

Was suchen diese beiden Menschen auf seiner Insel? Wie waren sie hergekommen und warum sprachen sie zu seinen Leuten?

»Was ist hier los?«, fragte er die umstehenden Personen. Einige zuckten ratlos mit den Schultern, andere reckten ihre Hälse, um einen Blick darauf zu erhaschen, was in der Mitte der Traube vor sich ging.

Ein Mann vor ihm drehte sich um. »Wir wissen es nicht genau. Es haben sich hier alle versammelt und wir wollten wissen, was passiert ist.«

Menhoret belächelte diesen Mann traurig. Er musste sich beherrschen, um nicht all den Ärger an ihm auszulassen. Viele seiner Schutzbefohlenen verhielten sich in solchen Angelegenheiten wie Kopflose. Eine Eigenschaft, die er schon früh erkannt und für sich genutzt hatte. Die Gruppe hatte nach dem Tod seines Vaters einen Anführer gebraucht, um auf dieser Insel das Überleben zu sichern, und er war zu dem Zeitpunkt genau die richtige Person gewesen. Außenstehende mögen vermuten, dass er diese Macht für seine eigenen Vorteile ausnutzte, doch stand für ihn das Wohl der Gruppe im Vordergrund. Auch wenn es nicht immer möglich war, das friedlich zu wahren.

Die Versammlung besorgte ihn, denn egal, wer die Fremden waren und was sie wollten, sie würden bei irgendwem Anklang finden. Und genau das musste er verhindern.

»Lasst mich durch«, verlangte er forsch und schob sich durch die Menschenmenge.

Einige traten freiwillig zur Seite, doch musste er sich grob Platz verschaffen, weil die Menschen von dem abgelenkt waren, was auf der Platzmitte vor sich ging. Nicht einmal der erste Kontakt zu der fremden Gruppe um Nunet hatte damals so viel Aufsehen erregt. »Was geht hier vor?«, schallte seine Stimme über den Platz, als er den inneren Kreis erreicht hatte, der sich um die Fremden gebildet hatte.

Um ihn herum wurde es blitzartig still und alle Köpfe drehten sich zu ihm. Die Menschen traten zur Seite und gaben den Blick auf die Übeltäter frei.

Im Zentrum des Geschehens standen zwei Personen, die eindeutig nicht auf die Insel gehörten. Sie waren groß, größer sogar als seine besten Männer, und strahlten Autorität aus. Zumindest wusste Menhoret jetzt, warum sie Aufsehen erregt hatten, doch ihn schüchterten sie nicht ein.

Ihr Auftreten zeugte davon, dass sie nicht aus den südlichen Landen kamen. Mit so dicker Kleidung würden sie in der Hitze bald ersticken, also konnten sie noch nicht allzu lange dem Klima der Insel ausgesetzt gewesen sein. Schon früh am Morgen war die tropische Wärme deutlich zu spüren, obwohl die Sonne erst am Horizont kratzte. Ihre Bewaffnung brachte ihnen hier ebenfalls nicht viel, ihre Schwerter würden sich im Gestrüpp des Regenwaldes nur verfangen, sollten sie von den Wegen abkommen.

Besonders die Frau zog aufgrund ihrer Größe neugierige Blicke auf sich. Sie trug ihr dunkelblondes Haar nahezu hüftlang, doch es war ihr Ausdruck, der Menhoret anfänglich irritierte. Sie blickte ihn nachdenklich wissend an, als er aus der Menschenmenge trat, fast so, als wüsste sie über sein ganzes Leben Bescheid. Das Blau ihrer Augen erinnerte ihn an die stürmische See bei einem Unwetter, was Unwohlsein in ihm schürte.

Ihr Begleiter war schon durchschaubarer. Ein großer und kräftig gebauter Mann mit blonden Haaren, die ein hübsches Gesichtlein einrahmten. Es wunderte Menhoret nicht, dass die Frauen zu ihm kamen wie die Motten zum Licht.

Menhoret trat langsam einige Schritte auf die Fremden zu, hielt jedoch respektvollen Abstand, denn er wusste nicht, womit er rechnen sollte. »Wen darf ich auf meiner Insel begrüßen?«, fragte er bestimmt und schaute erst den Mann und dann die Frau an.

»Du bist der Anführer dieser Gruppe«, entgegnete der Mann. Es klang wie eine Aussage, nicht wie eine Frage.

»In der Tat.« Menhoret nickte und wählte seine Worte mit Bedacht. Er wollte die beiden nicht verärgern, ihnen gegenüber aber auch keine Schwäche zeigen. »Daher würde ich gerne wissen, wie ich euch weiterhelfen kann.«

»Sie predigen von ihrem Land irgendwo im fernen Norden«, rief ein Mann aus der Menge.

»Dort soll man in Frieden und Gemeinschaft leben können«, ergänzte eine Frau hinter ihm.

Menhoret ließ seinen Blick schweifen. Einige seiner Männer und Frauen sahen verängstigt aus. Er erblickte Verärgerung. Andere bewunderten die Fremden und hatten ihnen vermutlich fasziniert an den Lippen gehangen, obwohl sie auf ihn nicht den Anschein von Propheten oder Quacksalbern, viel mehr den von Kriegern, machten.

Die Fremden schwiegen. Sie standen ruhig vor ihm und musterten ihn. Menhoret hatte das Gefühl, von ihren Blicken geprüft zu werden.

Die Anwesenheit so vieler Menschen zwang ihn dazu, nach außen hin Ruhe auszustrahlen. Ein Räuspern entrang sich seiner Kehle. Er lächelte matt. »Gut, vielleicht klären wir die Angelegenheiten in meiner Hütte«, bot Menhoret an. Er hatte keine Lust, eine Diskussion in aller Öffentlichkeit zu führen.

Die Frau nickte kaum merklich mit dem Kopf, woraufhin sich die beiden Fremden in Bewegung setzten.

»Hier entlang«, murmelte er und zeigte ihnen den Weg. Hem bedeutete er mit einem Blick zu folgen.

Mit einer schwungvollen Bewegung riss er den Bastvorhang seiner Hütte in der Mitte entzwei. Den ganzen Weg über hatte er gegrübelt, was diese zwei Menschen wollten. Das einzige, was er von ihnen wusste, war, dass sie aus einem Land im Norden kamen und dieses anpriesen. Wollten sie ihm seine Leute wegnehmen, sein Volk spalten? Aber warum?

»Dann erzählt mir, wer ihr seid und was euch hierher führt«, begann er das Gespräch wohlwollend. Er war alles andere als glücklich über ihr Auftauchen. Es bedeutete nur Ärger, das wusste er.

»Wir möchten euch helfen«, sagte die fremde Frau. Etwas in ihrer Stimme ließ ihn erschaudern. »Es wird ein Sturm aufziehen. Die Menschheit wird an ihre Grenzen geraten. Erneut. Aterlion wird euch helfen.«

Menhoret zog die Augenbrauen hoch. »Ihr wollt mir weiß machen, dass ich eure Hilfe benötige, wegen eines Wetterumschwungs?« Er blickte zu Hem, der neben Nephida hinter den Fremden stand. Dieser zuckte ratlos mit den Schultern. »Verzeiht, aber ich glaube, dass wir sehr gut alleine klarkommen. Unsere Vorfahren haben einen Krieg überdauert und hier ein neues Leben aufgebaut, da macht uns etwas Wind keine Sorgen.« Die Anspannung, die sich in ihm breitgemacht hatte, ließ von ihm ab. Vermutlich waren sie zwei Scharlatane, die herumreisten und sich mit ihren Lügengeschichten bereicherten.

»Ihr versteht nicht ganz«, erwiderte die Frau und trat auf ihn zu. »Nur die, die reinen Herzens sind, können dem Sturm entgehen. Jene, die den Weg in den Norden finden, den Zeichen des Himmels folgen und würdig sind, werden überleben können. Dieses Leben hier wird bald vorüber sein.«

»Es reicht!«, donnerte Menhoret und schlug mit seiner Faust auf den Tisch. Ein Pergament mit einer Karte der Insel segelte auf den Boden. »Ich will diesen Unsinn nicht mehr hören. Geht und verkauft euren Hokus-Pokus wem anders. Ich kann jetzt niemanden gebrauchen, der hier eine weitere Hysterie auslöst. Wir haben wichtigeres zu erledigen.«

»Wie wagst du es mit uns zu reden?«, knurrte der Mann, der sich bedrohlich vor Menhoret aufbaute und missbilligend auf ihn herabblickte. Er war so nahe, dass sie sich fast berührten.

»Zifes, beherrsch dich«, murmelte die Frau und legte ihrem Begleiter eine Hand auf den Oberarm.

Menhoret schluckte. Er durfte sich nicht einschüchtern lassen.

»Wenn er wirklich so dumm ist, dann hat er seine Zukunft nicht anders verdient«, erwiderte Zifes mürrisch. Er wandte sich von Menhoret ab und verließ die Hütte, doch die Frau blieb einen Moment stehen.

»Vielleicht überlegt ihr es euch doch noch anders. Die Welt wie sie ist, wird es bald nicht mehr geben. Euer Leben wird nicht mehr von langer Dauer sein«, murmelte sie und folgte dann ihrem Begleiter.

»Pah«, erwiderte Menhoret, als die beiden verschwunden waren. »Scharlatane, nichts weiter.«

»Und was ist, wenn sie recht haben?«, fragte Nephida vorsichtig.

»Womit? Mit einem Ereignis, dass uns alle zerstören wird?«, fragte Menhoret gereizt. »Sieh dich um, Nephida. Wir sind auf einer abgeschiedenen Insel. Niemand interessiert sich für uns. Wir müssen hier bereits um unser Überleben kämpfen und das seit Jahren. Und als wäre das nicht schon schlimm genug, macht uns Nunet das Leben noch schwerer, indem er unsere Gebiete für sich beansprucht. Da bereitet mir irgendeine Prophezeiung vom Untergang der Welt nicht im geringsten Angst.«

»Was hast du jetzt vor?«, fragte Hem.

»Ich werde Nunet von der Insel schmeißen«, entgegnete Menhoret und rieb sich das Kinn.

»Wie willst du das anstellen? Sie werden nicht freiwillig gehen und das weißt du«, sagte Nephida.

»Wir haben es auf die friedliche Art und Weise versucht. Aber wenn sie sich nicht an die Regelungen halten können, dann müssen sie die Konsequenzen tragen. Jetzt ist die Zeit gekommen, in der wir an uns denken müssen. Wir waren zuerst hier und das bedeutet im Zweifel auch, dass wir um unseren Anspruch kämpfen müssen.«

»Du willst sie angreifen?«, fragte Nephida.

»Das hätte ich vielleicht damals machen sollen, als diese Schmarotzer den ersten Fuß auf unsere Insel gesetzt hatten. Nein, ich will sie nicht angreifen. Das werden sie selbst in der

Hand haben. Hem«, wandte er sich an seinen besten Freund, »geh mit Xhemet zu ihrem Lager und überbringt Nunet die Nachricht, dass sie drei Tage Zeit haben, die Insel zu verlassen, denn wir dulden die Verletzung unserer Abmachung nicht. Sollten sie dann immer noch hier sein, werden die Konsequenzen verheerend sein.«

Hem nickte und verließ das Zelt.

»Meinst du wirklich, dass das eine gute Idee ist?«, fragte Nephida.

»Ich habe nicht vor, auch nur einen Tropfen Blut zu vergießen. Das liegt ganz in den Händen unserer Freunde. Sie bekommen die Chance von mir, ihr Glück woanders zu suchen.«

Nephida trat auf ihn zu und legte ihm die Hände auf die Brust. »Aber innerlich hoffst du, dass sie nicht gehen, damit du sie erledigen kannst.«

»Ich gebe zu, es wäre befriedigend, sie für all das büßen zu lassen, was sie uns in den letzten Jahren angetan haben.«

»Warum dann das Ultimatum? Was soll dann passieren?«, fragte Nephida. Sie blickte ihn durch ihre dichten Wimpern an. Da sie mehr als einen Kopf kleiner war als er, musste sie ihren Kopf immer in den Nacken legen, wenn sie ihm so nahe war.

»Ohne Drohung würden sie niemals freiwillig die Insel verlassen und mit vermutlich auch nicht. Ich habe es dann wenigstens friedlich versucht«, brummte Menhoret. »Sie hätten ihre Chance gehabt.«

»Muss das denn unbedingt sein? Gibt es denn keine andere Lösung? Ohne Gewalt?«

»Wie oft haben wir das jetzt schon versucht, Nephida?«, fragte er. Seine Augen verengten sich. »Sorgst du dich um ihr Überleben?« Menhoret ergriff sie an den Schultern und stierte ihr eindringlich in die Augen.

»Nein. Ich ... ich will nicht, dass unseren Leuten etwas passiert, das ist alles.«

»Denkst du, ich würde sie sinnlos in den Tod schicken?«, fragte er erzürnt. Niemand, nicht einmal Nephida, stellte seine Autorität in Frage. Sein Gesicht war so nahe an ihrem, dass er ihren Geruch wahrnehmen konnte. »Ich weiß schon, was ich tue, das solltest du wissen. Diesmal müssen wir an uns denken.« Sein Griff wurde fester.

»Menhoret, bitte. Du tust mir noch weh«, wimmerte Nephida.

»Das würde ich niemals tun«, knurrte er lustvoll und presste stürmisch seine Lippen auf die ihren.

Als er ihr eine Hand in den Nacken legte und sie an sich drückte, stellte er zufrieden fest, wie sich ein Seufzen ihrer Kehle entrang. Ihre Hände krallten sich in seine Haare, während sie sich an den muskulösen Körper schmiegte.

Sie hatten sich schon oft geliebt. Unzählige Male hatte Nephida sein Bett gewärmt und nicht selten war sie mit Blutergüssen, Kratzern und Bisswunden aufgewacht. Und doch würde sie am nächsten Abend wieder in diesem Bett liegen.

Menhoret hob sie hoch und warf sie über die Schulter. Während er die wenigen Meter zur Schlafstätte überwand, streichelte er ihr, für seine Verhältnisse schon nahezu sanft, über den Hintern – nicht ohne ihren Rock dabei zur Seite zu schieben.

Er bettete sie auf den Fellen, nur um ihr daraufhin die spärliche Kleidung vom Körper zu reißen.

»Die Schmarotzer sollten sich besser dafür entscheiden abzuhauen, wenn sie überleben wollen.« Hem lachte gehässig, während er den beiden Wachleuten hinterherschaute. Sie hatten ihnen mitgeteilt, dass sie Nunet auf Geheiß von Menhoret sprechen mussten. Jetzt warteten sie mitten auf einem Waldweg, der zum Lager der anderen führte.

Es gab keinen Weg, der die beiden Dörfer der Insel direkt miteinander verband, aus gutem Grund. Menhoret hatte darauf geachtet, dass zwischen ihren Gebieten ein breites Stück Urwald lag.

Sie wussten trotzdem, wie sie das Dorf ihrer Gegner mit Leichtigkeit erreichen konnten. Der einzige Weg, der von der anderen Seite des Urwalds direkt ins Dorf führte, wurde permanent bewacht.

Xhemet grunzte und beäugte den verbliebenen Wachmann
misstrauisch. »Wobei ich zu einem guten Kampf nicht nein
sagen würde«, brummelte er und studierte den Dreck unter seinen Fingernägeln. »Vermutlich lässt Nunet uns eine Ewigkeit
warten, bis wir eine Antwort bekommen.«

Xhemet sollte Recht behalten. Es dauerte eine ganze Weile,
bis einer der Wachmänner auf dem Waldpfad zurückkehrte.
»Folgt mir«, meinte er knapp.

Hem blickte mit einer hochgezogenen Augenbraue zu Xhemet. »Euer Hochwohlgeboren mag uns also empfangen«, näsel-
te er. Sein Freund schnaubte abfällig und schüttelte den Kopf,
bevor er dem Wachmann hinterher stapfte.

»Was wollt ihr hier?«, fragte Nunet scharf, als sie das Lager erreicht hatten.

Hem war schon ein paar Mal hier gewesen. In den seltensten
Fällen offiziell. »Menhoret schickt uns.«

»Ja, das wurde mir bereits mitgeteilt«, erwiderte sein Gegenüber gedehnt. Er saß am Feuer und machte nicht einmal die Anstalten, sich seinen Gästen zuzuwenden. Er richtete seine ganze
Aufmerksamkeit auf das Schnitzen von Holzstäben, die sie zur
Jagd verwendeten.

»Aufgrund des erneuten Verstoßes gegen die Gesetze, die den
bereits brüchigen Frieden zwischen uns stützen, bekommt ihr
von Menhoret die Chance, die Insel friedlich zu verlassen. Solltet
ihr innerhalb von drei Tagen nicht davon Gebrauch machen,
müsst ihr mit den Konsequenzen leben.«

Nunets Stirn lag in Falten. Er legte seine Arbeit beiseite und
seufzte. »Wir haben nichts dergleichen getan und uns an die abgesteckten Grenzen gehalten.«

Ein abfälliges Schnauben war Hems Antwort auf diese Lüge. »Tu nicht so, als wüsstest du von nichts. Ihr habt in unserem Gebiet gewildert. Ihr macht uns nach wie vor Probleme. Also nimm das Angebot an, er meint es ernst!«

»So etwas lasse ich mir nicht unterstellen!« Nunet stand auf und starrte sie wütend an.

Hem wurde leicht von seinem Freund angestoßen, der mit einem Nicken hinter Nunet wies. Dort saßen die beiden Fremden am Lager. Sie hatten Nunet also auch von der Verheißung im Norden erzählt. Vielleicht würde der Stümper ihnen ja glauben, dann hätte sich ihr Problem von alleine erledigt.

Hem seufzte. »Hör zu. Entweder ihr verschwindet innerhalb von drei Tagen, oder ihr alle werdet den vierten nicht erleben. Du weißt, dass ihr nicht gewinnen könnt, also nimm das gut gemeinte Angebot an und rette deine Leute.«

Nunet schüttelte fassungslos den Kopf. »Ihr macht uns keine Angst. Wir werden unser Leben nicht schon wieder aufgeben und ins Ungewisse segeln. Du weißt vielleicht nicht, was das bedeutet. Wir haben nichts Unrechtes getan.«

»Dann wirst du sehen, was du davon hast«, erwiderte Hem schlicht. »Wir gehen«, wandte er sich an Xhemet und drehte sich um.

»Grüß Menhoret von mir. Er freut sich bestimmt auf die Revanche«, rief Nunet ihnen hinterher.

Hem lächelte nur in sich hinein. Dieser Narr.

Nephida schreckte hoch, als jemand in Menhorets Hütte stürmte. Sie versuchte, ihren Körper mit den Fellen zu bedecken. Menhoret saß längst wieder an seinem Tisch. Er sah auf, als Hem und Xhemet auf ihn zutraten. »Lasst mich raten«, seufzte er und legte die Pergamente beiseite. »Euren Gesichtsausdrücken nach zu urteilen, wird Nunet nicht vernünftig sein.«

»Er freut sich auf eine Revanche«, bestätigte Hem.

Menhoret lachte. »Und damit unterschreibt er sein Todesurteil und das Verderben seiner ganzen Schmarotzertruppe.«

»Ich werde die Männer darauf vorbereiten, damit wir in drei Tagen zuschlagen können«, bot Hem an und war schon auf halbem Wege aus der Hütte.

»Nein, warte«, bat Menhoret nachdenklich.

Verwirrt drehte Hem sich wieder um. »Greifen wir also nicht an?«

»Doch, doch«, beteuerte Menhoret. »Aber warum sollten wir drei Tage warten? Deinem Bericht zufolge schien Nunet sehr entschlossen zu sein. Wir erledigen es heute Nacht.«

»Das kannst du nicht tun«, erwiderte Nephida empört.

»Und warum kann ich das nicht? Dadurch wären sie nicht vorbereitet und weniger meiner Männer würden sterben. Das ist doch auch in deinem Sinne, oder nicht?«

Nephida stand auf und presste das Fell fest an ihre Brust. »Natürlich ist es das. Aber du würdest dein Wort brechen.«

Menhoret lachte herzhaft. »Ja, und das gegenüber einem Mann, dem das selbst nicht viel bedeutet.«

Nephida starrte ihn fassungslos an und klaubte ihre Sachen zusammen, bevor sie aus der Hütte stürmte.

»Irgendetwas stimmt nicht«, murmelte Menhoret, während sie das Lager aus sicherer Entfernung auskundschafteten. Nunets Wachleute waren nicht auf ihren Posten. Der Mondschein leuchtete alles soweit aus, dass sie Wachleute im Lager hätten wahrnehmen müssen. Doch es war niemand zu sehen. Im Hintergrund glitzerte das Meer in der Dunkelheit. Das Lager lag direkt an der Küste im Schutz der Bäume, die den Urwald vom Strand abgrenzten.

»Menhoret, ich weiß, du bist da irgendwo. Komm raus und lass uns reden«, rief jemand in die Stille hinein.

Menhoret benötigte einen Moment, um seinen Schreck zu überwinden. Sein Herz raste, als er den Männern anwies, ihm zu folgen, bemüht, sich seine kurze Unsicherheit nicht ansehen zu lassen.

»Nunet«, sagte Menhoret, als er ins Lager trat. »Du wusstest also Bescheid.«

»Ja, das wusste ich.« Ein enttäuschtes Lächeln lag auf seinen Lippen. »Man kann sich auf dein Wort also wirklich nicht verlassen.«

»Das kann ich nur zurückgeben«, erwiderte er und festigte den Griff um seine Waffe. Es war ein altes Eisenschwert. Sein Vater hatte es ihm hinterlassen, als er das Kommando über das Dorf bekommen hatte. Es war ein Erbstück aus der Zeit, als sein Volk noch das Festland besiedelt hatte. Das Chaos und der Krieg hatten sie auf die Inseln verbannt. Niemand wusste, was aus dem Land seiner Vorväter geworden ist. Hier gab es kein Eisen, also war dieses Schwert das kostbarste, was ein Mann in einem Duell besitzen konnte. Er stand nun mit seinen Männern im Rücken in der Mitte des Lagers. »Woher wusstest du, dass wir kommen würden?«

Nunet seufzte. Er saß allein am Lager und starrte in die Flammen. »Ich weiß nicht, was dir in den Sinn gekommen ist. Wir waren nicht auf deinem Teil der Insel oder haben euch irgendetwas gestohlen. Das Einzige, was wir wollen, ist hier in Frieden zu leben. Nichts weiter.«

Menhorets Augen verengten sich, denn sein Gegenüber wich seiner Frage aus. »Das kann ich leider nicht gewährleisten. Männer«, setzte er an. Er wollte all dem ein schnelles Ende setzen.

»Menhoret, warte«, schallte es aus der Hütte hinter Nunet.

Das Blut in seinen Adern schien zu gefrieren. Diese Stimme. Das konnte nicht sein. »Nein«, keuchte er, als eine Frau aus der Hütte trat. »Du«, knurrte er. Wie konnte er sich so täuschen lassen? Er hätte vieles erwartet, aber nicht, dass sie sich Nunet anschließen würde. »Wie konntest du mich verraten?« Menhoret schäumte bei Nephidas Anblick vor Wut. Er wusste, dass sich diese kleine Schlampe das Bett mit anderen Männern geteilt hatte, aber er hätte niemals gedacht, dass sie dies auch mit Nunet tun würde.

»Menhoret, beruhige dich. Wir wollen eine Lösung finden.« Sie versuchte, ihn mit schönen Worten zu betören. Diesmal würde er nicht darauf hereinfallen.

»Ich – bin – ruhig«, knurrte er durch zusammengepresste Zähne. »Aber das ist euer Todesurteil. Ich bringe dich um, Nunet, ich bringe euch alle um!«

Nunet stand langsam auf und stellte sich neben Nephida. Er hob seine Arme, so als wollte er Menhoret einladen. »Damit habe ich bereits gerechnet."

Hem berührte ihn am Arm, riss ihn herum und dann erblickte Menhoret die bewaffneten Männer, die aus den Hütten getreten waren und sie umzingelten.

»Es hätte nicht so enden müssen.« Seine Stimme klang verbittert. »Nephida, komm her, dann kann ich dich beschützen.« Etwas in ihm zerbrach, als sie den Kopf schüttelte, sich von ihm abwandte und davon schritt.

Ein wütender Schrei hallte durch die Nacht, der Vögel aus den Bäumen in Schwärmen hochschrecken ließ. »Männer, holt euch eure Insel zurück! Ich will sie alle tot sehen!«

Männer schrien, hoben ihre Waffen, rannten. Fronten prallten aufeinander. Die Luft wurde mit dem Geruch von Blut und Schweiß geschwängert.

Wut, Trauer und Schmerz hatte Menhoret in seinen Ansturm gelegt und jeden, der ihm in die Quere kam, eliminiert. Durch das Chaos in ihm und auf dem Schlachtfeld hatte er Nunet aus den Augen verloren.

Doch es würde nur eine Frage der Zeit sein, bis er den Sieg erringen würde. Menhoret und seine Männer waren zahlenmäßig weit überlegen, zudem hatten sie die besseren Waffen. Sein Gegner wusste nichts von den Fischerbooten mit Bogenschützen, die an der Küste auf ihn warteten.

Die Gefechtsfront verschob sich immer weiter Richtung Strand und die ersten Pfeilsalven trafen auf den Sand. Menhoret hatte vermutet, dass seine Gegner als letzten Ausweg das Schiff wählen würden, um über das Meer zu fliehen. Mit Hilfe der Bogenschützen erhoffte er sich, dass niemand dorthin flüchten konnte. Er wollte sie tot sehen, vertreiben reichte ihm nicht mehr aus.

Zufrieden sah er mit an, wie Nunets Männern fielen. Und da erblickte er ihn. Er begleitete Nephida und, zu seinem Erstaunen, die beiden fremden Propheten in die schäumende Brandung vor ihrem Schiff. Das Wasser war unruhig heute Nacht. Die Wellen auf dem Meer schlugen unnatürlich hoch, als würde ein Sturm vorüberziehen, doch der einzige Sturm war der Kampf, der an Land stattfand. Der Wind fehlte, der sonst die Wellen hochpeitschte. Irgendetwas beunruhigte das Meer. Seine Bogenschützen hatten Schwierigkeiten, in den kleinen Boten Halt zu finden, um zu zielen.

Menhoret schrie und trat nach einer Leiche. Floh dieser Mistkerl vor dem Kampf und ließ diesen seine Männer für ihn austragen, damit er unversehrt blieb?

In dem Moment drehte er sich um und starrte Menhoret entschlossen an.

»Pah«, stieß er aus. Dieser Mistkerl besaß also doch so etwas wie Ehre.

Doch sollte er erneut enttäuscht werden. »Rückzug!«, schrie Nunet seinen Männern zu und Menhoret sah mit Entsetzen, wie eine feindliche Pfeilsalve vom Schiff auf sie niederregnete. Sie waren ebenfalls in einen Hinterhalt geraten.

»Tötet sie«, schrie Menhoret. »Tötet die Feiglinge! Ich will seinen Kopf!«

Er ließ Nunet nicht aus den Augen. Genüsslich sah er mit an, wie ein Pfeil sich durch dessen Wade bohrte. Sein Erzfeind stürzte ins Wasser. Das war die Chance! Nunet würde nicht sterben, indem er in diesem Meer ertrank. Menhoret wollte ihm den Kopf vom Oberkörper abtrennen und ihn in seiner Hütte als Trophäe an die Wand hängen.

»Nunet«, schrie er ihm hinterher. »Ich warte auf die Revanche!«

Doch er humpelte stetig durch das Wasser auf sein Schiff zu. Menhorets Augen verengten sich, als er sah, wie Zifes ihm half. »Nein!«, brüllte er. »Du Feigling!« Er schäumte vor Wut.

Nebel zog auf. Menhoret hatte das Wasser erreicht und rannte Nunet nach, zumindest dorthin, wo er ihn vermutete. »Er war doch eben noch hier!«, rief er verzweifelt. »Ich bring dich um!«

»Nicht heute«, schallte Nunets Stimme aus dem Nebel. Hektisch rannte er weiter, der Stimme entgegen, bis er die Nebelwand durchbrach.

Dort stand er und blickte verbittert auf das Schiff, das sich bereits in sicherer Entfernung zu seinen Bogenschützen befand. Die Segel waren straff gespannt von einem auffrischenden Wind.

Das Wasser hatte sich beruhigt, die brandenden Wellen umspülten leicht seine Knöchel. Entmutigt glitt ihm das Schwert aus der Hand und fiel ins Wasser. »Ich bringe dich um«, murmelte Menhoret.

ANDERS

Kapitel 1

»Ciria, Hilfe!« Lautes Geschrei. Dann wird Ciria beinahe von den Beinen gerissen. Kinderhände krallen sich in ihren Schenkel und sie spürt Feuchtigkeit auf ihrer Haut. Sie fängt sich an einer hölzernen Stützstrebe ab und beugt sich zu dem Mädchen herab, um ihr die Tränen aus dem Gesicht zu streichen.

»Was ist los? Tut dir etwas weh?«, fragt sie ruhig.

»Ciria, s-sie waren ... Sie haben mich ... Sie waren wi-wieder ...«

Ciria nimmt das Gesicht des blond beschopften Kindes in ihre Hände. Sturmgraue Augen stieren hilfesuchend zu ihr auf.

»Ellia, Kind«, spricht sie. Sie spürt, wie ihre Hände warm werden. Und obwohl ihre Finger rau von der Arbeit sind, sind ihre Berührungen zart. Liebevoll streicht sie dem Mädchen über die Wange, dann nimmt sie ihre Hände. »Sie hassen dich nicht. Auch wenn du nicht ganz genau bist wie sie. Ihr müsst doch zusammenhalten.«

»Ich hab das versucht«, antwortet Ellia. Ein Schniefen unterbricht ihre Worte, doch ihr Schluchzen klingt ab. »Wirklich!« Ciria nickt. »Aber die hören nicht auf mich.«

»Was sagst du ihnen denn?«, fragt Ciria.

»Dass s-sie aufhören s-sollen, mich zu ärgern und dass ich bin wie s-sie ...«

»Aber das bist du nicht.« Ciria atmet tief durch. »Sie werden immer denken, dass wir nicht ganz sind wie sie. Doch das macht uns nicht schlechter. Wir sind wie wir sind, um sie zu schützen. Du bist doch die Älteste. Du musst ihnen helfen zu lernen.« Ciria lächelt, dann richtet sie sich auf. »Komm, Kind. Ich muss noch einige Körbe flechten. Morgen wollen wir Pilze sammeln – weißt du, was Pilze sind?«

Ellia schüttelt den Kopf. Ihr Haupt ist noch gesenkt, doch ihre Augen blitzen bereits wieder neugierig zwischen den Strähnen ihres Ponys hindurch. »Sie sehen aus wie kleine Hüte«, beantwortet Ciria die stumme Frage und hebt eine Hand, um sie sich gewölbt auf den Kopf zu legen. Nun schleicht sich doch ein feines Grinsen auf die Züge des Kindes.

»Spielst du mit mir, wenn wir den Korb geflochten haben?«

»Wenn wir alle gemeinsam flechten und sie fertig bekommen, Ellia, dann kann ich auch später mit euch spielen.«

Ellia denkt einen Moment lang nach. Dann nickt sie entschlossen.

»Ich hole die anderen.«

»Ich warte vor dem Langhaus auf euch.«

Ciria gibt ihr einen Kuss auf die Stirn, dann nimmt sie einen Beutel vom Boden, legt ihn über ihre Schulter und geht in die andere Richtung davon. Sie grüßt, an wem sie vorbei kommt. Hilft, wenn eine helfende Hand gebraucht wird. Hat motivierende Worte, wo sie in müde Gesichter sieht. Die meisten hier kennt sie seit ihrer Geburt. Sie weiß, wie sie mit den Menschen umgehen muss, weiß, wie es ist, ein Teil von ihnen zu sein. Das Dorf nimmt langsam Gestalt an. Bald würden sie all jene aufnehmen können, die aus dem Süden kommen. All die, die Aelion um Hilfe bitten wollen. So viele, die nach der Flucht ein Zuhause brauchen werden. Sie werden es hier finden.

Ciria steigt den Hügel zum Langhaus hinauf, holt einige Hocker von drinnen und die feuchten Äste, aus denen sie die

Körbe flechtet. Ihr graublondes Haar ist zu einem losen Knoten hochgebunden. Einzelne Strähnen fallen heraus. Sie müsste ihn neu binden, doch eigentlich mag sie, wie der Wind ihre Haut damit kitzelt. Es gibt ihr das Gefühl Zuhause zu sein. Auf der Insel, auf der der Wind die salzige Seeluft über die Haut streicht. Nicht die weiche Luft hier an den Küsten des Festlandes.

Es dauert nicht lang, bis Ellia mit den anderen Kindern des Dorfes auftaucht. Allen voran läuft ein großes Mädchen – Ava. Sie grüßt nickend.

»Hallo, Ava. Ellia. Nira. Rarok. Merik.« Die Kinder setzen sich auf die Hocker und beginnen zu flechten. Ava lässt sich direkt neben ihr auf dem Hocker nieder und greift nach einem beinahe fertigen Korb. Ellia schweigt und setzt sich auf den Boden neben sie.

»Elli meint, dass du nachher mit uns spielst. Stimmt das?«, fragt Ava.

Ciria nickt. »Wenn ihr mich mitspielen lasst, gerne. Ich habe gehört, dass ihr strenge Auswahlkriterien habt, wer mit euch spielen darf.« Sie lächelt sanft, nimmt ihren Worten damit die Schärfe, doch deren Sinn kommt bei Ava an. Ihr Blick fliegt zu Ellia. Röte legt sich auf die runden Wangen, dann schlägt sie die Augen nieder.

»Ellia wollte was anderes spielen als wir«, murmelt sie.

»Ich wollte n-nur auch mal Fänger sein«, fällt Ellia ihr sogleich ins Wort.

»Kinder.« Cirias Stimme ist nicht laut. »Wenn ihr nicht einmal zusammen spielen könnt, wie wollt ihr denn zusammen arbeiten?« Sie dreht sich etwas um, korrigiert das Flechtmuster eines der Jungen. »Ihr wisst doch, was ich euch immer sage.«

»Wir brauchen einander«, antwortet Ellia und sieht zu Ava. Die nickt zögerlich, antwortet jedoch nicht mehr. In ihrem Blick liegt Scham. Scham, erwischt worden zu sein. Da kommt ein Mann die flachen Stufen zum Langhaus empor.

»Eveos«, begrüßt Ciria ihn. Sie lächelt, doch er erwidert das Lächeln nicht. Er war damals schon so ernst gewesen, als sie noch auf der Insel waren. Gemeinsam mit den Großeltern und den Urgroßeltern der Menschen, die hier nun ein leeres Dorf erbauen.

»Zwei Männer sind beim Bau von einem Gerüst begraben worden. Sie haben Schmerzen. Du ...« Er runzelt die Stirn, sieht zu den Kindern, die ihn aufmerksam beobachten. »Du solltest mitkommen.«

»Aber Ciria wollte nachher mit uns spielen.« Ava steht auf. Ciria zweifelt nicht, warum Ellia es schwierig haben könnte, sich gegen diesen jungen Dickkopf zu bewähren.

»Ich denke, Ciria hat wichtigere Aufgaben, als zu spielen«, antwortet Eveos ungerührt und wendet sich zum Gehen.

»Wir holen das nach, Kinder. Versprochen.« Sie streicht Ava über den Kopf, doch diese entzieht sich und verschränkt die Arme. Ciria seufzt, lächelt entschuldigend, dann folgt sie Eveos zum Dorf hinunter.

Kapitel 2

»Wo ist sie?« Ellias Mutter schäumt vor Wut. Ava sitzt auf einem Baumstamm und stiert trotzig zu ihr empor. Über ihren Köpfen rauscht das Laub der Bäume bedrohlich wie in einem Sturm.

»Zügle deinen Zorn, Niaya«, sagt Ciria und fasst sie an den Schultern, um sie ein Stück zurückzuziehen. Ellias Mutter tobt und mit ihr tobt der Wind. Ciria spürt sie auch – die Angst. Doch sie würden Ellia nicht finden, wenn sie jetzt kopflos werden. Niayas Blick huscht zu Eveos, der mit verschränkten Armen hinter Ciria steht. Sein Gesicht zeigt keinerlei Regung.

»Ich werde sie suchen«, sagt Niaya kurz angebunden und löst sich, um im Unterholz zu verschwinden. Ciria sieht ihr einen Moment lang hinterher, dann wendet sie sich Ava zu.

»Wo genau habt ihr sie zuletzt gesehen?«, fragt sie ruhig.

»Hier«, antwortet Ava, die schmalen Ärmchen vor der Brust verschränkt. Ihre Augen sind rot umrandet, das Haar zerzaust. Ciria geht vor ihr in die Knie und hebt die Hand, um es sanft zu ordnen.

»Du musst uns sagen, was genau passiert ist. Wo sie hingegangen ist, Ava. Siehst du, es wird schon dunkel. Wir müssen sie finden, bevor die Sterne glühen.«

Avas Blick huscht zu den Wipfeln der Bäume. Zwischen ihnen bricht der Himmel hervor. Noch füllt ihn ein sattes Blau, doch es würde nicht mehr lange dauern, bis es dunkler und dann schwarz werden würde. Und dann würden *sie* beginnen, sie zu beobachten.

»Ich weiß es aber nicht«, bringt sie hervor und eine Träne kullert über ihre gerötete Wange.

»Ich weiß, dass du immer ganz besonders gut auf alle aufpasst. Auch auf Ellia. Was hat sie denn gesagt, wo sie hingehen will?« Ciria sucht den Blick des Mädchens.

»Sie ...« Ava schluckt schwer. »Vielleicht ... hab ich gesagt, dass sie nicht bestimmen darf. Weil sie nicht richtig reden kann.« Ciria nickt.

»Und weiter?«

»Und ich habe gesagt ... vielleicht ... dass sie gar kein richtiger Celestari ist. Und dass sie uns das beweisen soll. Dann hat sie mich geschlagen. Und ... ich hab mich nur gewehrt! Sie hat mich gar nichts sagen lassen. Sie ist einfach weggelaufen.«

Nun schluckt Ciria. Ihr Blick eilt zu Eveos. »Bring Ava zu ihren Eltern.«

»Sei vor Einbruch der Dunkelheit zurück«, antwortet er und folgt dem Weg, den sie hergekommen waren.

»Bring ihn sicher zurück, Ava. Ich werde auch bald wieder da sein und habe Ellia dann bestimmt bei mir.«

Ava nickt. Ihr Gesicht ist blass geworden. Ciria beugt sich vor, um sie in den Arm zu nehmen, doch Ava schiebt sie zurück und läuft Eveos hinterher in den Schatten der Bäume.

Ellia war sicher wütend gewesen. Sie will sich beweisen, will zeigen, dass sie eine Celestari ist. Eine Verbindung der Götter und der Menschen. Leitbild der Norrvask, des Nordvolkes. Wer kann ihr verübeln, dass sie ihren Vorbildern nacheifern und sich als eine von ihnen beweisen möchte. Dass sie so sein will, wie ihre Mutter Niaya. Wie Niayas Vater Eveos. Dass sie noch ein ganzes Leben lang Zeit haben wird, vergisst sie dabei.

Besorgt hebt Ciria ihren Blick. Sie haben nur noch so wenig Zeit, bis sich die Nordmenschen in ihre Häuser zurückziehen müssten. Mit der Dunkelheit kommen die Sterne. Die glühenden Augen der Götter, die sie hier auf dem Festland niemals sehen dürfen.

Ciria folgt nicht Niaya, sondern schlägt einen anderen Weg ein. Den schmalen Wildpfad, den ihre Jäger wohl schon einige Male benutzten. Sie hatten vor einigen Tagen Wölfe gesehen, doch welcher Wolf würde sich an einem Kind vergreifen? In diesen Tälern gibt es Wild im Überfluss, nachdem die Menschen von hier vertrieben wurden. Warum sollten sie sich in Gefahr begeben und Menschen jagen?

Ciria spürt beim Laufen kleine Steinchen durch die dünnen Sohlen. Das Laub der Bäume schluckt die letzten Sonnenstrahlen. Schon jetzt ist es dunkel unter ihren Kronen. Ciria geht in die Knie. Ihre Fingerkuppen streichen über den Boden. Sie ist keine Fährtenleserin. Ob Ellia hier ist oder nicht, würde sie nur schwerlich erkennen. Doch mit aufkommender Dunkelheit schwindet auch ihre Hoffnung eine Spur des Kindes zu finden. Ciria steht wieder auf und beschleunigt ihren Schritt.

»Ellia? Antworte, Kind! Wir spielen nicht«, ruft sie in den Wald. Ciria klettert über einen Baumstamm, der ihr den Weg versperrt, duckt sich dann unter einem Gebüsch hindurch. »Ellia, es wird dunkel. Wir müssen nach Hause.« Der Wind erstirbt. Die Wipfel lauschen ihrer hellen Stimme. »Ellia!«

Nun rennt sie. Was, wenn die Götter sie schon gesehen haben? Was, wenn die düsteren Krallen nach ihr griffen, von denen Aelion einst erzählt hatte? Die Götter, die die Menschheit aufgaben und ihnen Krieg, Pest und Tod entgegen warfen. Es gibt nur wenige Götter, denen sie trauen können. Signa, Mutter der Sonne, des Lebens und des Lichts, die sie des Tags vor den Augen der anderen schützt.

Cirias Finger suchen nach ihrer Kette. Dunkelheit kriecht durch die Wipfel.

Was, wenn Ellia gefallen war? Sich den Kopf angeschlagen hatte? Cirias Atem stockt, als sich das Bild des blutverschmierten Kindergesichts in ihren Geist gräbt. Es setzt sich fest, beißt sich in die schönen Erinnerungen, die sie an das Mädchen hat.

»Ellia!« Da bewegt sich etwas. Ciria fährt herum. »Wer ist da?«, fragt sie in die Dämmerung.

Erst ist es still. Dann tritt Eveos aus dem Unterholz. Sein Atem geht stoßweise.

»Keine Spur?«, fragt er. Ciria stockt. Sie schüttelt den Kopf. »Wir sollten umkehren.«

»Du willst sie heute Nacht alleine hier draußen lassen?« Ciria zieht die Brauen zusammen. »Eveos – was, wenn sie sie finden?«

»Allein kann sie sich verstecken. Eine Höhle ... oder ein hohler Baum. Sie weiß, dass sie sie nicht sehen dürfen.«

»Haben die guten Götter dich verlassen, Eveos?«, zischt Ciria. Sie sieht ihn fassungslos an. »Ich hätte dich die ganze Nacht gesucht. Und ich werde auch Ellia nicht im Stich lassen.«

»Ich weiß«, antwortet er. Seine Züge verziehen sich unter dem dunkelblonden Bart. »Aber wenn wir suchen, finden sie uns. Wenn du ihren Namen rufst ...«

»Und wenn ich ihn nicht rufe? Soll ich hinnehmen, dass die Wölfe sie fressen – oder die Geister?« Verzweiflung schwingt in ihren Worten mit.

»Wir sind zu wichtig. Wir dürfen hier heute Nacht nicht sterben.«

Ciria schluckt trocken, dann schüttelt sie den Kopf. »Sie werden uns nicht sehen.« Sie fasst erneut an ihre Kette, dann öffnet sie die andere Hand vor dem Körper. Wind kommt auf. Erst nur eine Brise, doch sie verstärkt sich. Die Baumkronen schaukeln, wanken. Das tanzende Laub gibt den Blick auf den Himmel frei. Der Wind treibt Wolken vor sich her. Wolken, die den ersten, noch schwach glühenden Augen im Himmel die Sicht versperren.

»Ciria, was ..?«

Flackernd durchbricht etwas die Dunkelheit. Zarte Blitze schlängeln sich um Cirias Hände wie kleine, zuckende Schlangen. Eveos Gesicht verzieht sich in Sorge.

»Aelion gab dir eine der Insignien.« Es ist keine Frage.

»Ja«, antwortet Ciria. »Nicht nur die Jagd muss sicher sein. Das Heim auch. Und ich werde unsere Heimat schützen. So wie ich Ellia schützen werde.«

Das Licht, das von den Blitzen ausgeht, wird heller, als sie über ihre Haut ihren Arm hinauf klettern. Ciria geht erneut in die Knie und sucht am Boden nach Spuren.

»Da«, unterbricht Eveos sie. Er deutet auf einen Schuh, der scheinbar in einen Busch geworfen wurde. Ciria schiebt die Äste beiseite.

»Es ist ihrer.« Ihre Blicke treffen sich. Dann läuft Eveos voran. Der Wind wird lauter. Die Bäume auch. Die beiden folgen dem Wildpfad. Sicher leuchten die Monde unlängst am Himmel. Abgeschirmt durch die dicke Wolkendecke. Bald finden sie noch einen zweiten Schuh. Dann ein blutverschmiertes Oberteil. Ciria schwindelt.

»Sie muss hier irgendwo sein«, sagt sie, doch ihre Stimme kommt nicht gegen den Sturm an.

Geht, schreien die Wipfel und werfen ihnen Laub und Äste entgegen Eveos tritt neben sie, um sie zu stützen. Der Wind nimmt ab. »Sie muss ... hier irgendwo sein«, wiederholt Ciria. Sie muss einfach. Sie würde es sich nicht verzeihen, das Mädchen zu verlieren. Sie hätte besser aufpassen müssen. Sie hätte sehen müssen, was geschieht. Ciria blinzelt. Sie sieht den Weg nur noch schemenhaft. Eveos dreht sich zu ihr um. Seine Lippen bewegen sich, doch Ciria kann die Worte nicht hören. Ihr Knie knickt ein und sie muss sich an einem Baum festhalten, rutscht daran zu Boden. Schwärze hüllt sie ein und noch im selben Moment erstirbt der Sturm.

Kapitel 3

»Ciria!«

Die Stimme, die ihren Namen ruft, ist hell. Jung. Ciria blinzelt einige Male. Sie liegt in ihrem Bett. Ihre Arme und Beine fühlen sich schwer an, doch sie zwingt sich, aufzustehen. Sie greift nach einem großen Schal und wickelt ihn um ihre Schultern, dann tritt sie aus der Tür. Eveos steht davor, als hätte er eben klopfen wollen. Sie sieht ihn an und nie hatte sie seinen Blick weniger lesen können. Nicht damals als Kind und nicht seit er ein verschwiegener, verantwortungsbewusster Erwachsener ist.

»Sie haben sie gefunden«, sagt sie und er nickt. Es ist nicht alles. Tränen steigen in Cirias Augen auf. »Ist sie tot?«

Eveos antwortet nicht. Er dreht sich um, nimmt ihre Hand und führt sie den schmalen Weg hinab zum Dorftor. Cirias Beine werden noch schwerer, als sie erkennt, wer dort steht. Niaya kniet am Boden, über ein regloses Bündel gebeugt. Dahinter steht Rigos. Sein helles Hemd ist blutig. Das Schwert an seiner Seite sauber. Sein Blick trifft den ihren.

Ciria lässt Eveos los. Sie zwingt sich, auf Niaya zuzugehen. Sie kniet sich neben sie und erblickt ein blutverschmiertes Kindergesicht.

»Nein«, flüstert ihre Mutter. Sie streicht über die Wangen, versucht das halb getrocknete Blut von der Schläfe zu wischen. »Nein ... Nein, Ellia.«

Ciria schlägt den Stoff beiseite, in den Rigos das Mädchen gewickelt hatte. Ellia ist beinahe nackt und die Haut über und über mit Wunden bedeckt. In die Haut geritzte Zeichen. Runen. Niaya schreckt zurück. Schluchzen schüttelt ihren Körper und Eveos legt eine Hand auf ihre Schulter.

»Ciria. Ciria, lebt sie noch?«, fragt sie mit tränenerstickter Stimme. Ciria legt eine Hand an Ellias Hals. Ihre Finger zittern.

»Als ich sie fand, atmete sie noch«, sagt Rigos. »Kannst du sie retten?«

Ciria blickt auf ihre bebenden Hände. »Ich spüre ihr Herz nicht«, antwortet sie. »Aber sie ist noch nicht tot.« Die Lider des Mädchens zittern. Cirias Atem stockt.

»Ellia«, flüstert sie. Eine ihrer blutigen Hände wandert zu der Kette. Die andere legt sich gar zärtlich auf Ellias Brust. »Höre mich. Höre mich und lebe.«

Wie Fäden aus Licht zucken Blitze um die Hand an Ellias Brust. Ciria spürt, wie sich Wärme darin bündelt. Sie spürt, wie die Energie durch ihren Körper jagt.

»Ellia«, sagt sie dann laut. »Höre meine Stimme. Höre mich und lebe.«

Der Körper des Kindes zuckt. Energie strömt von Cirias Leib durch ihren Arm in den des Kindes. Ellias Lider flattern. Dann öffnet sie ihren Mund und keucht. Sie reißt ihre Augen auf – sie sind blutrot.

Ciria hebt ihren Oberkörper an und presst sie an sich. Niaya schluchzt erneut. Sie stürzt nach vorn und drückt Ciria und das Mädchen an ihre Brust.

»Mama«, wimmert Ellia. »Mama!«

Ciria lässt die beiden los. »Bringt sie ins Langhaus. Säubert die Wunden. Gebt ihr etwas zu trinken. Und lasst sie nicht alleine.« Niaya hebt Ellia hoch und verschwindet mit ihr im Haus. Ciria stützt sich mit der Hand am Boden ab, durch den eben noch der Sturm gefahren ist. Blut sammelt sich in den Falten ihrer Haut. Erde klebt unter ihren Nägeln. Ciria lässt sich von Rigos aufhelfen.

»Danke«, sagt sie und ein Lächeln legt sich auf ihre Züge. Sie ist müde.

»Ich bin froh, dass sie lebt.«

»Was ist passiert? Wo hast du sie gefunden?« Eveos hatte sich zu den beiden gestellt.

»Ein Steinbruch einige Meilen von hier. Sie war allein und schrie. Wisst ihr, wie sie dorthin kam?«

»Die Kinder ...«, beginnt Eveos, doch Ciria schneidet ihm mit einer einzigen Geste das Wort ab.

»Es sind niemals die Kinder, die so etwas zu verantworten haben. Niemals sind Kinder der Kern eines solchen Übels.«

Eveos nickt und schlägt für einen Moment die Augen nieder. »Wir haben nicht aufgepasst«, sagt er. »Was jedoch nicht erklärt, wer ihr das angetan hat.«

»Wir werden sie finden«, sagt Ciria. Dann aber stockt sie. »Rigos. Du ... bist wieder da. Wo ist Karmia?«

»Schon auf dem Weg zu Aelion. Ich glaube, wir sind die letzten. Die anderen sind schon auf der Insel.« Ciria sucht in seinem Blick nach anderen Worten. Dass sie noch Zeit haben. Langsam, ganz langsam sieht sie zu Eveos. Er hat die Hand an seiner Brust und greift durch den Stoff nach dem Anhänger seiner Kette.

»Dann beginnt es«, sagt Ciria tonlos.

»Ja«, sagt Rigos und sucht nach dem Griff seines Schwertes, als wolle er sich daran festhalten. »Ja, es beginnt.«

Ciria greift nach Eveos Arm, um sich daran festzuhalten. »Der Sturm zieht auf. Die Jagd beginnt.«

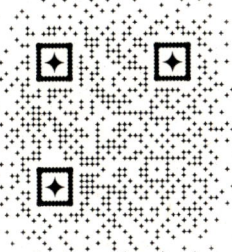

MUT DER VERZWEIFELTEN

Über dem gesamten Land stiegen dunkle Rauchsäulen empor und verpesteten die Luft. Weit im Gebirge, hoch auf dem Gipfel eines der höchsten Berge, konnte Nisah das gesamte Ausmaß des Krieges erblicken. Eine verwüstete Welt, Felder mit Blut getränkt, die Menschheit am Rande der Auslöschung.

Der Schnee unter ihren Füßen knirschte, als sie sich umwandte.

»Was sagen sie?«, fragte Nisah ihren Partner. Vor dem Dunkelrot der untergehenden Sonne hob sich sein smaragdfarbener Körper ab. Die Schuppen schimmerten im letzten Licht des Tages. Drachen, Wesen des Friedens, geschaffen zum Töten.

Rot sickerte in Nisahs Gedanken. Ein eindeutiges Zeichen, dass er wütend war.

›Es ist aussichtslos‹, brummte seine Stimme in ihrem Kopf und jagte ihr einen Schauer über den Rücken. So viele Jahre hatten sie zusammen gekämpft und doch riefen seine starken Gefühle in ihrem Geist immer noch diese Reaktion hervor. Nisah sah die aufgehende Sonne über einem geeinten Land, ohne Gebirge, ohne Barriere, ohne Angst. Er sandte ihr das Bild von Hoffnung.

›Sie geben auf, denn …‹ Mitten im Satz prasselten andere Bilder auf sie ein, sodass seine Stimme im Strudel der Erinnerungen verloren ging. Es herrschte Krieg, überall lagen Leichen von

Menschen, Wugen und Drachen. Verzweiflung. Brennende Städte, Verwundete. Trauer. Angst. Ein Drache fällt aus dem Himmel auf das Schlachtfeld, Menschen fielen wie Ameisen über ihre Beute her. Wut. Der Berggipfel. Tiefschwarze Hoffnungslosigkeit, während Wugen und Drachen die farblose Barriere anstarrten und versuchten, sie zu zerstören.

›Wir können das nicht weiter verantworten‹, grollte eine andere, tiefere Stimme in ihrem Kopf.

»Nicht mehr verantworten? Wir haben immer noch eine Aufgabe und so lange diese Barriere, dieser Fluch, existiert, haben wir sie nicht erfüllt.« Wütend stapfte Nisah auf den Drachen zu, der sich in ihre Gedanken gedrängt hatte. Um sie herum standen nur noch eine Hand voll Mitglieder der Allianz, die vor Jahrhunderten geschlossen worden war.

›Die Welt, die wir kennen, ist zerstört. Wir Drachen haben unseren Teil der Aufgabe erfüllt. Das Wohl der Menschen liegt nun in eurer Hand. Wir werden schwächer, merkst du es nicht?‹ Wieder sah sie die Bilder von zerstörten Städten und brennenden Wäldern. Eine rote Spur zog sich durch ihre Gedanken.

»Woher willst du wissen, ob nicht dort jemand unsere Hilfe benötigt?« Sie deutete auf die unsichtbare Barriere. Nisah zitterte am ganzen Körper. Nicht nur die Kälte um sie herum, auch die Wut und die Angst, die von der Barriere ausging, krochen in ihre Knochen. Das Zittern ließ nach, als Wärme sie umgab. Heißer Atem stieg aus den Nüstern ihres Partners, der ihre Knöchel umwogte.

›Vielleicht. Vielleicht sollte sie auch nicht zerstört werden. Niemand weiß, was uns erwartet, würden wir sie brechen.‹

Ein tiefes Brüllen ließ Nisah herumfahren. Einer der Drachen hatte sich in die Luft geschwungen. Ein Wuge sprang meterhoch in die Luft und kletterte auf seinen Rücken. Der Drache wartete nicht und verschwand in den Wolken. Nisah sah in die Runde der Verbliebenen. Das konnte nicht das Ende sein. Sie sah die kraftlosen Blicke ihrer Kameraden. Die Angst zehrte auch an ihnen.

»Wir sollten alles versucht haben.« Sie wollte nicht betteln, aber noch weniger wollte sie aufgeben.

›Die Drachen haben schon viel zu viel für dein Volk getan und darunter selbst gelitten. Irgendwann ist die Zeit der Aufopferung vorbei.‹

Nisah senkte beschämt ihren Blick, als Bilder von sterbenden, leidenden und toten Drachen in ihren Gedanken auftauchten.

»Wir haben alle verloren. Auch wir Wugen. Und trotzdem ist hier die Chance, doch noch zu gewinnen, dieses Werk der Mal'Cortari zu zerstören. Zusammen.«

›Nun gut, Wugin.‹ Das letzte Wort hätte verbitterter nicht klingen können. ›Ein letzter Versuch.‹

Nisah nickte und wandte sich ihrem Partner zu, der noch immer warme Luft um ihre Beine wirbelte.

»Du weißt, ich mag es nicht, aufzugeben«, murmelte sie und wandte sich mit ihm der Barriere entgegen.

Wie auf ein unhörbares Signal spie der Drache seinen Odem durch die eiskalte Luft. Pure Magie glitzerte in ihm, rieb sich an der unsichtbaren Barriere und zersprang daran. Nisah konzentrierten sich auf die Stelle, die seit Wochen das Ziel der magischen Angriffe der Wugen bildete. Ein Loch, ein Riss nur würde reichen, um dort einzudringen. Nisah und die Wugen versuchten, an dieser Stelle durch ihre Magie eine Lücke in die Barriere zu schlagen, sich durch die Angst zu bohren, doch sie bekamen nichts zu greifen. Die Magie der Barriere war zu glatt und zu dicht. Zu perfekt, als dass sie sich an einem Kratzer festkrallen konnten.

Stille herrschte auf dem Gipfel. Alle konzentrierten sich auf ihre Aufgabe. Sie mussten es schaffen, sonst wäre die Welt hinter ihnen verloren und sie hätten versagt.

Durch den pfeifenden Wind meinte Nisah noch weitere Geräusche zu hören. Waren es Schreie? Die Barriere? Vielleicht sogar die Mal'Cortari? Nein, das konnte nicht sein.

Die ersten Wugen lösten ihre Zauber und auch die Drachen hielten den Atem an. Hatten sie die Rufe ebenfalls gehört?

»Wir sind nicht stark genug«, rief Lohrahn, einer der Wugen. Und als wäre sein Wort Bestätigung genug, erhob sich der Drache, mit dem Nisah diskutiert hatte, in die Lüfte.

Eisige Luft wehte ihr die rostroten Strähnen aus dem Gesicht, die aus ihrem geflochtenen Zopf gerutscht waren. Ihr schwerer Atem malte weiße Wolken vor ihrem Mund. Wieder hatten sie versagt. Sie drehte sich enttäuscht zu ihrem Partner um.

Ihr Blick wanderte zu den letzten Verbliebenen, die im Gebirge das Unmögliche versuchten.

»Wir ziehen ab, das war's«, schallte die Stimme von Lohrahn über die Gebirgskuppe.

»Aber ... habt ihr die Rufe nicht gehört?« Nisah blickte in verunsicherte Gesichter.

»Doch, habe ich. Aber was, wenn ein schlimmeres Übel als die Mal'Cortari auf der anderen Seite auf uns wartet?« Lohrahn schaute sich nervös um und stieg auf den Rücken seines Drachen. Es war die Angst, die aus ihm sprach. Die bittere, kalte Angst, vor der nur die Drachen sie schützen konnten. Nisah sah in den Gesichtern der anderen Wugen, dass sie sich nicht mehr schützen lassen wollten. Sie hielten Abstand zu den Drachen. Das Vertrauen in ihre Allianz war zerstört. Deshalb hatten sie beschlossen, nach dieser letzten Mission getrennte Wege zu gehen.

»Und wenn nicht? Wenn es Menschen sind, die unsere Hilfe benötigen?«

»Vermutlich haben wir es uns nur eingebildet. Wir sind zu schwach, um noch klar denken zu können. Der Wind wird uns einen Streich gespielt haben.«

Die Wugen wandten sich ab, der letzte Versuch war gescheitert. Drachen nahmen sie auf ihre Rücken, erhoben sich in die Lüfte und verschwanden in der Glut des abendlichen Himmels. Sie waren nur noch zu zweit. Der durch Drachenschwingen aufgewirbelte Schnee senkte sich wieder auf das Gestein des magischen Gebirges. Stille.

»Das ist also das Ende«, seufzte Nisah und rieb sich mit beiden Händen die Oberarme. Stunden mussten vergangen sein, die sie hier oben im Gebirge der Kälte ausgesetzt war.

Ihr alter Freund senkte seinen Kopf und blies abermals wärmende Luft auf den Boden. Das Gefühl kehrte in ihre vor Kälte starren Glieder zurück.

»Danke.« Nisahs Gesicht spiegelte sich im grünen Auge des Drachen. Sie spürte die Schuld aufblitzen, als sie daran dachte, wie er das Augenlicht des anderen verloren hatte.

›Es ist nicht deine Schuld‹, hallte es in ihren Gedanken, während das Drachenauge blinzelte. Gänsehaut. Gleichzeitig wurde sie mit einer inneren Wärme erfüllt.

»Ich werde mich wohl nie daran gewöhnen«, erwiderte Nisah. Sie lächelte traurig und strich ihm über die robusten Schuppen seiner Schnauze. Selbst durch ihre ledernen Handschuhe spürte sie, wie rau sie waren. »Doch du wirst nie aufhören, in meinen Gedanken zu wandeln.«

Nisah wandte sich der Barriere zu, die sie seit Jahren versuchten zu durchdringen, niederzureißen oder ihr wenigstens einen Kratzer zu verpassen. Und nun waren sie die Letzten, die auf dem Gipfel verweilten. »Und das soll es jetzt gewesen sein? All die Mühen, die Anstrengungen umsonst?«

›Wir wissen um die Stärke der Mal'Cortari. Vielleicht kann dieser Fluch nicht von uns bezwungen werden.‹ Das tiefe Grollen seiner Stimme hallte in ihrem Kopf nach und wurde von Bildern der Zerstörung und des Krieges begleitet. Doch nun lag in seinen Bildern kein Vorwurf. Nur die Einsicht, dass diese

Barriere vielleicht einfach nicht von ihnen gebrochen werden konnte.

»Und wenn die Barriere überhaupt kein Fluch der Mal'Cortari ist?« Wieder zweifelte sie daran, dass die Mal'Cortari im Stande gewesen waren, diese Barriere zu erschaffen. Auch wenn das Chaos, das sie mit sich gebracht hatte, ihnen vermutlich sehr gefallen hatte.

›Denkst du wirklich, dass jemand zum Schutz der Welt solch ein verheerendes Chaos provoziert hätte?‹ Wieder die Bilder vom Krieg, von sterbenden Menschen, abgeschlachteten Drachen. ›Was sollte den Tod von so vielen Drachen, Wugen und Menschen rechtfertigen?‹ Brennende Städte, Ruinen, Leichen.

»Gerade du und dein Volk sollte am besten wissen, wie es ist, selbst schlimmste Taten durch gute Absichten zu rechtfertigen.«

›Es ist unsere Aufgabe ...‹

»Den Frieden zu wahren und die Mal'Cortari zu stürzen«, beendete Nisah seinen Satz, wie sie es schon so oft getan hatte. »Warum sollte dann diese Barriere nichts Gutes darstellen? Wenn die Barriere uns nicht aussperren, sondern irgendetwas einsperren sollte? Vielleicht beschützt sie uns vor etwas, das schlimmer ist als die Mal'Cortari, schlimmer als der Krieg und die Tode von Millionen.« Sie spürte, wie ein erneuter Schauer der Angst von der Barriere ausging, von der sie wusste, dass sie existierte, die jedoch niemand sehen konnte.

›Hätten sie dann nicht auch versucht, sie zu zerstören, damit die Welt gänzlich dem Chaos verfällt?‹

»Vielleicht waren selbst sie nicht stark genug oder hatten ebenfalls Angst vor dem, was dahintersteckt«, murmelte Nisah nachdenklich.

›Angst‹, seine Stimme klang verbittert. ›Ich glaube, sie spricht aus dir. Du bist ihr schon zu lange ausgesetzt. Ich spüre es ebenfalls.‹

Mit der Angst hatte alles begonnen, ihre Essenz hallte hier oben nach und hielt jeden davon ab, sich der Barriere zu nähern. Allein der Schutz der Drachen ermöglichte es der gebrochenen Allianz ihr entgegenzutreten. Die Angst hatte die Menschheit heimgesucht und sie aus ihrer Heimat vertrieben. Erst als sich dieses gewaltige Gebirge aus dem Nichts in den Himmel emporgehoben hatte, hatte der Einfluss der Angst nachgelassen. Doch es war zu spät gewesen, Kriege um das noch bewohnbare Land waren bereits ausgebrochen. Und hier oben im Gebirge herrschte die Angst noch immer und wollte sie nun an ihrer jahrhunderte-alten Aufgabe hindern.

»Vielleicht hast du Recht. Aber geben wir jetzt einfach auf? Ich steige auf deinen Rücken, wir fliegen zurück und trennen uns wie alle anderen? Für immer?«

Sie spürte den schweren Luftstoß aus den Nüstern an ihren Knöcheln, der kleine Wolken auf dem Boden bildete.

›Mir gefällt das genauso wenig wie dir, aber so wurde es beschlossen.‹

»Das heißt doch noch lange nicht, dass dem jeder Folge leisten muss. Sich abwenden und Wunden lecken scheint mir nicht das Richtige zu sein.«

›Das klingt nach meiner Nisah‹, grollte die Stimme süffisant, begleitet von Bildern, die Nisah und ihn zeigten, wie sie zusammen kämpften.

Sie wollte ihn nicht davonfliegen lassen. Ihr Herz wurde schwer, als sie daran dachte, nie wieder die Freiheit erleben zu können, die sie während ihrer gemeinsamen Flüge verspürt hatte. Den Tag, an dem er sich dafür entschieden hatte, sie in die Lüfte zu tragen, würde sie nie vergessen, was mitunter daran lag, dass er ihr die Bilder regelmäßig vorgehalten hatte, um seine Mahnungen zu unterstreichen. Manchmal waren ihre ausgefallenen Vorhaben nicht die Schlausten. Er war ihre Vernunft gewesen, war für sie da, um ihr inneres Feuer zu besänftigen, und bestritt mit ihr jeden Kampf. Bis heute.

Nisah seufzte schwer und blickte in das tiefe Grün seines Auges.

›Noch muss es nicht vorbei sein.‹ Sein Blick bestätigte den verschmitzten Ausdruck in der tiefen Stimme.

»Willst du mir etwa vorschlagen, dass wir uns gegen den Entschluss der Allianz stellen und uns nicht trennen?«

›Nein, ich meine es wörtlich. Deine ... unsere Aufgabe ist noch nicht zu Ende.‹

Nisah blickte wieder zur Barriere, die dort irgendwo sein musste. »Du willst immer noch versuchen sie zu brechen? Alleine?«

›Irgendwer muss es doch tun. Und was auch immer dahinter ist, wird uns die Erklärung liefern, warum wir ausgesperrt wurden, warum die Menschheit verbannt und verdammt wurde und warum so viele ihr Leben lassen mussten.‹

»Und wenn wir ein neues Übel auf die bereits zerbrochene Welt loslassen?«

›Wenn wir die Barriere zerstören können, die mächtig genug ist, um es einzusperren, dann können wir alles bezwingen, was sich dahinter befindet.‹

Nachdenklich legte Nisah den Kopf schief, bis ein Grinsen auf ihrem Gesicht erschien. »Gut. Lass es uns probieren. Ein letztes Mal.«

TEIL 2

EWY

Der Tahemisee glitzerte im Schein der Sonne. Ein leichter Wind liebkoste ihn und der See schien sich nicht sicher zu sein, ob er sich dieser Berührung hingeben oder davor zurückweichen sollte. Ab und zu tauchte ein Fisch durch die Wasseroberfläche und hinterließ dabei eine Gruppe größer werdender Ringe. Darauf hatten die Vögel gewartet. Blitzschnell stürzten sie auf ihre Beute hinab. Ewy konnte den Hunger spüren, der in ihren Nestern herrschte. Gierig verlangten die Küken die nächste Mahlzeit. Nicht mehr lange und sie würden die Flügel entfalten und ihren ersten Flug wagen. Die meisten würden überleben. Das freute Ewy.

Sie tauchte bis auf den Grund des Tahemisees hinab und wirbelte dort den schlammigen Boden auf, nur um die verdutzten Fische und Krebse wieder hinter sich zu lassen. Noch bevor die Bewohner des Sees bemerkten, was hier vor sich ging, war das Wasser zu seiner ursprünglichen Klarheit zurückgekehrt. Die Macht Arvalias floss pulsierend durch Ewys Geist. So stark war sie schon lange nicht mehr gewesen. Voller Energie raste Ewy der Oberfläche entgegen und sprang wie ein Fisch aus dem See, dem blauen Himmel entgegen. Sie genoss, wie der Wind an ihrem Körper zerrte und sich einzelne Tröpfchen von ihr lösten. Dann stürzte sie hinab, gab ihre Form auf und wurde wieder eins mit dem Wasser.

Heute ist der perfekte Tag, sagte sie dem See. *Heute können wir es versuchen.*

Und binnen eines Augenblicks waren sie bei ihr.

Ja, dieser Tag ist wundervoll, bestätigten die beiden Wassergeister Ewys Gedanken im Chor und erhoben sich aus dem See. Yawy hatte sich heute das Gewand einer Elfe angelegt. Sie sah wunderschön aus. Neben ihr wählte Liwy das Bild eines jungen Zentauren, dessen Geweih gerade zu sprießen begonnen hatte. Also tat Ewy es ihnen gleich und wählte die Form einer Gazelle. Auch wenn es lediglich Abbilder aus Wasser waren, hatten sie Freude daran gefunden, sich in eine physische Hülle zu kleiden.

Eine lange Zeit hatte Ewy die Völker dieser Welt beobachtet und die meisten von ihnen hatten die Angewohnheit, alles in ihrem Umfeld zu benennen. Steine, Bäume, Tiere, ja sogar ihre Artgenossen und sich selbst. Dieser Gedanke hatte Ewy so sehr fasziniert, dass sie sich ebenfalls eine Bezeichnung für sich ausgedacht hatte. Ewy. Sie liebte den Klang dieses Namens. Ewy ...

Als die beiden anderen Wassergeister zum ersten Mal in ihrem See aufgetaucht waren, hatte sie nicht widerstehen können, sie mit Yawy und Liwy zu begrüßen. Sie waren amüsiert gewesen, aber hatten sich doch über Ewys Herzlichkeit gefreut.

Damals hatte sie zum ersten Mal bemerkt, wie einsam sie gewesen war. Sie hatte entweder ihren See beobachtet oder den anderen Völkern Divoisias bei ihrer Entwicklung zugesehen. Für sie war das ein schönes Leben gewesen. Doch weitere Geister neben sich zu haben, war eine Erfahrung, die sie nicht mehr missen wollte. Auch wenn Ewy Monde des Alleinseins überstehen konnte, sehnte sie sich nach einiger Zeit doch nach der trauten Dreisamkeit. Dann rief sie die beiden aus ihren Gewässern zu sich und sie verbrachten den restlichen Tag gemeinsam. Und heute war es wieder soweit.

Langsam näherten sich ihre magischen Kerne einander an. Auch dafür hatte sich Ewy einen Namen ausgedacht, hatte ihn übernommen. Es waren ihre Herzen, die sich hier vereinigten. Und diesen Prozess nannte sie Liebe. Es entsprach zwar nicht genau jenem Gefühl, dass Zwerge, Zentauren oder Kobolde empfanden, aber Ewy genoss es, wenn sich die drei Herzen immer näher kamen, bis sie einander fast berührten. Fast. Denn wirklich berühren konnten sie sich nicht. Im Gegensatz zu allen anderen Schützervölkern waren Wassergeister Wesen ohne fleischliche Hülle. Aber die Liebe war jener Moment, an dem sie einer Berührung am nächsten kamen.

Als sich ihre Herzen überlagerten, konnte Ewy die Gedanken von Yawy und Liwy glasklar erkennen, nicht so verschwommen und bruchstückhaft wie sonst. Sie genossen die Nähe ebenso wie sie, aber es herrschte ein anderes Gefühl vor. Aufregung. Die beiden waren gespannt darauf, was sie erblicken würden, denn im Gegensatz zu Ewy konnten sie nur dann die Zukunft eines Wesens sehen, wenn sie dieses berührten. Und dann auch nur ein einziges Mal. Ewy hatte solchen Grenzen nie unterlegen. Ihre Fähigkeit des Sehens war anders, war stärker. Ihr war es möglich, große Distanzen zu überbrücken und sogar in der Zeit zu springen. Einen Großteil ihres Lebens hatte sie die unterschiedlichsten Wesen in den unterschiedlichsten Zeiten beobachtet. Sie hatte vergangene und künftige Bilder vor ihrem inneren Auge erscheinen lassen und jene Wege verfolgt, die sie am meisten interessiert hatten. Doch auch sie war nicht übermächtig. Wie weit würde sie mit Yawy und Liwy sehen können? Noch weiter als sie es alleine vermochte? Vielleicht sogar durch die Barriere Rigas hindurch? Was sich wohl dahinter verbarg? Doch ob sie wirklich mehr erfahren wollte, wusste sie nicht. Was sie gelegentlich gesehen hatte, war beängstigend gewesen. Es hatte sie tagelang in Unruhe versetzt.

Yawy wollte es. Und auch Liwy konnte ihre Neugier nicht beherrschen. Beide wollten endlich das sehen, was ihnen verwehrt geblieben war und Ewy war die letzte, die ihnen diesen

Wunsch abschlagen wollte. Also blendete sie ihre Bedenken aus und konzentrierte sich nur auf diesen Moment der Liebe, auf das Glück der anderen, das sie so sehr erfüllte. Ewy konnte sich nichts Schöneres auf dieser Welt vorstellen.

Seid ihr soweit?, fragte sie. Sie würden sehen – was auch immer Divoisia für sie bereithielt. *Wollen wir es versuchen?*

Ja, sagte Yawy. Ihre Gedanken rasten. Sie hatte bislang nicht viele Wesen berührt und nur einen Bruchteil der Zukunft gesehen, die Ewy bereits kannte. *Lass es uns tun!*

Ich möchte es sehen, sagte Liwy. Auch ihre Energie war voll wilder Freude.

So soll es sein, schloss Ewy und in diesem Moment gefror ihre Macht zu Eis, bewegte sich nicht mehr und lauerte auf eine Lücke im Raum. Die Zeit verging und doch stand sie still. Wo war jene Lücke, durch die sie schlüpfen würden? Wo?

Da! Ewy hatte dies bereits unzählige Male getan. Sie richtete ihre Kraft auf diesen Punkt. Ihre gemeinsame Kraft, das war neu. Das Eis schmolz, wurde zu Wasser und dann fast zu Dampf. Blitzschnell stießen sie vor. Die Welt drehte sich, wand sich gegen den Eingriff und kam ebenso abrupt zum Stehen, wie sie sich in Bewegung gesetzt hatte.

Zunächst sahen sie nichts, bis sich ihr Geist an die neue Umgebung gewöhnt hatte. Dann ordneten sich die verzerrten Farben, wurden klar. Sie sahen Zentauren, die einen Korb mit Früchten befüllten. Innerhalb eines Augenblicks verschwamm das Bild und wurde wieder scharf. Doch jetzt sahen sie Zwerge, die miteinander diskutierten und dabei mit ihren Bechern anstießen. Sie sprachen über ... Das nächste Bild. Kobolde schrien sich an. Worüber stritten sie? Ewy wurde schlecht, denn sofort wandelte sich die Umgebung wieder. Dieses Mal gruben Greife ihre scharfen Klauen in den Leib eines ... Zentauren töteten Greife ...

Wir müssen zurück!, schrie eine Stimme.

Elfenkinder kämpften gegen ihre Eltern ... Flammen. Alles brannte. Selbst das Wasser ...

Hör auf!, kreischte eine andere.

Trolle zerfetzten sich. Blut. Überall Blut.

Ein Feuer tobte in Ewy, wurde immer heißer und heißer. Sie würde verdampfen. Vollständig verdampfen. Einfach dahinschwinden. Nackte Hitze in ihrem Herzen. Sie mussten zurück. Sofort. Sie waren zu weit gegangen. War diese Welt dabei, sie zu verschlingen? Ewy konzentrierte sich und versuchte, die Qualen zu ignorieren. Sie musste den Rückweg finden. Etwas flackerte. War da eine Lücke im Raum? Sie wusste es nicht. Es konnte ...

Da rein! Yawy entriss ihr die Kontrolle, getrieben von blanker Panik, und ließ die gesamte Energie der drei Geister auf die Lücke einprasseln. Da stimmte etwas nicht, das war nicht richtig, doch es war zu spät. Die Flammen in Ewy wurden weiter angefacht, tobten in ihrem Herzen und brannten ihren Verstand nieder. Ihre Seele wurde in die Länge gezogen, immer weiter und weiter und dann riss sie. Ein Teil blieb im Nichts der Zeit zurück. Doch das Ziehen endete nicht. Ewy schrie. Schmerzen. Nichts als Schmerzen. Sie wurde zwischen den Jahrzehnten hin- und hergezerrt. Dann verschwand ein weiterer Teil ihres Herzens und die Qualen endeten.

Es war vorbei. Alles war wieder klar. Kein Schmerz, nur noch ein sanftes Brennen, das mit jeder Sekunde verblasste.

Wo sind wir?, fragte Ewy und fühlte sich dabei wie der betrunkene Zwerg, auf dessen Spuren sie einmal gewandelt war. Jedenfalls nicht am Tahemisee, stellte sie fest. Hier gab es kein Wasser.

Es kam keine Antwort.

Yawy? Liwy? Erschrocken sah sie sich um. Doch da war niemand. *Yawy?*

Ein Greif flog an Ewy vorbei. Er raste durch die Lüfte, auf ein riesiges Gebirge zu. Das Rigagebirge! Das war das Rigagebirge, mit der Barriere der Göttin, die Divoisia in zwei Hälften geteilt hatte. Doch der Greif schreckte nicht zurück, flog immer weiter und überwand die Angst, die Riga geschaffen hatte, um die Wesen der Welt von ihrer magischen Mauer fernzuhalten. Der Greif bezwang die Furcht und näherte sich der Barriere. Er würde mit ihr zusammenprallen! Nur noch wenige Meter und dann ... flog er einfach durch sie hindurch!

Was bei Arvalia!, keuchte Ewy. *Wie kann das sein?*

Immer weiter flog der Greif, bis er aus ihrer Sicht verschwand. Was ging hier vor sich? Wie konnte ein einziges Wesen die Kraft der Götter bezwingen? Wo waren Liwy und Yawy? Was waren das für verschwommene, rasende Bilder voller Leid und Blut gewesen? Ewy hatte schon oft in die Zukunft geblickt, aber so etwas hatte sie noch nicht erlebt. Es war nicht nur ein Zeitsprung gewesen, sondern viele aufeinanderfolgende.

Was passiert hier?, fragte sie sich.

Ich weiß es nicht, antwortete Ewy. Zum zweiten Mal an diesem schicksalhaften Tag war sie ratlos. Sie hatte keine Ahnung. Nur bei einem war sie sich absolut sicher. Sie würde nie wieder ihr Herz mit denen von Yawy und Liwy vereinen können. Nie wieder.

Unter der Sonne

Kapitel 1: In der Falle

Langarm erhob sich vom steinernen Boden und seufzte, als ein Schmerz durch seinen Rücken jagte. Er hatte in der Stadt tausende Male auf dem Fels geschlafen. Genau genommen waren es mehr als viertausend Tage gewesen, die er dort unten verbracht hatte. Und nicht ein einziges Mal hatte sich sein Rücken beschwert. Doch hier draußen ... Es war, als würde das Licht der Sonne in die Knochen kriechen und tobend um sich schlagend, bis sie mürbe wurden. Er hasste diesen Ort!

»Na? Gut geschlafen?«, fragte ihn Packschreier. Er war ein Zwerg mit kleinen Knopfaugen, die Langarm an einen Maulwurf erinnerten. Manchmal fragte er sich, ob sein Freund damit überhaupt etwas sehen konnte.

»Nicht besser als sonst«, sagte Langarm. Er hatte erneut von der Nacht geträumt, die ihn hierher gebracht hatte und wie immer hatte das Knallen der Armbrust seinen Schlaf beendet. »Und du?«

»Hach«, begann Packschreier mit einem Seufzer voller Sehnsucht. Offenbar hatte er auf diese Frage nur gewartet. »Ich habe von meinem Sohn geträumt. So ein süßer Junge. Und von Goldwonne.« Er sah verträumt zur hölzernen Decke des Hatûr-Ro hinauf, jenem Unterschlupf, der ihnen zum Schlafen und als Versteck vor der Sonne diente. Dieser elenden Sonne.

Langarm mochte den Kerl. Packschreier war der Einzige gewesen, der ihn hier oben willkommen geheißen hatte. Er war weder besonders schlau, noch besonders stark, aber ein herzensguter Zwerg und von denen gab es im Himmelsgefängnis nicht viele.

»Wir waren in der Stadt«, erzählte Packschreier weiter. »Sind durch die große Halle geschlendert, überall waren Zwerge und alle haben gelacht, waren so richtig glücklich.« Dann sah er Langarm direkt in die Augen und grinste. »Und es hat nach Essen gerochen. So viel Essen! So muss meine Zukunft aussehen.«

Bevor Langarm etwas erwidern konnte, kam ihm jemand anderes zuvor. »Noch bist du aber im Gefängnis, Hohlkopf.«

Langarm und Packschreier wandten sich um. Ein kahlköpfiger Zwerg sah auf sie hinab. Dunkle Stoppeln bedeckten seine Wangen. Mord.

»Ich ...«, begann Packschreier.

»Kümmere dich um deinen Scheiß«, sagte Langarm.

Mord grinste. Wie Langarm dieses Grinsen verachtete. Selbst bei den Verhandlungen mit dem Clan des Glaubens gab es keine Person, die ihm so zuwider war, wie diese Gestalt. Bereits am zweiten Tag nach ihrer Erschaffung hatte Mord einen Zwerg getötet, obwohl ihnen die Große Stimme genau das untersagt hatte. Und er zeigte keinerlei Reue. Im Gegenteil.

»Da hat jemand ein ganz schön großes Maul«, sagte Mord. »Kannst du dir das wirklich leisten, Ärmchen?«

Das konnte er nicht. In der Stadt hatte er seine Gefolgsleute, treue Anhänger und Freunde. Doch hier oben ... Er sah zu Packschreier hinüber, dessen Lippen vor Angst bebten. Nein, er war definitiv nicht in der Position, sich mit Mord anzulegen. Hier galten seine Gesetze.

»Was ich mir leisten kann und was nicht, bestimmst jedenfalls nicht du«, sagte Langarm. Die Worte waren schneller aus seinem Mund gekommen, als er ihn hätte schließen können.

Mord hob die Augenbrauen. »Mir hat man erzählt, du wärst schlauer. Scheint, als wären diese Geschichten nichts als Lügen.«

Langarm wollte sich erheben, um diesem Bastard von Angesicht zu Angesicht entgegentreten zu können, doch Mord drückte ihn sofort wieder auf den Boden. Schwer lag seine Hand auf Langarms Schulter.

»Bleib du mal da unten«, sagte Mord und grinste zu ihm herab. »Dort wo Lügner wie du hingehören.«

Langarm schlug die Hand zur Seite und richtete sich auf. Seinem Gegenüber die Genugtuung der Überlegenheit zu nehmen, ließ ihn lächeln. »Du spielst dich für einen Mörder ganz schön auf.«

»Immerhin stehe ich zu meinen Taten.« Er ließ bedrohlich die Fingerknochen knacken. »Du hast nach deinem Mord den Schwanz eingezogen und spielst dich dennoch auf, als wärst du etwas Besseres. Du bist nichts weiter als ein Feigling, der sich hinter seinen Verbindungen versteckt.«

Auch wenn die Worte Langarm nicht verletzen konnten, waren sie gefährlich, denn die umstehenden Zwerge konnten ihnen Glauben schenken. Verleumdung war kein angenehmes Gefühl, wie er in den letzten Wochen erfahren hatte.

»Wenn ich mich hinter meinen Beziehungen versteckt hätte, wäre ich wohl kaum hier oben«, sagte Langarm. Er hatte sich sogar absichtlich von ihnen distanziert, um eine gerechte Verhandlung zu erhalten. »Selbst du solltest das begreifen.«

»Selbst ich? Oho, hört, hört! Wer von uns beiden spielt sich jetzt auf, großer, allwissender Langarm?«, sagte Mord und wurde dabei immer lauter, damit alle Zwerge in der Nähe ihn auch garantiert hören konnten. »Hältst du dich für etwas Besseres? Hat die Stimme dich hierher geschickt, um dich über uns, den Abschaum der zwergischen Gesellschaft, lustig zu machen? Oder verbrennt deine Haut genauso unter der Sonne wie die unsere?« Mord drehte den Kopf und inspizierte ihn mit theatralischer

Langsamkeit. »Deine Haut pellt sich ab, du kratzt dich die ganze Zeit, bist rot wie die Abenddämmerung. Gib mir Dummchen einen kleinen Moment Zeit, Langarm. Ich glaube, und es tut mir wirklich, wirklich leid, falls ich mich irren sollte, aber ich glaube, die Sonne da draußen versohlt dir mächtig deinen verwöhnten Arsch. Ich glaube nicht, dass du ein Auserwählter der Großen Stimme bist. Für mich bist du ein ganz normaler Zwerg. Abschaum wie wir, nicht wahr?«

Eins musste man Mord lassen, das Reden beherrschte er. Mittlerweile hatte sich auch Packschreier erhoben. Seine Lippen zitterten immer noch, doch dieses Mal vor Wut. Langarm rechnete es seinem Freund hoch an, sich für ihn einsetzen zu wollen, aber wie sie beide dort standen, zwei gegen einen, mochte es den Eindruck eines unfairen Kampfes erwecken und so einfach wollte er Mord nicht in die Karten spielen.

»Geh schon mal vor«, sagte Langarm daher zu ihm.

»Ich lass dich sicher nicht –«

»Geh!« Er ließ seinem Freund keine Wahl.

»Ach, bleib ruhig. Mit euch zweien werd' ich schon fertig«, sagte Mord und setzte wieder sein ekelhaftes Grinsen auf. Ob er so auch ausgesehen hatte, als er den Zwerg erwürgt hatte? Vermutlich.

Packschreier zögerte. Langarm nickte ihm zu. *Bitte geh einfach.* Endlich verstand sein Freund. Er ließ die beiden Streitenden zurück. Er sollte nicht in irgendwelche Schwierigkeiten hineingezogen werden, mit denen er nichts zu tun hatte. Am Ende würde seine Strafe noch wegen dieser Dummheit verlängert werden und das hätte Langarm nicht ertragen können. Packschreier lebte in freudiger Erwartung, wieder mit seiner Familie vereint zu werden, und eine Verzögerung zu verschulden, würde einem Verrat gleichkommen. Er würde das alleine regeln.

»Du kannst dich noch so sehr aufspielen«, sagte Langarm und konzentrierte sich wieder auf sein Gegenüber. »Ja, ich stelle mich über jeden Zwerg, der einem anderen das Leben genommen hat. Da gebe ich dir recht. Doch warte mal ...« Er sah sich um und tat so, als würde er etwas suchen. »Oh ... Das trifft ja nur auf dich zu!«

»Du dreckiger Wurm«, knurrte Mord.

»Lieber Wurm als Abschaum«, sagte Langarm und in diesem Moment sprang ihm Mord an die Kehle. Das Grinsen war von seinem Gesicht verschwunden. Er drückte zu, bis Langarm die Luft wegblieb. Panik ergriff ihn. Er schlug um sich.

Die Welt begann sich zu drehen. Warum hatte er sich in eine solche Lage gebracht? Nur ein Wort von ihm hätte genügt, um keinen einzigen Schritt ins Himmelsgefängnis setzen zu müssen. Doch statt dies zu tun, hatte Langarm seinen Posten aufgegeben und andere über sein Schicksal entscheiden lassen. Das hatte er jetzt davon. Mords Griff wurde fester.

»Ihr beide, auseinander! Sofort!« Himmelhieb. Mit stürmenden Schritten durchquerte der Aufseher des Himmelsgefängnisses den Raum.

Mord ignorierte den Befehl und begann, die Finger ins Fleisch seines Opfers zu rammen. Langarm wollte schreien vor Schmerzen, doch sein Hals wurde so sehr zusammengepresst, dass ihm kein Laut entweichen konnte. Dann ließ der Druck nach und kühlende Luft durchflutete seine Lungen, spülte den Schmerz einfach hinweg, doch nur wenige Augenblicke später kehrte er zurück. Vorsichtig tastete Langarm nach seinem Hals.

Mord setzte wieder sein Grinsen auf, das so viel sagte wie: *Nochmal Glück gehabt, Ärmchen. Ich freu mich auf unsere nächste Begegnung.* Triumphierend drehte er sich um, marschierte an Himmelhieb vorbei und verschwand aus Langarms Sicht.

»Alles in Ordnung?«, fragte der Aufseher. Er trug einen Umhang, der seinen Rücken vor der Sonne schützte. Dies unterschied ihn von den Gefangenen, die ihr Leben oberkörperfrei verbringen mussten, gepeinigt vom erbarmungslosen Sonnenlicht.

»Ja«, keuchte Langarm. »Ich denke schon.«

Himmelhieb musterte ihn. »Leg dich nicht mit ihm an. Er hat hier oben zu viel Macht.«

Ich weiß, dachte Langarm. Er begriff nicht, wie es einem Gefangenen gelingen konnte, in eine ähnlich bedeutende Position vorzurücken wie der Aufseher selbst. Sobald Langarm in die Stadt zurückkehren würde und seinen alten Posten wieder innehatte, würde er sich dafür einsetzen, mehr Wachen an die Oberfläche zu schicken, um das Gleichgewicht wiederherzustellen.

Nur wer würde sich freiwillig melden? Für Zwerge war es eine Qual, die Höhlen und den Stein zurückzulassen und unter dem freien Himmel zu leben. Die sicheren Wände, die engen Gänge, das Gefühl von kühlem Stein an der Haut, die Dunkelheit. Das war die natürliche Ordnung. Hier draußen herrscht das Chaos. Und das war nicht richtig.

Packschreier hatte behauptet, dass er sich daran gewöhnen würde, doch auch zehn Tage später blieb Langarms Meinung unverändert. Er fühlte sich wie eine Schlange, die in einem ewig währenden Häutungsprozess gefangen war. Bei diesem Gedanken rieb er sich den Arm, wie es in den letzten Tagen zur Gewohnheit geworden war, und erneut lösten sich abgestorbene Hautreste. Irgendwann würde ihn die Sonne bis aufs nackte Fleisch niederbrennen.

»Langarm?«

»Ja?« Er hatte Himmelhieb fast vergessen.

»Halt dich von ihm fern«, sagte dieser. »Und jetzt raus mit dir!«

In diesem Moment flog die Tür des Hatûr-Ro auf und ein von der Sonne braungebrannter Zwerg trat herein. »Himmelhieb!«

»Was ist los?«

»Wir haben einen dieser Vierbeiner!«

»Ihr habt was?«

»Es ist ein Weibchen«, sagte der Zwerg, so als ob es die Frage beantworten würde.

»Jetzt mal ganz von vorne«, sagte Himmelhieb. »Was meinst du mit ›Ihr habt einen Vierbeiner?‹«

»Die Fallen für das Wild. Eine von ihnen ist dort reingerannt. Das Bein sieht ziemlich übel aus. Wir haben den Rest der Gruppe verjagen können, aber auch wir haben zwei Verletzte.«

»Verletzte? Wen?«

»Trümmerberg und Pilzkopf.«

Langarm kannte Pilzkopf. Seine Haare hatten ein Eigenleben entwickelt und mit etwas Fantasie ähnelte die Frisur einem Pilz. Trümmerberg konnte er kein Gesicht zuordnen.

»Habt ihr sie versorgt?«, fragte Himmelhieb. Er beachtete Langarm nicht mehr und schritt in Richtung Tür. Sein Umhang flatterte durch die abrupte Bewegung, sodass Langarm seinen muskulösen Rücken erkennen konnte.

»Ja. Es geht ihnen gut.« Der Zwerg, den Langarm nur vom Sehen kannte, trat von einem Bein auf das andere. »Was sollen wir mit ihr machen? Sie töten?«

»Vielleicht«, murmelte Himmelhieb und erreichte die Tür. Grübelnd betrachtete er die einzige Armbrust des Himmelsgefängnisses, die an der Wand hing und nur für Notfälle genutzt werden durfte. Dann griff er nach der Waffe. »Bring mich hin!«

Sie töten? Eines dieser Wesen? Sie waren keine Tiere, auch wenn sie zur Hälfte aus einem Reh bestanden. Die andere Hälfte, der Oberkörper, der auf dem vierbeinigen Rumpf thronte, war jedoch ein zwergischer. Langarm war sich sicher, dass diese Wesen intelligent waren. Er rannte Himmelhieb nach.

Die Rehzwerge waren mehr als doppelt so groß wie sie, wenn ihre Beine auch sehr zerbrechlich wirkten. Die Frau zu töten, könnte zu großen Problemen führen. Vielleicht würde die Gruppe, die seit seiner Ankunft um das Himmelsgefängnis schlich, auf Rache sinnen. Und wer wusste schon, wie viele es von ihnen noch gab. Bisher hatten sie etwas weniger als zehn gesehen, doch wo sie herkamen, gab es möglicherweise noch mehr. Auch im Himmelsgefängnis lebte schließlich nur ein Bruchteil des zwergischen Volks. Es war unmöglich abzuschätzen, wie viele von diesen Wesen existierten.

»Wir müssen sie aufhalten«, sagte Langarm, als er an Packschreier vorbeikam, der draußen auf ihn gewartet hatte.

»Hä?«

Langarm achtete nicht auf das verwirrte Gesicht seines Freundes, sprintete durch das Gras und konnte gerade noch sehen, wie Himmelhieb im naheliegenden Wald verschwand. Er musste sich beeilen. Hier draußen gab es kaum Orientierungspunkte. Wenn er ihn verlieren würde, könnte in wenigen Minuten alles zu spät sein.

»Warte doch!«, hörte er Packschreier hinter sich. Doch dafür war keine Zeit. Er rannte weiter.

Kapitel 2: Heimat

»Gib uns die Erlaubnis, Himmelhieb!«, bellte die Stimme Mords.
»Nur ein Nicken und wir hacken ihr den Kopf ab. Oder machen anderes mit ihr.« Mehrere Leute lachten.

Keuchend kamen Langarm und Packschreier zwischen den Bäumen zum Stehen. Es hatte sich eine Traube von Zwergen gebildet, die aufgebracht in ihre Mitte zeigten und durch Mords Worte noch weiter aufgeheizt wurden.

»Wartet«, sagte Himmelhieb. Er schob sich durch die Menge. Langarm nutzte die entstandene Schneise, um einen Blick auf das zu erhaschen, was hier vor sich ging. Vor ihm lag eine Gestalt im Gras. Es war tatsächlich ein Rehzwerg. Im Großen und Ganzen glich es einem Reh, nur dass anstelle des Kopfs ein schlanker, nackter Frauenkörper in die Höhe ragte. Die Brüste waren klein, das Gesicht hatte eine Stupsnase und große braune Augen.

Wie die von einem Reh, dachte Langarm. *Wie bei einem sehr verängstigten Reh.*

Für einen Zwerg war der Oberkörper viel zu mager und langgezogen. Die Proportionen stimmten nicht. Doch die rot-braunen Haare, die bis zur Schulter reichten und wild in alle Richtungen standen, fand er hübsch.

»Verstehst du uns?«, fragte Himmelhieb die Rehzwergin.

Sie sah sich verwirrt um. Von rechts nach links. Überall standen Zwerge, einige mit Waffen in den Händen, die meisten mit blutdürstigem Ausdruck.

»Ver-stehst-du-uns?«, fragte Himmelhieb überdeutlich.

Die Augen der Rehzwergin blieben weit geöffnet. Dann schüttelte sie hilflos den Kopf.

»Töten wir sie!«

»Die ganze Zeit umzingeln uns diese Viecher.«

»Das ist unser Gebiet hier!«

»Wir werden nicht noch einmal aus unserer Heimat vertrieben!«

Heimat?, dachte Langarm spöttisch. *Dieses offene Land sollte die Heimat von Zwergen sein?* Wieder rieb er sich über den Arm. Er vermisste den Berg. Doch was viel wichtiger war ...

»Leute!«, rief er. Niemand achtete auf ihn. »Zwerge! Hört mir zu!«

Vereinzelt drehten sich einige zu ihm um. Die Mehrheit tat es jedoch nicht.

»Töten! Töten! Töten!« Ein kleiner, aber beängstigender Chor erhob sich.

»HEY!«, schrie er.

Nun kehrte Stille ein. Auch Himmelhieb und Mord hatten ihn bemerkt. Es galt, vor allem diese beiden zu überzeugen. Oder zumindest einen von ihnen.

»Denkt doch mal nach«, sagte Langarm. »Wenn wir diese Rehzwergin töten –«

»Rehzwergin?« Mord schob sich vor und setzte wieder sein widerliches Grinsen auf. »Zwerg nennst du dieses Vieh?«

»Wollen wir uns wirklich über die Bezeichnung streiten? Ist das jetzt wichtig?«

»Ja«, sagte Mord.

Die anderen Zwerge lauschten der wieder aufkeimenden Auseinandersetzung. Selbst Himmelhieb hielt sich zurück. Er war mit der Situation komplett überfordert. Und das war nicht gut. Keineswegs. Die meisten Anwesenden folgten Mord ohnehin schon. Würde sich Himmelhieb hier nicht beweisen, wäre sein Wort nichts mehr wert. *Also muss ich Mord überzeugen. Klasse.*

Beide Kontrahenten hatten geschwiegen und setzten nun wieder gleichzeitig an, doch Mords Stimme drängte Langarms in den Hintergrund. »Wir –«

»Diese Dinger«, sagte Mord, »besudeln unsere Heimat. Diese Dinger meinen, uns einschränken zu können. Und du nennst sie

Zwerge? Sollen sie uns jetzt auch noch unseren Namen nehmen? Ihn in den Dreck ziehen?«

Zustimmendes Nicken.

»Unsere Heimat ist nicht hier oben. Wir wurden hierher verbannt, weil wir uns nicht an die Regeln gehalten haben«, begann Langarm. *Zumindest trifft das auf die meisten hier zu. Besonders auf dich, du widerlicher Scheißer.* »Unsere Heimat ist in diesem Gebirge.« Er zeigte mit dem Daumen nach hinten. »Und unter der Erde.«

»Es ist ein Teil unserer Heimat«, sagte Mord und nickte. »Ein kleiner Teil. Da gebe ich dir Recht. Aber wenn ich mich richtig erinnere, haben wir einen Tunnel hierher gegraben, das Hatûr-Ro errichtet und unser Volk von hier ernährt. Und nun zwingen uns diese Dinger eine Grenze auf? Woher nehmen sie dieses Recht?«

»Woher nehmen wir das Recht, stattdessen sie zu vertreiben?«, erwiderte Langarm. Diese Diskussion würde sich im Kreis drehen, wenn er nicht seine schlagkräftigsten Argumente vorbringen würde. Er durfte Mord keine Zeit geben. »Doch nehmen wir einmal an, wir töten diese ... dieses Rehwesen.« Den anderen entgegenzukommen war wichtig. Kompromisse. Das war entscheidend! »Was passiert dann? Meint ihr wirklich, die anderen werden sich zurückziehen? Meint ihr nicht, dass sie auf Rache sinnen würden? Packschreier ...«

Sein Freund zuckte zusammen, als er erwähnt wurde. Ein verwirrter Blick reichte Langarm als Antwort.

»Wie würdest du reagieren, wenn jemand deine Frau und deinen Sohn töten würde?«

Packschreier klappte der Mund auf. »Ich ... Ich wäre traurig. Ich liebe sie.« Er sah in die Gesichter der versammelten Zwerge. Nervös rieb er sich die Hände. »Sie sind es, warum ich hier oben durchhalte. Sie geben mir Kraft.«

»Und was, wenn sie tot wären. Ermordet. Was dann? Was würdest du dann tun?«

»Ich denke ... Denjenigen finden ...«

»Und?«

»Und ihn ... ihn auch töten.« Die Stimme seines Freundes wurde lauter. »Er soll erfahren, wie es ist zu sterben.«

»Genau.« Soweit so gut. »Diese Rehe würden genauso reagieren. Das sind keine Tiere, dafür sind sie zu schlau. Und sie können miteinander reden, nur können wir sie nicht verstehen. Sie sind anders als wir, aber doch sehr ähnlich. Schaut sie euch doch an!«

Langarm zeigte mit dem Finger auf die Frau, woraufhin sie zusammenzuckte, so als hätte er sie geschlagen. Die Blicke der anderen folgten.

»Ihr zwergischer Körper ist dürr. Und lang. Und anders. Doch auch sie ist nackt, hat Brüste und spitze Ohren und kann sprechen, genau wie wir. Diese Wesen können denken. Und diese Wesen haben Gefühle. Diese Wesen werden Rache wollen. Und diese Wesen werden kommen, um sie sich zu holen.«

»Sollen sie nur kommen«, sagte Mord. Er war länger still geblieben, als erwartet. »Wir werden sie –«

»Besiegen?« Langarm musste die Kontrolle behalten. »Ja, wahrscheinlich. Zumindest gegen die acht, neun Gestalten im Wald. Aber du siehst zu kurz. Wir sind hier oben zweiundzwanzig Zwerge und sie sind zu neunt. Doch unter der Erde verbergen sich Hunderte weitere von uns. Wie viele verbergen sich wohl von ihnen noch? Wie viele von ihnen lauern hinter diesem Wald? Wie groß ist dieser Wald? Wie groß ist die Welt? Wir wissen nichts, Mord. Nichts! Und abermals willst du das Wort der Stimme ignorieren und überlässt das Leben aller Zwerge dem Schicksal? Hast du aus deinem Fehler nichts gelernt?«

Diese Worte zeigten Wirkung. Wenn etwas hier oben noch mehr Macht besaß als Himmelhieb oder Mord, dann war es einzig die Große Stimme. Jene Stimme, die nach ihrer Schöpfung zu ihnen gesprochen hatte. Eines ihrer Gebote war gewesen, zu

überleben und das Volk der Zwerge zu vergrößern. Sich auf einen Krieg mit einer unbekannten Spezies in unbekannter Anzahl mit unbekannten Waffen einzulassen ... Das war ganz und gar nicht im Sinne der Stimme.

»Was kommst du mir jetzt mit der Stimme?«, sagte Mord und spuckte aus. »Wo ist die Stimme jetzt? Wo?«

»Im Fels. Wo sonst? In unserer Heimat.« Langarm hasste es Vermutungen statt Wahrheiten zu verbreiten, doch dieses Mal war es für ein höheres Wohl. Schließlich hatte die Stimme nicht verboten zu lügen und lügen war ein starkes Wort für das, was er tat. Eigentlich dehnte er nur die Wahrheit, wie es der Clan des Glaubens so oft machte. »Dass du elender Mörder sie nicht spüren kannst, ist nicht verwunderlich.«

»Du kleiner Wurm.« Mord stampfte auf ihn zu. Sein Gesicht wutverzerrt. Darauf hatte es Langarm abgezielt, wenn er auch wusste, dass es nicht gut für ihn enden würde.

Wütend schob Mord die Zwerge beiseite und bahnte sich einen Weg durch die Menge. Ohne zu zögern, holte er zum Schlag aus und donnerte seine Faust mitten in Langarms Gesicht.

»Haltet ihn!«

Etwas zog an ihm. Langarm erkannte nur verschwommene Gestalten.

»Jetzt zerrt ihn da endlich weg, verdammt!« Das war Himmelhiebs Stimme.

Eine Hand löste sich von seinem Arm und mit ihr verschwand auch die Benommenheit, an deren Stelle nun pulsierende Schmerzen traten. Seine Nase pochte und warme Flüssigkeit rann ihm über das Gesicht. Auf seiner Zunge lag ein metallener Geschmack. Er blinzelte die Tränen aus seinen Augen und seine Sicht wurde wieder scharf.

Einige Meter von ihm entfernt stand Mord, festgehalten von drei Zwergen, unter ihnen Packschreier. *Da hab ich wirklich einen Freund gefunden*, dachte Langarm und grinste. *Allerdings kann ich mich dafür erst später bedanken.*

»Lasst mich los, verdammt!«, brüllte der Gefangene.

»So, da wir das nun geklärt hätten ...«, sagte Langarm und versuchte, sich seine Schmerzen nicht anmerken zu lassen. Er richtete sich auf und die Welt drehte sich. »Gewalt ist selten eine Lösung und noch seltener eine gewinnbringende. Von daher schlage ich vor, dass wir erst einmal die Clans in der Stadt kontaktieren, sodass sie über diese Situation entscheiden können.«

Es waren einige Aufschreie zu hören, doch die Mehrheit gab zustimmende Laute von sich. Himmelhieb hingegen suchte nach Worten, die ihm sein Kommando zurückbringen würden. Solange er sie noch nicht gefunden hatte, war Langarm die richtungsweisende Person.

»Lassen wir sie am Leben«, sagte er. »Aber lassen wir sie auch nicht frei. Sollten die Oberen entscheiden, dass ihre Hinrichtung das sinnvollste ist, so können wir sie immer noch töten.« Langarm hoffte nicht, dass es so kommen würde, aber er musste die Gemüter beruhigen. Sie auf seine Seite ziehen. Kompromisse!

Niemand, der mit klarem Blick auf seinen Vorschlag schaute, konnte sich ihm verwehren. Er hatte getan, was er tun konnte. Nun war es Zeit, sich aus der Affäre zu ziehen und Himmelhieb seine Macht zurückzugeben.

»Das wäre mein Vorschlag, aber letztlich entscheidest du alles«, sagte Langarm und wandte sich an Himmelhieb. Damit zog er sich zurück.

Himmelhieb schwieg. Wenn er seine Worte noch immer nicht gefunden hatte, wäre das fatal. Er musste jetzt etwas sagen, wenn er seine Autorität nicht einbüßen wollte. Mords Grinsen schob sich in Langarms Gedanken. Ein Aufstand war längst keine Unmöglichkeit mehr. *Komm schon, Himmelhieb!*

Endlich räusperte er sich. »Den Vorschlag halte ich für sinnvoll und so werden wir es auch machen. Doch euer Benehmen«, er schaute zu Mord und dann zu Langarm, »ist absolut inakzeptabel. Du, Langarm, kümmerst dich um diese ... was auch immer. Versorg ihre Wunden, gib ihr etwas zu essen. Das soll deine Strafe sein. Und natürlich wird deine Zeit hier oben um fünf weitere Monde verlängert.«

Langarm stöhnte auf. Fünf weitere Monde? Er verstand, dass Himmelhieb ihn bestrafen musste, aber bereits die letzten zehn Tage waren ihm wie eine Ewigkeit vorgekommen und fünf weitere Monde waren das Schlimmste, was Langarm sich vorstellen konnte. In diesem Moment bereute er es, sich nicht einfach selbst freigesprochen zu haben. Als er eines Mordes verdächtigt wurde, war er von seinem Amt als Clanoberhaupt zurückgetreten. Es hatte ein Zeichen sein sollen. Dass jeder Zwerg den Regeln, die sie aufgestellt hatten, untergeordnet war – selbst ein Oberhaupt. Mit seinem Rücktritt hatte er jeglichen Einfluss bei der Verurteilung verloren und war im Himmelsgefängnis gelandet. Und wie es aussah, würde er noch eine Weile bleiben. Er hatte die Scheiße am Bart.

Langsam nickte er. Immerhin hatte er eine Hinrichtung verhindert. Wenigstens dieses Mal.

»Und du Mord, wirst volle neunzehn Monde länger bleiben. Und wenn du dich in deiner verbleibenden Zeit nicht wie ein Mäuschen verhältst, leise und zurückhaltend, dann blüht dir etwas ganz anderes.«

Himmelhieb musste nicht aussprechen, um was es ging. Verbannung. Vogelfreiheit. Wer sich dem Aufseher widersetzte, konnte bei keinem Zwerg mehr auf Hilfe hoffen. Dies war ein hartes Urteil, aber genau das richtige, um sich einen Teil des verloren gegangenen Respekts zurückzuholen.

Auch Mord, der weiterhin festgehalten wurde, nickte langsam.

»Und nun an eure Arbeit!«

Langarm ging auf die Rehzwergin zu. Sie betrachtete ihn ruhig und gespannt. Dann hob er den Finger und zeigte auf sich. Ganz langsam sprach er: »Ich. Langarm.«

Keine Reaktion.

Noch einmal hob er den Finger und zeigte auf sich. »Langarm.«

Ein wissender Funke glühte im Auge des Rehwesens auf. Hatte sie ihn verstanden?

Zögerlich richtete sie den Zeigefinger auf ihn und öffnete den Mund. »Laan-arm.«

»Lang-arm«, korrigierte er.

»Lang-arm«, wiederholte sie.

Er nickte. Sie grinste verhalten.

Dann richtete sie einen Finger auf sich und sprach: »Lavyna.«

»Lavyna ...« *Ein wirklich schöner Name.*

Kapitel 3: Die Nachricht

»Bevor du den Boten losschickst, hör dir kurz an, was ich zu sagen habe«, bat Langarm den Aufseher. Noch immer pochte seine Nase im Rhythmus seines Herzens. Es beunruhigte ihn, wie deutlich er seinen Puls spüren konnte.

Er hatte in den letzten Tagen nie seinen Ruf genutzt, um sich Vorteile zu verschaffen, auch wenn ihm bewusst war, dass Himmelhieb ihn in nur halb so scharfem Ton umherkommandierte wie die anderen. Heute würde sich dies ändern. Die Situation war zu bedeutsam.

Himmelhieb wandte sich ihm zu. Er musterte ihn nur mit einer Mischung aus Neugier und Wut. Langarm würde nicht viel Zeit bleiben, also begann er sofort mit seiner Rede.

»Bitte übermittle den Clanoberhäuptern, dass es für das gesamte Volk der Zwerge von großer Bedeutung ist, die Gefangene nicht zu töten. Ich werde mich persönlich mit ihr unterhalten. Ich werde die Sprache ihres Volkes lernen und ihr die unsere beizubringen. Sag ihnen bitte, dass ich, Langarm, mich darum kümmere.«

Langarm hatte seine Unschuld im Mordprozess stets beteuert, doch hatte er sie nicht beweisen können und in einem solchen Fall schrieben die zwergischen Regeln das Himmelsgefängnis als eindeutige Konsequenz vor. Dass er mit diesem Wissen auf seine Macht verzichtet und sich den Regeln unterworfen hatte, hatte ihm unter den Zwergen großen Respekt eingebracht. Das galt auch für die meisten Clanoberhäupter. Wenn sie erfahren würden, was er vorhatte, würden sie ihn hoffentlich unterstützen.

Himmelhieb hob eine Augenbraue. »Was bringt es uns, ihre Sprache zu beherrschen?«

»Was würden wir verlieren?« Langarm machte eine Pause, um seinem Gegenüber Zeit zum Nachdenken zu lassen. Dann antwortete er selbst. »Nichts. Wenn es uns nichts bringen sollte und ihr Volk unser Feind bleibt, dann können wir sie immer noch bekämpfen. Aber wir können dadurch auch so viel gewinnen. Wenn wir mit ihnen kommunizieren können, verhindern wir damit möglicherweise weiteres Blutvergießen. Wir könnten vielleicht sogar Freundschaft schließen, mehr über die Welt erfahren und einen Handel eingehen. Denk doch mal darüber nach. Sie sind viel mobiler, als wir es sind. Wie schnell können sie mit ihren langen Beinen die Welt durchqueren? Und was es dort alles geben muss! Früchte, Völker, Tiere, bessere Nahrung ...«

»Langarm!«, sagte Himmelhieb entschieden. »Es reicht. Soweit ich weiß, hast du eine Aufgabe zu erledigen.«

Langarm schwieg. Hatte der Aufseher des Himmelsgefängnisses die Bedeutsamkeit der Situation nicht verstanden? Musste er ausgerechnet jetzt damit beginnen, ihn als einen Kriminellen zu betrachten?

»Du −«

»An die Arbeit!«, unterbrach ihn Himmelhieb.

Zähneknirschend ging Langarm zum Eingang zurück. Dieser Idiot ... Bevor er durch die Tür nach draußen in die brennende Sonne trat, setzte er noch einmal an: »Wirst du es übermitteln?«

Himmelhieb schwieg einen kurzen Moment. Dann sagte er: »Raus jetzt! Das ist die letzte Warnung.«

Kapitel 4: Kleiner Scheißer

In den nächsten zwei Tagen hatten Langarm und Packschreier viel Zeit mit Lavyna verbracht. Sie besaß magische Fähigkeiten, mit denen sie die Behandlungen ihrer Wunden unterstützen konnte. Sie hatte schon jetzt keine Schmerzen mehr, bis zur vollkommenen Genesung würde es aber noch einige Wochen dauern.

Langarm war, so makaber das auch sein mochte, glücklich darüber, dass Lavyna in die Jagdfalle getreten war. Seit ihrer Ankunft hatte er endlich einen Sinn für seine Zeit an der Oberfläche gefunden. Er versuchte ihr Wörter aus seiner Sprache beizubringen, während sie die Vokabeln aus der ihren erwiderte. Es war eine mühselige, aber auch erfüllende Arbeit und je mehr sie lernten, desto leichter wurde die Verständigung. Dass sie sich nach nur zwei Tagen überhaupt austauschen konnten, versetzte alle in Hochstimmung.

»Wie nennt man dein Volk?«, hatte Langarm sie gefragt. Natürlich konnte Lavyna diese Frage nicht vollständig verstehen, doch es war ihm wichtig, dass sie die Gesamtheit des Klangs vernahm, bevor sie sich den Einzelteilen des Satzes widmen konnten.

»Volk«, wiederholte er und betonte damit das bedeutende Wort des Satzes. Nun richtete Langarm seinen Zeigefinger auf sich, dann auf Packschreier und versuchte ihr so klar zu machen, dass es um die Gesamtheit der Zwerge ging, denn dieses Wort kannte Lavyna bereits. Die ersten Male hatte sie es noch mit starkem Akzent ausgesprochen, als es nun jedoch aus ihrem Mund kam, war dieser fast verschwunden. Nur wenn man genau darauf achtete, konnte man das liebenswerte Lispeln heraushören.

Langarm nickte. Nun zeigte er auf die Rehzwergin und schüttelte den Kopf, denn sie war keine Zwergin und gehörte einem anderen Volk an. Ob sie die Botschaft verstand? Viele Erklärungen, die sie scheinbar verstanden hatte, hatten sich nach einiger Zeit als Missverständnisse herausgestellt, weshalb der Zwerg mit Gesten versuchte, die Bedeutung weiter einzuengen.

Gerade verglichen die beiden Zwerge ihre Körpergröße mit der Lavynas, indem Langarm seine Hand über die Stirn hielt, während Packschreier seine Arme ausstreckte und in die Luft sprang, um zumindest andeutungsweise den Scheitel der Rehzwergin zu erreichen, als sie entschlossen nickte. Hoffentlich war ihnen eine eindeutige Erklärung des Begriffes gelungen. Wie man Lavynas Volk wohl in ihrer Zunge nannte? Vermutlich nicht Rehzwerge, dachte Langarm und schmunzelte.

»Arisenen«, sagte sie und streckte sich. »Ich bin Arisene.«

Arisenen also. Eine merkwürdige Bezeichnung. Nun war er an der Reihe das neu gelernte Wort auszusprechen und dank ihres Lachens war Langarm sich sicher, dass auch er einen starken Akzent haben musste. Er grinste. Ebenso wie Packschreier.

In den nächsten Tagen lernten sie noch viel über Lavyna, die Arisene. Offenbar gab es viel mehr von ihnen als von den Zwergen und neben den Arisenen existierten auch noch drei weitere, ähnliche Arten, die gemeinsam als Volk der Zentauren bezeichnet wurden. So wie die Stimme den Zwergen aufgetragen hatte, den Fels zu hüten, waren die Zentauren damit beschäftigt, die Tiere auf der ganzen Welt zu beschützen, was Lavynas Gruppe letztlich auch in dieses Tal geführt hatte.

Langarm konnte sich nicht vorstellen, was ihnen entgangen wäre, wenn sie die Arisene einfach getötet hätten. So viel Wissen wäre ihnen verborgen geblieben. Die Verlängerung seiner Strafe schien ihm angesichts dieses Schatzes durchaus erträglich. Für ihn stand stets der Fortschritt seines Volkes im Vordergrund. Er wollte die Welt mit all ihren Bestandteilen kennenlernen, mit seinen eigenen Augen, Ohren und Händen. Wissen war wertvoller als Macht, wertvoller als alles andere und nur danach strebte er. Nicht umsonst war er das Oberhaupt des Gelehrtenclans gewesen.

»Scheinbar teilen die Clans deine Ansichten«, sagte Packschreier und riss Langarm aus seinen Gedanken.

»Es sieht so aus«, antwortete Langarm und konzentrierte sich wieder auf die Gegenwart. »Zumindest ist Lavyna noch am Leben.« Es hatte seit dem Gespräch mit Himmelhieb kein zweites mehr gegeben. Langarm war genauso ahnungslos wie alle anderen Gefangenen.

Die drei hatten den ganzen Tag beieinander gesessen und ihren Wortschatz aufgestockt, bis selbst die Abendsonne und mit ihr die glühend roten Farben verschwunden waren. Wohlige Dunkelheit umgab sie.

Lavyna streckte erst ihren Oberkörper, dann ihre Rehbeine. »Wie lange hier?«, fragte sie.

»Zu lange«, antwortete Langarm und dachte wieder an seine Zeit in der Stadt. »Noch fast vier Jahre.«

»Was?«, sagte Packschreier. »So lange lassen sie dich nicht nach unten? Obwohl jeder weiß, dass du es nicht warst?«

Lavyna riss die Augen auf und auch Langarm stellten sich bei dem Gedanken die Nackenhaare auf. Immerhin bedeuteten vier Jahre mehr als die Hälfte ihrer Existenz. Es war noch nicht lange her, dass die Zwerge im Untergrund erwacht waren, geweckt von den Worten der Stimme.

»Wie lange musst du denn noch bleiben?« Langarm hatte seinen Freund nie gefragt.

Packschreier antwortete nicht und heftete stattdessen seinen Blick auf den Boden.

»Na, rück schon raus mit der Sprache«, sagte Langarm und schlug seinem Sitznachbarn kräftiger auf die Schulter, als er es vorgehabt hatte.

»Zwei ... Zwei Wochen noch.«

»Toll«, rief Lavyna aus und grinste.

Langarm versuchte es ihr gleichzutun und zwang sich, seine Mundwinkel nach oben zu bewegen. Trotz ihrer lebensbedrohlichen Situation war sie voller Liebe. Langarm wünschte, er könnte genauso selbstlos sein. Doch seinen besten und einzigen Freund hier oben zu verlieren ... Bereits in zwei Wochen, mit vier Jahren der Einsamkeit in Aussicht, unter dieser quälenden Sonne ...

»Das freut mich für dich«, sagte er schließlich und hoffte, dass er sich seine Enttäuschung nicht anmerken ließ. Falls es überhaupt Enttäuschung war. War es nicht eher Neid?

»Puh, da bin ich echt froh«, sagte Packschreier und atmete tief aus. »Ich dachte echt, dass du sauer wärst, oder so.«

»Warum sollte ich das sein?«, fragte Langarm und schluckte seine Gefühle herunter. »Das ist doch großartig!«

Packschreier traten Tränen in die Augen. »Du bist echt ein toller Freund«, sagte er in vollem Ernst. Langarm bekam ein schlechtes Gewissen. »Und ich freu mich so verdammt, endlich Goldwonne und den Kleinen wiederzusehen. Wie groß er jetzt wohl ist?«

Seinen Freund so voller Freude zu sehen, von einem Ohr zum anderen grinsend, erwärmte auch sein Herz und spülte seine Bedenken hinfort. Zumindest vorerst.

»Ich wünsche euch alles Gute«, sagte er voller Aufrichtigkeit. »Wenn ich hier raus bin, werde ich euch besuchen kommen. Ich hoffe, bis dahin hat dein Kleiner einen Namen.«

»Wenn er nicht jetzt schon einen hat«, lachte Packschreier. Dann verschränkte er die Arme und kniff die Augen zusammen. »Mein Goldwönnchen hatte ja etwas gegen meinen Vorschlag.«

»Was hast du vorgeschlagen?«, fragte Langarm. Was sollte ein Baby schon besonderes geleistet haben, um einen Namen zu erhalten?

»Kleiner Scheißer!« Packschreier lachte aus voller Kehle und seine gespielte Ernsthaftigkeit verpuffte. »Keine Ahnung, wie das ganze Zeug in ihn reinpasst.« Sein Lachen schallte durch das

Tal. »Du hättest ihr Gesicht sehen sollen, als er sie von oben bis unten …«

Ein Pfeil raste an Langarm vorbei und traf Packschreier mitten ins Auge. Er war sofort tot.

Langarm wirbelte herum und griff nach seinem Freund. »NEIN!«, schrie er. »Nein …«

Etwas Hartes traf seine rechte Schulter und ließ ihn zu Boden stürzen. Lavyna! Sie hatte ihn getreten! Hatte sie ihnen nur etwas vorgespielt? Gerade als er sie verfluchen wollte, sauste ein weiteres Geschoss über seinem Kopf hinweg.

»Lauf! Versteck dich!«, schrie sie. Dann wandte sich die Arisene dem Wald zu und rief etwas in der Sprache der Zentauren, was Langarm nicht verstand. Der Schock hatte all die Worte vertrieben. Sein Kopf war leer, sein Körper voller Blut.

Er lag einfach nur da, nicht in der Lage sich zu bewegen. Die Welt gefror zu Eis. Er hörte lautes Blätterrascheln. Huftritte auf dem Boden. Ein Zentaur mit wutverzerrtem Gesicht, gekrönt von einem Geweih. In der Hand trug er einen Speer, auf den Lippen einen Schrei. In vollem Galopp rammte er die Waffe in Langarms Richtung. Das weckte den Zwerg endlich auf. Er versuchte mit einem Sprung zur Seite zu entkommen, doch der Speer durchschlug seine rechte Schulter. Das riss dem Hirschzentauren die Waffe aus der Hand und Langarm die Beine vom Boden.

Krachend schlug er auf. Der Schaft des Speers brach. Holzsplitter bohrten sich in seinen nackten Oberkörper. Langarm schrie vor Schmerz. Und dennoch erhob er sich wieder.

Verschwommen erkannte er, wie der Zentaur eine weite Kurve nahm und dann wieder auf ihn zu stürmte. Er hatte zwar keine Waffe mehr, aber die geballte Faust würde ihren Zweck wohl auch erfüllen.

»Patraton!«, schrie Lavyna.

Ungebremst pflügten seine Beine durch das Gras und einen Herzschlag später krachte die Faust in Langarms Gesicht.

Kapitel 5: Ausgelacht

Patraton hieb wütend gegen einen Baumstamm, wodurch die Wunde an seiner Hand, die ihm der Schädel dieses Winzlings als Andenken hinterlassen hatte, wieder aufplatzte. Er genoss den Schmerz, weil er ihn von seinen Gedanken ablenkte.

»Immerhin haben wir ihnen einige schwere Wunden beibringen können«, sagte Tekeleus vorsichtig. Er war noch ein sehr junger Bursche, gerade erst ausgewachsen. »Das war ein fantastischer Schuss, Umanir!«

Umanir nickte nur. Niemand konnte so gut mit dem Bogen umgehen wie er, zumal er der einzige ihrer Gruppe war, der einen besaß. Als Patraton mit ansehen musste, wie dieser Winzlingsbastard Lavyna verhöhnt und sie ausgelacht hatte, war ihm keine andere Wahl geblieben, als den Angriff zu befehlen. Und Umanir hatte sein Ziel nicht verfehlt. Dieser Kerl würde nie wieder lachen. Doch das war nur ein kleiner Trost.

»Was bringen uns Wunden, wenn wir Lavyna nicht befreien konnten?«, knurrte Patraton Tekeleus an. »Wir haben diese Schlacht verloren, auch wenn wir einige von ihnen töten konnten.«

Inamon, der bei dem Angriff fast gefallen wäre, als ihn drei von den Winzlingen mit steinernen Äxten umstellt hatten, ging einen Schritt auf Patraton zu und senkte den Kopf. »Es tut mir leid.«

»Es ist nicht deine Schuld«, sagte Patraton und legte ihm eine Hand auf die Schulter. *In Wahrheit ist es nämlich meine.*

Er war nicht davon ausgegangen, dass die kleinen Wesen so viel Gegenwehr leisten würden, zumindest nicht gegen einen Überraschungsangriff in der Dunkelheit. Sie waren mit einer solchen Sicherheit vorgegangen, dass ihre Augen für die Nacht geschaffen sein mussten. Und die Winzlinge waren nicht nur zäh, sondern auch erstaunlich offensiv gewesen. Sobald sie sich formiert hatten, verteidigten sie sich wie bissige Wölfe und konnten jeden ihrer Angriffe abwehren. Und langsam waren sie aus der Verteidigung selbst zum Angriff übergegangen, nichts weiter als Steinwerkzeuge in den Händen. Das war der Moment gewesen, als Patraton den Rückzug befehlen musste.

»Aber pass beim nächsten Mal besser auf, Inamon«, sagte er schließlich. Sie durften niemanden mehr verlieren.

Verlieren? Hatte er Lavyna etwa schon aufgegeben? Diese Gedanken passten so gar nicht zu ihm, weshalb er sie wütend zur Seite schob. Er war Patraton. Nur weil ihr erster Vorstoß zerschlagen worden war, hatten diese kleinen Kerle noch nicht gewonnen. Nein! Er würde hier nicht aufgeben. Sein Geist hatte sich einen Moment der Schwäche erlaubt, doch damit war jetzt Schluss. Lieber würde er sterben, als Lavyna ihrem Schicksal zu überlassen.

»Tekeleus«, sagte Patraton.

»Ja?« Der Junge war nervös. Seine Augen waren weit geöffnet und der Schweiß stand ihm im Gesicht. Er war einer der ersten Zentauren gewesen, die auf Divoisia geboren wurden, auf die Welt gekommen durch den Akt zwischen Mann und Weib. Auch wenn er noch grün hinter den Ohren war, hatte er beachtliche Fähigkeiten.

»Wie lange wirst du nach Kirawir brauchen?«

»Nach Kirawir?« Tekeleus Mund stand offen. Man konnte beinahe hören, wie sein Hirn arbeitete. »Das ist ein weiter Weg. Ich denke ... drei Tage vielleicht.«

»Und wenn du im Eiltempo galoppierst? Wenn Lavynas und unsere Leben davon abhängen?«, fragte Patraton. Der Junge unterschätzte seine Fertigkeiten. Er war in seiner Zeit auf Divoisia keinem Zentauren begegnet, der schneller galoppieren konnte als Tekeleus. Zumindest keinem Arisenen.

»Nun ...«

»Leg die falsche Bescheidenheit ab«, forderte Umanir. Der kleine Zentaur sprach nur selten. Doch wenn er etwas sagte, waren es stets wichtige Worte.

»In zwei Tagen«, sagte Tekeleus. Dabei strahlte er voller Stolz. »In vier werde ich wieder hier sein.«

»Sehr gut«, sagte Patraton. »Zieh alle Ariscnen zusammen, die du finden kannst. Wir werden solange in den Wäldern warten und sobald du mit der Verstärkung hier bist, vernichten wir diese Bastarde.«

»Jawohl!«, sagte Tekeleus. Auch die anderen Zentauren stimmten in den Ruf ein. Nur Umanir hielt sich zurück und nickte stattdessen.

»Aber ...«, sagte Patraton. »Wir warten nur fünf Tage. Egal, ob du dann hier bist oder nicht. Wir werden angreifen.«

Tekeleus schluckte. »Ich werde hier sein. Am vierten Tag! Am fünften wird die Verstärkung eintreffen. Das schwöre ich bei meinem Leben!«

Patraton nickte. Sie würden Lavyna retten. Und seinen Sohn.

Kapitel 6: Ein Sturm zieht auf

»Töten wir diese Schlampe endlich«, schrie eine Stimme. Langarm konnte das fürchterliche Grinsen vor seinem inneren Auge sehen.

»Wenn du nicht sofort zurücktrittst, Mord, dann wird es nur eine einzige Konsequenz geben können«, sagte Himmelhieb mit ruhiger, aber durchdringender Stimme.

Langarm schlug die Augen auf. Zumindest das linke. Das rechte ließ sich nur einen Spaltbreit öffnen. Ein schmerzhafter Druck lastete darauf. Was war passiert? Langarm versuchte sich zu erinnern, doch sein Kopf drehte sich so sehr, dass er keinen klaren Gedanken fassen konnte.

»Warum sollten wir dieses Ding nicht töten?«, fragte Mord. »Schau dich um. Sie haben Zwerge getötet, verdammt!«

»Das musst gerade du sagen?«, fragte Langarm mit schwacher Stimme. Mords ekelhaftes Gelaber entfachte das Feuer in ihm und verbrannte alle Schmerzen in seinem Körper. Er räusperte sich und setzte sich dann auf. »Gerade du?«

»Du lebst?«, fragte Himmelhieb erstaunt. Die Überraschung in seinen Augen verhieß nichts Gutes. Dann wandte sich der Aufseher an zwei Zwerge. »Ihr da! Versorgt seine Wunde. Und zwar schnell!«

Wunde? Meinte er sein Auge? War es so schlimm?

»Ich«, sagte eine weibliche Stimme mit einem vertrauten Akzent. »Ich heilen.«

»Du?« Mord fauchte. »Du widerwärtiger Vierbeiner? Du bist nichts als ein niederes Tier.«

Obwohl die Arisene nicht alles von Mords Beschimpfung verstehen konnte, war sich Langarm doch sicher, dass der Kern der Botschaft angekommen war. Und dennoch hielt sie mutig dagegen. Sie war nicht einmal zusammengezuckt.

»Ich helfen«, sagte sie. »Ich heilen.«

»Du ...«

»Das kann sie wirklich«, sagte Langarm, als die Welt plötzlich wieder begann, sich in Bewegung zu setzen. Es fiel ihm schwer auf den Beinen zu bleiben. Seine Schulter pochte schmerzhaft. War er gestürzt? »Sie hat auch ihre eigene Wunde geheilt. Mit Magie. So ähnlich wie Schwarzhaar es kann.«

Langarm war sich zwar nicht sicher, wie viele Zwerge von den magischen Fähigkeiten der Anführerin des Glaubens wussten, aber er musste versuchen Lavyna zu schützen. Schwarzhaar hatte nach dem Bildungskampf jene Zwerge geheilt, die durch die Armbrüste verletzt worden waren. Durch jene Armbrüste, die er gebaut hatte. Jene Armbrüste, die beinahe ... getötet hatten. Getötet ...?

»Packschreier!«, rief Langarm. »Wie geht es ihm? Wo ist er? Ist er ...?«

»Beruhige dich«, sagte Himmelhieb.

»Diese Missgeburten haben ihn getötet«, rief Mord. »Und er war nicht der einzige.« Er hob die Arme und breitete sie über seinem Kopf aus. »Verteidigst du sie immer noch? Diese Mörder? Auch dich haben sie übel zugerichtet.«

Langarm ignorierte das Gefasel dieses Idioten. Packschreier war tot. Einfach so. Von jetzt auf gleich. Von einem Moment auf den anderen. Was sollte jetzt aus seiner Frau werden? Und seinem Sohn? Nur noch zwei Wochen ...

Dem Zwerg stiegen Tränen der Wut in die Augen. Wie konnte so etwas passieren? Warum hatten sie Lavyna nicht einfach freigelassen, als sie in die Falle getappt war? Dann wäre ...

»Langarm«, sagte Himmelhieb. »Heb dir deinen Zorn für später auf. Lass dich erst einmal behandeln.«

Behandeln lassen? Wegen eines geschwollenen Auges? Das sollte jetzt das Wichtigste sein? Es gab nur eines, das jetzt noch zählte.

»Langarm«, sagte nun Lavyna, doch er ignorierte sie ebenfalls. »Wir müssen sofort einen Boten in die Hauptstadt schicken. Sofort! Wir brauchen hier oben so viele Zwerge wie nur möglich. Sie werden kommen. Und beim nächsten Mal werden sie noch mehr töten!«

Es mussten Hunderte sein, die gekommen waren, um Lavyna zu befreien. Langarm seufzte. Es war offensichtlich gewesen, dass die Motivation für die Rettung einer Frau deutlich mehr Gewicht hatte, als irgendwelchen Verbrechern zu helfen. Kein Zwerg aus dem Gebirge war erschienen, obwohl der Bote bereits vor drei Tagen zurückgekehrt war.

Neunzehn Zwerge samt Steinwerkzeuge standen einer nicht zählbaren Menge an drei Meter großen, gehörnten und bis an die Zähne mit Speeren und Bögen bewaffneten Zentauren gegenüber.

Der Sieg ist ja zum Greifen nahe, dachte Langarm sarkastisch und musste angesichts dieser Situation fast schmunzeln. Nur das kühle Metall in seiner Hand beruhigte ihn. Sanft drückte er es an die Kehle der am Boden liegenden Arisene, die vor der Berührung zurückwich.

»Wenn ihr sie lebend wollt, dann legt all eure Waffen nieder!«, schrie Langarm in der Zentauren-Sprache über die Menge hinweg. Ob er die Worte an die richtige Stelle setzte, wusste er nicht. Es war ihm egal. Die Botschaft war so oder so unmissverständlich. »Wir haben nichts zu verlieren. Ich werde nicht zögern, sie zu töten.«

Ein Murmeln setzte unter den Zentauren ein. Einige scharrten aufgeregt mit den Hufen im Gras. Die Köpfe richteten sich auf die Gestalt, die vor der Reihe aus Kriegern stand. Langarm hatte mit diesem Zentaur bereits Bekanntschaft gemacht. Ihm verdankte er es, dass er nicht in der Reihe der Kämpfenden stehen konnte. Stattdessen hielt er eine Klinge und damit auch ihre einzige Überlebenschance in den Händen.

»Eure Waffen sind nicht auf dem Boden«, rief Langarm. »Ich zähle rückwärts. Wenn dann noch irgendwer eine Waffe in den Händen hält«, er sah besonders einen kleinen Zentauren mit Bogen in der Hand an und wollte ihm am liebsten die Bronzeklinge ins Gesicht schleudern, »dann werde ich eure Lavyna töten.«

Die Unruhe verstärkte sich.

»Zehn. Neun. Acht. Sieben.«

Obwohl er in der Sprache der Zwerge zählte, schienen die Arisenen zu verstehen. Alle Blicke richteten sich auf ihren Anführer, der wütend das Gesicht verzog und etwas murmelte. Gab er jetzt den Befehl zum Angriff? Falls ja, würden sie alle sterben.

»Sechs«, rief Langarm. Er musste weitermachen und durfte sich seine Unsicherheit nicht anmerken lassen. Er wechselte in die Sprache der Zentauren. »Fünf. Vier. Drei.«

Der Anführer ließ seinen Speer fallen.

»Zwei.«

Alle anderen taten es ihm gleich. Nur der Bogen-Zentaur zögerte.

»Eins.«

Fast hoffte Langarm, der Zentaur würde seine Waffe schussbereit halten. Er hatte Himmelhieb eine seiner selbstgebauten Armbrüste überlassen und wenn der Mörder seine Waffe nicht senkte, würde der Aufseher schießen und der Zentauren-Bastard müsste für den Tod seines Freundes bezahlen. Das wäre nur gerecht!

Doch er ließ seinen Bogen fallen. Nervös traten die Zentauren auf der Stelle.

»Es funktioniert«, sagte Himmelhieb zu Langarm. »Soweit so gut.«

Soweit so gut, ja? Na, dann stellen wir unser Glück mal weiter auf die Probe.

»Patraton!«, schrie er. Wie er gehofft hatte, sah der Anführer der Arisenen auf. »Wenn du Lavyna retten möchtest, dann komm zu uns. Alleine.«

In den feindlichen Reihen wurden Rufe laut. Einige galten ihm, doch die meisten galten ihrem Anführer. Sie schüttelten wild die Köpfe. Doch Patraton ließ sich auf keine Diskussionen ein und schritt ohne zu Zögern auf die Reihe der bewaffneten Zwerge zu.

Ein jung aussehender Zentaur stürmte nach vorne, um Patraton aufzuhalten. Ein Klacken. Jenes Geräusch, das Langarm immer wieder aus dem Schlaf riss und schon so viel Leid verursacht hatte. Wiederholte es sich nun? Himmelhieb hatte die Armbrust betätigt.

»Was tust du?!«, schrie Langarm.

Himmelhieb grinste. »Nur eine Warnung. Sag ihnen das.«

Langarm entdeckte den Bolzen nur wenige Fuß vor dem herangestürmten Zentaur im Boden stecken. Er rührte sich keinen Grashalm weiter, sein Gesicht vor Angst gefroren.

»Warnung«, rief er. »Nur Patraton. Nur er. Allein!«

Und wieder ging der Plan auf. Der junge Zentaur trabte zurück, Patraton kam auf sie zu. Was Sprache nicht alles bewirken konnte. Hätte Langarm nicht die ganze Zeit mit Lavyna verbracht, so wären sie längst tot. Jeder Zwerg. Und mit ihnen die Arisene.

Als Patraton nur noch wenige Schritte entfernt war, teilte sich die Reihe der Zwerge und ließ ihn hindurch. Himmelhieb überreichte die Armbrust jemand anderem und gesellte sich zu Lavyna und Langarm, um dem Hirschzentauren entgegenzutreten.

»Schirmt uns ab«, sagte Himmelhieb und die Zwerge formierten einen Schutzwall vor den Vieren.

Himmelhieb hielt Patraton die Hand entgegen, während Langarm die Klinge von der Kehle der Arisene nahm.

»Du kannst ihnen vertrauen«, sagte Lavyna zum Zentauren mit dem riesigen Geweih. Wie viele Feinde er damit wohl schon aufgespießt hatte? Oder noch aufspießen würde? Ob er bald dazugehören würde?

»Ihnen vertrauen?«, sagte Patraton. »Sie haben dich gefangen gehalten.«

Langarm musste sich konzentrieren, um den Sinn des Gesprächs zu verstehen. Himmelhieb sah ihn nur fragend an. Langsam senkte er seinen Arm mit der ausgestreckten Hand.

»Weil sie nichts über uns wussten. Sind wir Freunde? Sind wir Feinde?«, sagte Lavyna. »Sie mussten sich beraten.«

Patraton zögerte. »Geht es dir gut?«, fragte er Lavyna. Sein eiskalter Blick taute auf.

Sie nickte. »Sie haben mich gut behandelt.«

»Aber sie haben dich gefangen, verletzt und ausgelacht!«

»Ausgelacht?« Lavyna dachte nach. Langarm aber begriff es direkt. Erneut stieg unbändige Wut in ihm auf. Was für ein tödliches Missverständnis! »Mich hat niemand ...« Ihre Augen weiteten sich, als sie verstand. »Nein. Dieser Zwerg hat mich nicht ausgelacht, er hat mit uns gelacht. *Mit* uns. Er hat sich in all der Zeit gut um mich gekümmert.«

»Was sagen sie?«, fragte Himmelhieb.

»Nicht jetzt«, fuhr ihn Langarm an.

Patraton schien nicht zu glauben, was die Arisene gesagt hatte. Oder wollte er es nicht glauben? Hatte er den Befehl gegeben, Packschreier zu töten? Brodelndes Feuer durchströmte Langarm. *Reiß dich zusammen. Es geht um etwas Größeres.*

»Das ... tut mir leid«, sagte der Zentaur zu Himmelhieb und Langarm. Er sah von einem zum anderen und wirkte so hilflos wie ein Neugeborenes. Statt die Entschuldigung zu übersetzen, wischte sich Lavyna eine Träne aus dem Auge. Dann entschied auch Patraton, es dabei zu belassen. »Woher kann er unsere Sprache?« Er zeigte auf Langarm.

»Ich ihre auch«, sagte Lavyna auf Zwergisch. Als sich das Gesicht des Zentaurenanführers mit Fragen füllte, wiederholte sie den Satz in ihrer Sprache. Er sah zu Himmelhieb, dessen Gesicht rötlich glühte. Vermutlich aus Wut darüber, dass er ausgeschlossen wurde. Sie sollten es nicht auf die Spitze treiben.

»Versteht er mich auch?«, fragte Patraton.

Langarm schüttelte den Kopf. »Aber wir können übersetzen«, sagte Langarm. »Er ist unser Anführer. Zumindest hier oben.« Dann wiederholte er die Worte auf Zwergisch, um Himmelhieb zu besänftigen.

Patraton runzelte die Stirn. In seinem Gesicht wechselten sich Angst und Hoffnung ab. »Gut. Was ist seine Bedingung, damit ihr Lavyna gehen lasst?«

Langarm übermittelte die Frage.

»Nur, dass ihr euch aus diesem Gebiet zurückzieht«, sagte Himmelhieb.

Nun übersetzte Lavyna.

Patraton zögerte, doch bevor er etwas erwidern konnte, kam ihm Lavyna zuvor: »Das nicht einfach. Eure Jagd ist zu ... viel. Nicht gut für Tiere.«

Patraton sah verwirrt zwischen Himmelhieb und Lavyna hin und her. »Was hast du gesagt?«

Sie wiederholte es. Er öffnete den Mund, vielleicht um ihr zu widersprechen, doch die Unterhaltung schritt bereits voran.

»Wir sind auf die Nahrung angewiesen. Wir versorgen auch den Rest unseres Volkes mit Fleisch«, sagte Himmelhieb. Langarm und Lavyna übersetzten gemeinsam. Es durfte auf keinen Fall zu Missverständnissen kommen. Dies war eine Chance für Zwerge und Zentauren. Es durfte nichts schief gehen. Sonst wäre Packschreiers Tod umsonst gewesen.

»Wie viele seid ihr?«, fragte der Zentaur.

»Etwa Fünfhundert. Aber wir werden wachsen«, antwortete Himmelhieb.

»Das ist eine Menge.« Patraton strich sich durch seinen Bart. »Dieses Gebiet wird nicht reichen, um eure Leute zu ernähren. Besonders dann nicht, wenn ihr diesen Ort ausweidet wie ein erlegtes Tier. Wenn ihr so weitermacht, wird es hier bald gar kein Wild mehr für euch geben. Was dann?«

Himmelhieb, der keine Ahnung von Diplomatie hatte, konnte darauf nichts erwidern. Daher übernahm Langarm, der durch seine Zeit als Clanoberhaupt daran gewöhnt war. »Wir müssen unser Volk ernähren. Und ihr wollt die Tiere schützen. Helft uns, Nahrung zu finden, dann können wir die Jagd reduzieren.«

»Wie sollen wir das anstellen?«, fragte Patraton. In seinem Gesicht standen Zweifel. Immer wieder schielte er zu Lavyna.

»Ihr seid schnell unterwegs. Viel schneller als wir. Ihr kennt die Welt dort draußen. Wir kennen nur die Welt dort drinnen«, sagte Langarm und zeigte in die Richtung, in der ihr Tunnel in die Stadt führte. »Ihr könnt sicher noch mehr Nahrung besorgen. Fleisch, Pilze, Früchte. Und dafür bieten wir euch etwas im Austausch.«

Patraton überlegte.

»Das schaffen wir«, sagte Lavyna an seiner Stelle. Dann wandte sie sich direkt an ihren Anführer. »Ich glaube, diese Beziehung zu den Zwergen, so nennen sie ihr Volk, ist wirklich wichtig. Ein solcher Pakt ist wertvoll. Lass es uns versuchen, Liebling. Für eine friedliche Zukunft.«

Liebling? Langarm kannte dieses Wort. Packschreier hatte Lavyna in den gemeinsamen Stunden danach gefragt, da er seine Frau Goldwonne mit diesem Wort begrüßen wollte. Vermutlich, um sie mit seinem Wissen und seinen Abenteuern zu beeindrucken. Nun würde er gar nichts mehr zu ihr sagen können. Langarm stiegen Tränen in die Augen, doch er blinzelte sie weg.

»Gut«, sagte Patraton und sah nun wieder den Zwergen ins Gesicht. »Wir besorgen euch so viele Früchte, wie ihr benötigt.

Doch dafür möchten wir etwas. Diese Dinger da ...« Er zeigte auf den Zwerg, der nun die Armbrust hielt. »Habt ihr noch mehr davon? Oder etwas anderes, das auch uns nützen kann?«

»Wir stehen noch am Anfang«, sagte Langarm. »Ich werde weitere bauen und wir werden noch weitere Güter finden, die euch taugen. Ist das ...«

»Langarm!«, unterbrach ihn Himmelhieb. »Wir können ihnen doch nicht einfach unsere einzige Armbrust geben. Bist du des Wahnsinns? Wir sind ihnen so schon unterlegen und jetzt verschenkst du nicht nur sie«, er deutete auf Lavyna, »sondern auch noch unsere einzige Distanzwaffe?«

»Wir können ihnen trauen«, sagte Langarm. Wirklich sicher war er sich bei dieser Aussage nicht.

»Das kann ich nicht zulassen.«

»Ich werde weitere anfertigen. Vor allem, wenn die Arisenen uns bei der Beschaffung der Materialien helfen.«

»Wir statten sie dennoch mit Waffen aus!«

Langarm konnte die Zweifel des Zwergenaufsehers verstehen. Ihm selbst gefiel es genauso wenig, weitere Waffen an die Mörder seines Freundes zu geben, aber es war notwendig. Für das höhere Wohl. »Eine Armbrust für jede Lieferung? Denn sind wir ehrlich: Weitere Waffen werden keinen Unterschied machen. Unser Volk im Berg ist sicher und wir hier oben sind ohnehin unterlegen.«

Himmelhieb zögerte.

»Denk an die Möglichkeiten. Diese Verbindung kann unser Volk so weit voranbringen wie nichts zuvor. Keine Leistung, keine Erfindung ist so bedeutend wie diese Übereinkunft. Und dein Name wird in den Geschichten als Erstes genannt werden, wenn man vom Obstpakt mit den Zentauren berichtet: Himmelhieb, der die Zentauren zu unseren Freunden machte.« Langarm machte eine Pause. Er sah Himmelhieb direkt in die Augen. »Klingt das nicht gut?«

»In Ordnung«, zischte er und wirbelte mit der Hand durch die Luft. »Mach. Mach einfach. Ich vertraue dir wie keinem Zweiten.«

Nachdem Langarm die Ergebnisse der Diskussion gemeinsam mit Lavyna für Patraton übersetzt hatte, stimmte dieser der Vereinbarung zu. »Aber wehe, ihr verarscht mein Volk!«

»Das werden wir nicht. Für uns bedeutet dieser Pakt alles, Patraton«, sagte der Zwerg.

»Gut«, erwiderte der Zentaur und streckte seine Hand aus. »Dann soll es so sein!«

Himmelhieb schlug ein.

Erst nachdem die Anspannung von ihm gefallen war, wurde Langarm der stechende Blick in seinem Rücken bewusst. Er wandte sich um und sah wieder dieses finstere Grinsen. Mord.

Er stand einfach nur da und rührte sich nicht, was Langarm mit Schrecken erfüllte. Er hatte Himmelhiebs Position untergraben und das Kommando übernommen, obwohl er genau das hatte verhindern wollen. Niemand würde die Befehle eines Aufsehers hinnehmen, der einen Gefangenen für sich sprechen ließ. Niemand würde Himmelhieb mehr folgen und nach Packschreiers Tod hatte auch Langarm niemanden mehr, der zu ihm halten würde.

Mords Grinsen wurde breiter.

Stammtisch

Nichts war mehr von der Ausgelassenheit zu spüren, die vor einiger Zeit noch im Schlaftrunk geherrscht hatte. Misstrauen und Paranoia färbten die Grundstimmung, mürrisches Schweigen war an der Tagesordnung. Nur wenige geflüsterte Gespräche erklangen an den steinernen Tischen des großen Schankraumes.

Viele Zwerge kehrten hier nach getaner Arbeit ein, um sich gemeinsam mit Kameraden ein Getränk zu Gemüte zu führen und sich über den Tag zu unterhalten, bevor sie sich in den Hallen zur Ruhe legten. So war die Taverne zu ihrem Namen gelangt.

An einem der steinernen Tische saßen vier ältere Zwerge. Der eine trug einen prächtigen Bart, der zu aufwändigen Zöpfen geflochten war. Knotenbart lautete sein Name und er gehörte dem Clan der Gelehrten an.

Der zweite war von kräftiger Statur, in seinem linken Auge steckte ein daumendicker Steinsplitter. Diesen hatte sich der Zwerg vom Clan der Steinmetze in jungen Jahren bei Arbeiten in einem Stollen zugezogen. Er verzichtete darauf, ihn entfernen zu lassen, schließlich hatte er ihm seinen Namen zu verdanken: Steinauge.

Die Finger der rechten Hand des dritten waren durch kunstvoll gearbeitete bronzene Nachbildungen ersetzt worden. So hörte er auf zwei Namen, zum einen auf Spitzfinger, seinen alten

Namen, und Bronzefinger, seinen neuen Name. Er gehörte dem Clan der Handwerker an.

Der vierte war ein Zwerg vom Clan des Glaubens. Sein Gesicht wurde von einem weißen Bart eingerahmt, seine Oberlippe war geschoren. Er war nicht nur ein überzeugter Verfechter der Stimme sondern auch ein im Grunde sehr wortgewandter Geselle. Sein Sprachfehler hatte ihm den Namen Zitterzunge eingebracht. Es fiel ihm schwer, die wohl gewählten Worte vorzutragen, weshalb er in den Reihen seines Clans nie weit aufgestiegen war. Zu diesen Zeiten stellte sich dies allerdings als glückliche Fügung heraus. Zu unwichtig erschien er dem Großkönig, als dass dieser ihn für eine Bedrohung hielt und einsperren ließ. So konnte er sich weitestgehend frei in der Stadt bewegen. Nur die üblichen Schmähungen musste auch er hinnehmen, wenn man ihn aufgrund seiner Robe als Anhänger des Glaubens erkannte.

Es kam dieser Tage selten genug vor, dass die Zwerge verschiedener Clans sich abseits von Beleidigungen miteinander unterhielten, geschweige denn sich überhaupt eines Blickes würdigten.

Diese vier jedoch teilten sich einen Tisch, denn sie hatten eines gemeinsam: Sie alle gehörten zu den ersten Zwergen, die aus dem Fels geformt wurden. Sie alle hatten das Entstehen der Clans miterlebt und ihnen allen klangen noch deutlich die Worte der Stimme im Kopf. So deutlich, dass sie sich wunderten, warum viele Zwerge ihrer Generation immer mehr in Zwietracht versanken.

Zitterzunge brach das Schweigen.

»Na ihr ha-habt ja h-heut p-prächtige L-Laune. Sonst b-braucht es d-doch gar n-nicht so v-viel Hefeb-bier um eure Z-zungen z-zu lockern.«

»Du hast gut reden. Warum hast du überhaupt so gute Laune?«, brummte Steinauge. »Dein Clan steckt doch zurzeit am tiefsten in der Wurmkacke.«

»Lass ihn doch fröhlich sein«, sagte Bronzefinger. »Es wird genug Trübsal geblasen, da schadet es nicht hin und wieder mal zu lachen.«

»Man könnte genauso gut fragen, warum du immer so schlechte Laune hast, Freund Steinauge«, fügte Knotenbart hinzu, »Immerhin gehört dein Clan zu denen, die ganz oben stehen.«

Steinauge wurde rot.

»Aber auch nur, weil wir die Speichellecker von diesem vermaledeiten ...«, fuhr er auf, unterbrach sich aber schnell, bevor er noch etwas sagte, wofür sie angeklagt werden könnten.

»Sagen wir einfach, ich habe deshalb nicht weniger zu arbeiten.«

»Wird dem alten Mann die körperliche Arbeit etwa zu schwer?«, fragte Bronzefinger mit schelmischem Grinsen.

Steinauge wollte erneut auffahren. Als er jedoch sah, dass seine Kumpane lachten, stimmte er herzlich mit ein.

»Verdammt, ihr Halunken kriegt mich immer wieder!«

Zitterzunge blickte in die Runde.

»Wo ist d-denn L-Leichtfuß, er ist d-doch s-sonst immer so p-pünktlich?«

»Vielleicht hat er besseres zu tun, als mit seinen alten Kameraden einen zu trinken.«

Steinauge zuckte mit den Schultern. »Immerhin gehört er ja zum Königsclan.«

»Du weißt doch, dass er sich aus so etwas nichts macht«, sagte Bronzefinger und machte eine ausladende Geste. »Hier im Schlaftrunk muss uns die Clanzugehörigkeit nicht mehr als notwendig kümmern. Wenigstens ein Ort voller vernünftiger Leute.«

Zustimmend prosteten ihm die anderen Zwerge zu. Kühl rann das bittere Getränk ihre Kehlen herunter. Dann schwiegen sie sich erneut an.

»Alle sind versammelt, das macht es einem Sammler leicht.«
Leichtfuß vom Clan der Sammler durchbrach die Stille am
Tisch, als er sich einen der steinernen Hocker heranzog und sich
darauf fallen ließ. Er war eher drahtig gebaut, Haar und Bart trug
er kurz geschoren, damit es ihn bei den Expeditionen durch das
Gebirge auf der Suche nach Nahrung nicht behinderte.

»Verzeiht die Verspätung, ich bin momentan nicht so schnell
wie sonst«, sagte er und winkte mit dem Krückstock, auf den er
sich bis eben noch gestützt hatte.

»Nanu, was ist denn los?«, fragte Knotenbart besorgt. »Man
hat dich doch nicht etwa um deine Füße erleichtert?«

Grinsend schüttelte Leichtfuß den Kopf.

»So schlimm ist es zum Glück nicht. Auf meiner letzten Wan-
derung wurde ich von einem Drachenwurm überrascht. Meine
Kameraden haben ihn zum Glück erledigt, bevor er mein Bein
fressen konnte, aber es hat seine Spuren hinterlassen.«

»Dann kannst du jetzt wohl 'ne ruhige Kugel schieben,
was?«, grummelte Steinauge. »Ich bin hier nur von Faulpelzen
umgeben.«

»Ich bin kein Faulpelz, ich bin ein Krüppel«, sagte Leichtfuß.

»Das macht dann schon zwei«, bemerkte Bronzefinger grinsend und hob seine Prothese.

»Drei«, grummelte Steinauge, auf den Splitter in seinem Auge
deutend. »Aber das hat mich bisher von nichts abgehalten.«

Der Wirt brachte Leichtfuß einen Krug Bier. Gierig trank er
ein paar Schlucke, stellte den Steinkrug laut auf dem Tisch ab
und nickte dann dem Wirt zu.

»Vielen Dank. Dein edles Gesöff lässt einen nur zu gerne
auch beschwerliche Wege auf sich nehmen«, sagte er, während
er sich Schaumreste von den Lippen wischte.

Der Wirt nahm das Kompliment mit einem Brummen zur
Kenntnis und begab sich dann wieder hinter seinen Tresen.

»So wie du den Leuten Schaum in den Bart schmieren kannst

wundert es mich doch glatt, dass du nicht Berater des Königs bist«, sagte Knotenbart augenzwinkernd.

»Quatsch«, entgegnete Leichtfuß. »Ich würde ihm doch nur vernünftige Vorschläge machen, die will er aber nicht hören. Dazu ist der doch viel zu selbstverliebt.«

»S-selten, d-dass man einen S-Sammler s-so reden h-hört«, sagte Zitterzunge. »W-wo er doch d-der ist, der euch S-Sammler endlich d-die M-macht versch-schafft, d-die ihr v-verdient.«

Leichtfuß winkte ab, seine gute Laune trübte sich schlagartig.

»Klar, wir Sammler mussten jahrelang hinten anstehen. Sicher ist es gut, wenn wir mal mehr gehört werden, aber das heißt nicht, dass wir uns gleich über alle anderen erheben müssen. Das kehrt die Misere nur um. Außerdem bin ich fest davon überzeugt, dass wir von Anfang an besser dastünden, wenn Lächler sich mehr ins Zeug gelegt hätte. Wir hätten wesentlich früher den Großkönig gestellt und hätten uns mehr einbringen können.«

Bronzefinger strich sich durch den Bart.

»Willst du damit etwas Bestimmtes andeuten?«

»Möglich«, Leichtfuß sah sich um und senkte dann die Stimme. Man konnte nie wissen, wo sich die Spitzel des tyrannischen Großkönigs verbargen.

»Ich habe den Verdacht, dass sich Lächler absichtlich zurückgehalten und unseren Clan in den Hintergrund gestellt hat. Er hat dafür gesorgt, dass wir als letztes den Großkönig stellen. So kann er es jetzt, wo er an der Macht ist, so aussehen lassen, als wäre er der Retter unseres Clans.«

Steinauge verschluckte sich und hustete heftig. »Bei der Stimme, sag so etwas nicht zu laut«, sagte er, als er wieder Luft bekam. »Du bringst uns noch ins Himmelsgefängnis, oder schlimmer, auf die Schlachtbank. Wir haben alle gesehen, was er von den alten Gesetzen hält.«

»Genau das meine ich ja«, fuhr Leichtfuß mit gesenkter Stimme fort. »Ein Zwerg fängt doch nicht einfach an, von heute auf morgen gegen die Gebote der Stimme zu verstoßen. So etwas bahnt sich über längere Zeit an. Oder was meinst du als Mann des Glaubens, Zitterzunge?«

»W-was du sagst, ergibt S-Sinn«, sagte Zitterzunge, der sich besorgt umsah. »A-allen Streitigkeiten ü-über die A-auslegung der W-worte zum T-trotz, m-man kann n-nicht sagen, d-dass L-lächler die Sch-Stimme besonders a-achtet. U-und das s-sag ich jetzt n-nicht nur, w-weil er g-gegen m-meinen C-clan hetzt.«

»Dem kann ich nur zustimmen«, sagte Knotenbart. »Unsere Aufgabe ist es, der Stein zu sein. Und Gestein ist stabil. Lächler hingegen treibt einen Riss nach dem anderen in den Stein. Er spaltet die Clans Tag für Tag. Keiner traut mehr dem anderen. Sicher haben sich auch unsere Clans nicht immer mit Ruhm bekleckert, aber das ...«

»Vor allem sollen wir leben und uns vermehren«, grummelte Steinauge, »und uns nicht gegenseitig abschlachten. Ich hab nichts gegen eine zünftige Schlägerei, aber man muss ja niemanden gleich umbringen. Wir haben das verdammte Himmelsgefängnis nicht umsonst. Er hätte Langarm und Stimme der Stimme nicht gleich köpfen lassen müssen.«

»Diese Hinrichtung diente doch nur dazu, jeden Widerstand im Keim zu ersticken«, sagte Knotenbart bitter. »Alle sollten sehen, dass der Großkönig seine Widersacher nicht ins Himmelsgefängnis steckt, sondern direkt aus dem Weg räumt.«

»U-und seine L-Leute f-feiern ihn n-noch d-dafür. A-anwesende ausgenommen«, fügte Zitterzunge mit Blick auf Leichtfuß und Steinauge hinzu.

»Ich sehe mich nicht als Mann des Königs«, sagte Leichtfuß, »Klar, ich gehöre zu seinem Clan, aber trotzdem steht für mich die Stimme über allem. Wir müssen der Stein sein, denn Stein ist das Fundament der Welt. Warum soll ich einem König folgen, der den Stein zerstört?«

Steinauge pflichtete dem brummend bei.

»Wenn eure Clansleute nur genauso vernünftig wären«, sagte Bronzefinger gedämpft.

»Man kann es ihnen nicht verübeln«, meinte Leichtfuß entschuldigend. »Sie waren jahrelang den Einflüsterungen Lächlers ausgesetzt, man würde sie missachten und ihn als Clanoberhaupt bei den Sitzungen ignorieren. Im Grunde hab ich es euch zu verdanken, dass ich selbst in diesen Zeiten bei klarem Verstand bleibe.«

»Im Grunde haben wir alle einander viel zu verdanken«, sagte Steinauge. »Was wäre ich für ein verbitterter, mürrischer Griesgram, der jetzt gegen alle anderen hetzen würde!«

»Dank uns bist du nur ein halb-verbitterter Griesgram«, sagte Bronzefinger grinsend und alle, auch Steinauge, mussten lachen. Doch der Moment währte nicht lange, so kehrte wieder Ruhe ein und die Mienen wurden ernster. Sie blickten um sich. Auch wenn der Schlaftrunk eigentlich ein neutraler Ort war, konnten sie nie sicher wissen, wer ihren Worten lauschte.

»Ich g-glaube, d-dass so ein A-austausch, wie w-wir ihn vo-vornehmen, v-viel verhindert h-hätte.«

»Da hast du Recht, Zitterzunge«, pflichtete ihm Knotenbart bei. »Das war ja eigentlich auch der Sinn des Rats der Clanoberhäupter. Man sollte sich austauschen und jeder Clan seine Anliegen vorbringen. Aber sowas funktioniert nur dann, wenn sich alle auch austauschen wollen.«

»Aber mal von 'ner anderen Seite betrachtet«, überlegte Steinauge, »ist so ein Sturkopf wie Lächler nicht auch im Grunde wie jeder andere Zwerg? Ich meine, Stein geht keine Kompromisse ein und manchmal muss man einen Stein auch zerschlagen, um weiter zu kommen oder etwas Neues zu erschaffen. Vielleicht will er einfach nur wie ein Steinmetz einen neuen Stein errichten.«

»I-interessanter A-ansatz, m-mein Freund. A-aber ist denn a-alles, w-was m-man aus St-stein errichten k-kann a-auch stabil?«

»Nein, nicht zwingend. Außerdem kann ein Steinmetz den Stein auch endgültig unbrauchbar machen oder ihn zerstören, wenn er nicht aufpasst.«

»Damit hast du deine These wohl selbst entkräftet«, sagte Knotenbart. »Du denkst schon fast wie ein Gelehrter, das gefällt mir.«

Steinauge verdrehte sein verbliebenes Auge. »Ich glaube ich brauche mehr Hefebier.« Er griff nach seinem Humpen.

»Außerdem kann der Stein sehr wohl Kompromisse eingehen«, fügte Bronzefinger hinzu. »Man muss ihn nur auf die richtige Temperatur bringen und er schmilzt. Es kommt sozusagen auf die Argumente an. Auch Felswürmer haben diese Argumente.«

»D-du vergisst, d-dass F-felswürmer den Stein z-zerstören.«

»Damit hast du wieder Recht. Es scheint, dass es auch möglich ist, den Stein durch Argumente und Kompromisse zu zerstören«, sinnierte Bronzefinger.

»Das sehen wir doch auch am König«, sagte Knotenbart leise. »Er hetzt seine Leute mit Argumenten gegen die anderen Clans, egal, ob diese richtig oder falsch sind. Er zerstört also den Stein nicht, weil er ein schlechter Steinmetz ist, sondern durch giftige Argumente.«

»Macht ihn das zu einem Felswurm?«, fragte Bronzefinger trocken, worauf wieder lautes Gelächter ausbrach.

»Mein König und Clanführer, der Felswurm. Was wäre ich nur ohne ihn?«, japste Leichtfuß, der sich den Bauch hielt.

»Oh man, dafür kommen wir auf jeden Fall auf die Schlachtbank«, sagte Steinauge und erhob dann die Stimme. »He Wirt, bring uns eine Runde Obstbrand, geht auf meine Tafel.«

Die übrigen Zwerge am Tisch applaudierten leise.

»M-man dankt f-für diese e-edle Spende.«

»Wenn ich schon abtreten muss, dann will ich verdammt sein, wenn ich das nüchtern tue«, grummelte Steinauge.

Durch ihr stetig lauter werdendes Gespräch und ihre Ausgelassenheit zogen sie misstrauische Blicke auf sich. Also senkten sie schweigend die Köpfe, während der Wirt ihnen den Obstbrand brachte. Sie hoben die kleinen Becher an ihre Nase und schnupperten. Ein guter Tropfen. Es war eine ideale Mischung aus beißendem Alkohol und fruchtigem Aroma. Dem Geruch nach zu urteilen wurde er direkt im Himmelsgefängnis gebrannt, vermutlich nicht allzu lang nach der Ernte. Ein Obstbrand aus der Stadt selbst hätte noch eine rauchigere Note, da der Rauch hier nicht so schnell abzog wie unter freiem Himmel.

»Nun dann, auf den Fels«, sagte Steinauge und hob den Becher.

Die anderen stimmten ein und sie stürzten den Trunk herunter. Warm rann die Flüssigkeit ihre Kehlen herab und entzündete ein wohliges Feuer in ihren Bäuchen.

»Was der Brand wohl für eine Wirkung auf die Arisenen hat?«, sinnierte Knotenbart, um ein weniger heikles Thema anzusprechen.

Die Arisenen, auch Zentauren genannt, waren ein Volk von der Oberfläche. Sie trieben Handel mit den Zwergen und halfen dabei, das Himmelsgefängnis zu bewachen. Von ihnen hatten die Zwerge auch gelernt, dass Obst Alkohol entwickeln konnte, wenn man es nur lang genug liegen ließ. Dank der robusten Natur der Zwerge hatten die vergorenen Obstsäfte allerdings nur eine merkliche Wirkung, wenn sie eine größere Menge davon tranken. Also hatten ein paar findige Sammler gemeinsam mit einigen Handwerkern das Verfahren weiterentwickelt, oder wie es die Zwerge selbst nannten, perfektioniert.

»Was weiß ich?« Bronzefinger zuckte mit den Achseln. »Ich bin noch nie einem begegnet, ich kenne diese Vierbeiner nur aus den Erzählungen von denen, die mal oben waren.«

»Hab gehört, die werden schon von ihren laschen Säften beschwipst«, sagte Steinauge. »Da haut die so ein guter Brand garantiert um. Wundert mich aber nicht, was will man auch von Oberflächenbewohnern erwarten?«

»Wäre interessant zu erfahren. Würde gerne mal einen zum Wettlauf herausfordern, mal sehen ob sie wirklich so schnell sind, wie man erzählt«, sagte Leichtfuß feixend. »Natürlich erst, wenn mein Bein verheilt ist.«

»Am b-besten f-forderst du ihn z-zuerst zum W-wetttrinken heraus, d-dann hast du v-vielleicht eine Chance«, sagte Zitterzunge augenzwinkernd.

»Es ist sowieso die Frage, wie sich die Beziehung unserer Völker entwickeln wird«, seufzte Knotenbart. »Unser König ...«

Leichtfuß räusperte sich lautstark.

»Verzeihung, unser Großkönig scheint ja nicht allzu viel von den Arisenen zu halten.«

»Da hast du Recht«, pflichtete ihm Bronzefinger bei. »Der bringt es fertig und vergrault sie noch. Oder schlimmer, er lässt sie jagen.«

»Das wäre wirklich ein großer Verlust«, sagte Leichtfuß. »Immerhin müssen dank der Vierbeiner nicht so viele Wachen ins Himmelsgefängnis.«

»Vom Handel mal abgesehen«, meinte Knotenbart. »Allgemein haben beide Völker bisher gut vom gegenseitigen Austausch profitiert.«

»Weniger Handel bedeutet vor allem weniger Obst für den Obstbrand. Apropos, Wirt, bring uns noch eine Runde!«, rief Bronzefinger winkend.

»Ich weiß ja nicht«, brummte Steinauge. »Nach allem, was ich gehört habe, sind die Vierbeiner ein komisches Volk. Zwar haben sie uns nützliche Sachen gebracht, aber wir sind auch ohne sie gut klar gekommen. Ich weiß nicht, ob man das Schicksal des Felsen zu sehr in die Hände anderer legen sollte.«

»D-da muss ich dir b-beipflichten. Ich f-finde, d-das Wohl unseres V-volkes sollte vor a-allem von uns s-selbst abhängen.«

»Dem würde ich soweit auch zustimmen, Freund des Glaubens, aber ich würde sagen, dass man die Vorzüge einer Beziehung auch nutzen kann, ohne sich zu sehr von den Vierbeinern abhängig zu machen.«

»Da stimme ich Bronzefinger zu«, sagte Knotenbart. »Wir müssen gegenüber den Arisenen als ein starker Stein erscheinen.«

»Aber was ist wichtiger?«, brummte Steinauge, »dass der Stein äußerlich robust aussieht auch wenn er innerlich marode ist, oder dass der Stein zwar oberflächliche Risse hat, aber von innen stark und fest ist?«

»Ein i-interessanter Ge-gedanke, F-freund. I-ich d-denke, es ist v-vor allem w-wichtig, d-dass wir im R-reinen miteinander s-sind u-und in unserm I-inneren eine Ei-einheit s-sind.«

»So gesehen könnte man schon die Aufteilung in die Clans als oberflächliche Risse ansehen. Dennoch sind wir ein Volk, verbunden im Stein. Möglicherweise nehmen uns die Arisenen auch so wahr. Leicht rissig an der Oberfläche, aber dennoch ein einziger, harter Stein.«

»Genug philosophiert, Gelehrter«, unterbrach ihn Bronzefinger und hob seinen Obstbrand. »Trinken wir auf bessere Zeiten!«

Sie prosteten sich zu.

Der Wirt trat an den Tisch.

»Ich unterbreche euch nur ungern, aber gleich ist Sperrstunde. Ihr solltet euch auf den Weg machen.«

Die Trinkkumpanen seufzten. Eine weitere Änderung, die der Großkönig eingeführt hatte. Warum, wusste keiner so genau, immerhin gab es rund um die Uhr Zwerge die arbeiteten und die, die ihre Schichten beendeten.

»Reicht die Zeit noch für eine Runde?«, fragte Bronzefinger.

»Wenn ihr euch nicht zu viel Zeit lasst.«

»Sehr gut, dann bring uns noch eine Runde Obstbrand.«

Der Wirt nickte und ging wieder hinter den Tresen, um die Getränke zu holen.

»Sperrstunde ...«, brummte Steinauge genervt. »Das macht der doch nur um zu zeigen, dass er Macht hat.«

»Offiziell hieß es ja, es dient der Erhaltung der Arbeitsfähigkeit«, sagte Knotenbart. »Aber genug davon, wir sollten den Großkönig nicht zu laut kritisieren. Wer weiß ob nicht doch jemand zuhört.«

»Und s-selbst w-wenn. A-als Angehörige d-des Glaubens und der L-lehre sind w-wir ohnehin g-gefährdet.«

»Da hast du auch wieder Recht.«

Der Wirt brachte die letzte Runde.

»Wünsche euch schon mal 'nen guten Heimweg.«

Die Zwerge bedankten sich und sahen sich schweigend an. Die meisten anderen verließen bereits die Taverne und begaben sich in die Schlafhallen. Wie so oft waren es die fünf Kameraden,

die am längsten blieben. Sie genossen den kurzen Moment, in dem sie sich ungestört wähnten.

»Also, worauf trinken wir?«, fragte Leichtfuß.

Bronzefinger lächelte verschmitzt.

»Trinken wir auf die Vierbeiner, denn ohne die hätten wir keinen Obstbrand!«

Die anderen hoben die Becher und stimmten ein.

»Also dann, auf die Vierbeiner und den Obstbrand.«

GEWITTERNACHT

Kylatos versuchte zu schlucken, doch seine Zunge blieb am trockenen Gaumen kleben. Die Mägen des Zentauren verkrampften. Er musste würgen. Neben ihm knurrte sein Löwe. Terrkos ließ sich auf den Boden sinken und legte den Kopf auf seine Pfoten. Diese verdammte Hitze! Kylatos riss sich den Trinkschlauch von seinem Hirschrücken und schüttelte ihn. Er hörte nichts, aber ein paar Tropfen würden sich wohl noch darin befinden. Wortlos warf er ihn seinem Tier zu. Terrkos sprang auf, zerriss das Leder mühelos mit seinen Krallen und leckte ihn gierig aus.

Obwohl Trockenzeit herrschte, hatten sie immer wieder Flüsse gefunden, doch der letzte, dem sie gefolgt waren, war bereits vor Tagen versiegt. Wäre Kylatos alleine mit seinen Ekraless unterwegs gewesen, würde das Wasser kein Problem darstellen, allerdings zogen unzählige Krieger, Handwerker, Jäger und Sammler mit ihnen. Die Ekraless brauchten sie alle, denn sie würden Kerxtsarak errichten. Das Dorf sollte der Außenposten werden, von dem aus sie die Greife aus den Kluftzinnen trieben. Diese Bestien mordeten dort seit vielen Jahren. Davon hatten die wenigen Zentauren berichtet, die sich noch immer in die Nähe des Ortes wagten. Ihre Geschichten, wie Greife ganze Tierherden aus reinem Vergnügen zerfleischten, hatten sich rasend schnell verbreitet. Seitdem schlummerte

259

in Kylatos der Drang einzugreifen, doch immer hatten ihn andere Verpflichtungen davon abgehalten. Bis die Geschichten nicht länger zu ignorieren gewesen waren. Er musste handeln. Ganze Tierarten würden sonst aussterben.

In der Ferne zeichneten sich zwei Schatten über dem flimmernden Boden ab. Die Kundschafter kamen zurück. Hoffentlich brachten sie gute Neuigkeiten. Als Kylatos die Kobolde und Zentauren in der Karawane musterte, offenbarten sich ihm die Qualen eines jeden Einzelnen. Die Gesichter der Zentauren waren ausgemergelt und bleich, die Bäuche einiger Kobolde bereits vom Hunger aufgebläht. Zwar hatte die Sonne schon einige von ihnen in die Knie gezwungen, aber in Anbetracht der Lage hielten sich die Verluste in Grenzen. Trotzdem brauchten sie dringend Wasser.

Die Kundschafter mussten einfach einen Fluss gefunden haben. Kylatos hatte sie noch nie so abgemagert gesehen. Jede einzelne Rippe zeichnete sich unter ihrer Haut ab. Trotzdem verzog keiner von beiden eine Miene. Zecatar schnaufte nur etwas stärker.

»Du solltest alles abbrechen«, flüsterte Orntecr, damit die anderen Zentauren und Kobolde seine Worte nicht mitbekamen. Kylatos senkte den Kopf für einen Augenblick. Sie konnten nicht zurück. Nicht jetzt, da sie schon so weit vorgedrungen waren.

»Egal, wie sehr wir hier leiden«, erwiderte er, »die Tiere in den Kluftzinnen leiden stärker. Sie sterben, Orntecr! Niemand sonst kann aufhalten, was dort passiert.«

»Ich habe mich falsch ausgedrückt.« Orntecr schüttelte den Kopf und sah zu Boden. »Du *musst* alles abbrechen. Wir sind mindestens fünf Meilen in den Osten galoppiert und haben die ganze Ebene abgesucht. Nach drei Meilen haben wir einen Flusslauf aus dem Norden gekreuzt, aber er ist trocken wie die große Wüste. Es hat hier seit Wochen nicht geregnet.«

»Es wird regnen.« Kylatos betonte jedes einzelne Wort und ging dabei mit einer Überzeugung einen Schritt auf Orntecr zu, die seine Ängste vertreiben sollte.

Doch Orntecr senkte nur den Kopf, verbeugte sich widerwillig und reihte sich gemeinsam mit seinem Bruder im hinteren Teil der Karawane ein. Sie hatten noch immer Zweifel, aber dagegen konnte Kylatos nichts tun. Trotzdem würden sie ihn weiter unterstützen, solange er die Hoffnung nicht verlor. Da war er sich sicher.

Er blickte noch einmal zurück, bevor er weiter Richtung Osten schritt. Seine Ekraless hatten sich aufgeteilt und unter die Karawane gemischt. Allein ihre Anwesenheit gab den Kobolden und Zentauren Kraft und die brauchte jeder Einzelne von ihnen auf diesem Weg.

»Rammt den großen Pfahl dort in den Boden!« Kylatos deutete auf das Zentrum des Lagers. Palenor warf seinen mit Klingen besetzten Kampfstab zur Seite und band sich die langen, schwarzen Haare zusammen. Anschließend hievte der Arise sich den Pfahl auf die Schulter. Nelenau wollte ihm helfen, doch er winkte ab. Palenor spannte seinen Hirschkörper an, stellte sich auf die Hinterbeine und packte das Holz mit beiden Händen. In der gleichen Bewegung rammte er es mit dem spitzen Ende in den Boden. Er rüttelte einmal kräftig daran, um sich zu vergewissern, dass der Pfahl auch tief genug in der Erde steckte.

Sorge lag in seinem bärtigen Gesicht. »Du darfst sie nicht weiter in den Osten treiben. Noch könnten wir umkehren, bald werden aber selbst wir den Rückweg nicht mehr überleben.«

Palenor war der einzige Zentaur, der nicht zu Kylatos hinaufsehen musste, wenn er mit ihm sprach.

»Kiresus hat mich noch nie im Stich gelassen. Es wird regnen.« Kylatos versuchte, es sich nicht anmerken zu lassen, aber auch seine Zuversicht war geschwunden. Palenor hatte er allerdings noch nie etwas vorspielen können.

»Du glaubst nicht wirklich, dass Kiresus uns gerade beobachtet, oder?«, fragte Palenor und las in Kylatos Gesichtszügen. »Es gibt so viele Zentauren und sie alle wollen unsere Welt besser machen. Warum sollte Kiresus sich gerade um dich und deinen Plan scheren?«

»Weil ich es bin, der den Greifen und Trollen so lange entgegentreten wird, bis sie die Welt mit dem Respekt behandeln, den sie verdient«, sagte Kylatos mit bebenden Lippen. »Kein anderer ist dazu in der Lage und das weiß er.« Wie zur Bestätigung seiner Worte richtete sich Terrkos neben ihm auf, zeigte seine Zähne und knurrte Palenor an.

Der Arise trat Kylatos einen Schritt entgegen und reckte seine Brust heraus. »Noch lieben sie dich, Kylatos. Noch rufen sie deinen Namen, sobald wir uns einem Dorf nähern und sie unser Banner sehen. Aber das werden sie nicht mehr, wenn du dich überschätzt. Die Geschichte, wie der große Kylatos ein ganzes Dorf in diese trockene Wüste schickte und sie alle verdursteten, wird sich rascher verbreiten als jede deiner Heldentaten.«

Kylatos starrte Palenor entschlossen an. »Das wird nicht passieren«, sagte er schließlich.

Palenor spuckte auf den Boden, drehte sich um und galoppierte davon. Kylatos musterte den Speichel im trockenen Gras, der in der Abendsonne glänzte. Was war nur aus seinem alten Freund geworden? Manchmal hatte Kylatos das Gefühl, dass Palenor an seinen Plänen umso mehr auszusetzen hatte, je weiter sich die Geschichten seiner Heldentaten verbreiteten. War es Neid? Das hätte er Palenor nie zugetraut. Er war Teil seiner

Ekraless und über die Herde waren nicht weniger ruhmreiche Geschichten im Umlauf.

Tekeleus trat mit Nelenau an seine Seite. Gemeinsam beobachteten sie, wie das Lager für die Nacht errichtet wurde. Die Sonne neigte sich dem Horizont entgegen, aber Kylatos war zuversichtlich, dass die Zelte noch vor Einbruch der Dunkelheit stehen würden.

Nach einiger Zeit brach Tekeleus die Stille. »Es wird bald regnen. Da bin ich mir sicher.« Kylatos war dankbar dafür, dass wenigstens er seine Ansichten teilte. Sie konnten nicht einfach in dieser Dürre verrecken. Das würde Kiresus nicht zulassen. Es wäre kein würdiges Ende.

Als die Zelte errichtet waren, schritt Kylatos durch das Lager. Tekeleus und Nelenau begleiteten ihn und trugen jeweils einen Korb voller verschrumpelter Äpfel mit sich. Selbst diese kleine Geste würde den Kobolden und Zentauren neuen Mut schenken.

Normalerweise schrie das Volk seinen Namen, wenn er durch die Straßen schritt, doch hier nahm Kylatos nur noch leises Gemurmel wahr. Viele äußerten ihre Zweifel, wohingegen andere ihm versicherten, dass sie ihm sogar bis in den Tod folgen würden. Egal, ob es ein Greif war, der sie fraß, oder die Hitze, die sie umbrachte. Kylatos bemerkte, wie stolz er darauf war, dass trotz der schrecklichen Umstände noch so viele zu ihm standen. Gedankenverloren strich er durch Terrkos' Fell und fuhr ihm mit den Fingern durch die Mähne. Der Löwe schnurrte zufrieden. Auch an ihm zerrte die Reise, doch das Tier hatte schon weitaus schlimmere Zeiten an seiner Seite durchgestanden.

Als Kylatos an einem Kobold und seinem Kind vorbeischritt, zog etwas seine Aufmerksamkeit auf sie. Er drehte einen Stock, an dem einige Fäden aufgewickelt waren. Dadurch rollten sie sich langsam ab und das Kind fügte sie mit blitzschnellen Fingerbewegungen zusammen. Das musste eine dieser seltsamen Knotenrollen der Kobolde sein. Offensichtlich übte hier einer der

Geschichtsschreiber mit seiner Schülerin. Das Kind blickte zu Kylatos auf, hielt inne und musterte ihn kritisch. Dann sagte es etwas, dass Kylatos nicht verstand.

»Hast du eine Frage zu dem, was du da für die Nachwelt über mich festhältst?«

Der Lehrmeister schob sich vor das Kind. »Entschuldigt, Kylatos. Sie hat nur mit mir geredet. Lerxa macht sich gut für ihr junges Alter, ist aber bei bestimmten Schreibweisen noch unsicher.«

Damit wollte sich Kylatos nicht zufriedengeben. »Wie ist dein Name, Lehrmeister?«

»Tsadeg, Herr. Aus der Familie der Duxokts«, antwortete der Kobold und rieb sich dabei nervös die Hände.

»Tsadeg«, sagte Kylatos. »Lass mich selbst mit Eurer Schülerin sprechen. Ich bin mir sicher, ihr brennen einige Fragen auf der Zunge.«

Widerwillig zog er sich zurück und ließ das Koboldkind vortreten.

»Ich heiße Lerxa«, stellte sie sich vor und blickte zu ihrem Lehrer, der ihr zunickte. »Aus der Familie der Drapstsax'.«

Selbst nach all den Jahren war Kylatos noch immer erstaunt, wie die Kobolde bei diesen Namen nicht über ihre eigene Zunge stolperten. Als er noch jung gewesen war, hatten sie daraus ein Trinkspiel gemacht. Nacheinander mussten sie die Namen verschiedener Koboldvölker dreimal schnell hintereinander aufsagen und wer dabei scheiterte musste seinen Becher auf der Stelle leeren. Ein Spiel, das oft mit der Bewusstlosigkeit endete.

»Was wolltest du wissen?«, fragte Kylatos mit erhobener Stimme, breitete seine Arme aus und ließ seinen Blick über alle Kobolde und Zentauren schweifen.

»Wenn du so ein Held bist ... Warum machen uns dann die Trolle und Greife noch immer solche Probleme?«, fragte Lerxa, ohne sich von Kylatos einschüchtern zu lassen.

Tsadeg griff nach dem Arm seiner Schülerin und zog sie zurück, obwohl sie sich dagegen sträubte. »Entschuldigt, entschuldigt. Sie hat ein vorlautes Mundwerk und weiß sich manchmal nicht zu benehmen.«

»Lass sie sprechen«, forderte Kylatos. Er war gespannt darauf, was ihm dieses Kind vorwerfen würde. Das war eine gute Gelegenheit, sich vor dem Volk zu beweisen.

Lerxa schüttelte Tsadeg ab. Dann zögerte sie. Kylatos sah in ihren Augen, wie sie all ihren Mut zusammennahm. »Warum müssen wir noch immer unter ihnen leiden? Warum sind ihnen Tiere und Pflanzen noch immer ausgeliefert und wieso können wir nichts dagegen tun? Für was verehren wir dich, wenn du es nicht einmal schaffst, diese Bestien daran zu hindern, die ganze Welt zu tyrannisieren?«

Ein Raunen ging durch die Menge. Einige, die sich bereits in ihre Zelte zurückgezogen hatten, krochen wieder daraus hervor. Was fiel diesem Kind ein, ihn so vor allen bloßzustellen? Kylatos atmete tief durch. Tekeleus klopfte ihm auf die Schulter.

»Dir mag das so vorkommen«, sagte Kylatos und überlegte sich jedes Wort genau, da alle Augen auf ihn gerichtet waren, »aber du hast noch nicht viel von dieser Welt gesehen. Das wirst du eines Tages, wenn ich dafür gesorgt habe, dass wir uns auf dem gesamten Kontinent frei bewegen können. Ohne Angst, dass ein Rudel Greife sich auf uns stürzt. Die Welt ist groß, Lerxa. So groß, dass du es dir nicht einmal vorstellen kannst. Ich bin weit im Norden gewesen, habe die große Wüste gesehen und den Zentauren und Kobolden dort geholfen, sich langfristig gegen die Greife verteidigen zu können. Ich habe den Regenwald durchquert und die Dörfer in der Nähe der Sturzfluglande ausgebaut, sodass sich die Greife und Trolle lieber bis zur Mauer der Angst zurückziehen, als je wieder in Sichtweite dieser Dörfer zu kommen.« Er machte eine Pause und sah sich um. Niemand sprach mehr ein Wort. Kylatos steigerte die Lautstärke und stieß seinen

Speer in den Himmel. »Und genau das werden wir auch am Rande der Kluftzinnen erreichen! Die Greife werden ihre Berge nicht mehr verlassen und die Tiere werden sich die weiten Ebenen zurückholen!« Jubel und Euphorie strömten durch die Reihen. Die Menge umringte Kylatos und skandierte seinen Namen. Dabei verlor er Lerxa und ihren Lehrmeister aus den Augen.

Ein Kobold reichte ihm einen Becher Traubensaft. Kylatos nahm ihn mit einem Nicken entgegen. Er dachte daran, wie verdammt knapp ihre Vorräte waren, doch entschied, dass er sich das heute verdient hatte und nahm einen Schluck. Die Zentaurenfrauen, die ihn zum Zelt begleiteten, lachten über einen seiner Witze und wichen zurück, als er trank. Dann näherten sie sich ihm wieder und strichen ihm zärtlich über Schultern und Hals und versuchten sogar sein mächtiges Geweih zu erreichen, für das sie ihm ununterbrochen Komplimente machten. Er hingegen würdigte sie keines Blickes. Kylatos missfiel die schlanke Zentaurenart, die mit ihren langen Beinen immer etwas seltsam aussah. Der einzige Reiz bestand in ihren langen, gedrehten Hörnern, doch selbst hier hatten die beiden kaum etwas zu bieten.

»Kylatos! Habt Ihr einen Moment?«

Die Stimme kam von dem Kobold. Kylatos hatte ihn gar nicht richtig wahrgenommen. Er schüttelte die beiden Oritenen ab und deutete auf das Zelt. Sie kicherten, nahmen sich gegenseitig in den Arm und hauchten sich einen Kuss auf die Lippen, bevor sie darin verschwanden. Kylatos seufzte, senkte den Blick zu Boden, drehte sich herum und wandte sich dem Kobold zu.

»Es tut mir leid«, stammelte Tsadeg. Er faltete die Hände ineinander und konnte Kylatos nicht in die Augen blicken. »Lerxa, meine Schülerin, hätte das nicht tun dürfen. Sie ist so klug und talentiert, aber kann sich selten auf das konzentrieren, was ihr aufgetragen wird.« Er zog die Schultern hoch. »Ich habe ihr schon oft gesagt, dass sie so nie Fortschritte machen wird, aber ...«

»Es war nicht angemessen, mir vor dem gesamten Lager so entgegenzutreten«, sagte Kylatos. Er machte eine Pause, senkte sich dann zu dem Kobold herab und sah ihm in die Augen. »Aber ich war früher selbst wie sie.«

»Wirklich?«, fragte Tsadeg und hob seinen Kopf, sodass sich ihre Blicke trafen.

»Ja«, antwortete Kylatos. Irgendwie gefiel ihm der Kobold. Vielleicht, weil er ihn an seinen eigenen Lehrmeister erinnerte, der es nicht immer leicht mit ihm gehabt hatte. »Komm auf meinen Rücken. Wir gehen eine Runde außerhalb des Lagers.«

Tsadeg hatte es die Sprache verschlagen. Schon lange hatte Kylatos keinen Kobold mehr auf sich reiten lassen. »Aber ... Was ist mit den beiden?«, fragte er und deutete auf das Zelt.

Kylatos lachte. »Ich habe mich nie für Oritenen interessiert.«

Ein Regentropfen zerplatzte auf Kylatos' Schulter. Der Zentaur grinste und schaute in den Himmel. Vereinzelte Wolken hatten sich über ihnen gesammelt. Leichter Regen setzte ein. Kylatos lachte laut auf und leckte mit der Zunge gierig nach jedem einzelnen Tropfen. »Ich hab's doch gesagt!«

Eigentlich sollte sich auch Tsadeg darüber freuen, doch als Kylatos einen Blick über die Schulter warf, sah dieser ihn nur mit Skepsis in den Augen an. »Genau das haben wir uns herbeigesehnt. Und doch gibt es kein deutlicheres Zeichen dafür, dass Unheil geschehen wird.«

»Wegen ein paar Wolken am Himmel?« Kylatos liebte die Kobolde für ihre Leichtigkeit, aber er würde nie verstehen, warum ein Gewitter für sie eine solch unheilvolle Bedeutung hatte. Normalerweise konnte er die eigenen Zweifel vergessen, wenn er sich mit ihnen unterhielt. Vielleicht musste er Tsadeg nur etwas auflockern. Immerhin hatte auch er in den letzten Tagen viele Strapazen durchstehen müssen. »Was soll uns hier schon passieren? Wir sind mitten in den Savannen zwischen den Regenwäldern. Das Gebirge, in dem die Greife hausen, ist noch weit entfernt. Genieß einfach die Abkühlung, Tsadeg!«

Kylatos schüttelte den Kopf und schleuderte sein langes, schwarzes Haar durch die Luft. Die Wolken verdichteten sich zu einer einzigen, dunklen Masse und es regnete immer stärker. Das Wasser durchtränkte Kylatos' Haar. Er genoss das Gefühl der kühlen Flüssigkeit, die über seinen Körper rann. Von der Euphorie gepackt, machte er einige Sprünge nach vorne. Tsadeg krallte sich mit seinen Fingern in seinem Fell fest, wurde aber trotzdem auf- und abgeschleudert.

»Vielleicht sollten wir doch zurückkehren«, schlug der Kobold vor.

Der Zentaur gab es auf. Scheinbar konnte er Trolle und Greife besiegen, aber einen Kobold nicht zum Scherzen bringen.

»Was meintest du eigentlich vorhin damit?«, fragte Tsadeg auf dem Rückweg. Als Kylatos nicht antwortete, fügte er hinzu: »Als du sagtest, dass Lerxa wie du gewesen sei?«

»Sie hinterfragt Dinge, die andere für selbstverständlich halten«, sagte Kylatos. »Sie hat ihren eigenen Kopf, will Grenzen austesten und sich nicht strikt an irgendwelche Lehren halten. Sie traut sich viel zu. Wahrscheinlich musst du sie stärker fordern, damit sie konzentriert arbeitet. Und vor allem solltest du ihr Verantwortung übertragen und sie nicht nur irgendwelche Übungen ausführen lassen.«

Tsadeg dachte über die Worte des Zentauren nach. »Vielleicht hast du Recht. Manchmal wirkt sie interessiert und hört mir aufmerksam zu. Oft schweift sie aber ab.«

»Weißt du, was ich damals getan habe?«, fragte Kylatos.

Tsadeg verneinte.

»Viele sagen, ich hätte schon als Kind mit bloßen Händen einen Löwen getötet, der verrückt geworden war.« Kylatos machte eine Pause und erinnerte sich an die Zeit zurück. »Die Wahrheit ist: Ich bin ohne jede Waffe einem Löwen entgegen galoppiert, den die Jäger schon umstellt hatten. Ich wollte meinen Mut beweisen. Der Löwe traf mich mit seiner Pranke und riss mir die Brust auf. Ich bin sofort ohnmächtig geworden. Die Herde hat mein Leben gerettet, indem sie ihre Speere auf den Löwen geworfen und mich in das nächste Dorf zu einem Heiler gebracht hat. Fast niemand kennt diese Version der Geschichte.«

»Warum erzählst du mir das?«, fragte Tsadeg. »Ich könnte es weitererzählen und so den Grundstein deiner Legende zerstören.«

»Warum solltest du das tun?«, fragte Kylatos. »Ich will dir damit nur eine Sache sagen: Lass sie ihre eigenen Fehler machen. Sie ist wahrscheinlich schlauer als ich es damals war und wird sich nicht in Lebensgefahr bringen. Sie wird viel mehr daraus lernen, als wenn sie nur Knötchen in Pflanzen flechtet und Anweisungen befolgt.«

»Was hast du daraus gelernt? Welche Erkenntnis war diese Gefahr wert?«

»Dass jede Dunkelheit ein Licht mit sich bringt.« Kylatos hielt inne und starrte in den Nachthimmel. Gerade schob sich der rote Mond hinter einer Wolke hervor. »Als es dem Heiler gelungen war, mein Leben zu retten, war ich ein anderer. Nicht, weil jeder im Dorf über den Jungen sprach, der sich einem wilden Löwen gestellt hatte, sondern weil ich, nachdem ich mich meiner größten Angst gestellt hatte, vor mir sah, was ich in dieser Welt verändern würde.«

»Und das war was?«, fragte Tsadeg, da Kylatos wieder in Gedanken versunken war.

»Patraton – der Anführer der Jäger des Dorfes – wurde mein Lehrmeister und ich brachte ihn dazu, dass wir mit einigen seiner Zentauren aufbrachen, um den Greifen und Trollen Einhalt zu gebieten. Leider fiel er schon in den ersten Monaten des Kriegszuges. Er ernannte mich zu seinem Nachfolger. Das kam für alle überraschend, auch für mich. In den folgenden Monaten musste ich mich immer wieder beweisen, bis mich die Herde akzeptierte. Am Ende gingen daraus die Ekraless hervor, mit denen ich seit Jahren für die Freiheit der Zentauren und Kobolde, sowie der Tiere und Pflanzen kämpfe. Das alles wäre wohl nie passiert, hätte ich nicht immer wieder Grenzen überschritten, die für andere unüberwindbar waren, weil sie vor Angst erstarrten.«

Es donnerte. Vor ihnen schlug ein Blitz im Boden ein und erhellte die Nacht. Schreie von Kobolden und Zentauren hallten zu ihnen. Ein rotes Leuchten in der Ferne stach durch die Finsternis.

»Es brennt! Das Lager steht in Flammen!«, schrie Tsadeg.

»Halt dich fest«, brüllte Kylatos und galoppierte los.

»Ich hab doch gesagt, es wird etwas passieren«, murmelte der Kobold und presste sich eng an Kylatos' Körper. »Ich hab's doch gesagt ...«

»Pfeile anlegen!«, brüllte Kylatos durch den strömenden Regen, während er den dunklen Himmel nach Greifen absuchte. Er hatte sie doch gerade noch gesehen. Diese gefiederten Bestien verstanden es wie kein anderes Volk, sich in der Nacht zu verbergen. Er musste sie finden! Mit einer Hand versuchte er die Regentropfen abzuschirmen, die ihm ins Gesicht peitschten, mit der anderen streckte er den Speer in die Dunkelheit. Sobald er ihn senkte, würde ein Pfeilhagel den Himmel erfüllen.

Zuerst zischte es, dann gab es einen Knall. Kylatos fuhr herum. Ein schriller, ohrenbetäubender Schrei schallte durch das Lager. Er rieb sich die Ohren vor Schmerz und hörte nur noch ein Pfeifen. Ein Greif!

Kylatos brüllte Befehle. Viele seiner Ekraless pressten sich noch immer die Hände an die Ohren. Er deutete in die Richtung, aus der der Schrei gekommen war und trieb die Zentauren zwischen den Zelten hindurch, bis er sah, wie sich etwas Großes unter einem Laken bewegte.

»Schießt!«, brüllte Kylatos. Pfeile sausten zu beiden Seiten an ihm vorbei. Das weiße Tuch färbte sich an den Einschussstellen dunkel und gequälte Laute drangen darunter hervor. Kylatos sprang auf das Zelt zu und rammte seinen Speer in die Stelle, an der er den Kopf der Bestie vermutete. Die Laute verstummten. Noch mehr Blut sammelte sich auf dem Laken.

»Wie kann das sein?«, schrie Tsadeg, der sich immer noch an seinen Rücken klammerte. »Ihr habt gesagt, es gibt hier keine Greife!« Ein Donnern übertönte die Stimme des Kobolds und nur wenige hundert Schritte neben ihnen schlug ein Blitz in ein Zelt. Flammen schossen daraus hervor. »Vielleicht ist es so weit«, stammelte Tsadeg. »Vielleicht wird die Welt heute zerbrechen. Vielleicht steuert heute alles dem Ende entgegen.«

Kylatos versuchte den Worten des Kobolds keine Beachtung zu schenken. Zwar konnte er sich im Moment nicht erklären, woher diese Greife kamen, aber mit einem Weltuntergang hatte das ganz sicher nichts zu tun. Mittlerweile regnete es so stark, dass er seinen Speer kaum noch sehen konnte. Nur vereinzelte Feuer zeichneten sich in der Finsternis ab.

Ein helles Pfeifen. Die Silhouette eines Greifen tauchte vor Kylatos auf. Reflexartig duckte er sich und sprang zur Seite. Sein Speer wurde ihm aus der Hand gerissen und schoss nach oben. Der Greif wich im letzten Moment aus und stürzte sich auf ein Zelt direkt daneben. Ein spitzer Pfahl bohrte sich quer durch seinen Körper. Er zuckte noch ein paar Mal, dann regte er sich nicht mehr. Kylatos grinste. Eine seiner ersten Ideen, um ein Dorf vor einem Greifenangriff zu schützen, war es gewesen, angespitzte Pfähle in jedem Zelt aufzustellen.

Kylatos suchte nach seiner Waffe. Sein Speer schwebte neben dem ausgestreckten Arm des Kobolds. Das grüne Volk überraschte ihn immer wieder. Tsadegs Magie ließ den Speer auf Kylatos zugleiten, der ihn aus der Luft griff und sich auf den Boden setzte.

Der Kobold stieg von ihm ab. »Das hätte böse ausgehen können«, scherzte Kylatos. »Ich danke dir. Aber das ist kein Ort für einen Gelehrten. Terrkos wird dich in mein Zelt bringen. Dort wartest du, bis das alles vorbei ist. Wir werden sie zurückschlagen!«

Die Lippen des Kobolds formten einen farblosen Strich. Kylatos flüsterte seinem Löwen etwas zu. Das Tier legte sich auf den Boden und Tsadeg kletterte auf seinen Rücken. Gemeinsam verschwanden sie zwischen den Zelten.

Einen Augenblick später wiederholte sich das Pfeifen. »Formiert euch!«, brüllte Kylatos über seinen Rücken und reckte den Speer erneut nach oben. Noch bevor er die Umrisse des Greifen sah, senkte er die Waffe und dutzende Pfeile flogen über ihn hinweg. Trotzdem wurde das Pfeifen immer intensiver. Dieser Greif hatte mit Gegenwehr gerechnet. Im letzten Moment riss Kylatos seinen Kopf zur Seite und wich den scharfen Krallen aus. Gleichzeitig zog er seinen Speer mit beiden Händen in die Richtung des Feindes. Der Widerstand riss ihm beinahe die Waffe aus der Hand, doch er konnte sie festhalten, bis der Angreifer wieder verschwunden war. Blut tropfte von der Spitze herab. Kylatos konnte nicht sagen, wo er den Greif getroffen hatte und wie stark er verwundet war. Aber zumindest hatte er ihn verletzt. Er lächelte.

Falls die Bestie trotz der Verletzung ihren Angriff wiederholen sollte, würde sie jetzt von der anderen Seite kommen. Kylatos rannte durch die Reihen seiner Soldaten, bis er wieder an ihrer Spitze stand. Der Greif musste die Geschosse mit magischen Winden abgelenkt haben, sonst hätte er diesen Angriff nicht überleben können. Kylatos würde ihn locken. Nur so konnte er ihn zu einem Fehler verleiten.

»Formation!«, brüllte er, löste sich aber aus den Reihen der Soldaten. Er schlug sich mit beiden Fäusten auf die nackte Brust und breitete die Arme aus. Wasser rann ihm in Strömen über den muskelbepackten Körper. »Komm doch! Komm und kämpfe mit mir!«

Tatsächlich meinte er die Umrisse des Greifen zu erkennen. Doch er hatte sich getäuscht. Kylatos hörte die verzweifelten Rufe seiner Soldaten, dann stolperte er. Etwas Grünes blitzte zwischen seinen Beinen auf. Vergeblich versuchte er sich zu fangen, stürzte und klatschte mit dem ganzen Körper auf den lehmigen Boden. Ein großer Schatten fegte über ihn hinweg. Kylatos hörte den Aufschlag, gefolgt von einem hellen Schrei.

Trotz der Schmerzen, die ihm in alle Glieder schossen, sprang er wieder auf. Ein Kobold hielt sich den Arm und starrte auf einen Greif, der seine Flügel zur vollen Spannweite ausstreckte, sich mit den Vorderbeinen zum Boden herabließ und Kylatos mit offenem Schnabel anstarrte. Er war so groß, dass er nur einmal zubeißen müsste, um seinen Kopf einfach zu zerquetschen.

Kylatos schüttelte den Gedanken ab, ignorierte die Härchen, die sich auf seinen Armen aufstellten und sprang mit zwei Sätzen neben die Bestie. Während sie den Kopf herumriss und nach ihm schnappte, stellte er sich auf die Hinterbeine. Er rammte

ihr seine Hufe in die Seite. Der Greif stürzte. Kylatos holte mit
seinem Speer aus. Er stieß zu.

Ein Schnabel schoss aus der Dunkelheit hervor, packte seine
Waffe knapp unter der eisernen Spitze und trennte sie mit
einem Ruck vom Schaft. Holz splitterte. Kylatos stöhnte auf und
sprang zurück. Noch ein Greif! Schützend stellte er sich vor den
Kobold und schob ihn in die Reihen der Soldaten. Mit beiden
Händen hielt er vor sich, was von seinem Speer übrig geblieben
war.

Der Greif, der dem verwundeten zu Hilfe geeilt war, erhob sich wieder in die Luft, der andere schrie entsetzlich. Kylatos' Trommelfell stach, als würden sich kleine Stacheln hineinbohren.

Etwas klammerte sich an sein Bein und eine Koboldfrau rief ihm etwas zu. »Kylatos! Habt Ihr Tsadeg gesehen? Er wollte zu Euch und ist nicht mehr zurückgekommen. Ist ihm etwas zugestoßen?«

Das musste seine Frau sein. Was dachte sie sich nur dabei, in diesem Chaos ihr Zelt zu verlassen? Kylatos wollte antworten, wurde aber von den Beinen gerissen und durch die Luft geschleudert. Er überschlug sich mehrfach und verlor jede Orientierung. Kurz bevor er auf dem Boden aufprallte, gelang es ihm, die Arme herumzureißen und sich abzufedern. Ein ziehender Schmerz fuhr in seine linke Schulter. Kylatos biss die Zähne zusammen. All seine Kameraden lagen verstreut am Boden. Diese verfluchte Windmagie!

»Hoch!«, brüllte er durch den Regen. Er suchte nach seinem gesplitterten Schaft, fand ihn einige Schritte neben sich am Boden liegen und richtete ihn auf den Greif. »Tötet ihn!«

Sobald sich die Zentauren um ihn gesammelt hatten, preschte er mit einem Schrei vor. Aus purer Verzweiflung holte er mit dem Schaft aus und wollte ihn der Bestie entgegenschleudern, wohlwissend, dass er ihr damit keinen großen Schaden mehr würde zufügen können, da erfasste ihn erneut ein magischer Sturm. Diesmal klammerte er sich fest an seine Waffe. Mit voller Wucht prallte er gegen einen anderen Zentauren und schlug am Boden auf. Es knackte und etwas Spitzes bohrte sich in seine Seite. Der Schmerz trieb ihm Tränen in die Augen.

Kylatos rappelte sich auf und suchte nach seiner Waffe. Er musste sie losgelassen haben! Neben sich fand er einen zersplitterten Teil des Schaftes. Von einem Ende tropfte Blut herab. Sein Blut. Sein Blick wanderte zu seiner Flanke, mit der er auf die Waffe gefallen war. Der rote Lebenssaft sickerte aus einer tiefen

Wunde. Er brüllte seinen Zorn in die Nacht hinaus und schleuderte die beiden nutzlosen Teile auf den Boden.

Kylatos wollte die Verletzung ignorieren. Er wollte die Zentauren noch ein weiteres Mal dem Greif entgegentreiben, irgendwann musste schließlich auch eine solche Bestie an die Grenzen ihrer Macht stoßen, doch sobald er dazu ansetzte, fuhr ihm ein so starkes Stechen in die Seite, dass er einknickte und aufpassen musste, nicht hinzufallen.

Als er sah, dass der Greif kauernd am Boden lag und die Flügel schützend um seinen Leib schlug, reckte er ihm seine geballte Faust entgegen. »Los! Tötet ihn! Er ist zu erschöpft, als dass er noch einen solchen Sturm erzeugen könnte.«

Die Zentauren stürmten zu beiden Seiten an Kylatos vorbei und stürzten sich auf die Bestie. Kylatos wandte sich ab und suchte nach der Koboldfrau. Vor einem eingefallenen Zelt kauernd fand er sie wieder. Mit schmerzverzerrtem Gesicht setzte er sich langsam vor ihr auf den Boden. »Tsadeg ist in Sicherheit! Ich hab ihn in mein Zelt bringen lassen!« Irgendwo weit über ihnen ertönte erneut der Schrei eines Greifen. »Komm mit mir! Hier draußen überlebst du nicht lange!«

Die Koboldfrau kletterte auf seinen Rücken und schmiegte sich eng an seinen Körper. Kylatos stemmte sich mit zusammengebissenen Zähnen hoch und schaute in die Richtung, in die er die Zentauren getrieben hatte. Der dichte Regen machte es ihm schwer, etwas zu erkennen. Er konzentrierte sich auf das, was er hörte. Waffen klirrten, Zentauren schrien durcheinander, doch kein heller Greifenruf schallte aus dieser Richtung. Sie hatten ihn tatsächlich getötet! Es konnte ihnen gelingen, sie zu vertreiben. Zuerst musste er aber die Koboldfrau in Sicherheit bringen.

Jeder Schritt bereitete ihm Schmerzen, aber er kämpfte sich weiter durch das Chaos. Immer wieder stürmten Zentauren und Kobolde an ihm vorbei. Immer wieder musste er einen Umweg nehmen, da ihm Flammen den Weg versperrten.

Bevor sie sein Zelt erreichten, glaubte Kylatos, wieder einen Greifen gehört zu haben. Er fuhr herum und suchte nach dem schwarzen Umriss.

»Geh dort hinein!«, rief er der Koboldfrau zu und deutete auf den Eingang seines Zeltes. Sie sprang von seinem Rücken und verschwand hinter dem weißen Laken.

Ein Sturm riss Kylatos' Haar zurück. Er fuhr herum und starrte auf die ausgestreckten Tatzen eines Greifen. Instinktiv wollte er seinen Speer vor sich halten und starrte auf seine leeren Hände. Er senkte den Kopf, spannte den Nacken an und streckte der Bestie sein mächtiges Geweih entgegen. Er würde zu Ende bringen, was er angefangen hatte und die beiden Kobolde beschützen. Der Greif kreischte entsetzlich. Kylatos schloss die Augen.

Statt des erwarteten Schmerzes hörte er ein Fauchen. Terrkos warf sich gegen den Greifen und bohrte ihm seine Zähne in den Hals. Beide stürzten zu Boden. Als Terrkos erneut zuschnappen wollte, fegte der Greif ihn mit einem einzigen Flügelschlag fort. Kylatos stockte der Atem, als sein Löwe sich mehrmals überschlug. Es gelang ihm zwar, auf den Beinen aufzukommen, aber sein Kopf schlug gegen den Boden. Kylatos wollte zu Terrkos eilen, wollte ihn weg von dem Greif schaffen, doch die Bestie starrte in seine Richtung und öffnete den Schnabel. Gerade noch rechtzeitig presste Kylatos die Hände auf seine Ohren. Trotzdem explodierte der Schrei in seinem Kopf. Er sank mit zusammengekniffenen Augen zu Boden. Als er wieder aufsah, bemerkte er, wie dunkles Blut aus einer Wunde am Hals der Bestie quoll. Sie stolperte einige Schritte auf ihn zu und breitete ihre mächtigen Flügel aus. Unmittelbar vor ihm sprang sie in die Luft und wurde von der Nacht verschlungen.

Kylatos überkam eine seltsame Müdigkeit. Sein Magen rebellierte und es wurde ihm schummrig vor Augen. Mit jedem Herzschlag schoss ein Schwall Blut aus der Wunde. Unter ihm bildete sich eine rote Pfütze. Terrkos kam humpelnd auf ihn zu.

Er stupste ihn mit seiner feuchten Nase an. Kylatos streckte zitternd eine Hand aus und fuhr ihm durch seine Mähne. Erleichtert stellte er fest, dass der Löwe nicht schwer verletzt war und er keine hellen Schreie mehr hörte.

Kylatos stand auf einem kleinen Hügel, um den sich alle Kobolde und Zentauren sammelten, die trotz des Kampfes noch mit ihnen ziehen wollten. Er rieb sich den Schädel und ihm wurde schwindelig. Er konnte noch immer nur zittrig auf seinen Beinen stehen. Mit einer Hand stützte er sich auf Tekeleus ab. Mit der anderen kraulte er Terrkos, der sich dicht an ihn schmiegte.

Das Unwetter hatte sich verzogen und die Sonne brannte auf sie herab. So stark, wie es geregnet hatte, würden sie genug Wasser für die restliche Wegstrecke auftreiben können. Das Lager war bereits abgebaut, die Greife waren verschwunden. Noch als die Heiler Kylatos behandelt hatten, war ihm mitgeteilt worden, dass all die Zentauren gestorben waren, die er auf den Greif gehetzt hatte, während er das Leben einer einzigen Koboldfrau über das Wohl des ganzen Volkes gestellt hatte ... Er fragte sich noch immer, wie das hatte passieren können. Kylatos hatte doch gesehen, wie schwach der Greif gewesen war. Er hatte gehört, wie seine Leute auf ihn eingestochen hatten. Oder hatte er sich das nur eingebildet? Noch nie hatte er sich so getäuscht.

Und trotzdem waren die Greife abgezogen. Vielleicht hätten sie das gesamte Lager auslöschen können, aber das schien nicht ihre Absicht gewesen zu sein. Viele hatten ihm erzählt, dass sie glaubten, es wären zwei verfeindete Greifenrudel gewesen. Sie sollen sich gegenseitig angegriffen haben, kurz bevor sie davongeflogen waren. Aber warum hätten sie sich dann gemeinsam auf ein Lager voller Kobolde und Zentauren stürzen sollen? Fragen über Fragen, auf die er vielleicht niemals eine Antwort finden würde.

Vor ihm schmiegte sich Tsadegs Frau an ihren Mann. Sie hieß Krixta, wie sie ihm mit Tränen in den Augen nach der Schlacht erzählt hatte. Sie hatte gar nicht mehr aufhören können, sich dafür zu bedanken, dass er sie beide gerettet hatte. Kylatos hatte ihr nicht erzählt, was deswegen geschehen war. Gerade stammelte sie wieder irgendwelche Entschuldigungen.

»Wärst du mir nicht vor die Füße gelaufen, Krixta«, sagte er, als sich sein Blick wieder geklärt hatte, »hätte mich der Schnabel des Greifen von hinten durchbohrt und ich wäre nicht nur mit dieser kleinen Verletzung davongekommen.« Immerhin hätte er dann kein Dutzend mehr in den sicheren Tod schicken können. Kylatos zwang sich dazu, die düsteren Gedanken aus seinem Kopf zu verbannen und sich auf die Koboldfrau zu konzentrieren.

Krixta wischte sich die letzten Tränen aus den Augen und lächelte. Dann wurde ihr Blick ernst und sie löste sich aus Tsadegs Umarmung. »Trotzdem bin ich Euch mitten im Kampf zwischen die Beine gelaufen. Nur, weil mich die Sorge um meinen Mann verrückt gemacht hat. Dass ich Euch damit das Leben gerettet habe, war nur ein glücklicher Zufall. Es hätte auch ein ganz anderes Ende nehmen können. Und ich hätte beinahe meinen Arm verloren.« Sie strich sich nachdenklich über die vernähte Wunde und senkte den Kopf. »Wir danken Euch für die Möglichkeit, mit euch zu ziehen, Kylatos, aber wir werden wieder nach Hause gehen. Gerade Lerxa können wir diesen Gefahren nicht aussetzen.« Sie machte eine Pause. Als sie wieder zu ihm aufblickte, hatten sich Tränen in ihren Augen gesammelt. »Was sollen wir schon gegen diese Ungeheuer ausrichten?«

Tsadeg ließ die Schultern hängen und trat vor Kylatos. »Es war ein Fehler. Ich hätte sie nie dazu drängen dürfen, mit mir diesen Weg zu gehen. Es gibt genug andere Kobolde, die festhalten können, was hier in den nächsten Jahren geschehen wird. Die aufschreiben, welche Heldentaten Ihr noch vollbringt und wie Ihr diese Greife für all die Grausamkeiten bestraft.«

Kylatos senkte sich vor den beiden Kobolden herab und legte ihnen jeweils eine Hand auf die Schulter. Jetzt gelang es ihm sogar zu lächeln. »Ich glaube, das könnte erst der Beginn eines langen, gemeinsamen Abenteuers sein. Da ich die letzten zwei Tage nur im Bett liegen konnte, hat mir Nelenau aus deinen Schriften vorgelesen, Tsadeg. Bis jetzt ist ꞌDie Hörner des SchläfersꞋ meine Lieblingsgeschichte über mich.« Er zwinkerte und flüsterte ihm dann ins Ohr: »Auch wenn sie nicht ganz der Wahrheit entspricht.«

Kylatos stand auf und richtete sich an das Volk. »Diesen Kobolden verdanke ich mein Leben. Die Gewitternacht soll als die Nacht in Erinnerung bleiben, die uns gezeigt hat, dass selbst die unscheinbarsten Geschöpfe über Leben und Tod entscheiden können.« Dann senkte er seine Stimme und sagte nur zu Tsadeg: »Du kannst das bestimmt mit besseren Worten ausdrücken.«

Der Kobold grinste stolz, kramte eine kleine Knotenrolle aus seiner Tasche und machte sich Notizen. »Vielleicht denken wir noch einmal darüber nach«, sagte er, woraufhin ihm Krixta einen strengen Blick zuwarf. Er und Kylatos lachten.

VERSCHOLLEN

Ein klarer Teich umgeben von dichtem Dschungel. Sein Grund von weißen Steinen bedeckt. Jeder Einzelne glitzert im Sonnenlicht. Keine Fische, keine Algen stören die Idylle.

Etwas raschelt im Wald. Dann tritt ein dunkelbrauner Hengst auf die Lichtung, stellt sich auf die Hinterbeine und wiehert. Der Wind zerzaust seine pechschwarze Mähne. Es scheint, als wolle er jemanden beeindrucken. Jemandem klar machen, dass dies sein See ist.

Als er sein Haupt senkt und das Wasser seine Zunge benetzt, schwirrt ein Vögelchen vor seinen Augen vorbei, zwitschert und lässt sich am Ufer nieder. Es hüpft auf der Stelle und pickt immer wieder in den See. Der Hengst schnaubt kräftig. Das Vögelchen schreckt auf und verschwindet zwischen den Bäumen in der Dunkelheit.

Zufrieden beugt sich der Hengst wieder zum See herab und trinkt daraus. Ein schrilles Kreischen stört seine Ruhe erneut und er hebt den Kopf. Das Wasser des Sees kräuselt sich. Die Äste der Bäume wiegen sich im aufziehenden Wind. Ein Zischen. Der Hengst bäumt sich auf. Flügel überspannen die gesamte Lichtung. Die Klauen eines riesigen Adlers greifen nach ihm.

Der Hengst liegt am Ufer. Er bewegt sich nicht mehr. Blut sickert aus seinem Hals und fließt in den See. Unbeeindruckt schlingt der Adler das rötliche Wasser in kräftigen Zügen hinunter. Der Pegel des Sees sinkt, doch sein Durst ist noch lange nicht gestillt.

Als er zum letzten Schluck ansetzt, zieht sich das verbliebene Wasser zurück. Es sammelt sich an einer Stelle und türmt sich auf. Immer wieder sticht der Adler mit seinem Schnabel zu, doch kann es nicht treffen. Er breitet seine Schwingen aus und faucht das Wasser an. Es formt kleine Flügel und einen Schnabel, zerfällt dann aber genauso schnell wieder in einzelne Tröpfchen, wie es den Vogel gebildet hat.

Ein Baum. Er ragt so hoch in den Himmel, dass er beinahe die vorbeiziehenden Wolken kratzt. Schon einzelne seiner Äste stellen ganze Artgenossen in den Schatten. An keinem seiner Zweige raschelt noch ein Blatt. Ein einziger, dicker Ast hängt schräg zum Boden. An der Bruchstelle tropft Harz herab. Rote Blumen sammeln sich wie ein Meer um den Baum, kein Land ist weit und breit in Sicht.

Die Wolken verdunkeln sich. Der aufkommende Wind lässt die Blumen tanzen, ihre Blütenblätter wie Blutstropfen durch die Luft fegen und steigert sich zu einem Sturm, der sogar einzelne Bäume niederreißt. Es donnert. Blitze schießen auf die Welt herab. Der große Baum knarzt und ächzt, doch hält den Mächten stand. Dann setzt ein Regen ein, der das Land binnen weniger Augenblicke überfluten könnte.

Doch das Unwetter legt sich. Die Wolken strahlen grellweiß und schweben immer weiter in die Höhe, bis sie von der Welt verschwinden. Ein weißer Lichtblitz lässt die Szenerie verblassen.

Naepsek hörte sein Herz pochen. Schon wieder dieser Traum. Nur wenige Schritte vor ihm erhob sich der große Baum aus dem roten Blumenfeld. Der Lebensbaum, Buxios selbst. Seine Blätter strahlten in kräftigem Grün und keiner seiner Äste war verletzt.

Aber wie lange würde das noch so bleiben? Der Kobold stand auf, doch seine Beine zitterten und er blieb noch einen Augenblick stehen. *Gopstsax muss davon erfahren. Sofort.*

Zu dieser Zeit wälzte der Traumdeuter sich meist durch irgendwelche Schriften in der Bibliothek. Auf den engen Pfaden stieß Naepsek mit zwei spielenden Koboldkindern zusammen. Dreimal bog er in eine falsche Abzweigung ein, obwohl er diesen Weg beinahe täglich ging. Als er das große Zelt erreichte, in dem alle bedeutsamen Schriften seines Volks gesammelt wurden, kam ein alter Freund daraus hervor, schlenderte an ihm vorbei und grüßte ihn. Naepsek war gar nicht in der Lage ihn zu beachten. Er stolperte einfach hinein.

Gopstsax saß hinter einem Tisch, der nur von dem schwachen Schein einer Kerze erhellt wurde. Mit seinen knochigen Fingern tastete er ineinander verknotete Fäden ab und dachte angestrengt über das nach, was dort geschrieben stand.

Naepsek atmete einmal tief durch. »Gopstsax?«

Der alte Kobold rieb sich die Augen. Ein Grinsen verschob das Muster seiner wenigen Bartstoppeln. »Naepsek. Setz dich. Wieder derselbe Traum?«

»Ja, Meister. Genau der gleiche Ablauf wie immer.«

Gopstsax runzelte die Stirn und schob die Knotenschrift beiseite. »Erzähl mir davon. Von Anfang bis Ende.«

Das sagte er immer. Also erzählte Naepsek. Als er damit endete, dass er wieder bei dem weißen Bild aufgewacht war, verschränkte Gopstsax seine Finger und senkte den Kopf. »Ich muss das mit meiner Tochter besprechen.« Er nuschelte kaum verständlich. »Aber ... es ist Zeit zu handeln.« Er schaute ihm in die Augen. »Ich werde diesen Ort für eine Weile verlassen. Versprich mir, niemandem sonst von dem Traum zu erzählen. Auch keinen anderen Traumdeutern.« Er machte eine kurze Pause. »Vor allem keinen anderen Traumdeutern.«

Kapitel 1

»Und? Welche äußerst wichtigen Entscheidungen des Rates durftest du heute belauschen?«, neckte Krixta Tsadeg und kroch aus dem Zelt.

»Überraschenderweise hat Nipstsax mal wieder angeprangert, dass Rautys' Adler ihn jeden Morgen weckt. Irgendwie gibt er sich nicht damit zufrieden, dass er sich Gras in die Ohren stopfen soll.«

Krixta lachte, gab ihm einen Kuss auf die Wange und setzte sich neben Tsadeg. »Schläft Lerxa schon?«, wollte er wissen.

»Ja. Sie hat den ganzen Tag über den Schriften gebrütet, die du ihr dagelassen hast.«

»Gut.«

»Zumindest haben sie endlich darüber diskutiert, warum Kylatos noch immer nicht aus den Bergen zurückgekehrt ist.«

Wie konnte sich der Rat das erst fragen, nachdem es vor wenigen Tagen ein heftiges Unwetter gegeben hatte? An diesem Tag hatten sich irgendwo viele Pflanzenseelen geopfert. Sogar Blitze schossen auf die Erde herab, verletzt wurde zum Glück niemand. Trotzdem war es traurig, dass es erst ein Zeichen von Buxios benötigt hatte, bis überhaupt über das Verschwinden von Kylatos geredet worden war. Tsadeg befürchtete, dass ihm und seinen Ekraless irgendetwas zugestoßen war und eigentlich waren es ihm alle in Kerxtsarak schuldig, nach ihm zu suchen.

Jahre zuvor hatte Kylatos seiner Frau das Leben gerettet. Diesen Tag würde Tsadeg nie vergessen. Es war auf der beschwerlichen Reise gen Osten gewesen, als ...

»Weißt du noch, dass ich damals fast alleine umgekehrt wäre?«, riss ihn Krixta aus seinen Gedanken und kuschelte sich an seine Schulter.

»Natürlich.« Sie hatte wohl über ähnliches nachgedacht. Tsadeg fuhr ihr mit den Fingern über den kahlen Kopf und beobachtete seine Kinder.

Sartsa schlich sich von hinten an Bixtua heran und kniete sich hin. Tudoks unterhielt sich ganz normal mit Bixtua, um ihn abzulenken, gab ihm dann einen Stoß und er purzelte über Sartsa.

Tsadeg grinste, Krixta richtete sich auf und sah mit gerunzelter Stirn zu ihm herab. Er wusste genau, woran sie gerade dachte. »Die Gewitternacht liegt viele Jahre zurück.« Tsadeg streckte die Hände aus. Er spielte mit den Fingern seiner Frau und zog sie zu sich. Dann blickte er ihr tief in die Augen. »Du darfst es dir nicht immer wieder in Erinnerung rufen. Unsere Kinder sind in Sicherheit. Kylatos und die Ekraless haben die Greife zurückgetrieben.« *Aber sie sind nicht zurückgekommen. Was ist im Gebirge geschehen?*

Krixta schluckte nur und nickte. Als Tsadeg sich an ihren Händen hochzog und sie in den Arm nahm, erkannte er hinter ihr die Zentauren und Kobolde, die immer abwechselnd und im festen Abstand voneinander in die Ferne blickten und für die Sicherheit in Kerxtsarak sorgten. Sicher warteten auch sie auf die Rückkehr von Kylatos. Doch wie so oft war im Rat auch heute zwar viel geredet, sich aber auf wenig geeinigt worden.

Ein intensiver Schweißgeruch, wie er nur von Zentauren stammen konnte, wurde vom Wind herangetragen. Wahrscheinlich Nomaden, die in Kerxtsarak rasten wollten.

»Ich bin froh, dass ich mit dir gegangen bin.« Tsadeg erschrak bei der Stimme seiner Frau, doch ließ sich nichts anmerken.

»Ich auch, und dass du mir vertraut hast.«

Die Schemen der Zentauren zeichneten sich am Horizont ab. Sie traten an seinen Kindern vorbei. Tsadeg löste sich von seiner Frau und starrte mit offenem Mund in ihre Richtung. Das schwarze Haar, das der vordersten Oritene bis zum Antilopenrücken reichte, und ihr helles Fell, sowie der Langbogen in ihrer Hand,

ließen keine Zweifel offen. Das war Nelenau von Kylatos'
Ekraless. Sie waren zurückgekehrt! Nelenau wechselte ein paar
Worte mit den Wachen. Als sie in das Dorf schritt, lief Tsadeg zu
ihr und versuchte Kylatos unter den Zentauren zu finden. Doch
er konnte sein mächtiges Geweih nicht sehen.

»Nelenau! Wo ist er? Wo ist Kylatos?«

Sie blickte auf Tsadeg herab, ihr Mund bildete einen Strich.
»Nicht bei uns.«

Ohne ein weiteres Wort trabte Nelenau an ihm vorbei. Auch
die anderen Zentauren hatten die Wachen passiert. Tsadeg erkannte Orntecr. Zwar überragte der Orite beinahe alle anderen
Zentauren, war aber im Vergleich schmächtig. Trotzdem wirkte
er durch seine spitz zulaufenden Hörner bedrohlich. Orntecr ließ
sich vor Tsadeg zu Boden sinken. Er atmete schwer und legte
seine Hand auf die Schulter des Kobolds. »Wir haben uns im
Gebirge aufgeteilt. Die Greife ... irgendetwas muss sie vertreiben haben. Wir haben keinen einzigen gesehen. Uns hat ein
Unwetter überrascht. Kylatos, Ciritron und Rhoetar sind nicht
zum vereinbarten Treffpunkt zurückgekehrt. Wir haben sie gesucht, aber vergebens.«

Kapitel 2

Tsadeg kramte in seinem Zelt nach den aufgerollten Fäden und stopfte sie in seine Umhängetasche. »Hast du die richtigen Knotenrollen, Lerxa?«

»Die hellbraunen, oder?«

»Ja.« Tsadeg trat aus dem Zelt und fummelte an der Brosche seines Umhangs herum. Lerxa trug die Stäbe mit den aufgewickelten, ineinander verknoteten Fäden unter den Armen. Eine entglitt ihrem Griff. Sie bückte sich, doch verlor dadurch beinahe noch eine weitere.

Tsadeg hob sie mit einem Grinsen auf. »Komm, gib mir noch eine ab. Heb dir deine Motivation dafür auf, so zu tun, als würdest du den ganzen Tag zuhören, was die wichtigsten Bewohner dieses Dorfes erzählen.«

»Es ist mir eine große Ehre, dass du mich dieses Mal mitnimmst.« Lerxa lockerte ihren Arm und Tsadeg zog eine der Knotenrollen heraus.

»Du warst sehr fleißig gestern und hast dich mit den Schriften gut geschlagen. Und ich glaube, heute könnte es sogar ganz interessant werden.«

Heute würden die Ekraless vor dem Rat berichten, was im Gebirge vorgefallen war. Irgendwie konnte sich Tsadeg nicht vorstellen, dass Kylatos sich im Gebirge verlaufen hatte. Oder dass ihm etwas zugestoßen sei, wo doch beinahe alle anderen Zentauren der Ekraless das Unwetter überstanden hatten. Aber vielleicht war es auch einfach nur schwer sich einzugestehen, dass der legendäre Kylatos, der die Wüste gesehen, den großen Urwald durchquert und sogar die Gewitternacht vertrieben hatte, durch ein einfaches Unwetter umgekommen sein könnte.

Mit einem Kuss verabschiedete sich Tsadeg von seiner Frau und betrat mit Lerxa den Weg, der ins Zentrum von Kerxtsarak führte. Je näher sie dem großen Platz kamen, desto mehr füllten sich die Straßen. Tsadeg erkannte einige Kobolde und Zentauren aus dem Rat, die offensichtlich dasselbe Ziel hatten wie er. Darunter humpelte auch Gidpsek, der ebenfalls zu viele Knotenrollen unterm Arm trug, und ihn grüßte. »Der große Geschichtsschreiber von Kerxtsarak. Bald darfst du festhalten, dass meine Zeit im Rat vorbei ist.«

Er klang beinahe wehmütig, fand Tsadeg. »Bestimmt wollen viele deinen Platz einnehmen. Aber warum lässt du jetzt schon einen Jüngeren an deiner Stelle entscheiden?«

»Ach, Tsadeg. Langsam kann ich mir die jammernden Bittsteller einfach nicht mehr anhören. Und ich glaube, ich sollte meine letzten Jahre mehr genießen. Oder mir vielleicht wieder eine Frau suchen.« Er warf einen Blick auf Lerxa und grinste. Tsadeg konnte ihm kein Wort glauben. Bestimmt wurde er von irgendjemandem bezahlt, der einen Sitz im Rat wollte.

Auf dem großen Platz ragte eine kleine Tribüne in die Höhe, die immer für große Versammlungen dort aufgebaut wurde. Wachen kontrollierten die Eingänge, damit auch nur Ratsmitglieder und Bittsteller diesen Ort betraten. Tsadeg und Lerxa verabschiedeten sich von Gidpsek, der ein letztes Mal seinen Sitz einnahm und rollten ihre Knotenrollen auf dem Pult am Rand der Tribüne aus. Zu ihrer Überraschung öffnete Tsadeg auch vor Lerxa eine Rolle. Dann drückte er ihr eine der Fadenrollen aus seiner Tasche in die Hand. »Du hast viele meiner Mitschriften der Ratsversammlungen gelesen.« Lerxa nickte. »Versuche, das Wichtigste mitzuschreiben, wie wir es besprochen hatten. Danach vergleichen wir unsere Ergebnisse.«

Ohne zu widersprechen, aber auch mit wenig Begeisterung, wickelte Lerxa ein Stück des Fadens ab und knüpfte ihn zur Vorbereitung an die Knotenrollen. Während der Rat sich erhob und die Stimmen verstummten, tat es Tsadeg ihr gleich.

Ein junger Kobold stieg von der Tribüne herab und stemmte sich mit beiden Händen gegen das Rednerpult. Er nickte und die Kobolde setzten sich, während die Zentauren sich auf den Boden knieten.

Nachdem der Leiter des heutigen Tages die üblichen Begrüßungsfloskeln durchgespielt hatte, erhob sich Gidpsek. »Ich möchte sprechen.«

Der Leiter trat neben das Rednerpult und winkte den Kobold zu sich herunter. »Lange habe ich, Gidpsek, den Rat mit all meinem Wissen unterstützt. Doch nun ist es an der Zeit ...«

Schon jetzt bemerkte Tsadeg, wie seine Gedanken abschweiften. Solche Verabschiedungen konnten eine lange Zeit dauern. Notieren würde er nur, wer Gidpseks Nachfolger werden würde. Lerxa knotete den Faden abwechselnd an den verschiedenen Strängen der Rolle fest und führte das Muster fort. Sie blickte auf und als sie erkannte, dass Tsadeg keinerlei Bemühung zeigte, an seiner Rolle weiterzuschreiben, löste sie die Knoten wieder und lehnte sich mit den Ellenbogen auf das Pult.

Tsadeg musste an Nipsa denken. Vor einigen Jahren, als sie alle noch in einem normalen Dorf, in keinem Außenposten wie Kerxtsarak, gelebt hatten, hatte er sie fast geheiratet. Doch dann hatte er Krixta wieder getroffen. In seiner Kindheit hatte er viel Zeit mit ihr verbracht und beide wussten sofort, dass sie ihr Leben miteinander verbringen wollten. Krixta durfte niemals erfahren, dass Lerxa, seine Schülerin, Nipsas Tochter war.

Einige der ältesten Ratsmitglieder bedankten sich bei Gidpsek. Tsadeg fielen beinahe die Augen zu, da schnappte er etwas auf und spitzte die Ohren. Er stupste Lerxa an, die verträumt in die Luft blickte. »... meinen Nachfolger bestimme ich Peitsaps.« Auf der Tribüne wurde wild getuschelt. Dahinter humpelte ein Kobold hervor, der Tsadeg nicht bekannt vorkam. Einige Bartstoppeln sammelten sich bereits um seinen Mund. Peitsaps kniff sich hinter dem Rednerpult in den Rücken und verzog für einen Moment das Gesicht. Er bat mit seinen knochigen Händen um Ruhe. Niemals hätte Tsadeg einen Kobold erwartet, den nicht einmal er kannte.

»Ich freue mich, Kerxtsarak mit meinem Wissen und meiner Weisheit unterstützen zu dürfen.« Alle erwarteten mehr Worte. Worte darüber, wie er gedenke den Rat weiterzubringen und was seine Ansichten zu verschiedenen Problemen seien. Doch die Worte kamen nicht. Stattdessen grinste Peitsaps und schleppte sich auf die Tribüne zu dem freien Platz. Nach ein paar abschließenden Floskeln kündigte der Redner den nächsten Punkt an. Die Ekraless sollten vortreten.

Während die Zentauren hinter der Bühne hervortrabten und sich in einer Reihe hinter dem Pult aufstellten, wandte sich Tsadeg an Lerxa. »Jetzt kommt der spannende Teil des Tages.« Sie nickte, doch Tsadeg hatte nicht den Eindruck, als sei Lerxa in letzter Zeit motiviert gewesen. Auch wenn Krixta sie erst gelobt hatte, wusste er es besser.

Zuerst trat ein Arise an das Pult, dessen wuschelige Haare und Bartstoppeln ihm zusammen mit dem mächtigen Geweih und dem stämmigen Körper eines Hirsches ein wildes Aussehen verliehen – Tekeleus. Er beschrieb, wie sie in das Gebirge vorgedrungen waren, doch keine Spur der Greife finden konnten. Wie sie sich aufteilten, um das Gebirge besser durchsuchen zu können. Nach dem Unwetter war Kylatos nicht zum Treffpunkt zurückgekehrt. All das hatte Tsadeg schon von Nelenau erfahren.

»Viele Tage sind wir weiter durchs Gebirge gezogen, doch wir hatten keine Ahnung, welchen Weg Kylatos, Ciritron und Rhoetar eingeschlagen hatten. Tief im Inneren wusste ich, dass Kylatos und die anderen noch am Leben waren. Wir haben schon Hakralir im großen Wald verloren. Er war der beste Heiler, der mir je begegnet ist, aber vor allem ein treuer Freund.« Seine Muskeln zitterten und er wischte sich eine Träne aus den Augen. »So viel hat Kylatos für euch aufgebracht! Für das Leben eines jeden Einzelnen! Dieser Außenposten stünde schon lange nicht mehr, hätte Kylatos nicht alles getan, um ihn zu verteidigen! Wir müssen mit dutzenden Zentauren und Kobolden in diese verdammten Berge ziehen und sie suchen. Sie finden!«

Die Stimmen auf der Tribüne überschlugen sich, während Tekeleus sich zurückzog. Nelenau wollte sich an das Pult drängen, doch Palenor, ein Arise, der alle anderen Zentauren überragte, kam ihr zuvor. Seine langen Haare waren auf dem Rücken zu einem Zopf gebunden. Mit der Faust schlug er auf das Pult und alle hielten den Atem an. »Drei Jahre ist Kylatos hier gewesen. Drei Jahre lang hat er euch beschützt und eure Anerkennung bekommen. Selten ist Kylatos mit uns eine so lange Zeit an ein und demselben Ort geblieben und wisst ihr warum?« Palenor lachte und schnalzte mit der Zunge. »Ruhm.« Anspannung machte sich auf der Tribüne breit. Einige nickten, andere schüttelten den Kopf. »Das ist es, was Kylatos will. Nichts weiter. Auch ich kenne ihn schon eine lange Zeit. Man hat ihm immer angesehen, wie er es genossen hat, wenn sein Ruf ihm vorauseilte. Wenn er an einen neuen Ort kam und alle auf ihn zeigten und ehrfürchtig seinen Namen tuschelten. Anfangs schloss ich mich ihm an, da ich an seine Sache geglaubt hatte. Doch schnell fand ich heraus, dass es nicht der Edelmut war, der ihn antrieb. Ich sage euch –«

Boromus, der Zentaur der Ekraless mit dem dicksten Bauch, rammte Palenor beiseite. »Was fällt dir ein, solche Lügen über Kylatos zu verbreiten! Er ist der wohl Aufrichtigste aller Zentauren!«

»Nein, er hat Recht!« Cetrant strich sich über seinen langen, blonden Bart und stellte sich neben Palenor. »Wahrscheinlich fehlt Kylatos gar nichts. Er will nur, dass wir über ihn reden. Irgendwann wird er von selbst wieder auftauchen!«

Der Redner versuchte vergeblich die Ekraless zu beruhigen, doch ging zwischen ihnen unter. Auch auf den Rängen gab es erste Auseinandersetzungen.

Aber er hat meine Frau gerettet! Tsadeg kam eine Idee, jedoch hatte er keine Zeit zu überlegen, ob es auch eine Gute war. »Ich möchte sprechen.« Niemand reagierte, seine Stimme wurde übertönt. »Ich möchte sprechen!« Allmählich kehrte wieder Ruhe ein und auch die Ekraless lösten sich voneinander.

»Versucht, euch zu beruhigen und die Regeln der Ratssitzungen in Ehren zu halten!« Betonte der Leiter. »Deine Aufgabe ist es, die Vorgänge hier zu notieren und nicht selbst vor den Rat zu treten, Tsadeg!«

»Ist nicht genau das mein Recht als Bewohner dieser Stadt?«

»Ja … aber … wer soll dann die Arbeit des Schreibers übernehmen?«

Tsadeg nickte Lerxa zu und winkte sie an sein Pult, während er vortrat. Zuerst wurden ihre Augen groß, doch dann glaubte Tsadeg darin den Funken zu erkennen, der ihm in den letzten Jahren immer gefehlt hatte. *Kylatos hat Recht gehabt. Sie muss gefordert werden.*

Mit einem Grinsen im Gesicht drehte er sich zur Menge. »Wollt ihr diese Schande wirklich über euch ergehen lassen? Wollt ihr wirklich für Kylatos' Tod verantwortlich sein? Vielleicht liegt er in diesem Moment verletzt im Gebirge und braucht dieses eine Mal Hilfe, nachdem er sein ganzes Leben dem Helfen anderer gewidmet hat. Selbst wenn nur die geringste Möglichkeit besteht, dass Kylatos noch atmet, sollten gerade wir alles dafür aufbringen, ihn zu finden!«

»Nun gut«, sagte der Redner genervt. »Wer aus dem Rat möchte etwas dazu sagen?«

Viele Hände schossen in die Höhe. Der Redner erteilte Peitsaps, dem neuen Mitglied, das Wort. »Kylatos und die Ekraless gehören nicht zu Kerxtsarak. Sie sind zwar lange hier geblieben, doch am Ende des Tages sind sie Nomaden. Suchen wir nach allen Nomaden, die auf ihren Reisen nicht wieder zu uns zurückkommen?« Einige stimmten mit einem Nicken zu.

»Wer dieser Meinung ist, soll die Hand heben.«

Deutlich mehr als die Hälfte aller Hände streckten sich in die Luft. Auch Palenor und Cetrant hoben ihre.

Tsadeg konnte es nicht glauben. »Was ist mit Freiwilligen?« Der Redner schaute ihm fragend in die Augen. »Niemand kann Freiwilligen verbieten nach Kylatos zu suchen.«

Kapitel 3

Eigentlich sollten die dunklen Wolken am Himmel Tsadeg zweifeln lassen. Denn die Wolken waren die Seelen verstorbener Pflanzen, die sich für die Fehler der Kobolde opfern mussten und letztendlich zur Sonne aufstiegen. Dennoch glaubte er, das Richtige getan zu haben.

Seine Frau nahm seine Hand. »Na, was hat der Rat wieder verbrochen?«

Tsadeg spürte, wie die Narbe an ihrem Unterarm über seinen rieb. »Wenn jemand etwas verbrochen haben sollte, dann wohl ich.« Er erzählte, was gestern vorgefallen war und drehte am Ende Krixtas Arm, sodass sie die Narbe sah. »Du weißt, wem du dein Leben zu verdanken hast. Ich musste es versuchen. Ich bin es Kylatos schuldig.«

»Glaubst du, sie werden ihn finden?«

»Ich hoffe es.«

Seine drei Kinder stürmten an Krixta vorbei auf ihn zu. Tudoks sprang Tsadeg mit einem Kampfschrei auf den Lippen entgegen und klammerte sich an seinen rechten Arm. Während Tsadeg lachend versuchte ihn abzuschütteln, kletterte Sartsa an seinem Bein empor und Bixtua warf sich gegen seinen Bauch. Er ruderte mit den Armen, verlor das Gleichgewicht und stürzte nach hinten. Ein breites Grinsen tauchte vor seinem Gesicht auf. Tudoks saß auf seinem Hals. »Gewonnen!«

»Das glaubt ihr ja wohl selbst nicht!« Mit aller Kraft versuchte Tsadeg sich in die Höhe zu stemmen, doch seine Muskeln versagten und er sank mit einem Schmunzeln wieder zurück. Von allen Seiten griffen Finger nach ihm. Schnell bekam er vor lauter Lachen keine Luft mehr. »Aufhören, aufhören! Ich ergebe mich!«

Sartsa stellte sich mit verschränkten Armen vor ihn. »Dann musst du uns heute Abend eine Geschichte erzählen.«

»Na gut, na gut.« Damit gaben sich die Koboldkinder zufrieden und stürmten auseinander. Tsadeg stützte sich auf die Ellenbogen und Krixta grinste ihn mit den Händen in der Hüfte an. »Du wirst alt.«

»Die werden alt. Und vor allem immer schwerer!«

»Das musst du mir nicht erzählen. Wer muss sie denn ständig halten, während sie einem die Brüste zerbeißen?«

»Also da meine Brüste noch wunderschön und nicht entstellt sind, würde ich behaupten, du.« Krixta griff ihm grinsend in die rechte Brustwarze, bis er schrie. Im nächsten Augenblick lag sie auf ihm und kuschelte sich an seinen Bauch. Er nahm sie in den Arm und fühlte sich einen Moment, als wäre er wieder jünger und hätte keine Sorgen.

Sie schaute ihn fragend an. »Du wirst mit ihnen ziehen und Kylatos suchen, oder?«

»Nein. Ihr braucht mich hier. Der Rat braucht mich hier. Hier kann ich mehr erreichen, als wenn ich mich durch irgendein Gebirge schleppe. Meine Stärke liegt dort.« Er tippte an seine Stirn.

»Vielleicht hast du Recht. Aber ich weiß, dass sie nicht nach Kylatos suchen werden, wenn niemand entschlossen vortritt. Ich habe viele Kobolde und Zentauren reden hören, Tsadeg. Die seltsamsten Schauergeschichten sind im Umlauf und du weißt, wie sehr Zentauren solche Legenden lieben.«

Als Tsadeg etwas entgegnen wollte, legte Krixta ihm den Finger auf den Mund. »Ich komme auch gut ein paar Tage alleine zurecht. Du musst ihnen helfen!«

Schweren Herzens nickte Tsadeg und küsste sie.

Nachdem sie ihr gemeinsames Essen mit dem Untergehen der Sonne beendet hatten, erzählte er seinen drei Kindern die versprochene Geschichte, bis sie einschliefen. Dann begab er sich in sein Zelt. Seine Frau lag bereits mit geschlossenen Augen unter der Felldecke. Enttäuscht kroch er zu ihr und schloss die Augen.

Tsadeg schreckte hoch. Jemand presste eine Hand auf seinen Mund und drückte ihn zu Boden. Er wollte um sich schlagen, aber Fesseln hielten seine Hände zusammen. Grüne Augen blitzten aus einem schwarzen Tuch hervor. Ein Finger zeigte neben ihn, auf seine Frau, die dort immer noch schlief. Vor ihr kniete ein Kobold, ebenfalls mit einem Tuch vor seinem Gesicht und einem Dolch in der Hand. Die Klinge berührte den Hals seiner Frau. Tsadeg schluckte. Er riss an den Fesseln, aber sie schnitten nur tiefer in seine Haut.

Die Hand auf seinem Mund riss Tsadegs Kopf herum und er starrte wieder in die grünen Augen. »Mische dich nicht weiter in Dinge ein, die dich nichts angehen und von denen du nicht mal ansatzweise etwas verstehst!«

Jemand zerschnitt seine Fesseln. Dann erinnerten nur noch ein Luftzug und das flatternde Tuch, das den Eingang des Zeltes verschloss, an das, was gerade geschehen war.

Kapitel 4

»Komm jetzt, wir müssen los.« Boromus packte ihn an der Schulter, während der Kobold zurück auf seine Zelte sah. Dort schliefen seine Frau und seine Kinder. Lange war Tsadeg nicht mehr von seiner Frau getrennt gewesen. Obwohl befreundete Kobolde versprochen hatten auf Krixta aufzupassen, zog sich seine Brust zusammen. Er wusste selbst, dass er sich ein Leben lang Vorwürfe gemacht hätte, wenn er die Ekraless jetzt im Stich gelassen hätte. Und trotzdem wäre er bei ihr geblieben, aber sie hatte darauf bestanden, dass er mit ins Gebirge zog.

So hatte Tsadeg Boromus aufgesucht und ihm erzählt, dass seine Familie bedroht worden war, aber er mit ihnen gehen würde, wenn Boromus genug Zentauren und Kobolde zusammentrommeln konnte. Der Zentaur hatte angeordnet, mitten in der Nacht und in aller Heimlichkeit aufzubrechen. Nur die Grenzwächter, welche die Gegend vor Tsadegs Zelten bewachten, hatte Boromus von ihrer Reise in Kenntnis gesetzt. Im Rat würden sie Tsadeg nicht vermissen, denn für die kommenden Tage waren keine Sitzungen angesetzt. Lerxa hatte er gesagt, dass der Unterricht für ein paar Tage ausfallen musste. Tsadeg zog seinen Mantel zu, die Kapuze ins Gesicht und riss seinen Blick von den Zelten los. »Du hast Recht, Boromus.« Ganz wohl war ihm dabei allerdings nicht.

Ihre Begleiter warteten außer Sichtweite der Stadt. Boromus hatte nur zwei der Ekraless überzeugen können, mit ihnen zu kommen. Tekeleus drehte seinen Speer in den Händen und Zecatar spähte mit einer Fackel in der Hand in die Ferne. Solch ein braunweiß geflecktes Fell wie bei ihm hatte Tsadeg noch bei keinem anderen Zentaur gesehen.

Dahinter bemerkte Tsadeg noch zwei weitere Kobolde und drei Zentauren, die er nicht kannte. Tekeleus deutete mit seinem

Speer nach Osten. »Also dann. Lasst uns Kylatos aus dem Reich der Legenden zurückbringen!«

Müdigkeit machte Tsadeg zu schaffen. Gefühlt waren sie schon eine Ewigkeit unterwegs, aber die Sonne tauchte noch immer nicht am Horizont auf. Zecatar kam von einem Erkundungsritt zurück. Er blieb vor Tekeleus stehen und redete aufgebracht mit ihm, während er immer wieder nach Osten zeigte.

Zentauren erschienen dort und Tsadeg runzelte die Stirn. »Wer kann das sein, Boromus?«

»Ich weiß es nicht, vielleicht Nomaden? Komm hoch!« Boromus ging auf die Knie und Tsadeg sprang auf seinen Hirschrücken. Der Arise bedeutete auch den anderen Kobolden, auf die übrigen Zentauren zu klettern. Dann galoppierte er zu Tekeleus und Zecatar.

Tekeleus zeigte mit der Speerspitze auf die nahenden Zentauren. »Zecatar behauptet, sie wären bewaffnet und er erkennt kein Zeichen oder Banner einer Herde. Es sind auch Kobolde unter ihnen.«

»Kommt, wir weichen nach Süden aus.« Ohne eine Antwort abzuwarten änderte Boromus die Richtung und der Rest folgte ihm.

»Es gibt keinen Zweifel, sie wollen zu uns.« Einer der Zentauren, den Tsadeg nicht kannte, blieb stehen. »Lasst uns anhören, was sie wollen. Vielleicht brauchen sie Hilfe oder suchen nur den Weg nach Kerxtsarak.«

Tsadeg blieb die Luft weg. Die fremden Zentauren umringten sie und zeigten mit Speeren auf sie. Teilweise saßen

Kobolde auf ihren Rücken und ... Tsadeg erkannte einen wieder! »Ich verstehe nicht. Peitsaps? Was hast du hier zu suchen?«

Der Alte grinste. Tekeleus machte keine Anstalten, seinen Speer zu senken. »Ruhe! Was wollt ihr?«

Peitsaps Gesichtsausdruck verhärtete sich. »Ich denke, ihr solltet euch ergeben. Los! Legt die Waffen nieder!«

Tekeleus sah sich um, spannte dann all seine Muskeln an und schleuderte seinen Speer zu Boden. »Was soll das?!«

»Nur die Ruhe. Eins nach dem anderen. Nehmt sie fest!« Peitsaps schien das Kommando zu haben. Zentauren wie Kobolde gehorchten ihm und banden ihnen Hände und Beine. Tsadeg sammelte Magie in sich, doch es wäre aussichtslos. Es waren zu viele Kobolde unter ihnen. Peitsaps stellte sich vor sie und grinste. »Ihr seid leider zu neugierig. Und ihr werdet nicht verstehen, dass Kylatos nicht aus dem Gebirge zurückkehren darf. Ich werde euch alle töten müssen.«

Was hatte das alles zu bedeuten? Offensichtlich versuchte Peitsaps zu verhindern, dass Kylatos gerettet wurde, aber wie hatte er überhaupt herausgefunden, dass sie ihn suchen wollten und wann sie losgezogen waren? Tsadeg musste Zeit gewinnen. Wenn er Peitsaps erst einmal in ein Gespräch verwickelt hatte, konnte er vielleicht mehr herausfinden und ihn umstimmen. Während Boromus immer wieder brüllte, dass er Hunger hatte und Tekeleus mit aller Kraft an den Fesseln zerrte, wandte Tsadeg sich dem Kobold zu.

»Woher wusstest du von unserem Aufbruch?« Ohne direkt zu antworten, zeigte Peitsaps auf ihn und setzte sich vor ihm auf den Boden. »Ich kenne dich schon länger, als du denkst, Tsadeg.« Er winkte jemanden zu sich. Zuerst fiel Tsadeg auf, wie dünn und klein die Koboldfrau war, dann blieb ihm die Luft weg. »L... Lerxa? Aber ... Ich verstehe nicht.«

Peitsaps legte einen Arm um Tsadegs Schülerin. Sie küsste Peitsaps auf die Backe und er kraulte ihren Kopf. »Das ist Nakraxa, meine Tochter.«

Um Tsadeg drehte sich alles. »Wie ist das möglich? Dann weiß Peitsaps durch dich von unserem Vorhaben? Lerxa, warum ...?«

»Sie heißt Nakraxa«, wiederholte Peitsaps. »Nipsa wusste nicht, was sie damit für mich tat, als sie Nakraxa als ihre eigene Tochter ausgegeben und zu dir in die Ausbildung geschickt hat. «

»Nipsa hatte nie eine Tochter?«, stammelte Tsadeg. Peitsaps hatte sich schon vor Jahren das Vertrauen seiner ersten Frau erschlichen, damit er seine Tochter in Tsadegs Nähe bringen konnte? Warum das alles? Als hätte Tsadeg Lerxa noch nie gesehen, musterte er seine Schülerin, doch er konnte ihr Gesicht nicht lesen, da sie zu Boden blickte.

»Nein.« Der Kobold lächelte. »Und mein Name ist auch nicht Peitsaps. Man nennt mich Gopstsax.«

Kapitel 5

Die drei Monde blendeten Tsadeg. Als wollten sie ihm vor Augen halten, dass sein Leben bald zu Ende war. Wie die meisten der Gefangenen konnte er keinen Schlaf finden. Nur Boromus störte die Stille mit seinem Schnarchen. Etwas weiter entfernt schliefen Gopstsax und sein Gefolge. Sie hatten keine Wachen aufgestellt. Warum auch? Die Fesseln würden sie am Fliehen hindern und hören konnte sie hier weit und breit niemand.

Tsadeg musterte die Sterne mit leerem Blick. Er glaubte zu wissen, warum Peitsaps seine Tochter zu ihm geschickt hatte. Kurz nachdem festgestanden hatte, dass er, Krixta und die Kinder mit Kylatos ziehen und in Kerxtsarak leben würden, war Nipsa mit dieser Bitte zu ihm gekommen. Durch Lerxa hatte Peitsaps stets Einblicke in jede Entscheidung des Rates und in Kylatos Pläne gehabt. Wahrscheinlich steckte er sogar hinter der Bedrohung seiner Familie. Aber warum musste Kylatos unbedingt sterben? Und wie hatte Tsadeg nie auffallen können, dass Lerxa ihn von Anfang an hintergangen hatte? Er hatte immer das Gefühl gehabt, sie wären mehr als nur Meister und Schülerin. Er hatte immer geglaubt, sie wären Freunde. Sie musste schon über all die Jahre jede wichtige Information an Gopstsax weitergegeben haben. Auch, wenn es ihn tief verletzte, dass Lerxa offensichtlich nie die Person gewesen war, für die er sie gehalten hatte und er noch nicht genau wusste, warum Gopstsax all das getan hatte, bewunderte er ihn irgendwie für diesen wahnsinnigen Plan, der jetzt wohl mit seinem Tod enden sollte.

Es war unwahrscheinlich, dass seine Seele wiedergeboren werden würde und selbst wenn, könnte er sich nicht an sein altes Leben erinnern. Krixta würde sich alleine um ihre Kinder kümmern müssen. Er hatte so wenig Zeit mit ihnen verbracht und hätte ihnen noch so viel beibringen können.

Ein vertrauter Geruch stieg Tsadeg in die Nase, dann schob sich Lerxas – nein – Nakraxas Gesicht vor das Firmament. Ihr Finger lag auf ihren Lippen und sie kniete vor ihm nieder.

Tsadeg konnte ihr nicht in die Augen sehen. »Was willst du hier?«

»Ich ... Tsadeg ... Ich wollte nicht ...«

»Was wolltest du nicht?«

»Das ... alles. Ich bin mir sicher, dass mein Vater Recht hat, er hat den Traum mit mir besprochen. Die Zeichen stehen gegen Kylatos.«

»Traum? Was für ein Traum?«

Lerxa stammelte etwas Unverständliches und rieb sich nervös die Hände.

»Was willst du hier?«, fragte Tsadeg erneut.

»Es muss ... Es muss eine andere Lösung geben. Vater will euch alle umbringen.« Sie schlug die Hände vors Gesicht und schluchzte. Tsadeg bemühte sich darum, ein ernstes Gesicht zu bewahren, lächelte aber innerlich. Es war doch nicht alles ein Lügenspiel gewesen. Auch sie hatte geprägt, was sie die letzten Jahre gemeinsam erlebt hatten.

»Was ist, wenn wir die Suche abbrechen?«, fragte Tsadeg vorsichtig.

»Wie meinst du das?«

»Wenn wir Kylatos seinem Schicksal überlassen? Wenn wir Kerxtsarak seinem Schicksal überlassen. Ich könnte sie alle dazu bringen, mit mir zu ziehen. Wir gehen weit weg, in eines der westlichen Dörfer.«

»Du weißt selbst, dass ich dir das nicht glauben kann.«

»Du warst so viele Jahre an meiner Seite, Nakraxa. Was war mir immer das Wichtigste im Leben?«

Nakraxa antwortete ohne zu zögern. »Krixta. Und deine Kinder. Ich weiß noch genau, wie oft du Kylatos gesagt hast, dass du für immer in seiner Schuld stehst, als er Krixta vor dem Greif gerettet hat. Du würdest ihn nicht im Stich lassen, Tsadeg.«

»Du hast Recht. Ich wäre wirklich weit gegangen, um diese Schuld zu begleichen. Aber zu welchem Preis? Ich weiß nicht, ob Gopstsax es dir erzählt hat.«

»Was?«

»Er hat Krixta bedroht. Seine Kobolde haben ihr vor meinen Augen eine Klinge an die Kehle gehalten, damit ich mich aus allem raushalte. Mir bleibt gar keine andere Wahl, als zu fliehen, wenn ich meine Frau nicht noch einmal in Gefahr bringen will.«

»Das ... Das kann ich nicht glauben. Und trotzdem bist du jetzt hier?«

»Ja. Ich war der Überzeugung, dass niemand etwas davon mitbekommen würde, bis es vorbei ist. Hätte auch niemand. Hättest du uns nicht verraten.«

Nakraxa fuhr sich immer wieder mit beiden Händen über den Kopf. »Es tut mir so leid, Tsadeg.«

»Du hast mich als jemanden kennengelernt, der zu seinem Wort steht, Nakraxa. Ich gebe dir mein Wort, dass wir uns in aller Stille davonmachen werden. Peitsaps wird denken, jemand habe die Fesseln eines Gefangenen nicht sorgfältig verbunden.«

»Aber wenn ... Wenn er es doch herausfindet?«

Tsadeg rutschte etwas näher zu ihr heran. »Wenn du mir jetzt nicht hilfst und er ... Glaubst du, du könntest mit dieser Schuld leben?«

Er merkte, wie Nakraxa mit den Tränen kämpfte. »›Ich wäre nicht der Kopf der Ekraless geworden, hätte ich nicht immer wieder Dinge getan, bei denen andere vor Angst erstarrt wären.‹ Das hat Kylatos damals zu mir gesagt.« Tsadeg spürte, wie Nakraxa mit sich rang. »Vielleicht ist es an der Zeit, dich deiner größten Angst zu stellen. Löse dich von deinem Vater und seinen wahnsinnigen Plänen!«

Unter Tränen und mit zittrigen Händen knüpfte Nakraxa seine Fesseln auf. Er streifte das lose Seil ab und rieb sich die Handgelenke. »Geh. Geh und leg dich wieder schlafen. Niemand soll dich hiermit in Verbindung bringen.« Nakraxa nickte und war verschwunden. Er atmete erleichtert aus.

Tsadeg konnte sich und alle anderen befreien. Sie holten sich ihre Waffen zurück und sammelten sich um ihn. Als er erklärt hatte, was geschehen war, rammte Tekeleus seinen Speer in den Boden. »Ich werde Kylatos niemals sich selbst überlassen! Und wir sollten es diesen Verrätern heimzahlen!«

Tsadeg verdrehte die Augen. »Natürlich werden wir nicht einfach verschwinden. Und auch Kylatos werden wir nicht im Stich lassen. Aber er wird noch etwas ohne uns im Gebirge auskommen müssen.«

Alle lauschten. Sie wollten wissen, was Tsadeg vorhatte und nach einer kurzen Pause holte er eine der Fesseln hervor. »Wir drehen den Spieß um! Wir führen sie nach Kerxtsarak zurück, wo über ihr Schicksal entschieden werden soll. Sobald wir sie dort den Wachen übergeben haben, ziehen wir ohne Rast gen Berge!«

Kapitel 6

Tsadeg biss auf eine Traube. Eine fruchtige Süße breitete sich in seinem Mund aus. Mit den letzten Sonnenstrahlen des Tages schluckte er sie hinunter. Er erhob sich und Krixta drückte ihm einen Kuss auf den Mund. Er hatte gerade erst wieder in ihren Armen liegen dürfen, doch schon jetzt musste er erneut aufbrechen. »Wir stehen also wieder am Anfang.«

»Mit einem kleinen Unterschied.« Tsadeg schaute sie mit zusammengezogenen Augenbrauen an, worauf Krixta ihm zärtlich mit den Händen übers Gesicht strich. »Du brauchst keine Angst mehr um mich zu haben. Gopstsax wird verurteilt werden.«

»Oh, du kennst den Rat nicht. Man kann nie wissen, wie sie sich entscheiden. Eine flinke Zunge auf der falschen Seite könnte sie alle vom Gegenteil überzeugen.« Tsadeg packte sie an beiden Schultern, doch sie schüttelte sich los und zwickte ihm in den Bauch. »Mach dir nicht immer so viele Sorgen, es wird alles gut ausgehen.«

Als hätte er auf Krixtas Kommando gewartet, erkannte Tsadeg einen Zentaur in der untergehenden Sonne, dem ein Tier vorauseilte. Auch Krixta spähte in die Richtung. Sogar zwei Zentauren trabten auf Kerxtsarak zu, wie er feststellte, als er die Augen zusammenkniff. Der Eine stützte sich auf dem anderen ab, aber beide humpelten. Als es den Wachen zubrüllte, konnte Tsadeg das Tier als Löwe identifizieren. Drei der Wachen lösten sich aus ihrer Starre und kamen ihnen entgegen.

»Das ist unmöglich.« Tsadeg fiel auf die Knie und lachte. Einer der verwundeten Zentauren überragte den anderen. Seine langen Haare klebten ihm im Gesicht und der Ziegenbart ließ ihn grimmig erscheinen. Die vier Narben auf seiner linken Brust zerstreuten letzte Zweifel. Das war er. Das war Kylatos. Tsadeg atmete erleichtert aus.

Zwei der Verschollenen hatten es geschafft nach Kerxtsarak zurückzukehren. Der Schreiber Ciritron und Kylatos mit seinem Löwen.

Schon jetzt hatten sich Geschichten über das, was Kylatos wohl im Gebirge erlebt hatte, verbreitet. Heute sollte er vor dem Rat darüber sprechen. Die Begrüßungsrituale wurden innerhalb kürzester Zeit abgehandelt. Jeder wollte die Wahrheit erfahren.

Tsadeg fehlte Nakraxa an seiner Seite. Auch wenn sie die ganzen Jahre ein solch großes Geheimnis vor ihm verborgen und ihn sogar hintergangen hatte, konnte er sich nur an die guten Tage mit ihr erinnern. Sie war tollpatschig und vorlaut gewesen und auch nicht die Beste in dieser Kunst, doch Tsadeg war immer zuversichtlich gewesen, sie noch mit seiner Leidenschaft für die Geschichtsschreiberei fesseln zu können. So rollte er an diesem Tag alleine seine Knotenrolle auf dem Pult aus und knüpfte den Faden an ihr Ende.

Die Zähne des heutigen Leiters, einem Zentauren, strahlten im Licht. Man merkte ihm an, wie froh er über die Rückkehr von Kylatos war.

»Endlich soll geklärt werden, was Kylatos in den Bergen zugestoßen ist. Und wir werden erfahren, was Gopstsax Teitlap mit seinem Verschwinden zu tun hat, denn er hat ein Geständnis angekündigt.«

Die Tribüne brach in Jubel aus, doch der Redner musste sich nicht bemühen, die Menge wieder zur Ruhe zu bringen. Die Neugier auf die anstehenden Verhandlungen war zu groß.

Zuallererst erschien Kylatos selbst hinter der Tribüne. Das Sonnenlicht ließ jeden seiner Muskeln noch kräftiger erscheinen und das Fell seines Löwen golden glänzen. Trotz des Humpelns strahlte er die Autorität aus, die man von ihm kannte. »Ich selbst hatte angeordnet, dass sich die Ekraless im Gebirge aufteilten sollten. Die Greife schienen verschwunden zu sein und wir hätten Wochen gebraucht, um das gesamte Gebiet abzusuchen. Ein paar Tage später überraschte Ciritron, Rhoetar und mich ein Unwetter, als wir nahe einem Gipfel der Bergkette standen. Wir wollten uns zurückziehen, da lösten sich Steine aus dem Fels. In der Größe eines ausgewachsenen Zentauren rollten sie die Hänge hinab, genau auf uns zu. Sie trieben uns in den Abgrund und wir stürzten über eine Klippe.« Er hielt einen Moment inne. Selten hatte Tsadeg eine so intensive Stille unter so vielen Kobolden und Zentauren vernommen.

»Rhoetar überlebte den Sturz nicht.« Kylatos wischte sich eine herablaufende Träne aus dem Gesicht. »Ich selbst hatte darauf bestanden, dass er mit mir kommt. Ich dachte, ich könnte am besten auf ihn achten. Er war noch viel zu jung.

Vor einiger Zeit rettete er mich vor einem Greif, der mich sonst in der Luft zerfetzt hätte. Ihm hatten wir es zu verdanken, dass die Ekraless schon von weitem erkannt wurden. Denn seit diesem Tag trug Rhoetar unser Banner. Ich selbst spürte, wie mein Sprunggelenk höllisch schmerzte. Ich konnte kaum auftreten und auch an Ciritron ging solch ein Sturz nicht spurlos vorbei. An den Heimweg war bei diesem Wetter nicht zu denken. Wir zogen uns in eine Höhle zurück und suchten Schutz. Was wir nicht wissen konnten, war, dass sich diese Höhle zwei Greife ausgesucht hatten, um dort ihre Kinder aufzuziehen. Einer sprang uns entgegen und baute sich mit seinem blauweißen Federkleid vor uns auf. Schnell kam das Weibchen an seine Seite, doch wir sind entkommen. Das Wetter hatte sich gebessert und wir machten uns auf den Rückweg, kamen aber nur sehr langsam voran. Weitere Greife haben wir nicht gesehen.«

Kylatos trat vom Pult zurück und sein Löwe folgte ihm. Ehrfürchtig wartete der Redner einen Moment, ging dann um die beiden herum und auf die Tribüne zu. »Ein tragisches Ereignis ...« Er stampfte mit den Hufen auf die Erde. »Oder ein durchdachter Verrat, wie ihr gleich erfahren werdet.«

Gopstsax schlurfte in Fesseln hinter das Rednerpult. »Ich ...« Der alte Kobold suchte nach den richtigen Worten. »Ich ... ich habe es schon mal erlebt, dass die falsche Deutung eines Traums uns fast vernichtet hätte. Ich komme tief aus dem magischen Wald, müsst ihr wissen. Ja, ich habe direkt bei Buxios selbst gewohnt.«

Der Redner unterbrach ihn. »Wir wollen nicht deine Lebensgeschichte hören, Gopstsax.«

»Ja, ja. Trotzdem muss ich dort beginnen.« Er erzählte von einem Traum, den ein Seelenkobold immer wieder gehabt hatte. »Noch nie musste ich einen Traum mit solchen Zeichen deuten. Aber ich bin mir sicher, dass der Adler für die Greife und der Hengst für einen Zentauren steht. Nicht für irgendeinen Zentauren, sondern für Kylatos.« Ein Raunen ging durch die Tribüne. »In meinen Augen wird Kylatos die Greife zwar eine Zeit lang zurückschlagen können, doch irgendwann werden sie verschwinden, um uns mit einem Krieg zu überziehen, der unsere Völker vernichten wird. Und wir alle wissen, was daraus folgt. Erst werden die Pflanzen vergehen, dann die Tiere sterben und letztendlich wird die Welt zerbrechen. Der Seelenkobold hat es gesehen. Er hat gesehen, dass mit unserer Welt schon bald das passiert, was ihr jede Nacht am Himmel beobachten könnt. Davor wollte uns Buxios warnen.« Die drei Monde. Die zerstörte Welt.

»Um Panik zu verhindern, hielt ich meine Kenntnisse geheim und handelte selbst. Ich wollte prüfen, ob ich mit meinen Vermutungen richtig lag. Dazu musste ich näher heran und versuchte herauszufinden, wo sich Kylatos und seine Ekraless aufhielten. Da sich die Geschichten seiner Taten wie ein Lauffeuer verbreiten, war das nicht schwer. Ich gab mir und meiner Tochter andere Namen und wir zogen gen Süden. Um nicht vorschnelle Schlüsse zu ziehen, beobachtete ich ihn. Ich lernte Nipsa Teksul kennen und erfuhr, dass sie die Frau von Tsadeg, dem Schreiber des Dorfes, gewesen war. Ich bat sie um einen Gefallen. Sie sollte meine Tochter als ihr eigenes Kind ausgeben und bei Tsadeg in die Ausbildung schicken. Ich behauptete, sie wolle unbedingt Schreiberin werden, würde aber nie eine Möglichkeit dazu bekommen, da unsere Familie zu wenig Ansehen genießt. So erhoffte ich mir mehr Erkenntnisse über Kylatos' Pläne. Als ich sie erhielt, konnte ich die Pläne mehr und mehr den Ereignissen im Traum zuordnen. Als Kylatos plante, einen Außenposten im Osten zu errichten und Tsadeg mit ihm ziehen wollte, war mir klar, dass auch ich mitgehen musste. Nur so würde ich herausfinden können, wann und ob sich die Situation zuspitzen würde.«

Der Redner blickte ihn fragend an. »Aber wie habt Ihr es dann geschafft, in den Rat aufgenommen zu werden?«

»Ich habe Leute im Rat bezahlt und einige mit der Zeit von meinen Ansichten überzeugt. Ich erhoffte mir, Kylatos Einhalt gebieten zu können, doch ich kam zu spät. Die Greife waren schon verschwunden, wie es der Traum vorausgesehen hatte. Ich habe versagt. Da ich Kylatos nicht töten konnte, werden sie viel mächtiger zurückkehren und euch alle vernichten!«

»Was habt ihr mit dem Vorfall im Gebirge zu tun, Gopstsax?«

»Das kam mir sehr gelegen. Hier in der Stadt gab es zu viele Zeugen, nie traf man Kylatos alleine an. Aber im Gebirge würde niemand Verdacht schöpfen. Ich habe einige meiner treuen Freunde schon vor ihm dorthin geschickt. Sie lösten die Steinlawine aus. Ich hoffte, sie würde Kylatos töten.«

Die Kobolde und Zentauren des Rates schrien wild durcheinander. Konnte an Gopstsaxs Deutungen etwas dran sein? Tsadeg schüttelte den düsteren Gedanken ab. Zumindest würde der Kobold erst für einige Jahre eingesperrt und dann verbannt werden. Er und seine Familie waren also vor ihm sicher.

Er wollte Nakraxa dazu anweisen, das Urteil mitzuschreiben, da fiel ihm erneut auf, dass sie nicht mehr an seiner Seite stand. Er würde noch genau darüber nachdenken müssen, aber vielleicht konnte er sie doch weiterhin unterrichten. Ohne Gopstsax' Einfluss würde sie sicherlich eine bessere Schülerin sein.

Im Sturm
der Dämmerung

Etwas berührte Kahari an ihrem Flügel. Träge schlug sie die Augen auf. Das Mondlicht ließ Hymakars vereinzelte, hellweiße Federn silbrig glänzen. Der Greif deutete mit seinem Schnabel in die Tiefe vor ihrem Nest. Unruhe lag in seinem Blick. Kahari richtete sich auf, schüttelte ihr Federkleid und sprang mit einem Satz neben ihn. Sie krallte sich mit ihren Vorderpfoten an die Felskante und schaute hinab. Unzählige, kleine Lichter sammelten sich im Tal am Fuß des Berges. Sie ahnte, was das bedeutete. Aber konnte das sein? Mit nach vorne gerecktem Kopf suchte sie nach Zelten. Tatsächlich! Das war ein Nachtlager der Zentauren und Kobolde! Sie waren hier.

Wie waren sie nur so schnell so weit ins Große Gebirge vorgedrungen? Wussten sie, wie nahe sie ihrem Rudel bereits gekommen waren? Selbst wenn nicht, war das nur eine Frage der Zeit. Dann würden sie wieder mit Pfeilen auf ihr Rudel schießen. Sie würden wieder jede Herde zerstreuen, die ihr Rudel zu erlegen versuchte und ihnen tödliche Fallen stellen. Kahari würde sich wieder eingestehen müssen, dass sie nicht gegen diese Scheusale ankommen konnten. Wieder würden sie hungern. Wieder würden sie fliehen. Nein ... Diese Möglichkeit gab es jetzt nicht mehr. Verzweifelt schaute sie zu Hymakar. Er starrte sie mit seinen gelb funkelnden Augen an.

315

Hymakar hatte sich schon vor langer Zeit entschieden, was er tun würde, wenn es so weit kam. Er stieß einen hellen Ruf in die Nacht und breitete seine enormen Flügel aus. Der Wind zerzauste seine dichte Mähne. Kahari überlegte, ihn mit ihrem Schnabel zu packen und zurückzuhalten, zögerte aber zu lange. Er sprang in den Abgrund und fegte durch die Dunkelheit davon. Das Letzte, was sie sah, war, wie er seinen langen Federschweif ausbreitete.

Hymakar würde sich nie wieder verstecken. Schon als Kahari angeordnet hatte, dass sich das Rudel bis in die höchsten Gipfel des Großen Gebirges zurückziehen sollte, hatte er sich gegen sie gestellt. Wahrlich war dies ihrem Volk nicht würdig gewesen, aber nur so hatten sie überleben können.

Kahari wandte sich ab und hüpfte in ihr Nest zurück. In der Ferne flimmerte die kaum sichtbare Barriere, die sich höher in den Himmel erstreckte, als ein Greif fliegen konnte. Das Fell an ihrem Hals richtete sich auf und sie spürte ein Kribbeln in ihrer Brust. Sie stellte sich auf die Hinterbeine und hielt sich mit den Flügeln aufrecht. Es war wie ein Sturm, der in ihrem Inneren tobte. Und je näher sie der Barriere kam, desto stärker wütete er. Sie konnten nicht weiter in den Westen zurückweichen. Aber vielleicht war das gut so. Vielleicht war die Zeit des Versteckens vorbei. Vielleicht war die Zeit gekommen, an jenen Ort zurückzukehren, an dem sie einst gelebt hatten. Ein Ort, den weder Zentauren noch Kobolde erreichten. Die Berge nahe der Sturmwindschlucht. Dort könnten sie in Ruhe nisten und in den umliegenden Graslandschaften uneingeschränkt jagen. Aber Gahir hatte Tohantor damals im Zweikampf besiegt und das Rudel vertrieben. Das Jagdrevier gehörte ihm. Und aus ihrem Rudel hätte niemand eine Chance gegen ihn. Ein weiterer Zweikampf, wie es bei ihrem Volk bei solchen Streitigkeiten üblich war, kam nicht in Frage. Sie konnten nur gemeinsam gegen ihn ankommen.

Gahir flog in Begleitung zweier Greifenweibchen auf Kahari zu. An ihrem violetten Federkleid konnte sie erkennen, dass es sich dabei um Tonara und Fonera handelte. Könnte Kahari doch einen Kampf gegen ihn gewinnen? Sie stellte sich vor, wie sie Gahir ihren Schnabel in den Körper rammte. Wie Blut aus Gahirs Seite schoss und wie er an der Wunde sterben würde. Genau wie Tohantor damals.

Während Gahir näherkam, starrte er sie durchgehend an. Alles in Kahari schrie danach, ihren Blick zu senken, doch das durfte sie auf keinen Fall. Sie durfte jetzt keine Schwäche zeigen. Mit aller Willenskraft hielt sie der Versuchung stand.

Eine breite Narbe zog sich über Gahirs rechtes Auge. Ein Schauer fuhr durch Kaharis Federkleid. Seine Flügel schlugen nicht gleichmäßig und mit dem linken konnte er nicht so weit ausholen wie mit dem rechten. Tohantor hatte ihm den Flügel im Kampf gebrochen, als er ihn mit einem Windstoß gegen einen Felsen geschmettert hatte. Immerhin war es ihm gelungen, dass Gahir diesen Tag nie vergessen würde. Überall wies sein dunkelblaues, beinahe schwarzes Federkleid Lücken auf und sein mit Fell bedeckter Körper war von Narben übersät. Sogar die Zehen seiner rechten Vorderpfote waren seltsam verdreht.

Kahari nahm ihren Mut zusammen und stieß einen Schrei aus, der in den entfernten Berggipfeln widerhallte. Sie war gekommen, um ihre Heimat zurückzufordern. Gahir wandte sich zu seinen Begleiterinnen um, worauf sie abdrehten. Er wollte den Zweikampf. Kahari blickte zu ihrem Rudel zurück. Sie alle wussten, dass sie sich darauf einlassen musste. Zumindest vorerst. Sie musste ihm zeigen, wie sinnlos ein solcher Zweikampf war.

Gahir stürzte sich auf sie. Von seiner Schnelligkeit überrascht, versuchte Kahari auszuweichen, aber Gahir gelang es, einen ihrer Flügel mit dem Schnabel zu packen. Sie wurde herumgerissen, stieß dabei aber ihren Kopf in seine Richtung und konnte ihm mit ihrem Schnabel so stark in den Bauch zwicken, dass er den Griff lockerte. Diesen Moment nutzte Kahari und riss sich von ihm los. Blut tropfte aus seiner Seite. Vielleicht konnte sie ihn doch besiegen! Wenn sie ihn jetzt überrumpelte, war kein Wettflug notwendig.

Sie stieß einen Schrei aus und warf sich Gahir entgegen. Er ließ sich fallen. Kahari wirkte Magie und erzeugte einen kleinen Windstoß, der sie abbremste. Sie wollte sich herumdrehen, aber Gahir hatte ihren Schweif mit seinem Schnabel gepackt und riss daran. Kahari kreischte, versuchte sich ihm zu entwinden, aber es gelang ihr nicht. Mit einem weiteren Windstoß schleuderte sie sich in seine Richtung. Damit hatte Gahir gerechnet. Er hob sich mit nur einem einzigen Flügelschlag über sie hinweg und biss noch fester in ihren Schweif.

Kahari schoss der Schmerz bis in den Kopf. Bunte Punkte tanzten in ihrem Sichtfeld. Mit hektischen Flügelschlägen hielt sie sich in der Luft. Als sich ihre Sicht wieder klärte, erkannte sie, dass Gahir eine ihrer langen Schweiffedern im Schnabel hatte. Er schleuderte sie weg. Sie kreiselte in einer weiten Spirale dem Boden entgegen. Zwar blutete Gahir noch immer aus der rechten Seite, allerdings schien ihn das keineswegs zu schwächen. Er war trotz seinen Verkrüppelungen verdammt schnell und schien jeden ihrer Schritte vorauszusehen. Alles in ihr schrie danach zu versuchen, Gahir irgendwie zu besiegen, aber sie wusste, dass es aussichtslos war. Sie wollte nicht wie Tohantor enden. Sie würde sich an ihren ursprünglichen Plan halten.

Mit einigen, schnellen Flügelschlägen gewann sie Abstand. Noch immer spürte sie jeden Herzschlag bis in ihren Hals, auch wenn der Schmerz allmählich abebbte. Gahir schrie nur, verachtete sie dafür, dass sie den Kampf verließ. Davon ließ Kahari sich nicht provozieren. Das wäre genau der Fehler, auf den er wartete.

Gahir flog vor ihr auf und ab. Dann setzte er erneut zum Angriff an. Kahari katapultierte sich mit einem magischen Wind in die Höhe und Gahir fegte unter ihr hindurch. Diese Strategie wiederholte sie einige Male, bis er sie nicht mehr attackierte. Er baute sich vor ihr auf und stieß einen zornigen Ruf aus. Niemand verhielt sich bei einem Zweikampf so, wie Kahari es tat. Sie würde Gahir zwar nicht besiegen, aber sie konnte ihm hoffentlich zeigen, dass der Kampf so zu keinem Ende kommen würde.

Noch loderte Siegessicherheit in Gahirs Augen, aber seine Flügelschläge wurden langsamer. Er wusste, dass er das Ansehen seines Rudels verlieren würde, wenn er Kahari nicht besiegte. Es musste einen Gewinner geben, sonst würden seine Greife ihn als Rudelführer anzweifeln. Kahari lachte innerlich. Genau das hatte sie erreichen wollen. Aber auch ihre Muskeln brannten. Sie wartete konzentriert ab. Gahir täuschte einen Angriff an, brachte sie mit einem magischen Wind aus dem Konzept und schnellte vor. Gerade noch gelang es Kahari, sich aus seiner Bahn zu drehen.

Müde flog Gahir vor ihr hin und her. In seinem Blick lag pure Verachtung. Die Greife seines Rudels schrien wütend durcheinander. Kahari wandte sich von ihm ab und rief ihre Greife zu sich. Auch Gahir drehte sich um und holte Tonara und Fonera herbei.

Gahir war auf das Angebot eingegangen. Jedes Rudel hatte einen Teil der Strecke festgelegt. Gahir hatte darauf bestanden, dass sein Rudel den zweiten Teil bestimmen durfte. Er wählte den Weg durch die Sturmwindschlucht, dann bog seine Strecke in eine Höhle ab, die Kahari nicht kannte. Der letzte Abschnitt würde sie über eine weite Ebene und schließlich durch einen engen

Felsspalt führen. Er hatte darauf bestanden, dass kein Rudel die Strecke des anderen vorher besichtigte. Kahari zweifelte nicht daran, dass ihr Rudel auf dem ersten Teil des Wettfluges einen klaren Vorsprung erarbeiten würde, allerdings konnte sie nicht abschätzen, was sie auf dem zweiten Teil alles erwartete.

Gewinnen würde das Rudel, dessen Anführer zuerst wieder auf dem Plateau landete, das gleichzeitig der Startplatz war. Die Verlierer würden nicht nur dieses Gebiet verlassen, sondern sogar weit über das Meer in den unbekannten Norden ziehen müssen. Kahari hatte sich mit Gahir darauf geeinigt, dass diese weite Strecke notwendig war, damit das Rudel des Verlierers nicht schon in wenigen Wochen erneut einen Kampf fordern würde.

Sie krallte sich in den Fels des höchsten Gipfels. Hier war einst Tohantors Nest gewesen, sie selbst hatte oft in der Nähe genächtigt. Gahir hatte sich auf einem anderen Berg niedergelassen, der weiter im Norden lag. Nicht weit von der Sturmwindschlucht. Neben Kahari traten Feyhoria und Hymakar an den Abgrund. Dahinter positionierte sich der Rest ihres Rudels. Sie schloss die Augen und genoss es, wie der kühle Wind ihre Mähne zerzauste. Auch wenn sie wusste, was auf dem Spiel stand, freute sie sich auf die kommende Herausforderung. Zu lange war sie schon nicht mehr bis an die Grenzen ihrer Kräfte gegangen.

Nur einzelne Lichtstrahlen fanden noch ihren Weg durch die Berggipfel. Während der blaue Mond nicht am Nachthimmel zu sehen war, warf sein roter Bruder bereits seinen Schein auf die Klippe und tauchte sie und die vereinzelten Wolken gemeinsam mit der Sonne in die Farbe des Blutes.

Kaharis Blick schweifte von Sonne und Mond zu zwei Schatten, die sich hoch am Himmel abzeichneten. Lekor und Ornhara hatten sich dort positioniert. Ein Greif aus jedem Rudel. Sie überwachten das Rennen und würden dafür sorgen, dass niemand unbemerkt einen Streckenabschnitt ausließ oder die festgelegten Grenzen überschritt. Sobald sie auseinanderstoben, würde der Wettflug beginnen. Jeden Moment konnte es so weit sein. Kahari juckte es unter den Flügeln, wie immer, wenn sie Aufregung verspürte. Sie wandte sich noch ein letztes Mal zu Feyhoria. In den Augen ihrer Freundin lag eine unerschütterliche Zuversicht, die sich auch auf sie übertrug. Kahari lockerte ihre Schwingen und neigte sich dann zur anderen Seite. Auch Hymakar strahlte Zuversicht aus, allerdings auf eine andere Art. Er wirkte wild entschlossen und so, als wüsste er zwar, wie gefährlich der Wettflug werden würde, er aber alles in seiner Macht stehende tun würde, um ihr zum Sieg zu verhelfen.

Jeder Augenblick zog sich zu einer Ewigkeit. Kahari scharrte mit einer Pfote über den rauen Fels und spannte ihre Beine an, ohne ihren Blick von den beiden Greifen am Nachthimmel zu lösen.

Dann hallte ein Schrei über die Felsen und die Greife stoben auseinander. Kahari breitete ihre Flügel aus und machte einen Satz nach vorne. Eine Windböe fegte sie in den Abgrund. Sie schlug mit den Flügeln, drehte sich herum und konnte sich wieder fangen, doch Gahirs Rudel schoss über sie hinweg. Ihr eigenes Rudel eilte zu ihr in die Tiefe und formierte sich um sie. Hymakar setzte sich an die Spitze, Feyhoria heftete sich an ihn und warf hektisch einen Blick über ihre Schulter. Das gab Kahari zu verstehen, dass sie sich direkt hinter ihr halten sollte. Noch immer hatte sie den Schock nicht überwunden, versuchte sich aber zu beruhigen und schloss mit einigen kräftigen Flügelschlägen auf. Rechts und links schirmten zwei weitere Greife ihres Rudels den Gegenwind von ihr ab.

Gahir hatte sie mit dem magischen Wind von der Klippe gefegt! Spätestens an der Küste würde ihr Rudel aber an seinem vorbeiziehen. Daran hatte Kahari keine Zweifel.

Sie erkannte die Klippe, hinter der das weite Meer lag. Von Gahirs Rudel war nichts zu sehen, es musste schon dahinter verschwunden sein. Noch bevor das Meer auftauchte, nahm sie das Rauschen der brandenden Wellen wahr. Sie war hier oft zusammen mit Tohantor durch die Stürme getobt oder hatte mit Qwir Fische gefangen, als sein Schnabel noch kein zackiger Stumpf gewesen war. Er war vor einigen Jahren bei einem missglückten Kunststück gegen einen Fels gedonnert und hatte sich die Spitze seines Schnabels abgebrochen. Andere hätten dies als Zeichen gedeutet und damit aufgehört, herumzutoben und neue Manöver zu erproben, doch Qwir hatte das nie gekümmert.

Sobald sie die Klippe überquert hatten, bogen sie nach rechts ab und flogen an der Küste entlang. Ein mächtiger Sturm schlug ihnen entgegen. Kahari konnte Gahirs Rudel nur noch als kleine Punkte über dem Wasser erkennen. Wie hatte er es nur wagen können, sie schon mit dem Startsignal anzugreifen ...

Als hätte Qwir ihre Gedanken gelesen, erhob er sich aus dem Windschatten und kämpfte sich über sie und Feyhoria hinweg an die Spitze. Schon dabei hatte er Probleme, den Kurs zu halten. Immer wieder wurden seine Flügel von einem Windstoß aus der Bahn gerissen. Als er an Hymakar vorbeiflog, schnappte dieser nach ihm, doch bekam ihn nicht zu fassen. Was tat Qwir da? Sie hatten abgesprochen, dass er auf dieser Teilstrecke stets in den hinteren Reihen bleiben sollte!

Qwir senkte aber den Kopf und schlug kräftig mit den Flügeln. Sie kamen Gahir näher! Qwir warf seinen Kopf hin und her und peitschte sich voran. Dann musste er sich zurückfallen lassen. Als er unter Kahari hindurchglitt, hörte sie seinen Atem und sah seinen Körper zittern. Er nahm die letzte Position im Rudel ein. Immerhin hatte sich Feyhoria so etwas ausruhen können. Sie steigerte das Tempo. Kahari konnte schon die Flügelschläge der Greife aus Gahirs Rudel hören. Oder bildete sie sich das nur ein? Feyhoria wurde noch einmal schneller und machte dann Platz für Kahari. Der Sturm zerrte an all ihren Federn und sie flog etwas weiter an die steinerne Klippe heran. Es klappte! Der Wind war dort weniger stark, aber jeder unachtsame Moment konnte sie nun mehr als nur den Sieg kosten. Kahari stellte sich vor, wie sie den scharfen Felsen zu nahe kam. Wie sie ihren Flügel zerfetzten und sie ins Meer stürzte. Wie sie die hohen Wellen immer wieder in die Tiefe zerren würden, bis sie nicht mehr dagegen ankämpfte. Ein Schauer fuhr durch ihren Körper und sie schüttelte den Gedanken ab. Stattdessen fixierte sie sich auf den Schweif des letzten Greifen von Gahirs Rudel.

Ein helles Kreischen ließ sie zurückschauen. Qwir hatte den Anschluss verloren und war aus dem Windschatten gefallen. Panisch versuchte er, sich wieder an das Rudel heranzukämpfen, doch es gelang ihm nicht. Sie hatte es gewusst! Die Arbeit an der Spitze hatte ihn zu viel Kraft gekostet. Entweder sie ließ Qwir zurück oder sie reduzierte ihre Geschwindigkeit und würde den erkämpften Anschluss wieder verlieren. Und das, kurz bevor sie die Lichter erreichen würden. Schweren Herzens nahm Kahari die Kraft aus ihren Flügelschlägen.

Hymakar schrie, löste sich aus der Reihe und setzte sich selbst an die Spitze. Sie konnte ihn verstehen. Auch er kannte ihren Plan, aber sie durften Qwir jetzt nicht zurücklassen! Sie mussten zusammenbleiben, wenn sie Gahir am Ende besiegen wollten. Sie versuchte gar nicht erst, Hymakars Tempo zu folgen, sondern stieß einen Ruf aus. Nur Kaharis Platzierung zählte am Ende. Zorn lag in seinem Blick, doch er wusste, dass er das Rennen nicht allein bestreiten konnte. Also ließ er sich zurückfallen. Gleichzeitig drehte Feyhoria ab. Sie setzte sich direkt vor Qwir und zog ihn mit aller Kraft wieder an das Rudel heran. So konnte Hymakar zumindest einen Teil der Geschwindigkeit beibehalten.

Gahirs Greife folgten dem Verlauf der Strecke und drehten hinter einem großen Fels, der über die Klippe ragte, nach rechts ab. Nur knapp dahinter folgte ihm Kaharis Rudel. Schlagartig ließen die Sturmböen nach. Kahari breitete ihre Flügel so weit wie möglich aus und ließ sich treiben, ohne dass Windböen sie ständig dazu zwangen, sich zu stabilisieren und neu auszurichten.

Sie hätten spätestens jetzt in Führung liegen müssen! Kahari blickte zurück. Qwir wirkte erschöpft. Es war zu spät. Vielleicht könnte Hymakar es schaffen, vielleicht könnten ihm sogar einige Greife des Rudels folgen, doch Qwir würde auf jeden Fall zurückbleiben und das konnte sie nicht zulassen. Sie wies ihr Rudel an, den Abstand zu wahren. Die Lichter würden jeden Moment erscheinen. Sie konnte nicht abschätzen, was dann geschehen würde.

Hymakar kam neben Kahari. Er schrie sie an, forderte sie auf, schneller zu fliegen, aber Kahari schüttelte nur den Kopf. Als sich Hymakar nicht zurück auf seine Position begab, fauchte sie. Hymakar zuckte zusammen, aber gehorchte ihr. Sie riskierte erneut einen Blick auf Qwir. Er lockerte seine Muskeln und versuchte, sich zu erholen.

Kahari suchte konzentriert nach den Lichtern am Boden. Irgendwo hier musste es doch sein. Dann konnte Kahari sie vereinzelt in der Ferne erkennen. Je näher sie kamen, desto dichter sammelten sie sich. Sie hatte mit ihrer Schätzung also richtig gelegen.

Ein Blitz erhellte den Himmel. Kahari nutzte diesen Moment, um innerhalb eines Augenblicks die Umgebung abzusuchen. Sie erkannte Zelte von Kobolden und Zentauren, die hier nächtigten. Es waren diejenigen, die ihr Rudel noch vor einigen Tagen verfolgt hatten. Wie sie es sich gedacht hatte, waren sie noch immer auf dem Weg in den Osten. Zwar schliefen die meisten von ihnen, aber Kahari hatte einige Wachen ausmachen können. Sie würden Alarm schlagen, sobald sich ein Greifenrudel näherte. Ihr Plan war es gewesen, den Alarm selbst auszulösen. Bis die Zentauren und Kobolde aus ihren Zelten gekrochen wären, wären sie bereits über das Lager hinweg gewesen und Gahirs Rudel wäre ausgebremst worden. Wenn Gahir nun keinen Fehler machte, würde es genau andersrum laufen. Kahari kreischte und stieg mit ihrem Rudel höher hinauf, ohne die Formation aufzulösen.

Die Wachen erblickten Gahirs Rudel früher, als Kahari erwartet hätte. Noch bevor es das Lager erreichte, waren Zentauren und Kobolde mit Bögen bewaffnet aus ihren Zelten getreten. Ohne zu zögern feuerten sie ihre Pfeile in den Himmel. Auch Gahir hatte das Lager gesehen und war höher geflogen, allerdings nicht hoch genug. Noch gelang es seinem Rudel, die Pfeile mittels Windmagie aus ihrer Bahn zu werfen. Mit etwas Glück konnte Kahari mit ihrem Rudel einfach über das Lager hinwegfliegen, ohne dass sie bemerkt werden würden.

Feyhoria entfuhr ein Schrei. Einer von Gahirs Greifen stürzte vom Himmel. Er war getroffen worden! Mit dem Rücken voraus trudelte er dem Boden entgegen und drehte sich dabei um die eigene Achse. Seine Flügel flatterten unkontrolliert im Wind und verdrehten sich unnatürlich. Vielleicht war es ein Fehler gewesen, diese Route zu wählen.

Regen setzte ein und durchtränkte Kaharis Fell. Gahir löste sich von seinen Greifen und raste auf das Lager zu. Sein Rudel folgte ihm. Wollte er seinem Gefährten helfen und damit seinen Sieg gefährden? Das passte nicht zu ihm. Kahari hatte den abstürzenden Greif aus den Augen verloren, aber er konnte nicht überlebt haben. Wahrscheinlich wollte sich Gahir rächen. Das könnte den Wettflug schneller beenden, als es ihr lieb gewesen wäre.

Sie spielte mit dem Gedanken, Gahir einfach seinem Schicksal zu überlassen. Wenigen Greifen hätte sie den Tod mehr gewünscht als ihm. Aber es kam Kahari falsch vor, es so enden zu lassen. Der Hass auf diese Völker ging über die Konflikte einzelner Rudel hinaus. Selbst Feyhoria war dabei ihrer Meinung.

Sie kam neben Kahari. Zuerst folgte ihr Hymakar und dann die anderen Greife ihres Rudels. In einer Reihe fegten sie auf das Lager hinab.

Ein Pfeil zischte an Kahari vorbei. Erschrocken drehte sie sich zur Seite. Sie erzeugte einen magischen Sturm und vergrößerte den Abstand zu den anderen. Weitere Pfeile schossen in ihre Richtung. Der Sturm drückte sie aus der Bahn und lenkte sie an ihr vorbei.

Ein Greif aus Gahirs Rudel stürzte sich mit ausgestreckten Pfoten auf eines der Zelte. Nein! Kahari schrie, wollte ihn warnen, doch es war zu spät. Mit voller Wucht rammte sich der angespitzte Pfahl durch seinen Körper. Sie kannte diese Fallen und hatte schon einmal einen Greif auf diese Weise sterben sehen. Diese verfluchten Zentauren! Sie wussten, dass sie nicht anders gegen Greife ankommen konnten.

Voller Wut fegte Kahari durch eine Gasse zwischen den Zelten, in der sich Zentauren gesammelt hatten. Obwohl ihr unzählige Geschosse entgegenkamen, bremste sie nicht ab, sondern reckte nur ihre Tatzen vor und trieb einen stärkeren magischen Wind vor sich her. Sie würde ihnen allen die Köpfe von den Schultern reißen!

Kahari flog so knapp wie möglich über sie hinweg und schlug nach allem, was nicht von ihrem Sturm hinfort gefegt wurde. Ihre Tatze zerfetzte einem Zentaur den Hals. Im gleichen Moment fuhr ein schneidender Schmerz in ihre Seite. Kahari schrie, schlug noch einmal um sich und stieg dann wieder in den Himmel empor. Zu beiden Seiten schossen Pfeile und Speere an ihr vorbei. Als sie außer Reichweite war, betrachtete sie ihre Wunde. Der Kratzer zog sich quer über ihren Körper. Zum Glück blutete er nur leicht.

In sicherer Höhe wandte sie sich wieder dem grausamen Schauspiel zu. Ein Blitz krachte in eines der Zelte und ließ es in Flammen aufgehen. Überall fegten Greife durch die Reihen und die Verteidiger hatten Probleme, sich zu organisieren. Nur an einer Stelle gelang es einem Zentaur mehrere Kämpfer um sich zu sammeln. Er brüllte ihnen Befehle zu und schaffte es, dass sie eine Art Formation bildeten. Der Anführer stellte sich an die Spitze der Truppe und reckte seinen Speer in die Luft. Er überragte alle anderen Zentauren und sein nackter Oberkörper war mit enormen Muskeln bepackt. Wenn er starb, würden die Verteidiger vielleicht wieder im Chaos versinken. Kahari würde ihn töten und dann gemeinsam mit Gahirs Rudel fliehen.

Der Anführer löste sich aus den Reihen der Zentauren. Das war die Gelegenheit. Kahari reckte ihren Kopf nach vorne und legte die Flügel eng an den Körper. Wie ein Speer schoss sie auf seinen Rücken zu. Als sie über die anderen Zentauren hinwegfegte, schrien sie auf, wollten ihren Anführer warnen, doch es war zu spät. Sie würde ihm ihren Schnabel durch den Rücken rammen.

Er stürzte. Reflexartig schlug Kahari mit ihren Pfoten zu und traf einen Kobold, der dem Zentauren im Weg gestanden hatte. Das kleine grüne Wesen wurde durch die Luft geschleudert. Kahari riss ihre Tatzen nach vorne und schlug einige Meter von dem Anführer am Boden auf. Eines ihrer Beine knickte ein und sie überschlug sich. Schnell rappelte sie sich auf. Eine Koboldfrau starrte sie mit großen Augen an und hielt sich den blutenden Arm. Kahari wollte nach ihr schnappen, doch ein heftiger Schmerz fuhr ihr in die Seite und sie wurde von den Beinen gerissen. Der Zentaurenanführer hatte ihr einen Tritt verpasst. Er stellte sich auf die Hinterbeine und holte mit dem Speer aus.

Als er zustoßen wollte, packte ein Schnabel seine Waffe und brach sie entzwei. Der Greif stolperte und schlug hart mit dem Kopf gegen den Boden. Er kreischte und taumelte auf sie zu. Es war Qwir! Kahari antwortete mit zwei mächtigen Flügelschlägen, die sie wieder in die Luft hoben. Qwir wollte ihr folgen, doch sein rechter Flügel zuckte nur. Die Zentauren galoppierten auf sie zu. Kahari erzeugte einen magischen Wind und schleuderte sie zurück, doch das würde ihnen nur ein bisschen Zeit verschaffen. Qwir schlug erneut mit den Flügeln, aber es gelang ihm nicht, sich in die Luft zu heben. Er schrie Kahari zu, dass sie ihn zurücklassen sollte. Wenn ihm seine Flügel nicht mehr gehorchten, war er verloren. Sie konnte ihn weder tragen, noch länger vor den Zentauren und Kobolden beschützen. Als Qwir sie erneut aufforderte zu verschwinden, entwich ihrem Auge eine Träne, die sich mit dem Regen vermischte. Kahari warf die anstürmenden Zentauren erneut mit einem Windstoß zurück, dann flog sie davon. Sie musste ihn zurücklassen. Diesmal hatte sie keine andere Wahl.

Die Greife ihres Rudels warteten in sicherem Abstand auf sie. Feyhoria warf einen besorgten Blick auf ihre Wunde, erkannte aber, dass sie nicht gefährlich war. Sie zeigte mit ihrem Schnabel auf die flüchtenden Greife in einiger Entfernung – Gahirs Rudel. Gahir hatte das Chaos genutzt und seinen Vorsprung erneut ausgebaut. Er wollte das Rennen tatsächlich fortsetzen, obwohl gerade Greife aus beiden Rudeln gestorben waren. Dann sollte es also so sein. Qwir würde sich nicht umsonst geopfert haben.

Ein schmaler Riss tat sich im Boden auf und wurde von seinem Ursprung aus immer breiter. Das musste die Sturmwindschlucht sein! Damit begann der Abschnitt, den Gahirs Rudel festgelegt hatte.

Sie tauchten in die Felsspalte ein. Wind und Regen peitschten Kahari entgegen. Jeder Tropfen fühlte sich an wie eine kleine Nadel, die sich durch das Fell in ihre Haut bohrte. Sie fragte sich noch immer, warum Gahir diesen Weg gewählt hatte. Eine lange, breite Schlucht, in der ein enormer Gegenwind herrschte, brachte ihm keinerlei Vorteile. Er war klein und wendig. Nicht gebaut für lange, beschwerliche Flüge. Nach den Strapazen des Kampfes würde ihn die Sturmwindschlucht hoffentlich die letzten Kräfte rauben.

Hymakar schien der Greif ihres Rudels zu sein, an dem die Kämpfe am wenigsten gezerrt hatten. Unermüdlich stürmte er

voran und zog sie hinter sich her. Kahari positionierte sich weit hinten, um sich zu schonen. Ihre Wunde zwickte bei jedem Flügelschlag und kostete zusätzliche Kraft. Schwerer wog aber der seelische Schmerz. Sie hätte Qwir nicht retten können, das wusste sie. Nur wenn sie gar nicht erst auf die Idee mit dem Wettflug gekommen wäre ... Hätte sie einfach gegen Gahir gekämpft, wie es alle Anführer eines Rudels tun sollten, wäre vielleicht sie gestorben, nicht Qwir. Sie versuchte sich einzureden, dass auch er gewusst hatte, wie gefährlich der Wettflug werden würde, aber das konnte den Schmerz des Verlustes nicht verdrängen. Es war ihr Plan gewesen, über das Lager der Zentauren und Kobolde zu fliegen, auch wenn Qwir – wie jeder Greif ihres Rudels – dem Plan zugestimmt hatte. Nie wieder würde sie ihn um sich toben sehen. Das Einzige, was sie jetzt noch für ihn tun konnte, war, den Wettflug zu gewinnen und ihre Heimat zurückzuerobern.

Durch Hymakars Arbeit kamen sie Gahirs Rudel schnell näher. Kahari flog an ihm vorbei. Sie wollte den Zorn in Gahirs Augen sehen, wenn sie an ihm vorbeizogen. In sicherer Entfernung setzte sie zum Überholen an. Als sie auf einer Höhe waren, warf ihr Gahir einen wütenden Blick zu. Gleichzeitig wirkte er aber müde und mitgenommen und über seinem rechten Auge klaffte eine blutende Wunde. Wahrscheinlich unternahm er deshalb nichts gegen ihr Manöver. Auch er war dem Chaos nicht ohne Folgen entkommen.

Als sie Gahirs Rudel hinter sich gelassen hatten, ließ sich Kahari an die letzte Position zurückfallen. Feyhoria übernahm wieder die Führung und es gelang ihnen, den Vorsprung langsam auszubauen. Nach ihrem Plan hätten sie hier schon weit vor Gahir liegen müssen. Bereits vor dem Wettflug hatte sich Kahari immer wieder gefragt, warum er sich für den Weg durch die Sturmwindschlucht entschieden hatte? Welche Überraschungen hielt dieser Abschnitt noch für sie bereit?

Die Felswände näherten sich zu beiden Seiten immer weiter an. Weder Kahari noch ein anderer Greif ihres Rudels war je so weit in die Sturmwindschlucht vorgedrungen. Der Regen versiegte und Dunkelheit umfing sie. Sie spürte eine seltsame Enge in der Brust. Fels verdeckte den Himmel und senkte sich immer weiter herab, bis die Schlucht in einem schmalen, schwarzen Loch mündete. Hymakar flog unter Kahari hindurch und an allen Greifen vorbei. Es war so wenig Platz, dass sie in einer Reihe hintereinander bleiben mussten. Bei jedem Flügelschlag achtete Kahari darauf, die Felswand zu beiden Seiten nicht zu berühren. Ihr Herz raste und sie folgte einfach nur dem Kurs, den Hymakar vorgab. Wohin führte sie Gahirs Weg? Er hatte betont, dass sie die Schlucht auf keinen Fall verlassen durften, bevor sie endete. Aber gehörte dieser Teil überhaupt noch zur Sturmwindschlucht? Kahari suchte nach Gahir, konnte aber keinen Greif seines Rudels finden.

Als Hymakar von der Schwärze des Lochs verschlungen wurde, schrie alles in Kahari danach, die Flügel querzustellen und abzubremsen. Doch durch die Greife in ihrem Rücken ließen ihr keine Wahl und sie tauchte weiter in die Dunkelheit.

Vollkommene Schwärze umgab sie. Ein Schrei ließ ihr Herz für einen Schlag aussetzen. Er hallte von weit entfernten Wänden wieder.

Ein Fels erschien vor ihr! Im letzten Moment rollte sich Kahari zur Seite und versuchte den Greif hinter sich zu warnen. Da sie keinen Aufprall hörte, hatte wohl auch er ausweichen können. Irgendwo vor ihr gab es einen lauten Knall. Ruckartig bremste sie ab. Gestein brach auseinander und sie nahm hektische Flügelschläge unter hellen Schreien wahr, die nach kurzer Zeit verstummten. Das durfte nicht sein! Nicht noch einmal.

Allmählich hatten sich ihre Augen an die Schwärze gewöhnt. Hektisch sah sich Kahari um. Sie befanden sich in einer riesigen Halle. In unregelmäßigen Abständen türmten sich steinerne Säulen auf. Eine der Säulen war in zwei Teile gebrochen. Kahari flog um sie herum und schrie wütend. Das konnte der Greif nicht überlebt haben, der dagegen geflogen war. Ihr Rudel sammelte sich um sie. Hymakar war nicht unter ihnen.

Kahari schrie ihr Rudel an. Sie sollten sich aufteilen, sollten ihn suchen und finden. Doch sie alle wussten, dass er nicht mehr am Leben sein konnte. Wenn selbst eine massive Steinsäule zerbrochen war, was war dann wohl erst mit seinen Knochen geschehen? Trotzdem fegte sie durch die Halle, flog um die Säulen herum und ließ sich letztendlich fallen, doch es wollte kein Boden erscheinen.

Sie sah ein, wie hoffnungslos es war und kehrte mit Tränen in den Augen zu ihrem Rudel zurück. Wie hatte ihr Gahir das nur antun können? Zwar hatte auch sie sein Rudel in gefährliche Situationen gebracht, aber das hier war ein Todesurteil für jeden Greif gewesen, der die dunkle Halle als erstes erreichte.

Feyhoria schlug panisch mit ihren Flügeln, suchte die Umgebung ab und war sichtlich erleichtert, als sie Kahari auf sich zukommen sah. Sie deutete mit dem Schnabel hinter sich. Verschwommen konnte Kahari die Umrisse anderer Greife erkennen. Gahirs Rudel hatte die Höhle ebenfalls erreicht und damit fast zu ihnen aufgeschlossen. Sie wollte ihm entgegenstürmen, wollte sich für Qwir und Hymakar rächen. Das alles hätte niemals solche Ausmaße annehmen dürfen! Feyhoria hielt sie zurück und blickte ihr tief in die Augen. Kahari verstand. Das war nur ein weiterer Grund, den Wettflug zu gewinnen und damit Gahir für immer zu verbannen. Sie flog voraus und ihr Rudel folgte ihr. Sie achtete genauestens auf die Steinsäulen. Lieber sollte Gahir aufholen, als dass noch einer ihrer Greife hier starb. Er kannte den Weg durch dieses Chaos vermutlich blind.

Feyhoria machte sie auf ein Licht aufmerksam, das schnell größer wurde. War das der Ausgang? Ein lautes Rauschen hielt Kahari davon ab, mit voller Geschwindigkeit ins Freie zu schießen und diese verfluchte Höhle zu verlassen. Dann erkannte sie, dass es nur von dem Wasser kam, das über den Ausgang plätscherte. Sie ließ einen letzten Ruf durch die Höhle hallen und fegte durch den Wasserfall hinaus.

Kahari schüttelte ihr Federkleid. Unzählige, kleine Tröpfchen fegten durch die Luft. Von hier war nicht zu erkennen, welch mächtige Höhle sich in diesem Bergmassiv befand. Der Eingang war von einem Wasserfall verdeckt, der einige hundert Meter weiter oben entsprang.

Kahari tobte durch die Luft und genoss die Freiheit. Sie stieß einen lauten Schrei aus und ließ damit ihrer Wut und Trauer freien Lauf. Feyhoria flog zu ihr, beruhigte sie erst und richtete sie dann wieder auf das Wesentliche aus: auf den Weg zum letzten Abschnitt des Wettflugs.

Es war ihnen gelungen, einigen Abstand zwischen sich und Gahirs Rudel zu bringen. Zwar hatte sie der Tod von Hymakar geschockt, aber das trieb sie nur weiter an. Kahari fühlte sich stärker als je zuvor. Der Zorn auf Gahir half ihr, den seelischen und körperlichen Schmerz zu verbannen. Wenn ihre Muskeln verkrampften, schlug sie einfach noch kräftiger mit den Flügeln und setzte sich über die Pein hinweg. Sie spürte, dass es den Greifen ihres Rudels ähnlich erging. Sie alle wollten das Wettrennen als Sieger zu Ende führen.

Die Höhle hatte sie mitten ins Gebirge geführt. Irgendwie kam ihr diese Gegend bekannt vor. Die umliegenden Berggipfel waren nicht sonderlich hoch und weit voneinander entfernt. Trotzdem stürzten sich von einigen Wasserfälle hinab. Dazwischen breiteten sich grünbraune Täler aus, die von Flüssen durchzogen waren.

Kaharis Blick heftete sich an den einzigen Gipfel, der die Baumgrenze überschritt. Dahinter sollten sie nach rechts abbiegen und in eine Gebirgsspalte eintauchen, die sie zum Ziel führen würde. Wieder spürte sie diese Enge in ihrer Brust, als sie sich vorstellte, in den Spalt zu fliegen. Feyhoria flog an ihre Seite. Sie merkte immer, wenn sie sich nicht wohlfühlte. Mit einem gurrenden Laut gab sie ihr Zuversicht, auch die letzten Herausforderungen zu meistern.

Der kahle Gipfel kam schnell näher. Ein einziger Fels ragte rechts davon hervor und bildete ein breites Plateau. Der Anblick löste ein Gefühl in Kahari aus, das sie nicht zuordnen konnte. Ihre Beine zitterten. Sie zog sie eng an ihren Körper. Als sie das Plateau erreichten und hinter dem Gipfel die hohen Berge im Zentrum sehen konnten, traf Kahari die Erinnerung wie ein Blitz. Schlagartig bremste sie ab. Übelkeit stieg in ihr auf. Feyhoria sah sie mitleidig an und zeigte dann nach Osten. Dorthin, wo die Strecke sie führte.

Genau auf diesem Plateau hatte sie mit ihrem Rudel gestanden, als Gahir ihren ehemaligen Anführer Tohantor herausgefordert und mit ihm um ihre Heimat gekämpft hatte. Von Sonnenauf- bis Sonnenuntergang hatten sie sich magische Winde entgegengeschleudert, hatten mit ihren Schnäbeln aufeinander eingehackt und ihre Körper mit ihren Krallen zerfetzt. Wieder und wieder sah sie den Moment an ihrem geistigen Auge vorbeiziehen, in dem Gahir Tohantor mit der Pfote am Kopf getroffen hatte und er genau vor ihr aufs Plateau gekracht war. Damals dachte sie, er wäre bereits tot gewesen, aber nach einiger Zeit hatte er die Augen geöffnet. Der Kampf war verloren und sie mussten ihre Heimat Gahir überlassen.

Kahari hörte einen Schrei, der sie aus ihren Gedanken riss. Sie fand sich auf dem Plateau stehend wieder, Feyhoria landete neben ihr. Ihre Freundin drückte sich eng an sie. Kahari genoss die Wärme, die sie ausstrahlte, und lehnte den Kopf gegen ihren Körper. Noch Tage nach dem Ereignis hatte sich Feyhoria um sie gekümmert.

An diesem Ort hatte Tohantor die Führung des Rudels auf Kahari übertragen. Sie hatte die Greife in den Westen geführt, um ein neues Jagdrevier zu finden. Das war in diesen Tagen nicht leicht gewesen. Zentauren und Kobolden hatten jeden Winkel der weiten Ebenen besetzt. Diese Scheusale hatten jede Tierherde beschützt und sie hungern lassen. Deshalb war Kahari mit dem Rudel immer weiter zurückgewichen, bis sie das Große Gebirge erreicht hatten. Tohantor hatte immer wieder betont, dass er sich gut fühlte und wieder zu Kräften kam, doch sein Blick hatte stets das Gegenteil gesagt. Wie hatte Kahari das übersehen können? Wahrscheinlich hatte sie es nicht sehen wollen. Denn sie hätte keine Wahl gehabt: Wären sie länger an einem Ort geblieben, hätten Zentauren und Kobolde sie getötet. Tohantor hatte das gewusst, er hatte seinen Tod für das Wohl des Rudels in Kauf genommen. Zu diesem Entschluss hatte sie Feyhoria damals geführt, aber das machte es nicht leichter.

Ihre Freundin schrie. Gahirs Rudel hatte sie eingeholt. Kahari konnte seine Schadenfreude spüren. Er hatte geahnt, dass es sie hart treffen würde, wenn sie gezwungen war, noch einmal an diesen Ort zurückzukehren. Wie konnte ein einziger Greif so viel Leid über ein Rudel bringen?

Alle Muskeln in Kaharis Körper spannten sich an. Sie senkte ihren Körper und sprang mit drei Sätzen über den Fels in den Abgrund. Sie breitete ihre Flügel aus, beschleunigte sich selbst mit einem magischen Wind und schoss zu Gahir hinauf. Sie würde ihn einfach direkt mit ihrem Schnabel durchbohren. Das hätte sie von Anfang an tun sollen. Kurz vor dem Aufprall schloss sie ihre Augen. Sie würde ihm ihren Schnabel mitten ins Herz stoßen. So vieles hätte sie vielleicht verhindern können, hätte sie sich doch gleich für diesen Weg entschieden. Hätte sie gleich getan, was ein Rudelführer tun sollte. Was Tohantor getan hatte.

Kahari fuhr ins Leere. Erschrocken schlug sie die Augen auf. Etwas rammte in ihre verletzte Seite und ein stechender Schmerz ließ sie aufschreien. Gahir musste mit dieser Reaktion gerechnet haben, denn es war ihm gelungen, auszuweichen und mit seinem Schnabel zuzustoßen. Blut schoss aus der Wunde.

Mit jedem Flügelschlag trübte sich Kaharis Blick. Verschwommen sah sie, wie die Greife ihres Rudels zwischen sie und Gahir stoben und ihn vertrieben. Sie ließ die Flügel einfach ausgebreitet und wirkte Magie, die sie in der Luft hielt.

Neben ihr wob jemand einen Zauber. Sie spürte, wie sich ihre Wunde langsam schloss. Als sich ihr Blick wieder klärte und ihre Kräfte zurückkehrten, erkannte sie Feyhoria. Noch immer sickerte Blut aus ihrer Seite, doch sie spürte, wie ihre Kraft zurückkehrte. Gahir war ihnen weit voraus, sie konnte ihn gerade noch am Horizont erkennen. Dort irgendwo musste die Spalte liegen. Immerhin hatte der Regen mittlerweile nachgelassen und ein leichter Rückenwind erleichterte das Fliegen.

Ihr Rudel erreichte den flachen Grat, über dessen gesamte Länge sich ein dünner Spalt zog. Kahari glaubte im ersten Moment, dass ein Greif darin gar keinen Platz finden konnte, aber Feyhoria belehrte sie eines Besseren und tauchte in den Berg ab. Kahari und die anderen Greife folgten ihr. Sie fühlte sich zu dem Eingang der Höhle zurückversetzt und musste ihre Flügel anwinkeln. Ihre Sehnen schmerzten und ihre Muskeln brannten. Sie würde das nicht lange durchhalten. Gahirs Rudel hatte sie komplett aus den Augen verloren und sie wurde mit jedem Flügelschlag schwächer. War es vorbei? Sollte sie aufgeben und damit vielleicht verhindern, dass noch mehr Unheil geschah?

Feyhoria schrie ihr etwas zu. Zuerst verstand Kahari nicht, was ihre Freundin ihr sagen wollte, doch als sie ihre Flügel eng an ihren Körper legte und sich einfach fallenließ, tat Kahari es ihr gleich. In ihrem Kopf breitete sich Leere aus.

Der Wind zerrte an ihrem Fell, doch sie dachte nicht daran, den freien Fall abzubremsen. Stattdessen schloss sie die Augen und horchte, ob Feyhoria ihr ein Signal gab. Es dauerte eine gefühlte Ewigkeit, bis es kam. Aber letztendlich schrie sie. Kahari erzeugte einen magischen Schutz vor ihrem Gesicht und schlug die Augen auf. Ganz langsam breitete Feyhoria die Flügel aus. Kahari ahmte ihre Bewegungen nach. Der Gegenwind ließ ihre Schwingen erzittern, obwohl sie sie mittels Magie zu stabilisieren versuchte. Die Felswände näherten sich zu beiden Seiten. Sie musste konzentriert bleiben!

Gahirs Rudel schoss knapp unter ihr auf den Ausgang der Schlucht zu. Ihr rechter Flügel streifte die Felsen. Sie wurde herumgeschleudert und prallte mit dem Rücken gegen die gegenüberliegende Wand. Es krachte. Knochen brachen und Schmerzen schossen ihr in die Wirbelsäule. Irgendwie schaffte sie es, bei Bewusstsein zu bleiben, obwohl sie sich weiterhin um die eigene Achse drehte. Im Augenwinkel sah sie, wie sie an Gahirs Rudel vorbeiraste.

Dann landete sie auf etwas Weichem. Feyhoria! Sie hatte sie aufgefangen! Kahari klammerte sich mit ihren Pfoten an die Schultern ihrer Freundin, schloss die Augen und drückte sich eng an sie. Feyhorias ganzer Körper zitterte. Sie würde nicht lange so fliegen können. Kahari erzeugte Winde, die ihnen Auftrieb verschafften. Trotzdem sank Feyhoria immer weiter ab. Sie würden den Weg aus der Schlucht verfehlen! Sie würden gemeinsam gegen die Felswand krachen und in die Tiefe stürzen. Das konnte sie nicht zulassen!

Panisch blickte Kahari zurück. Die anderen Greife ihres Rudels waren weit hinter ihr. Aber Kahari spürte einen leichten Luftzug aus ihrer Richtung kommen. Er steigerte sich zu einem Wind, der Feyhoria den Auftrieb verlieh, den sie brauchte. Kahari hielt die Flügel still. Gemeinsam glitten sie aus der Schlucht und sie sah das Ziel vor sich! Den Gipfel, auf dem alles begonnen hatte.

Feyhoria schnaufte. Jeder Flügelschlag brachte sie an ihre Grenzen, doch sie hielt fest entschlossen auf den Gipfel zu. Kahari presste ihren gebrochenen Flügel eng an ihren Körper. Der Wind zerrte an ihm, riss ihn von ihrer Seite und schleuderte ihn wild durch die Luft. Feyhoria wankte. Kahari kniff die Augen zusammen, drückte ihren Kopf an den Nacken ihrer Freundin.

Ein Luftzug fegte über sie hinweg. Der Schatten Gahirs breitete sich über ihr aus. Er hatte sich aus seinem Rudel gelöst und zum Endspurt angesetzt. Er würde im letzten Moment an ihnen vorbeiziehen! Das konnte sie nicht zulassen.

Kahari spannte ihren kaputten Flügel an. Ziehende Schmerzen schossen durch ihren Körper und Blut tropfte aus ihrer Wunde auf Feyhorias Rücken. Sie versuchte all das zu verdrängen und stattdessen daran zu denken, was geschehen war. An alles, was ihr Rudel getan hatte, um sie in diese Position zu bringen. Sie würde sie nicht enttäuschen. Mit zittrigen Beinen richtete sie sich auf. Feyhoria kreischte. Ihre Freundin hatte ihren Plan verstanden. Sie hatte verstanden, dass er Kahari das Leben kosten könnte. Aber es war ihre einzige Chance. Die einzige Möglichkeit, ihrem Rudel wieder eine Heimat zu verschaffen. Kahari antwortete mit einem entschlossenen Schrei und ließ Magie in sich aufsteigen. Als Feyhoria noch immer zögerte, stieß Kahari mit ihrem Schnabel gegen die Schulter ihrer Freundin. Sie spürte, wie sich auch in ihr die Magie sammelte.

Kahari wartete noch einen Augenblick. Dann schloss sie die Augen und spannte ihre Beine an. Mit aller Kraft stieß sie sich von Feyhorias Rücken ab. Beide wandelten ihre Magie in einen Sturm, der Kahari nach vorne katapultierte. Die Schmerzen in ihrem Flügel trieben ihr Tränen in die Augen. Sie wurde herumgeschleudert, wirbelte um die eigene Achse und schlug mit voller Wucht auf dem Absatz auf, an dem sie gestartet waren. Sie rollte über den Boden, bis sie direkt vor Lekor und Ornhara zum Stehen kam, die sie dort erwarteten.

Gahir senkte sein Haupt vor Kahari, jedoch minderte das den Zorn nicht, der beim Anblick dieses Greifen in ihr aufstieg. Zumindest würde sich Gahir an die Abmachung halten. Er wandte sich an sein Rudel und flog mit ihm in Richtung Norden.

Kahari zog ihre zitternden Beine eng an ihren Körper und steckte ihren Kopf unter den gesunden Flügel. Wenn sie sich nicht bewegte, würde sie den Schmerz ertragen können. Hoffentlich endete sie nicht wie Gahir. Zwar schränkte ihn sein verkrüppelter Flügel kaum noch ein, aber bis dahin waren sicher viele Jahre vergangen. Immerhin war es Feyhoria bereits gelungen, die offene Wunde so weit zu versorgen, dass sie nicht mehr blutete. Während die anderen Greife ihres Rudels sich schlafen legten, ließ sich ihre Freundin neben ihr nieder und schmiegte sich eng an sie. Sie hatten es tatsächlich geschafft. Sie hatten wieder eine Heimat. Zumindest diejenigen von ihnen, die noch am Leben waren.

Feyhoria stupste sie an. Kahari zog vorsichtig ihren Kopf hervor und folgte ihrem Blick. Dann sprang sie auf die Beine und ignorierte jeden Schmerz in ihrem Körper. Der Schatten eines einzelnen Greifen zeichnete sich am Himmel ab. Er trudelte auf sie zu. Als er näher kam, versuchte er sich um die eigene Achse zu drehen, brach das Kunststück aber ab und hatte einen kurzen Moment Probleme, sich in der Luft zu halten.

Qwir! Wie hatte es dieser verdammte Narr geschafft, alleine aus dem Lager der Zentauren und Kobolde zu entkommen? Kreischend hüpfte er auf Kahari, Feyhoria und die anderen Greife zu und warf sich in ihre Mitte.

Bändigung des Greifen

Athea hörte schnelle Schritte auf der Holzbrücke und riss ihren Blick von der untergehenden Sonne los. Sie verschränkte die Arme hinter dem Rücken. Keuchend blieb Lothranos vor ihr stehen. »Ein Schatten hat den roten Mond verdeckt. Der Schatten eines Greifen.«

»Beruhigt Euch.« Athea wich einen Schritt zurück und musterte ihn mit abschätzendem Blick. »Es wurde seit Jahren kein Greif mehr gesichtet, seid Ihr Euch sicher?« Nach einer Pause fügte sie hinzu: »Wisst Ihr, welche Folgen Eure Worte haben werden?«

Lothranos atmete tief durch und verbeugte sich vor ihr. »Meine Augen haben mich noch nie betrogen. Sie werden zurückkehren. Ich spüre es.« Angst fraß sich in seinem Gesicht fest.

Wenn an der Greifensichtung etwas dran war ... dann konnte sie es endlich versuchen! Sie musste zu Gloriuth und Hitholas. Hitholas überwachte wahrscheinlich die Arbeiten an den Säulentürmen und Gloriuth hatte sich schon vor Jahren in den großen Baum Hoalfea zurückgezogen.

Ein seichter Wind kam auf und wehte Athea die Haare durchs Gesicht. Ihr Blick wanderte von den Ausläufern des roten Felsens, auf dem sie die Stadt vor einigen Jahren errichtet hatten, über die umliegenden Türme hinweg in die Ferne. Dort lagen die weiten Laubwälder des Tals. Die Blätter der Bäume hatten bereits die warmen Farben des Herbstes angenommen und boten ein buntes Schauspiel. Am Horizont erhoben sich die Berge, die das Tal einfassten, und deren Gipfel das strahlende Weiß des ersten Schnees zierte. Athea stellte sich vor, wie sie auf dem Rücken eines Greifen über das Blätterdach glitt. Sie schloss die Augen und spürte den Wind, der an ihren Haaren zerrte, obwohl sie sich eng an den Körper des Greifen schmiegte. Sie fühlte, wie sich ihre Finger in das Fell des Tieres krallten und er sie mit seinen mächtigen Flügelschlägen immer höher Richtung Sonne brachte. Ihre Haut kribbelte durch die Intensität des Lichts und es stiegen unvergleichbare Glücksgefühle in ihr auf. Athea blinzelte.

Sollten die Greife es wagen, erneut über ihre Stadt herzufallen, würde es ihr gelingen. Athea würde sie nicht nur töten, sondern sie sogar einfangen.

Athea stieg die letzten Stufen der breiten Wendeltreppe empor. Zwölf weiße Säulen säumten das flache Dach des Turms und trugen eine verschnörkelte Kuppel. Zwischen zweien stand Hitholas und blickte in die Ferne.

»Es wurde Euch bereits mitgeteilt?«, sagte er ohne sich umzudrehen.

»Ja«, antwortete Athea und stellte sich neben ihn. Unter ihr lag die Stadt auf dem roten Fels. In unregelmäßigen Abständen erhoben sich darum natürliche Steinsäulen. Auf jeder hatte Hitholas einen Turm errichten lassen und sie mit Hängebrücken verbunden.

Beim letzten Kampf gegen die Greife hatte einer von ihnen einen Stützbalken aus dem Turm gerissen, auf dem sie gerade standen. Und das, obwohl er durch einen geknickten Flügel nicht einmal gleichmäßig geflogen war. Es hatte einen lauten Knall gegeben, Trümmer waren durch die Luft geflogen und alle Elfen auf dem Turm waren in den Tod gestürzt. Atheas Blick fiel auf die langen Stacheln, die seitdem die Mauern eines jeden Turms spickten. Sie bemerkte, dass auf ihren Dächern einige Elfen riesige Bögen quer auf ein Holzgerüst montierten. Sie konnte sich denken, wofür Hitholas diese Vorbereitungen traf.

»Damit werden wir die Greife vom Himmel holen«, sagte er, als hätte er ihre Gedanken gelesen. »Diesmal wird keiner von ihnen überleben.«

»Ich will Euch an das letzte Mal erinnern«, entgegnete Athea. »Wir haben die Greife selbst mit unseren Pfeilen nur mit viel Glück getroffen und selbst das haben sie meist überlebt. Ich kann mir vorstellen, dass ein solches Geschoss einen Greif töten kann, aber nur, wenn es genau durch seinen Kopf oder Hals schlägt und das wissen sie zu verhindern. Nein ... Diesmal müssen wir anders vorgehen.«

»Ihr habt immer noch diesen verrückten Wunsch, auf ihnen der Sonne entgegenzufliegen, oder?« Hitholas schüttelte den Kopf. »Wir sollten sie töten, solange wir die Möglichkeit dazu haben. Und die haben wir. Selbst wenn nur einer unserer Pfeile einen Greif streift, wird er sterben. Wir haben ein Gift entwickelt, dass diese Kreaturen tötet.« Er schaute Athea tief in die Augen. »Ich kann meine Baumeister dazu bringen, innerhalb der Stadt ebenfalls Ballisten zu errichten und das Gift bereitzustellen. Wir können sie vernichten und das sollten wir auch tun.«

Athea runzelte die Stirn. Ein Gift, das einen ausgewachsenen Greif töten konnte. Das hatte sie Hitholas nicht zugetraut. Aber selbst das würde nicht ausreichen.

»Selbst wenn Euer Gift wirkt ... Einige Greife werden fliehen und irgendwann werden sie in größerer Zahl zurückkehren«, entgegnete sie. »Wir wissen nicht, wie viele dieser Wesen es auf der Welt gibt, Hitholas. Wenn wir zumindest einen von ihnen einsperren, können wir sie studieren und lernen, wie man sie vielleicht nicht nur töten, sondern nutzen kann. Und wie man ihre Angriffe überlebt. Vielleicht können wir sie sogar von unserer Stadt fernhalten, wenn wir einen von ihnen in unserer Gewalt haben.«

»Euch geht es nicht um den Schutz der Stadt«, sagte Hitholas trocken. »Selbst wenn es Euch gelingen würde, einen Greif einzufangen, wie wollt Ihr auf ihm fliegen, ohne dass er sich wehrt?« Er machte eine Pause. Da Athea keine Antwort gab, fügte er hinzu: »Ich werde jeden Greif töten, der sich unserer Stadt auch nur nähert.«

Athea kam eine Idee. Sie wusste zwar nicht, ob sie funktionieren würde, aber es war einen Versuch wert.

»Vielleicht habt Ihr Recht«, sagte sie. »Vielleicht würde mein Traum nur Unheil über die Stadt bringen. Wahrscheinlich gibt es keine andere Möglichkeit, als zu versuchen, sie alle zu vernichten.«

Zwei Elfen erwarteten Athea vor dem Torbogen, der von den gigantischen, goldbraun schimmernden Blättern des Hoalfea überwuchert wurde. Ihre rechte Hand lag jeweils auf dem Knauf ihres Schwertes. Sie trugen grüne Roben, die sich stark von dem Rot des Felsens abhoben.

Athea musste zugeben, dass sie sich darauf freute, den großen Baum wieder zu betreten. Es war schon Jahre her, seit sie das letzte Mal dort gewesen war und sie war wirklich neugierig, was Gloriuth in dieser Zeit aus dem magischen Ort gemacht hatte. Auch wenn sie ihn dafür verachtete, dass er bei dem letzten Überfall der Greife nichts zur Verteidigung der Stadt beigetragen und sich in den Weiten seiner Äste versteckt hatte. Dieser Baum war es gewesen, der sie alle erst auf den roten Fels gelockt und letztendlich dort gehalten hatte. Noch nie hatte Athea etwas Vergleichbares gesehen. Seine Äste waren dicker als die Stämme anderer Bäume und er überragte jeden Turm der Stadt.

Als Athea näher kam, neigten die beiden Wachen ihre Häupter und traten zur Seite. Zwar konnten sie Athea lange nicht gesehen haben, aber sie wussten immer noch, wer sie war, was sie mit Genugtuung erfüllte. Athea schritt zwischen ihnen hindurch, ohne sie eines Blickes zu würdigen.

Innerhalb des Blätterdaches offenbarte sich ihr eine ganz andere Welt. Ihr stockte der Atem. Vieles hatte sich verändert. Eine breite, aus ineinandergreifenden, runden Holzplatten geformte Treppe schlängelte sich ohne jedes Geländer um den breiten Stamm herum bis weit in den Baum hinauf. Auf den breitesten Ästen waren geschwungene Gebäude errichtet worden, die sich in die natürliche Form des Baumes eingliederten und durch schmale Brücken miteinander verbunden waren. Das Licht fand nur vereinzelt einen Weg durch das dichte Blätterdach, wurde aber in den verschlungenen Mustern der Häuser eingefangen. Immer wieder huschten Elfen über die Äste oder schritten über die Treppe den Baum hinauf oder hinab. Einige gingen irgendeinem Geschäft nach, andere saßen einfach im Geäst, meditierten oder spielten ein Instrument. Athea spürte sogleich den inneren Frieden, den dieser Ort schon beim ersten Besuch in ihr ausgelöst hatte. Sie atmete tief durch und machte sich auf den Weg. Gloriuth würde sie erst ganz oben antreffen.

Athea erreichte die Baumkrone und fand ihn auf dem Dach des Turms stehen, der die Spitze des Baumes umgab. Er diskutierte mit einem Baumeister, der sich eifrig Notizen machte. Als er Athea bemerkte, wandte er sich ab und sprang über zwei Äste zu ihr herunter.

»Athea«, begrüßte er sie. »Euch habe ich schon ewig nicht mehr in Hoalfea gesehen. Ist es hier mittlerweile nicht wunderschön?«

»Hier war es schon immer wunderschön«, sagte Athea und bemühte sich dabei um ein Lächeln. »Habt Ihr bereits von dem Greif gehört?«

»Sie kommen zurück?« Gloriuth lachte. »Warum sollte uns das kümmern? Von dem letzten Kampf haben wir kaum etwas mitbekommen.«

Damit hatte Athea gerechnet. »Wollt ihr Euch wirklich wieder zurückhalten und mir all den Ruhm überlassen? Wochen nach dem Angriff habt Ihr angefangen, von den Greifen zu schwärmen. Auch Euch treibt der Wunsch an, auf ihnen zu fliegen.«

»Ich habe gesehen, was sie mit Eurer Stadt gemacht haben. Wie sie die Türme einstürzen ließen und die Häuser niedergerissen haben.« Gloriuth sah sie mit zusammengezogenen Augenbrauen an. »Es wäre verlockend diese wilden Bestien zu zähmen, aber zu welchem Preis?«

»Sie werden uns angreifen, das können wir nicht verhindern«, sagte Athea. »Entweder wir töten sie und hoffen, dass wir alle erwischen und nicht irgendwann weitere Greife auftauchen, oder wir nehmen zumindest einen von ihnen gefangen, studieren ihn, zähmen ihn vielleicht sogar und wissen bei einem erneuten Angriff genau, wie wir gegen sie vorgehen müssen.«

Athea sah in seinem Blick, dass ihm der Gedanken verlockend vorkam. Bei Hitholas hatte sie gewusst, dass er die Greife alle töten wollen würde. Er hatte seit dem Angriff einen unvergleichbaren Hass auf diese Wesen entwickelt. Aber Gloriuth war anders.

»Gut«, sagte er letztendlich, aber Athea sah ihm an, dass er sich bei dieser Entscheidung nicht sicher fühlte. »Diesmal wird sich Hoalfea an der Verteidigung beteiligen und wir werden versuchen, einen von ihnen einzufangen.« Er macht eine Pause. »Aber ich werde der Elf sein, der zuerst auf ihm fliegt.«

»So soll es sein.« Athea musste ihn darin bestätigen, um seine Zweifel zu zerschmettern. Natürlich würde sie ihm diese Ehre nicht zukommen lassen können. Alle Elfen würden zu derjenigen aufsehen, der es zuerst gelang, auf einem Greif in Richtung Sonne zu fliegen. Alle würden dieser Elfe folgen. Alle würden ihr folgen. »Wenn es Euch gelingt, den Greif zu zähmen, sollt Ihr als Erster auf ihm über die Klippe springen.«

Gloriuth nickte. »Wie soll es überhaupt möglich sein, diese Ungeheuer nicht nur zu töten, sondern lebendig einzufangen?«

Athea lächelte. Darauf hatte sie eine Antwort.

Immer wieder drangen vereinzelte, helle Schreie aus allen Richtungen. Tharion, der Soldat, der den Befehl über die Balliste und Atheas Soldaten hatte, spähte angestrengt zwischen den Zinnen des Turms in die Dunkelheit. Wolken verdeckten das Licht aller drei Monde.

Auch Athea versuchte irgendetwas zu erkennen, aber die Greife zeigten sich nicht. Tharion nahm die Fackel aus der Halterung und winkte damit den drei Kommandanten der anderen Ballisten zu. Sie erwiderten die Geste. Dann wandte sich Tharion an die Kommandanten, die den Befehl über die Soldaten am Boden hatten.

Jetzt hieß es warten. Warten, bis die Greife über die Stadt herfielen. Niemand konnte ahnen, wo und wann es beginnen würde.

Zwar hatte Athea Hitholas Hilfe angenommen, ihn die Ballisten errichten und sich das Gift bringen lassen, allerdings hatten sie es so weit verdünnt, dass es die Greife nicht töten, sondern nur schwächen würde. Sollte das Gift noch zu stark sein, würden die Greife sterben. War das Gift allerdings zu schwach, würde es den Greifen kaum schaden und sie würden die Stadt erneut zerstören, wodurch Athea all ihr Ansehen verlieren würde. Falls sie die Nacht in diesem Fall überhaupt überlebte.

Sie versuchte, sich auf die Flamme der Fackel zu konzentrieren und jede Sorge an ihr vorbeiziehen zu lassen. Ihre Oberschenkel brannten, doch sie dachte nicht einmal daran, sich hinzusetzen.

Krachend brach ein Gebäude in sich zusammen und Elfen schrien durcheinander. Tharion brüllte Befehle. Die Soldaten ließen die Balliste mittels Magie herumfahren und entriegelten sie. Das erste Geschoss verschwand in der Dunkelheit, ohne etwas getroffen zu haben.

»Legt einen weiteren Pfeil ein!«, brüllte Tharion über die Schulter zurück. Die Wolken lichteten sich und ein heller Schein legte sich über die Stadt. Trotzdem konnte Athea keinen einzigen Greif am Himmel finden. Wo waren sie nur? Beim letzten Angriff waren sie wild über die Stadt hinweggefegt. Wahrscheinlich hatten auch sie aus ihren Fehlern gelernt.

Sie machte einen schwarzen Fleck aus, der vom Himmel herab schoss. Die Soldaten wirkten unter Tharions Anweisung erneut Magie. Die Balliste drehte sich und feuerte einen Pfeil ab. Das Geschoss raste direkt auf den Hals des Greifen zu. Athea hielt den Atem an. Im letzten Moment wurde es abgelenkt und flog einfach unter ihm hindurch. Ihre verfluchte Windmagie! Ungehindert steuerte der Greif auf die Häuser der Stadt zu. Die Soldaten hatten bereits einen weiteren Pfeil eingelegt. Geschosse von den anderen Ballisten flogen zu beiden Seiten an dem Greif vorbei. Sogar die Soldaten am Boden deckten ihn mit Pfeilen ein.

Weitere Greife erschienen auf allen Seiten. Tharion koordinierte alle Ballisten gleichzeitig, indem er auf eine der Zinnen des Turms sprang und seine Befehle mit der Fackel in die Luft zeichnete. Am Boden riss ein Greif Gebäude nieder und fegte durch die Reihen der Elfen. Die anderen Greife flogen in sicherem Abstand um die Türme außerhalb der Stadt.

Immer mehr schwarze Schatten fegten über den Boden und immer häufiger stürzten Häuser zusammen. Ein hohes Gebäude an der östlichen Klippe brach entzwei. Drei Elfen stürzten mit den Trümmern in die Tiefe. Atheas Blick schweifte über die Stadt zu Hoalfea. Wie beim letzten Angriff war der Baum noch unversehrt, allerdings schossen diesmal Pfeile und Speere zwischen den Blättern hervor.

Ein helles Kreischen ließ Athea herumspringen. Hinter Hitholas' größtem Turm schlug ein Greif hektisch mit den Flügeln, konnte sich aber nicht mehr in der Luft halten. Aus seinem Bauch ragte der Pfeil einer Balliste. Sie hatten ihn getroffen! Seine Flügelschläge wurden immer langsamer, bis sein Körper nur noch zuckte, er wie ein Stein fiel und hinter dem Fels verschwand. Sie hatten einen der Greife getötet. Dann würde es Athea auch gelingen, einen von ihnen einzufangen.

Ein starker Luftzug riss an ihren Haaren und der Himmel wurde schwarz. Tharion warf sich auf sie und riss sie mit sich zu Boden. Scharfe Krallen blitzten auf. Der Greif fegte knapp über ihre Köpfe hinweg. Als er verschwunden war, rappelte sich Tharion wieder auf und half ihr hoch. Athea klopfte sich angewidert den Staub von der Kleidung. Der Greif musste den Turm knapp verfehlt haben. Auch die anderen Soldaten stemmten sich wieder auf die Beine. Tharion brüllte seine Soldaten an. Sie ließen einen Pfeil nach dem anderen in die Vorrichtung der Balliste schweben und feuerten ihn ab. Wieder traf kein einziges Geschoss.

Tharion fluchte und schlug mit der Faust auf die Mauer. »Sie versuchen die Ballisten zu zerstören, wenn sie die Türme schon nicht zum Einsturz bringen können. Bleibt geduldig. Schießt erst, wenn einer der Greife kurz vor uns ist!«

Die Soldaten rissen die Augen auf. Niemand wollte eine dieser Kreaturen näher als notwendig an sich heranlassen. Aber sie gehorchten Tharion, ließen wieder einen Pfeil in die Balliste gleiten und hielten sich bereit.

»Links!«, brüllte Tharion nur. Die Soldaten richteten die Balliste aus. Einer wollte bereits Magie wirken, die den Hebel löste und den Pfeil abfeuerte, doch Tharion hielt ihn zurück. Der Greif näherte sich rasant. Er streckte seine Beine nach ihnen aus und schrie entsetzlich. Athea stolperte einen Schritt zurück, konnte den Blick aber nicht abwenden. Sie wollte es. Sie wollte unbedingt ein solches Wesen einfangen.

Die Sehne der Balliste schnellte nach vorne. Gleichzeitig schoss ein helles Licht von Tharions Hand direkt in die Augen des Greifen. Die Bestie strauchelte. Der Pfeil würde sie töten. Athea griff auf ihre Magie zurück. Sie ließ eine Kraft auf den Pfeil los, der ihn aus seiner Flugbahn drückte. Das Geschoss schrammte den Hals des Greifen und riss ihn zurück. Er stürzte neben dem Turm in die Tiefe und schlug am Boden auf.

Atheas Herz raste. Sie lief zur Mauer und beugte sich darüber. Der Greif versuchte, sich immer wieder aufzurichten, doch zuckte nur mit den Flügeln. Das Gift des Pfeils schien seine Wirkung bereits entfaltet zu haben. Soldaten eilten herbei und warfen ein großes Netz über ihn. Das Tier schnappte noch in der Luft danach und bekam es zu fassen. Die mit Gewichten beschwerten Stricke drückten ihn zu Boden.

Immer mehr Soldaten wagten sich in die Nähe des Greifen, bis er zubiss. Mühelos durchtrennte er das Seil und konnte sich zum nächsten vorarbeiten. Erschrocken drehte sich Athea zu Tharion. Er sprang wieder auf die Mauer, brüllte Befehle und gab mit seiner Fackel Signale. Die Soldaten schienen ihn weder zu hören, noch zu sehen. Einige griffen nach dem Netz und wollten es mit Widerhaken in den Boden rammen, wie sie es besprochen hatten.

Der Greif zerbiss ein weiteres Seil und hatte sich befreit. Er trieb die Elfen mit einem magischen Windstoß zurück. Hektisch schüttelte er das Netz von sich ab. Mit drei Sätzen sprang er zu dem Elf, der ihm am nächsten stand, durchbohrte ihn mit seinem Schnabel und schleuderte ihn gegen eine Hauswand. In der gleichen Bewegung schlug er mit den Flügeln und hob sich hoch in die Luft.

Athea stolperte einige Schritte rückwärts. Vielleicht hatte sie die Stärke der Greife unterschätzt. Wie sollten sie solche Ungeheuer einfangen, geschweige denn, sie zähmen und auf ihnen fliegen? Tharions brüllte seine Soldaten weiter an, bis die Balliste mit einem neuen Pfeil geladen war.

Von einem Moment auf den anderen verebbte der Lärm. Athea konnte keines der Tiere mehr entdecken. Wo waren sie hin? Auch Tharion suchte den Himmel ab.

»Wie kann das sein?«, fragte er, ohne eine Antwort zu bekommen.

Einer der Soldaten zeigte nach Osten. »Dort! Seht!«

Einige Greife flogen in einer Reihe auf die Stadt zu. Es musste fast ein Dutzend sein. Jeder von ihnen trug etwas mit sich, das Athea nicht erkennen konnte. Alle Ballisten der Stadt zielten in diese Richtung. Kurz bevor die Greife in ihre Reichweite kamen, teilten sie sich auf. Tharion gab Signale mit seiner Fackel und legte fest, welche Balliste sich auf welchen Greifen konzentrieren sollte. »Was haben sie vor?«

»Das sind Felsbrocken!«, rief ein Soldat neben ihm, »Sie tragen Felsbrocken mit sich!«

»Sie werden sie über der Stadt fallenlassen«, murmelte ein weiterer Soldat, »Selbst, wenn wir sie töten, werden die Felsen noch großen Schaden anrichten.«

»Wir haben keine Wahl«, sagte Tharion. »Feuert, sobald sie in Reichweite sind!«

Die Greife verteilten sich immer weiter. Gleichzeitig erhoben sie sich so weit in die Luft, dass sie kaum noch zu sehen waren und steuerten auf die umliegenden Türme zu.

»Sie wollen damit nicht die Häuser der Stadt zerstören. Sie wollen die Ballisten vernichten!«, schrie Athea.

Ein Stein raste aus enormer Höhe auf einen der umliegenden Türme herab. Einige Elfen sprangen in die Tiefe, andere bemerkten nicht einmal, was geschah, bis der Fels sie unter sich begrub und die Balliste zerbarst. Mit einem Knall flogen Trümmer in alle Richtungen.

Athea spürte einen Luftzug. Ein schwarzer Greif taumelte ihnen entgegen. Er hielt seinen Felsbrocken mit nur drei Beinen, eines hing nutzlos herab. Sie erkannte ihn wieder. Das war der Greif, der vor Jahren Hitholas Turm niedergerissen hatte. An seiner Seite flogen zwei Greife, die sich zum Verwechseln ähnlich sahen. Ihr Federkleid schimmerte in einem auffälligen Violett.

Tharions Männer richteten die Balliste aus und schossen den ersten Pfeil ab, doch die Greife flogen weiter auf sie zu. So schnell wie möglich ließen sie einen weiteren Pfeil in die Vorrichtung schweben.

Sie werden die Greife wieder verfehlen. Atheas Herz klopfte schneller. Die Elfen auf dem anderen Turm hatten den Greif auch nicht rechtzeitig getroffen. Warum sollte es ihnen gelingen? Sie musste sich etwas einfallen lassen!

»Ich brauche eure Kraft«, schrie sie. »Wenn wir unsere Magie bündeln, könnten wir es schaffen, sie rechtzeitig zu blenden!«

Tharion wandte sich zu ihr um und warf ihr einen skeptischen Blick zu. Er hatte Recht. Es war ein verzweifelter Versuch. Blendezauber funktionierten normalerweise nur über kürzeste Distanz.

»Vertraut mir«, sagte Athea und schloss die Augen. Sie spürte all die Energie um sich und begann sie zu einem Lichtstrahl zu bündeln. Es gelang ihr! Sie konnte den magischen Fluss aufrechterhalten. Athea öffnete die Augen wieder. »Führt eure Energie hinzu«

Immer mehr Energie strömte durch ihren Körper und sie konnte den Lichtstrahl intensivieren. Als die Energie nicht mehr anstieg, fixierte sie den schwarzen Greif und ließ das Licht aus sich herausströmen. Es schoss, gebündelt zu einem Strahl, in den Himmel. Ihr Atem ging schneller. Immer wieder musste sie das Licht daran hindern, sich zu streuen und in der Luft zu verteilen. Nie zuvor hatte sie eine solche Energie kontrolliert. Athea zitterte am ganzen Körper.

Der Greif kam von seiner Flugbahn ab. Er taumelte, konnte sich mit seinem verkrüppelten Flügel kaum mehr in der Luft halten. Verzweifelt versuchte er dem gleißend hellen Licht zu entkommen und ließ dabei seinen Fels fallen. Er drehte ab und verschwand aus Atheas Sichtfeld. Benommen sank Athea auf die Knie und sah verschwommen wie auch einige der anderen Elfen sich mit den Händen auf ihren Beinen abstützen. Magensäure stieg ihr in den Hals und sie musste würgen.

Athea konzentrierte sich darauf, ruhig zu atmen. Allmählich beruhigte sich ihr Kreislauf und sie sah ihn wieder. Der tiefschwarze Greif hielt sich im Hintergrund, alle anderen fegten durch die Stadt und sorgten für Zerstörung. Die beiden violetten Greife waren im Chaos verschwunden. Aber sie waren nicht wichtig. Der Schwarze musste es sein, der die anderen befehligte. Wenn sie ihn einfangen könnte, würden die anderen vielleicht aufgeben und es nicht mehr wagen, sich der Stadt zu nähern.

»Tharion!«, rief sie dem Anführer zu. »Seht Ihr den schwarzen Greif?«

Er nickte.

»Ich glaube, dass er der Anführer ist. Wenn wir ihn einfangen können, wäre der Kampf vielleicht vorbei«, sagte Athea. »Wenn wir ihn töten, werden sich die Greife rächen und noch brutaler gegen uns vorgehen.«

Tharion verstand, wischte sich den Schweiß von der Stirn, packte seine Fackel und stellte sich erneut auf die Mauer des Turms. Der schwarze Greif flog in ihre Richtung.

»Was hast du vor?«, fragte Athea.

»Ich habe den Soldaten und Ballisten das Signal gegeben, dass sie ihn zu uns treiben sollen. Vielleicht können sie ihn nicht treffen, aber sie können ihn in alle in eine Richtung lenken.«

»Und was sollen wir tun, wenn er uns erreicht?«

»Wir betäuben ihn, wie wir es bei dem anderen Greif fast geschafft hätten«, erklärte Tharion seine Gedanken. »Diesmal verwenden wir aber etwas mehr von dem Gift!« Er wies seine Soldaten an, den nächsten Pfeil intensiver mit dem Gemisch zu bestreichen.

»Das hat aber nicht funktioniert«, entgegnete Athea und überlegte kurz. »Im Westen sind Gloriuths Männer mit den Netzen. Ich sage, wir treiben ihn in seine Richtung und blenden ihn dann von hier, kurz bevor er sie erreicht. Gloriuth soll alle Netze schweben lassen, wenn der Greif in sie fliegt, wird er sich in ihnen verfangen und abstürzen. Dann haben wir ihn!«

»Das könnte gelingen«, sagte Tharion mit gerunzelter Stirn. Er gab der Gruppe um Gloriuth und den Ballisten weitere Signale. Sie erwiderten die Zeichen.

Tharion hob seinen Arm und wartete, bis der Anführer der Greife in die Reichweite ihrer Balliste kam. Dann riss er ihn herunter.

»Schießt!«, brüllte er seinen Soldaten zu. »Treibt ihn in den Osten!«

Athea hoffte, dass ihr Plan aufgehen würde. Sie fühlte sich in der Lage, zum passenden Zeitpunkt einen neuen Zauber zu wirken, sammelte die Magie in sich und wartete.

Alle Ballisten feuerten und der schwarze Greif wich immer weiter nach Osten aus. Angespannt starrte Athea auf die Stelle, an der Gloriuth und die anderen sich bereithalten mussten.

Netze schossen in die Höhe. Athea spürte die Magie der anderen Soldaten in sich und schleuderte dem Greif das gebündelte Licht entgegen. Er strauchelte, versuchte sich zu fangen oder zumindest abzubremsen, verlor aber jede Orientierung und stürzte in die Netze. Mit Schnabel und Füßen verwickelte er sich in den Seilen. Immer wieder versuchte er, mit den Flügeln zu schlagen, doch verfing sich nur noch weiter in dem Netz. Wie ein Stein fiel er hinter der Stadt herab.

Einige Wochen später

Mit erhobenem Kopf schritt Athea auf den Käfig zu, den sie bereits vor Jahren in dem Hügel unter ihrem Haus hatte errichten lassen. Damals war es noch ein verrückter Traum gewesen, jetzt hatte sie es tatsächlich geschafft. Sie hatte einen Greif eingesperrt. Alle Elfen der Stadt sahen zu ihr auf, allerdings auch zu Gloriuth, da er ebenfalls einen entscheidenden Beitrag dazu geleistet hatte.

Athea blieb vor dem Käfig stehen und streckte vorsichtig die Hand aus. Der Greif schnappte zu, bekam aber nur eine der Stangen zu fassen und funkelte sie mit seinen gelben Augen an. Sie wertete das als Fortschritt. Noch vor ein paar Tagen hatte der Greif noch ohne Pause gegen die Stäbe gehackt. Bald würde sie versuchen, ihn an Seilen aus dem Käfig zu lassen, davor mussten die Soldaten ihn aber noch besser unter Kontrolle bringen.

Der Greif schlich in den hintersten Teil seines Gefängnisses zurück. Er zog sein rechtes Bein an. Wahrscheinlich konnte er die verkrüppelte Pfote nicht mehr schmerzfrei belasten. Er legte sich auf den steinernen Boden und versuchte immer wieder den linken Flügel anzulegen, doch es gelang ihm nicht. Sein gesamter Körper war von Narben übersät, auffällig war eine große über seinem rechten Auge. Ihr wäre es lieber gewesen, einen gesunden Greif in ihrer Gewalt zu haben, aber immerhin hatte sie ihren Anführer.

Athea würde trotzdem auf ihm fliegen. Nichts würde sie davon abhalten. Mit diesem Gedanken wandte sie sich ab und begab sich in ihre Gemächer.

Lautes Kreischen ließ Athea herumfahren. Da es nicht aufhörte, stieß sie die Tür auf und beugte sich über das Geländer ihres Balkons. Was sie sah, ließ ihr Herz für einen Moment aussetzen.

Das Tor des Käfigs stand offen. Atheas Wächter lagen bewusstlos am Boden. Unzählige Elfen sammelten sich in einigem Abstand um ihren Greif. Einige hielten ihn mit Seilen am Boden. Das Tier wehrte sich und versuchte, sie abzuschütteln, was ihm aber nicht gelang. Während die Elfen immer fester an den Seilen zogen und den Greif somit in die Knie zwangen, kletterte ein weiterer auf seinen Rücken.

Athea überlegte, ihren Soldaten zu befehlen, das zu unterbinden, da erkannte sie auch ihre Elfen unter dem jubelnden Volk. Wenn sie die Begeisterung bereits mitgerissen hatte, konnte sie nicht mehr viel tun.

Als der Elf den Rücken des Greifen erklommen hatte und sich an dem Nackenfell festkrallte, sah sie, dass es sich um Gloriuth handelte. Er musste geahnt haben, dass Athea ihm den Greif niemals freiwillig überlassen hätte. Wütend krallte sie sich so fest an das Geländer, dass ihre Knöchel weiß hervortraten. Irgendwann würde sie ihm das heimzahlen, aber im Moment konnte sie es nur über sich ergehen lassen.

Ganz langsam gaben die Elfen den Seilen mehr Spielraum, bis der Greif versuchte, sich aufzubäumen. Zwar hielt sich Gloriuth auf seinem Rücken, trotzdem zogen die Elfen die Seile wieder fester und brachten den Greif so unter Kontrolle. Gleichzeitig stachen ihm andere mit langen Speeren in die Seiten, um ihn für sein Verhalten zu bestrafen. Das Tier schrie schmerzerfüllt und senkte den Kopf. Als die Elfen die Seile erneut lockerten, versuchte der Greif nicht mehr, sich zu wehren. Sie gaben ihn vollständig frei und die Elfen mit den Speeren rückten näher an ihn heran. Sie trieben ihn Richtung Abgrund, bis er den Weg von selbst ging. Athea fragte sich, wie Gloriuth den Greif in der Luft lenken wollte. Dann fielen ihr die kleinen Dolche in seinen Händen auf, die er ihm an den Nacken hielt.

Die Schreie des Volks wurden lauter. Gloriuth drückte dem Greif seine Dolche ins Fell. Das Tier kreischte, warf seinen Kopf herum und machte einen Satz nach vorne. Gloriuth riss jubelnd die Hände in die Luft und klammerte sich gleichzeitig mit seinen Füßen an den Körper des Tieres. Der Greif erreichte die Klippe, Gloriuth zog sich wieder eng an ihn und presste ihm die Dolche ins Genick. Mit einem Satz sprang das Tier vom Rande der Stadt in den Abgrund. Es breitete die Flügel aus, doch sie zuckten nur unkontrolliert durch die Luft. Anstatt an Höhe zu gewinnen, sank es ab.

Das Volk hielt den Atem an. Sie konnten Gloriuth nicht mehr sehen, Athea aber hatte von ihrem Balkon aus einen besseren Blickwinkel. Immer wieder versuchte der Greif sich in der Luft zu fangen, doch trudelte nur in einer spiralförmigen Bewegung dem Boden entgegen. Verzweifelt klammerte sich Gloriuth an seinen Hals. Der Greif überschlug sich, wollte seinen Körper wieder unter Kontrolle zu bringen, doch es war vergebens. Gemeinsam rasten sie auf den Boden zu. Dann verschwanden sie auch aus Atheas Sicht. Damit war die Chance, auf einem Greif zu fliegen, erst einmal vertan. Eine Träne sammelte sich in Atheas Auge und kullerte über ihre Wange. Immerhin war aber nicht sie es gewesen, die mit dem Tier in den Tod gestürzt war.

Das Volk wandte sich von der Klippe ab und zerstreute sich, da sah es Athea auf dem Balkon. Einige hielten inne, streckten ihre Hände in den Himmel und ließen ein gleißendes Licht aufsteigen. Sie erinnerten sich, dass sie es gewesen war, die dafür gesorgt hatte, dass der Anführer dieser Tiere eingefangen worden und die anderen Greife daraufhin geflohen waren. Immer mehr Elfen schlossen sich ihnen an und ahmten die Geste nach. Athea wischte sich die Träne ab und lächelte.

»Und wenn es einen elfischen Namen wegen seiner Bedeutung zu teilen gilt, dann schreiben die Elfen zwei Striche an die Stelle, an der, von deiner Stimme begleitet, die Lippen geschlossen werden, bevor man den Namen fortführt. Wenn der Name dir eine Pause vorschreibt, so schreibe dort einen einzigen Strich und beginne einen neuen Anfang. Je länger du die Pause machst, desto mehr Respekt zollst du dem Elfen, doch gib acht! Du kannst schnell den Eindruck erwecken, dich über ihn lustig zu machen, also warte auch nicht zu lange.«

- Rehnah, "Schriften über die Elfen"

Ero"ru'Tahori

E"nehalir

E"nehalir legte seine Finger fest um den Stamm. Als er ihn anhob, bemerkte er einen anderen Elfen aus dem Augenwinkel. Die Lichter, die sein Haar sonst zum Leuchten brachten, schwirrten wirr um sein Gesicht und verbargen die angestrengte Röte hinter einem gesunden Glanz. Einen Moment lang entglitt ihm der Zauber, der den Stamm so leicht wie eine Blume machte, und beinahe hätte er sich die Blöße gegeben, ihn abrutschen zu lassen.

»E"nehalir!« Tadelnd, beinahe wütend, griff Unorin nach dem Stamm. Wüsste E"nehalir es nicht besser, würde er vermuten, dass der andere Elf ihm helfen wollte. Sogleich wurde der Stamm leichter und er spürte die abgeschliffene Rinde an seinen Fingerkuppen entlang schrammen, als Unorin ihn an die Hauswand lehnte. »Ich habe gesagt, dass es die Farbe von trockenem Sand haben soll – nicht von Birke. Was ist daran so schwer zu verstehen?«

»Achte auf deine Zunge, Unorin«, antwortete E"nehalir bedrohlich ruhig. »Nicht jeder verzeiht dir derlei Worte.«

»Ach. Nicht jeder wäre in der Lage, den schönsten aller Paläste zu bauen. Du willst, dass ich ihn baue – also lern den Unterschied zwischen Birke und Sand.«

E"nehalir war kräftiger als Unorin und könnte ihn im Zweikampf ohne ein Problem besiegen. Niemand hätte es ihm übel

363

genommen, ihn für seine Worte zu belehren. Unorins loses Mundwerk stieß vielen Lichtelfen auf. Vielleicht hätte man ihn auf die andere Seite des Sees schicken und herausfinden sollen, wie viel Gnade ihre Brüder und Schwestern des Schattens ihm gewähren würden?

»Du ruhst dich auf deinem Talent aus. Wir wollen hoffen, dass deine Kreativität an die der Finsterlinge heranreicht.«

»Ich übertreffe sie bei Weitem. Und das weißt du.« Unorin betastete das Holz. Seine Finger strichen sachkundig über jede Maserung, drückten hinein, klopften sacht daran. Dann zog er ein kleines Messer und schabte etwas von dem Holz ab, um es zwischen Daumen und Zeigefinger zu reiben. »Vielleicht ist es doch besser. Vielleicht, wenn ich ...«

Seine Worte verklangen in Gemurmel. E"nehalir betrachtete ihn einen Moment lang, wartete, dann berührte er ihn am Rücken. Sofort fuhr Unorin herum.

»Was?«, fragte er gereizt. Seine Fingerknöchel traten weiß unter der hellen Haut hervor, so fest hielt er das Messer.

»Das Glas-Gefängnis.«

»Nenn es nicht Gefängnis. Es wird das Herz des Palastes. Was ist damit?«

»Ja.« E"nehalir runzelt die Stirn. »Wann wird es fertig sein?«

Unorin lächelte. Etwas fand sich darin wieder, das E"nehalir bloß als Dreistigkeit in ihrer reinsten Form deuten konnte. »Du schwitzt«, stellte Unorin fest und deutete auf die Stirn des Elfen. E"nehalir stockte. Niemand sonst wäre respektlos genug gewesen ihn so bloßzustellen. Die magischen Lichter, die er in seine silbrigen Strähnen geflochten hatte, wirbelten zornig umher. Schweiß. Blut. Anstrengung. All die Dinge, die ihnen zuwider waren. Dreckig. Stinkend. Es war viel zu leicht, sich dem Schmutz der Welt hinzugeben. Doch es ist schwierig, sauber zu bleiben. Rein. Dass Unorin die feinen Tropfen auf seiner Stirn überhaupt nur ansah, war schon Frevel genug.

»Schau nicht so böse, werter Denker«, sagte Unorin. »Konzentrier dich auf deine Aufgaben, dann muss ich meine Zeit nicht damit vergeuden, dir die meine zu erklären. Der Palast wird ein Meisterwerk. Die Schattenelfen mögen den Seegeist vielleicht bekämpfen können - doch wir werden ihn fangen. Wir werden die sein, die unseren Palast mit seinem Licht schmücken. Wir werden gewinnen.« Es hatte beinahe etwas beruhigendes, sich der Sicherheit in den Worten hinzugeben. E"nehalir nickte zustimmend, wenn auch nicht vollkommen überzeugt. Der Palast musste so perfekt wie möglich sein. Es würde über das Schicksal aller Lichtelfen entscheiden. Darüber, ob sie hier in ihrer Heimat bleiben dürften. Nur, wenn ihr Palast selbst den Finsterlingen am anderen Ufer des Sees die Worte vergehen lassen würde, nur dann würden sie gewinnen. Sie brauchten das Gefängnis, in das sie Saru"eastri sperren würden. »Ach, und ... E"nehalir? Wage es nicht, mich noch einmal einfach so zu berühren.«

Ohne einen Antwort abzuwarten wandte Unorin sich wieder dem Holz zu, das er eigentlich gar nicht haben wollte. E"nehalirs Stirn legte sich in Falten. Seine verschränkten Arme spannten sich an. Er brauchte diesen unverschämten Elfen. Er brauchte das Genie, das sich hinter seinen schamlosen Worten verbarg. Die Lichtelfen brauchten ihn. Unglücklicherweise. Und deswegen würde er ihm dieses Verhalten durchgehen lassen, doch er würde ihm nicht verzeihen. Sobald sie die Finsterlinge von hier verscheucht hatten, würde er ihm jedes einzelne Wort heimzahlen.

Er selbst war es gewesen, der den Wettstreit vorgeschlagen hatte, als er an dieses grauhäutige Miststück A"aharu geraten war. Als sie sich wiederholt Drohungen um die Ohren geworfen hatten, war ihnen klar geworden, dass es eine Einigung geben musste. Einen Weg, um einen Sieger zu bestimmen. Licht- und Schattenelfen können weder miteinander, noch nebeneinander leben. Sarumia hatte sie nicht mit der Geduld gesegnet, die Ignoranz der Finsterlinge zu ertragen.

Beide Gruppen sollten einen Palast bauen. Einen, der Sarumias Gedanken und ihre Liebe zum Licht auffängt und die Schönheit der Elfen so zeigt, wie sie ist: perfekt.

E"nehalir löste seine Aufmerksamkeit von Unorin. Sein Blick glitt zum See, streifte dabei den anderen Elfen, der seine Auseinandersetzung mit Unorin beobachtet hatte. Ihre Blicke kreuzten sich nur kurz. Es war ein Moment, in dem ihre Geister rangen. In dem sie maßen, wer von ihnen das gesellschaftliche Recht hatte, den anderen zu dominieren. Und zu E"nehalirs größter Genugtuung senkte der andere Elf den Blick. Er hatte sich einen Namen gemacht – im wahren wie auch im übertragenen Sinne des Wortes.

Nach seinem Erwachen war ihm schnell bewusst geworden, was seine Aufgabe war. Er war stark, klug, dachte den entscheidenden Augenblick schneller als seine Brüder und Schwestern. Und er hatte sich den Namen eines Anführers gegeben. Einen Namen, der den anderen bedeutete, ihm zu folgen – der jedoch auch etwas von seiner Unabhängigkeit aufgab. *Ich bin hell – in meinem Licht werdet ihr besser.*

Und tatsächlich waren die, die seinen Entscheidungen folgten, nicht enttäuscht worden. Sie hatten das Geheimnis des Glases ergründet. Sie hatten Sandsteine gefunden und solche, die ein Muster in sich trugen, das wie Licht war. Sie hatten die Dunkelelfen, zumindest zeitweise, an die andere Seite des Sees vertrieben und er... er hatte den Stern berührt. Das Herz Saru"eastris. Die Seele des Geistes, der diesen See bewohnte. Und er hatte darin gesehen, dass das Ufer des Sees in flammendem Licht stehen würde – ein Zeichen für den Sieg des Lichts über den Schatten. Es war eine Vision Sarumias, die ihm zu erkennen gegeben hatte, dass es dieser Stern im Wasser des Sees war, der ihnen den entscheidenden Vorteil bringen würde. Und E"nehalir würde nicht zulassen, dass man ihm diesen Vorteil nahm.

Seine Schritte trugen ihn von den Häusern fort. Fort von Unorin, der die spitze Steinklinge seines Messers wieder im Holz und seine utopischen Vorstellungen wieder in seinen Gedanken vergrub. Fort von den anderen Elfen, die ihm vielleicht folgen, vielleicht aber auch nicht, und fort von dem Zwang, die Lichter in seinem Haar schwirren zu lassen, um den Schweiß auf seiner Stirn zu verbergen. Als er am See ankam, runzelte er die Stirn. Das Ufer war zurückgetreten. Feuchter Grund zeigte, wo bis vor wenigen Momenten noch Wasser gewesen sein musste. Eine Alge lag schlaff am Boden. E"nehalir fuhr mit der Hand über seine Stirn und sogleich beruhigten sich die Lichter. Langsam schmiegten sie sich an sein silbriges Haar, brachten es zum Leuchten. E"nehalir sah zur anderen Seite des Sees. Es gab nur eine Erklärung dafür, dass der Wasserstand so weit zurückgegangen war.

Was, bei Sarumias Herz, hatten die Finsterlinge vor?

A"aharu

A"aharus Lippen verzogen sich zu einem überlegenen Grinsen. Ihr Blick huschte über die sich kräuselnde Oberfläche des Sees und ihre geschärften Sinne halfen ihr die Bewegung im Wasser wahrzunehmen, bevor Ero"ru'Tahori sie mit einer seiner Wasserhände greifen konnte. Geschickt wich sie einige Schritte vom Ufer zurück, nur um aus dem Augenwinkel zu sehen, wie ein anderer Elf ihres Stammes in seinen Griff geriet. Glitzernd schlang sich das Wasser um seinen Knöchel, versuchte ihn ruckartig von den Beinen zu fegen und zum See zu ziehen. A"aharu wusste, wie es sich anfühlte von dem Geist in die Tiefe gezogen zu werden. Wenn einem langsam die Luft ausging und die Oberfläche vor den Augen verschwamm. Wenn das eigene Denken zu flackern begann und das Licht immer weiter der Dunkelheit wich. Sie handelte schnell. Mit der breiten Seite ihres Stabes schlug sie auf den Wasserarm und trennte ihn so von seiner Verbindung zum See. Sogleich verließ den Arm jegliche Energie. Als würde man einen Eimer auskippen, klatschte das Wasser zu Boden und machte den Untergrund noch rutschiger. Doch der Elf war gerettet. A"aharu sah ihm fest in die Augen und suhlte sich in dem Gefühl, dass er ihr nun Dank schuldete. Sie ließ ihn zappeln und nahm sich die Zeit, das Lächeln trotzig auf ihren Lippen verweilen zu lassen. So lange, bis der Elf die Schultern straffte und ihr zunickte.

Dann erst drehte sie sich wieder dem Wasser zu. Rone"nos stand direkt am Ufer. Seine Arme waren ausgestreckt und er hatte die Augen geschlossen. A"aharu lachte trocken – sollte er es nicht mittlerweile besser wissen? Der Geist des Sees nutzte jede Möglichkeit, um sie zu töten. Ganz besonders während sie ihre Kräfte maßen. Ihm so nah zu sein ohne sehen zu können, wann er angreift, grenzte an Irrsinn. A"aharu hastete auf Rone"nos zu.

Speerspitzen aus Eis flogen wie Geschosse auf die beiden Schattenelfen zu. A"aharu hob den Stab und lenkte sie aus ihrer Flugbahn, auf der sie die beiden unweigerlich aufgespießt hätten.

»Hat der Geist dir Wasser in den Kopf geblasen, Rone"nos?« Noch während sie sprach, bäumte sich der Geist des Sees vor ihr auf; eine riesige Wasserblase, in deren Inneren in leuchtender Kern schwebte. Dieser Kern war es – der Schwachpunkt. Sein Herz.

»Charmant«, antwortete Rone"nos. Dass A"aharu weniger Wert auf schöne Worte und mehr auf ihr Überleben legte, sollte ihm nicht neu sein, doch reagierten die anderen Schattenelfen immer mit derselben Entrüstung auf ihre scharfen Worte. Seine Arme begannen zu zittern, als er die Blase weiter gen Himmel befahl. Ihre Verbindung zu dem Wasser des Sees wurde immer dünner. Der Blase wuchsen Zähne. Wütendes Rauschen begleitete eine erneute Salve Eisgeschosse, die A"aharu abwehren und

auch Rone"nos schützen konnte, der mittlerweile die Augen geöffnet hatte. Auf seiner Stirn bildeten sich kleine Schweißtropfen, während er den Geist in der Luft weiter emporhob. Andere Elfen hatten den Weg an seine Seite gefunden und unterstützten ihn.

»Haltet ihn – jetzt werden wir sehen, wie stark er wirklich ist«, rief A"aharu. Ohne sich weiter um den Magier zu kümmern, hastete sie ein Stück zurück und holte ein schmales Floß hervor, kaum länger als ihr Arm. Sie warf es ins Wasser, sprang darauf und glitt dem fliegenden Wassergeist entgegen.

»Etwas tiefer«, wies sie die an, die ihn mit Hilfe ihrer Magie einige Ellen über der Wasseroberfläche hielten.

»Was hast du vor, A"aharu?«, rief Rone"nos, doch die Elfe antwortete nicht. Sie hielt weiter auf die sich windende, schwebende Wassermasse zu, während die anderen Magiewebenden ihrem Befehl folgten und sie langsam absenkten. »A"aharu«, rief er erneut. Der Wassergeist streckte A"aharu seine Zähne und Zacken entgegen, doch sie setzte ihren Weg unbeirrt fort.

»Ich werde testen, ob sein Licht so stark ist wie das unserer Göttin, Rone"nos«, antwortete A"aharu unbeschwert, ohne den Blick von dem leuchtenden Kern abzuwenden. Sie hob den Speer und spannte ihren Körper, um die Waffe auf den Stern im Innern des Wasserkörpers zuschießen zu lassen. Mit einem zischenden Geräusch durchdrang der Speer das Wasser, um dann auf der anderen Seite unterzugehen.

»A"aharu, komm da weg. Wir ...« Rone"nos wurde von einem erneuten Aufbäumen des Geistes unterbrochen. Wie ein wildes Tier riss er sich aus der Kontrolle der Elfen, zog mit einem Ruck sein gesamtes Gewicht nach unten und fand eine Verbindung zum Wasser des Sees. Dampf stieg dort auf, wo A"aharus Floß schwamm, doch anstatt zu flüchten, breitete sich ein überhebliches Lächeln auf den Zügen der Schattenelfe aus. Sie betrachtete die Blasen, die der Naturgeist durch seine Hitze erschuf. Sie wurden weniger. Immer weniger. Da sah sie den Stern. Wie eine

Libelle schwirrte er im Wasser und verhöhnte A"aharu aus sicherer Distanz. »Macht ihr nur. Ich hab ihn gleich«, murmelte sie und spürte beinahe Rone"nos strafenden Blick im Rücken, doch er konnte ihr nichts befehligen. Sie allein war es, die immer wieder durch ihr Geschick und ihre Fähigkeiten im Kampf beeindruckte. Sie war es, der die neidvolle Bewunderung der Schattenelfen galt und an ihr orientierten sie sich – nicht an ihm.

In diesem Augenblick kippte das Floß. Mit einem Kopfsprung tauchte A"aharu in die Fluten, sah unter Wasser noch, wie der Stern sich ruckartig vom Ufer weg bewegte und folgte ihm rasch. Das Wasser war nicht mehr heiß, doch sie spürte, wie der See um sie herum immer kälter wurde. Dann sah sie ihn nicht mehr. Der Stern war in den Tiefen des Sees verschwunden.

A"aharu tauchte auf, sprang aus dem Wasser ans Ufer. »Er ist weg«, presste sie hervor. Zwei Elfen lagen am Boden, einer hielt sich die blutende Schulter. Der See wurde ruhiger, bis seine Oberfläche wieder den Glasscheiben der Lichtelfen glich. Wieder ein Sieg für Ero"u'Tahori. Für den See.

E"nehalir

»Wie konnten sie es wagen?«, rief Unorin. Der Lichtelf lief zwischen den Häusern auf und ab. Sein Haar, das sonst in warmem, gelbem Licht leuchtete, hing flach auf seine Schultern. Es hatte jeglichen Glanz verloren, doch er beachtete es nicht. »Diese umnachteten Idioten! Im Dunkeln gelassene Hinterwäldler! Kunstschänder! Ekelhafte …«

»Unorin!« E"nehalir wollte ihn zur Ruhe zwingen. »Deine Worte lassen dich selbst dumm dastehen.«

»Dumm?«, fragte Unorin aufgebracht. Er schritt energisch auf E"nehalir zu und blieb dicht vor ihm stehen. Beinahe berührte Unorins Nase sein Kinn. »Dumm?«, wiederholte er. Seine Augen funkelten zornig, doch E"nehalir blieb ruhig. »Das war ihre Idee. Dieses barbarische Miststück von einem Finsterling!«

»Du meinst A"aharu besitzt genug Intelligenz, um solch einen Diebstahl zu planen?«, fragte E"nehalir und sah sich um. Einige Elfen hatten sich um die ausgetretene Wiese versammelt, an dem das Gefängnis gestanden hatte. Das Gefängnis für Saru"eastris – für Sarumias Herz. Den Stern des Sees. Die Seele dieses Geistes, den diese verblendeten Dunkelelfen immer und immer wieder reizten und der doch ein Geschenk ihrer Göttin an das Licht war.

»Sie verstehen es nicht«, führte Unorin seine Schimpftirade fort. »Sie werden ihn umbringen bei dem Versuch, ihn zu fangen. Sie werden es einfach zerstören!«

»Unorin!«, unterbrach E"nehalir ihn streng. Die anderen Elfen tuschelten leise. E"nehalir konnte nicht zulassen, dass sie das zerbrechliche Vertrauen in diesen labilen Elfen verloren. Unorins Zorn, seine Emotionen … Sie waren immer stärker ausgeprägt gewesen als bei den anderen Elfen. Doch die anderen durften nicht denken, dass es sich bei ihrem Meisterbauer um einen Verrückten handelte. E"nehalir zog ihn beiseite. Dieses Mal ließ Unorin die Berührung zu.

»Meinst du, sie wollen es selbst benutzen?«, fragte Unorin. Seine Stimme zitterte vor Wut.

»Sie wären dumm, wenn sie es uns einfach nur stehlen wollen würden.«

»Aber ... Aber nicht sie haben es gebaut! Es ist mein Meisterwerk.«

E"nehalir rang mit sich.

»Es war nicht Teil des Wettbewerbs, das Haus selbst zu bauen.« Unorin entglitten die Züge.

»Aber merken sie denn nicht, wie sehr sie den kümmerlichen Rest ihrer Ehre beschmutzen, indem sie dadurch nur beweisen, dass ihre Baukunst der meinen weit unterlegen ist?«

E"nehalir wollte antworten, dass es nicht seine Baukunst ist, sondern die aller Lichtelfen. Doch er hielt sich zurück. Unorin hatte nur diesen einen Wunsch im Kopf. Er atmete ihn. Lebte ihn. E"nehalir hatte ihn kaum über etwas anderes reden gehört. Unorin hatte nie bei den Kämpfen der Dunkelelfen gegen den Stern im Wasser zugesehen. Er hatte die Begeisterung nie verstanden, mit der die Lichtelfen die unnötig komplexen Kampfbewegungen ihrer Brüder und Schwestern von der anderen Seite des Sees beobachteten. Er verstand auch nicht, wieso E"nehalir seinen Körper immer höher wachsen ließ und es genoss, dass seine Schultern breiter waren als die der anderen Elfen. Dass die Schattenelfen ihnen Saru"aestri Gefängnis einfach gestohlen hatten muss für ihn kaum zu ertragen sein. Beinahe empfand E"nehalir etwas wie Mitgefühl um das gescheiterte Ziel des Meisterbauers.

»Ihre Ehre ist egal, wenn sie den See bekommen«, antwortete er sachlich. »Wir müssen dafür sorgen, dass sie nicht gewinnen.«

»Du verstehst nicht! Es war das Beste, was wir machen konnten. Es war all das, was Sarumia mir zugestand. All ihre Hingabe zum Licht steckt in diesen Entwürfen, E"nehalir.«

Unorin wand sich ab.

»Sie werden es bewachen.«

Unorin nickte abwesend. Es gab keine Möglichkeit, das gläserne Gefängnis zurückzubekommen. Die Dunkelelfen waren roh. Gewalttätig. Ihnen das Gefängnis mit Gewalt wieder abzunehmen würde in einem unweigerlichen Sieg der Dunkelelfen enden.

»Wir müssen es zerstören«, sagte Unorin. Der Schmerz färbte seine Stimme und ließ sie erneut zittern. Er schloss die Augen.

»Wir werden es zerstören. Konzentrier dich auf einen neuen Entwurf. Wir müssen etwas Besseres finden. Irgendwie«, sagte E"nehalir und wandte sich zum Gehen. Unorin schwieg und besiegelte damit den Tod seines Meisterwerkes.

A"aharu

Der See stand in Flammen.

Sie hatten sie erst bemerkt, als es zu spät gewesen war. Die ersten Häuser hatten bereits Feuer gefangen. Flackernd lechzte es an den hölzernen Verzierungen der Wände und färbte mit seinem Rauch den Himmel schwarz. Höhnisch tanzten kleine Lichter um die Feuersbrunst und kündeten von der Rachetat der Lichtelfen. Einige Schattenelfen versuchten sie zu löschen, doch die Lichtelfen trieben die Flammen wie ein großes Tier vor sich her.

A"aharu sprang über einen brennenden Stamm, während sie die Flammen zu Boden zwang. Eine Silhouette huschte neben ihr durch den Rauch. A"aharu fasste ihren Speer fester. Nicht verharren. Das, was da im Rauch verschwand ... Es war silbrig wie das Mondlicht.

Zorn vermischte sich in ihr mit einer dunklen Vorahnung. Nochmals erhöhte A"aharu ihr Tempo, sprang über brennende Hindernisse und lief den kürzesten Weg zu dem gestohlenen Glasgefängnis. Dem, was ihnen den Sieg über die Lichtelfen sichern sollte und damit das Recht dort zu bauen, wo Sarumia sie erschaffen hatte. Dort, wo sie hingehörten: an das leuchtende Ufer des Sees, dessen Geist sie bezwungen hatten. Damit hatten sie sich den Anspruch verdient. Sarumia hatte sie getestet und nur sie, die Schattenelfen, hatten ihre Aufgabe bestehen können.

Als A"aharu den kleinen Platz erreichte, standen dort zwei Gestalten vor dem Gefängnis, in das sie Ero"ru'Tahori gezwungen hatten. Der Geist schwirrte hinter dem Glas im Wasser. Geradezu panisch. A"aharu hob ihren Speer. In diesem Moment drehte sich der eine der beiden Lichtelfen zu ihr um.

E"nehalir. Dieser aufgeblasene Wichtigtuer. Mit einem Kampfschrei nahm A"aharu zwei Schritte Anlauf, um ihren Speer zielsicher dem Elfen entgegen zu schleudern.

Beinahe ohne Steigung und Fall zischte er auf ihn zu. E"nehalir konnte nur um Haaresbreite ausweichen. Der Speer flog an ihm vorbei und drang in das Glas ein, das Ero"ru'Tahoris Welt von der ihren trennte. Feine Risse bildeten sich in dem durchsichtigen Material. E"nehalir sprach einige Worte zu dem anderen Elfen, der sogleich auf das Gefängnis zulief und begann, daran hinauf zu klettern. In seiner Hand funkelte etwas, doch noch ehe A"aharu es erkennen konnte, stürmte E"nehalir auf sie zu. Er hatte einen Stab in beiden Händen, den er in einem schnörkellosen Schlag auf ihre Beine zufahren ließ. A"aharu konnte ausweichen.

»Habt ihr den Verstand verloren?«, fragte sie aufgebracht und beugte ihre Knie ein Stück.

»Wir?«, antwortete E"nehalir und lachte trocken. »Wir haben euch nichts getan, bis ihr auf diese idiotische Idee gekommen seid, uns Saru"eastris Gewand zu stehlen.«

»Als hättet ihr nur den Hauch einer Chance gehabt, euren Saru"eastri einzufangen. Was hättet ihr getan, wenn es fertig ist? Ihn nett gebeten hineinzuhüpfen?« A"aharu sprang vor wie eine Raubkatze. Mit bloßen Fingern griff sie nach E"nehalirs Gesicht, doch dieser wehrte sie mit dem Stab ab, so blieb ihr nur die Möglichkeit, nach der Waffe zu greifen und fest daran zu ziehen. E"nehalir war stark. Stärker als bei ihrer letzten Begegnung. Und als er dem Druck ruckartig nachgab und sie spürte, wie seine Magie nach ihren Füßen griff, stolperte A"aharu rückwärts und fiel. Sie hielt jedoch den Stab in den Händen. A"aharu wartete nicht lange, sondern rappelte sich sogleich wieder auf und stach mit dem Ende nach E"nehalirs Hüfte, wie sie es mit einem Speer getan hätte. Dann schlug sie nach seinem Knie. Und traf. Mit einem widerlichen Knirschen zersplitterte E"nehalirs Kniescheibe. Er sackte zusammen. A"aharu wollte gerade zu einem erneuten Schlag ansetzen, da huschte ihr Blick zu dem Lichtelfen, der wie ein leuchtender Käfer an

Ero"ru'Tahoris Gefängnis hinaufkletterte. Er war beinahe ganz oben angekommen.

E"nehalir versuchte nur, sie aufzuhalten. Sie lief auf das Gefängnis zu, in dem Ero"ru'Tahori aufgeregt hinter dem Lichtelfen herschwirrte. Dachte er, dass er werden befreit würde? Plötzlich wurde A"aharu zu Boden gerissen. Erneut spürte sie es, als würden Finger nach ihren Knöcheln greifen. Sie löste seine Magie gewaltsam von sich und warf E"nehalir einen abschätzigen Blick zu, ehe sie ebenfalls auf das Gefängnis sprang und behände hinaufkletterte.

»Schneller!«, hörte sie E"nehalir schreien. Ihr Blick traf den des anderen Lichtelfen, der unter eine Holzplatte griff und dort etwas befestigte. Dann ließ er sich fallen.

A"aharu hielt inne. Sie spürte Magie. Hitze. Dann ging die Welt um sie herum in Flammenwogen und Fluten unter.

A"aharu lag auf dem Bauch im Dreck. Ihre Kleider waren verkohlt, ihre Haut schmerzte. Ihr Gesicht war geschwärzt von Ruß und Staub. Sie versuchte sich aufzurappeln, doch ihr gesamter Körper fühlte sich verbrannt an. Sie tastete durch die feuchte Erde um sich. Ihre Finger bekamen etwas zu fassen. Ihren Speer.

E"nehalir

Wie hatte es so weit kommen können? Wie hatte Sarumia zulassen können, dass ihre Kinder so widerspruchsvoll, so verschieden sind? Ihre Worte klangen in E"nehalirs Ohren wieder. Ihr Befehl, die Welt mit Licht und Schönheit zu füllen. Mit Perfektion. Einst waren sie alle gleich gewesen. Sie hatten das Licht in sich und auf ihrer Haut getragen. Sie hatten ihr Silberhaar stolz erhoben gehalten, doch wie konnten sie die Worte Sarumias so missverstehen?

Als er sich umsah, sah er Blut auf Schnee. Er hört panische Rufe und die Kampfschreie, die A"aharu ihren Finsterlingen beigebracht hatte. Mit schmerzverzerrtem Gesicht versuchte E"nehalir sich aufzurichten. Sein Knie rebellierte, doch er zwang sich dazu.

»E"nehalir«, sagte eine Stimme hinter ihm. Er dreht sich um. Dort stand A"aharu. Ihr Gesicht war verdeckt von glänzendem, schwarzem Stoff. Allein ihre Augen blickten hervor. Silbrig funkelten sie wie Sterne im Dunkeln und das erste Mal glaubte er zu verstehen, warum die Dunkelelfen sie als verblendet bezeichneten. Weil sie nicht gesehen hatten, wie viel heller ein Licht schien, das einen Schatten warf.

»A"aharu«, antwortete er und fasste seinen Stab fester. »Ich wusste, dass ich dich hätte töten sollen.«

»Aber ihr hattet Angst. Angst davor zu töten.« A"aharu trat näher, doch sie trug keine Waffe. »Ihr habt verloren. Ohne Wettbewerb.«

E"nehalir schwieg. Auch ohne Waffe war er ihr in einem Kampf unterlegen. Selbst mit seinen magischen Fähigkeiten.

»Warum wehrst du dich nicht?«, fragte sie und in ihrer Stimme lag ein Hauch Zorn. E"nehalir schluckte trocken. Wollte sie ihn quälen? Wollte sie, dass er zugeben musste, dass er ihr unterlegen war? Er sah ihr fest in die Augen. Nein, sie wusste es nicht. Sie wusste nicht, dass er nicht sterben wollte. Er überragte sie beinahe eine Handbreit. Das dunkle Haar auf ihrem Kopf war kurz, auch wenn sie versuchte, es mit einer Kapuze zu verdecken. So konnte sie wohl kaum von den anderen respektiert werden, oder? Was war es, weshalb die anderen Dunkelelfen einem zerrupften Raben wie ihr folgten?

Ihre Bewegung war schnell. Ihre Faust traf auf seinen Kiefer. Der Schlag war noch fester, als er es erwartet hatte. E"nehalir taumelte zurück und musste sich auf seinen Stab stützen.

»Warum wehrst du dich nicht?«, wiederholte A"aharu ihre Frage. Zornig setzte sie ihm nach und hob den Arm erneut.

»Sieh dich um!«

E"nehalirs Stimme übertönte den Lärm, der um sie tobte. Und A"aharu hielt inne. Tatsächlich ließ sie den Blick schweifen, als E"nehalir noch immer keine Anstalten machte, zurückzuschlagen. Um sie herum waren Dunkelelfen, die Lichtelfen abschlachteten. Blut, Schnee, Schmutz. Hufspuren. Und als sie zurück zu E"nehalir sah, glaubt er einen Moment lang, sie erreicht zu haben.

»Glaubst du wirklich, ihr hättet das nicht verdient?«, fragte sie. »Glaubst du, ihr wärt nicht schuld daran, dass es so weit gekommen ist?«

»Ich glaube«, antwortete E"nehalir und ließ den Stab zu Boden fallen, »ich glaube, dass dein verfluchter Durst nach Blut und Kampf uns alle ins Verderben geführt hat, A"aharu. Ich glaube, dass wir heute etliche Elfenleben verlieren, etliche Kinder Sarumias, wie wir Sarumias Geschenk verloren haben, weil du fehlgeleitet bist. Weil du Sarumia nicht zugehört hast. Und ich glaube, dass du dir nicht einmal sicher bist, dass du im Recht bist.«

Ihr Schlag schleudert ihn zu Boden. Doch er schwieg nicht.

»Und irgendwann werden auch deine blinden Finsterfreunde erkennen, dass du nicht im Recht bist, A"aharu.«

Er sah, wie sie nach dem Stab griff. Er sah, wie sie mit der Hand das Ende umschloss und wie aus dem flachen Holz eine Spitze wurde.

»Ich glaube, E"nehalir, dass ihr es gewesen seid. Ihr habt uns vertrieben. Ich sorge nur dafür, dass Sarumias Licht endlich leuchten kann.«

Sie trat vor ihn. Er sah in ihren Augen, dass sie nicht zögern würde. Er wollte nicht sterben. Doch vor ihr kriechen? Vor ihr?

»Eines Tages wirst du in deinem Schatten ertrinken, A"aharu.«

»Nein, E"nehalir. Ich werde die sein, die den Schatten teilt und Sarumias Licht auf die Welt bringt. Ich bin die, die siegt.«

TROLLSCHLÄCHTER

Die Nacht brach an und breitete ihre finstere Decke über dem Rigagebirge aus. Die Trolle begrüßten die Dunkelheit, denn am Tage brannte ihnen das Licht in den Augen. Sie brauchten ohnehin nicht viel Licht, denn bei der Jagd verließen sie sich hauptsächlich auf ihren ausgeprägten Geruchssinn. Vorausgesetzt, sie verscheuchten nicht alle Tiere in der Umgebung. Mot und Achk waren das Paradebeispiel für zwei Trolle, die sich aus weiter Entfernung ankündigten. Ungeschickt stolperten sie durch enge Felsspalten und über loses Geröll. Mot gab sich noch Mühe, die Geräusche, die er machte, abzudämpfen, doch Achk beschwerte sich bei jedem Fehltritt lautstark.

»Scheiße!«, brüllte er, »Warum hat dieses Drecksgebirge so viele Steine?«

»Still, du verscheuchst noch alles«, sagte Mot zähnefletschend.

Beide Trolle waren groß und kräftig, ihre Arme reichten fast bis zum Boden und ihre dicke graue Haut erinnerte an den Stein, der sie umgab. Sie unterschieden sich nur in den Narben, die ihre Körper bedeckten und in den Ketten, deren Anhänger zeigten, dass sie ihre Jagdprüfung abgelegt und den Rang der Erwachsenen erlangt hatten. Mot trug einen langen Reißzahn, beinahe so lang wie sein Unterarm, Achk den abgenagten Schädel eines Wolfes.

Achk stapfte trotzig weiter voran. Auf ein paar losen, glatten Kieseln rutschte er aus. Er ruderte wild mit den Armen, aber konnte seinen Sturz nicht mehr verhindern und schlug laut polternd der Länge nach hin.

»Ich hab gesagt, du sollst still sein!«, brüllte Mot und versetzte Achk einen Tritt in die Seite. Achk gab ein kehliges Geräusch von sich und rappelte sich auf. Mot drehte sich um und hielt inne. Hatte er an dem Gebirgsbach tatsächlich eine Gestalt gesehen? Es wirkte beinahe wie ... ein Troll. Aus Wasser.

»Was jetzt? Gehs' du noch weiter oder wills' du Stein werden?«, sagte Achk.

»Schnauze, ich hab da was gesehen!«

»Beute?«

Mot kratzte sich am Kopf.

»Keine Ahnung. Sah aus wie ein Troll aus Wasser.«

»Was?« Verwirrt blickte Achk über Mots Schulter, »Also ich seh da nix.«

»Jetzt is' er weg, aber eben war er noch da«, blaffte Mot und deutete in Richtung des Baches.

Achk schnaubte.

»Du hast wohl zu viele rote Beeren gefressen. Siehst schon komische Dinge.«

»Blödsinn. Ich sag's dir, da war ein Troll aus Wasser.«

Achk hob beschwichtigend die Hände.

»Gut, ich glaub dir.«

Mot grummelte.

»Ja, das Rudel hat ja auch geglaubt, dass du deine Prüfung bestanden hast«, fuhr Achk fort, lachte dreckig und schob sich an Mot vorbei. Der packte Achk und stieß ihn gegen die nahe Felswand.

»Halt bloß dein Maul! Du hast bei der Prüfung geschummelt, nicht ich!«

Mots kleine Augen funkelten wütend, während er nach Achks Kopf griff und ihn gegen die Felswand schlug. Er brüllte und donnerte Achks Gesicht ein zweites Mal gegen den Stein. Und ein drittes Mal. Jedes Mal bröckelte mehr vom Stein ab. Beim vierten Schlag knackte Achks Schädel. Blut schoss aus den geschlitzten Nasenlöchern und lief über seine Lippen. Mit dem fünften Schlag vergrößerte sich der Blutfleck an der Felswand. Achk griff mit beiden Händen nach Mots linkem Bein und bohrte seine Klauen hinein. Mehr aus Überraschung denn aus Schmerz schrie er auf, als Achk die Arme schräg nach oben riss und ihn auf den Rücken warf. Kurzzeitig sah er Sterne, als sein Kopf auf den Boden prallte. Achk, dem immer noch Blut aus dem Gesicht lief, stürzte sich auf ihn. Seine Fäuste prasselten auf Mots Gesicht nieder. Nach ein paar Schlägen griff Mot einen Arm und schlug seine scharfen Zähne in Achks Fleisch. Achk riss seinen Arm zurück, verlor das Gleichgewicht und Mot warf sich über ihn. Jetzt ließ er die Fäuste ein paar Mal in Achks Gesicht krachen. Dann zog er den langen Reißzahn hervor, der an einem Lederstreifen um seinen Hals hing und hielt ihn Achk ins Gesicht.

»Da! Ich hab dem Langzahn selbst den Beißer rausgerissen! Das ist der Beweis! Ich hab die Prüfung ehrlich bestanden! Nicht so wie du!«

»Was?«, knurrte Achk.

Mot verpasste Achk noch einen Schlag ins Gesicht.

»Du hast richtig gehört, Greifenarsch! Du hast geschummelt! So ein krankes, altes Vieh können selbst Frischlinge töten!«

Mit lautem Gebrüll verpasste Achk Mot einen Kinnhaken. Die Wucht des Schlages ließ Mot auf die Seite fallen. Achk sprang auf und stürzte sich erneut auf Mot. Dieser kam ebenfalls wieder auf die Beine. Achk krachte in Mot hinein, der sein ganzes Gewicht gegen den Ansturm stemmte. Für Mot kam es nicht in Frage, dem anderen den Sieg zu überlassen, nachdem dieser seine

Prüfung angezweifelt hatte. So standen sie eine Weile da, eng umschlungen, keiner einen Schritt weichend.

Unvermittelt wurden beide an den Köpfen gepackt und ihre Gesichter gewaltsam aneinander gestoßen. Der Schmerz explodierte vor Mots Augen und mit einem dumpfen Stöhnen ging er zu Boden. Achk erging es ähnlich.,

»Was macht ihr Dumpfbacken da?!«, grollte eine Stimme über ihnen, »ihr solltet jagen, nicht prügeln! Wir haben kaum noch zu Fressen!«

Mot blinzelte, sein Blick klärte sich nur langsam.

»Mit eurem Lärm habt ihr auch die letzte beschissene Maus verjagt!«

An der Stimme und vor allem am strengen Geruch erkannte er schon wer dort stand, bevor er ihn sah: Dorchk, einer der ältesten Trolle des Rudels. Er überragte die beiden jüngeren um einen Kopf. Sein Bauch war dicker und zeugte davon, dass er in letzter Zeit weniger selbst jagte, sondern sich von den anderen versorgen ließ. Jeder teilte mit Dorchk, wenn er es verlangte, denn niemand wollte sich auf einen Kampf mit ihm einlassen. Einige hatten es versucht, doch keiner hatte ihn bislang bezwungen. Keiner außer Brok, ihrem Anführer.

»Na ja, wir ...«, stammelte Achk.

»Also eigentlich ...«, sagte Mot, während sie sich hochrappelten.

Dorchk packte ihre Köpfe und schlug sie gegeneinander. Erneut fielen Mot und Achk zu Boden.

»Na ja, wir also eigentlich«, äffte er sie nach, »ihr habt wohl vergessen, wie man jagt. Ihr seid die unfähigsten Frischlinge des ganzen Rudels!«

Fast zeitgleich fuhren die beiden Trolle auf.

»Wir sind keine Frischlinge mehr«, sagte Mot, »zumindest ich nicht!«

»Sagt der Schummler!«, grunzte Achk.

Mot wollte etwas erwidern, als ein lautes, finsteres Grollen aus Dorchks Kehle entsprang. Schlagartig waren die beiden still.

»Ihr könnt euren Streit auch nicht ruhen lassen, oder?«, brüllte der Ältere. »Damit geht ihr uns schon auf die Nerven, seit ihr die Prüfung abgelegt habt! Und jetzt ist euch euer Streit wichtiger als das Überleben des Rudels!«

Dorchk spuckte verächtlich aus.

»Ihr seid eine Schande! Mir reicht's mit euch! Los, kommt mit, Brok soll über euren Streit entscheiden!«

»Aber es ist unser Streit«, sagte Achk.

»Genau.«

Mot nickte eifrig.

»Wie schön, dass ihr euch einig seid!«, knurrte Dorchk, packte die beiden ein drittes Mal an den Köpfen und schickte sie auf die gleiche Weise zu Boden wie zuvor.

»Wenn euer Streit eine Gefahr für unser Rudel wird, dann ist das nicht mehr nur euer Streit! Also wird Brok entscheiden! Wenns euch nicht passt, könnt ihr mich ja gerne aufhalten!«

Mot und Achk sackten zusammen. Keiner der beiden würde sich gegen Dorchk auflehnen. Er war größer, stärker und erfahrener. Also rappelten sie sich auf und trotteten hinter dem älteren Troll her.

Als sie ihre Höhle erreichten, traute Mot sich nicht, die anderen Trolle anzusehen. Vor dem inneren Auge sah er bereits die Wut und Enttäuschung über ihr Versagen. Kein Troll stand auf, um sie zur Rede zu stellen. Alle wussten, dass Dorchk das schon übernommen hatte. Wenn Dorchk einmal etwas selbst in die Hand nahm, dann tat er es richtig. Das wusste jeder nur zu gut, immerhin war etwa die Hälfte des Rudels von Dorchk gezeugt worden. Nicht, dass Dorchk sich wie der Vater des Rudels fühlte oder dass die anderen Trolle ihn als solchen wahrnahmen. Doch instinktiv hatten sie vor Dorchk Respekt. Einzig Brok war die Ausnahme. Brok hatte Dorchk im Zweikampf besiegt, also war er der einzige, der so etwas wie Kontrolle über Dorchk ausüben konnte.

Doch Brok hatte keinen Grund, sich diesmal gegen Dorchk zu stellen, ging es doch um das Wohl des Rudels. Und selbiges litt darunter, dass beinahe alle Nahrungsquellen in der Gegend versiegt waren. Es war essentiell, dass die Jäger es schafften, jede Nacht zumindest ein wenig Nahrung zu erbeuten. Dabei hatten Mot und Achk zum wiederholten Male versagt.

Dorchk schritt mit ihnen bis zum Höhleneingang.

»Ist Brok schon von der Jagd zurück?«, rief er.

Eine klobige Gestalt trat aus der Höhle. Rocha, die ältere von zwei Trollweibchen, sah Dorchk finster an. Sie nahm es ihm übel, dass er sie so oft besiegt hatte. Dadurch war sie zur Mutter des halben Rudels geworden, eine Aufgabe, die ihr mehr als lästig war. Aber es war ein notwendiges Übel für ihr Überleben, also hatte sie sich mit ihrer Rolle abgefunden.

»Nein, ist er nicht«, grunzte sie.

Dorchk nickte. Brok ging fast jede Nacht auf die Jagd. Nicht nur, weil er um das Rudel besorgt war, sondern auch um zu zeigen, dass er der beste Jäger von allen war.

Die Zeit floss zäh. Mots Beine wurden müde. Dorchk, der sie mit seinem strengen Blick fixierte, ließ nicht zu, dass sie sich setzten. Sie beobachteten, wie manche Jäger mit Tierkadavern zurückkehrten und diese zerlegten. Die Beute fiel mager aus. Sie hatten nur ein paar kleine Kraxler erwischt. Alte, ausgemergelte Tiere, zu langsam zum Weglaufen. Sie gaben nur weniges, zähes Fleisch.

Achk begann nervös vor sich hin zu brummen. Mot hatte schon nach kurzer Zeit das Bedürfnis, ihm das Maul zu stopfen, doch das Brummen verstummte jäh, als ein faustgroßer Stein an Achks Stirn knallte und polternd zu Boden fiel. »Du nervst!«, rief ihm der Werfer, das Trollkind des Rudels, zu.

Achk sah das Kind nur finster an, während es ihm die Zunge rausstreckte und dann hämisch lachend weglief.

Die Sonne ging bereits auf, als endlich die Ankunft der letzten Jäger durch stapfende Füße angekündigt wurde, die Zweige zerbrachen und Steine durch die Gegend traten.

Brok, ein Bild von einem Troll, trat aus der schwindenden Dunkelheit. Er überragte selbst Dorchk um einen Kopf und war noch ein gutes Stück breiter gebaut. Sein Gesicht und sein Oberkörper waren blutbesudelt und glänzten im werdenden Tageslicht. Um seine Schulter hing der Pelz eines Wolfes, der zu Lebzeiten gigantisch gewesen sein musste. Eine Prüfungstrophäe, die eines Anführers würdig war. Seine beiden Jagdgefährten waren jünger als Mot und Achk, jedoch größer. Einem zog sich eine klaffende Wunde über die Brust, die eine imposante Narbe abgeben würde. Der andere hatte sich mehrere kleine Schnitte an seinen Armen zugezogen. Brok schien lediglich von fremdem Blut überzogen zu sein. Aber er hatte ohnehin schon genug Narben, die von seinen kriegerischen Taten zeugten.

In ihrer Mitte trugen sie die Beute. Einen ausgewachsenen Langzahn. Das sonst grau-braune Fell war rot gefärbt vom Blut. Mehrere Wunden zierten die Flanken und der Kopf stand in einem unnatürlichen Winkel vom Hals ab. Die beträchtliche Muskelmasse des Langzahns würde das Rudel einige Tage ernähren und seine Klauen und Zähne gute Trophäen für die Jäger abgeben. Eifersucht wallte in Mot auf und wurde jäh weggeblasen, als Dorchks raue Stimme über den Platz donnerte.

»Willkommen zurück, Brok! Gute Beute. Rate, wer wieder nichts gebracht hat!«

Das Gesicht des Anführers versteinerte.

»Was höre ich?«, fragte er. Mot schluckte. Gewöhnlich wurde Brok laut, wenn ihm etwas nicht passte. Er beschimpfte Versager wüst und wies sie zurecht. Doch dass er leise sprach zeigte, wie wütend er war.

»Wiederhol deine Worte, Dorchk«, sagte Brok. Etwas Bedrohliches schwang in seiner Stimme mit.

»Die zwei haben sich lieber geprügelt als zu jagen«, grummelte Dorchk.

Brok kniff die Augen zusammen, seine Miene verfinsterte sich.

»Ist das so?«

Ein Schauer lief über Mots Rücken. Ihr Anführer sah ihn direkt an. Mot war, als bohrte sich der Blick in sein Innerstes.

»Ihr wollt also nichts fressen?«, grollte Brok etwas lauter. »Ihr wollt also nicht, dass euer Rudel etwas zu fressen hat? Euch ist wohl egal, was mit uns passiert! Ihr wollt Jäger sein, aber ihr verhaltet euch wie Frischlinge!«

Stetig hatte Brok die Lautstärke seiner Stimme erhöht, sodass er die letzten Worte regelrecht brüllte. Blutige Speicheltropfen regneten auf Mot und Achk nieder.

»Aber er hat gesagt, ich hätte bei der Prüfung geschummelt«, platze es aus Mot heraus und er deutete anklagend in Achks Richtung.

»Du hast dasselbe gesagt, also halt's Maul!«, entgegnete Achk.

Ohne dass einer der beiden hätte reagieren können, schnellten Broks Arme nach vorne und packten die beiden Streithähne an den Kehlen. Sie krächzten, als Broks Pranken ihnen die Luft abschnürten.

»Ihr behauptet also beide, der andere hätte bei der Prüfung geschummelt?« Broks Tonfall ließ vermuten, dass sich auch die letzten Reste seiner Geduld dem Ende zuneigten.

»Und das müsst ihr austragen, wenn ihr jagen sollt?«

Brok schleuderte die beiden von sich. Hart prallten sie gegen die Felswand in ihrem Rücken und fielen zu Boden. Keuchend rangen sie nach Luft.

»Ich sag euch was!«, brüllte Brok, »Ihr seid beide Versager! Keiner von euch verhält sich wie ein erwachsener Troll!«

Mot versuchte etwas zu entgegnen, doch aus seiner schmerzende Kehle wollte kein Ton dringen.

»Und deshalb«, fuhr Brok fort, während er nach dem langen Reißzahn an Mots und dem Schädel an Achks Hals griff, »wird es sein, als hättet ihr die Prüfung nie bestanden!«

Ein lautes Reißen war zu hören, als Brok an den Lederriemen zerrte und die Trophäen der beiden Trolle an sich nahm. Die Trophäen, die bezeugten, dass sie die Prüfung bestanden und in den Rang eines Erwachsenen aufgestiegen waren. Diese Trophäen schleuderte Brok in den Dreck und zermalmte sie mit seinen großen Füßen. Es knirschte und knackte laut, ein Keuchen entfuhr den umstehenden Trollen. Brok degradierte sie zu Frischlingen. So etwas war im Rudel noch nie vorgekommen.

Wie stolz war Mot gewesen, als er schwer verwundet, doch mit dem erschlagenen Langzahn über der Schulter in die Höhle zurückgekehrt war. Wie gut hatte er sich gefühlt, als Brok lautstark verkündet hatte, dass er, Mot, nun ein erwachsener Troll sei. Und jetzt war all dieser Stolz innerhalb von Sekunden vernichtet, zertreten von einem klobigen Trollfuß.

»Das ist nicht gerecht!«, brüllte Achk, als er sich hochrappelte. »Das darfst du nicht!«

Brok blickte auf ihn herab.

»Und ob ich das darf. Ich bin der Anführer hier. Wenn du ein Problem damit hast, zeig es mir hier und jetzt!«

Mit einem verzweifelten Brüllen stürmte Achk auf ihn. Brok bewegte sich kein Stück. Erst als Achk fast bei ihm war, schnellte Broks Faust vor und krachte in dessen Bauch. Das stoppte den Vorstoß des jüngeren Trolls augenblicklich. Brok ließ Achk nicht die Zeit auch nur zu Husten, sondern er setzte gleich mit einem Faustschlag gegen den Kiefer nach. Es krachte. Achk spuckte Blut und ein paar Zähne aus. Blindlings versuchte er einen Schlag zu landen, doch Brok blockte mühelos ab und schlug erneut zu. Eine Rippe brach mit lautem Knacken.

Mot zollte Achk widerwillig Respekt dafür, dass er immer noch auf den Beinen stand. Er selbst wusste, warum er

Brok nicht angreifen würde. Er hätte nicht den Hauch einer Chance.

Achk holte weit zu einem Schwinger aus. Brok duckte sich und trat Achk die Beine weg. Der junge Troll fiel zu Boden. Er wartete ab, ob Brok nachsetzte. Als kein weiterer Schlag kam, versuchte er, wieder auf die Beine zu kommen. Doch der Rudelführer dachte nicht daran, ihn aufstehen zu lassen. Mit voller Wucht stieß er Achk die Fußsohle ins Gesicht und schickte ihn erneut zu Boden. Er setzte weder Klauen, noch Zähne ein. Brok demütigte Achk, indem er so kämpfte, dass Achk keine einzige Narbe davontragen würde, die von diesem Kampf zeugte. Nicht ein bisschen Ehre sollte der jüngere Troll gewinnen.

Das Krachen, mit dem Broks Faust Achks Kopf ein Stück weit in den losen Stein hineintrieb, ließ Mot erschaudern. Diesmal würde Achk nicht so schnell aufstehen.

Brok spuckte auf den Bewusstlosen und wandte sich Mot zu.

»Hast du auch noch was zu sagen?«

Mot schüttelte nur den Kopf.

»Dacht ich mir.«

Brok spuckte in Mots Richtung aus. Dann wandte er sich den umstehenden Trollen zu und deutete auf Achk.

»Los, weckt den Trottel auf!«

Einer der Trolle stellte sich breitbeinig neben den Liegenden und begann, ihm ins Gesicht zu pinkeln.

Broks Gesicht verzog sich zu einem schmutzigen Grinsen und ein Teil der Umstehenden lachte hämisch.

Achk erwachte prustend, als der beißende Urin sein Gesicht traf. Unter lautem Fluchen rappelte er sich hoch.

»Ihr beiden«, Brok erhob erneut die Stimme, »werdet euch immer wieder streiten. Das macht euch auf der Jagd nutzlos, das macht euch als Wache nutzlos. Hättet ihr darum gekämpft, dann wäre es jetzt kein Problem. Aber ihr tragt euren verdammten Streit immer mit euch rum. Ihr seid eine Last! Also verpisst euch, bevor wir euch zu Nutzen verhelfen indem wir euch fressen!«

Einige der Umstehenden pflichteten Brok bei. Dorchk wirkte erstaunt, als hätte er nicht mit einem derart harten Urteil gerechnet. Doch würde er sich nicht für die beiden einsetzen. Niemand hier würde sich für die beiden einsetzen.

Vielmehr wurden Rufe laut, die von Mot und Achk genau das verlangten, was Brok befohlen hatte. Um das zu unterstreichen warf der ein oder andere etwas nach ihnen. Kein Essen, Nahrung war schließlich knapp. Sie griffen zu dem, was sie im Überfluss hatten: Steine und Kot.

Gedemütigt und entehrt schlurften Mot und Achk unter den lauter werdenden Schmähungen ihrer ehemaligen Gefährten davon.

Sie gingen von dem Plateau, auf dem ihre Höhle lag, durch ein spärlich bewachsenes Tal. Die aufgehende Sonne brannte ihnen in den Augen. Müdigkeit und Hunger machte sich bemerkbar und zum ersten Mal in seinem Leben spürte Mot so etwas wie Verzweiflung. Er war in dem Rudel aufgewachsen, hatte dort Jagen und Kämpfen gelernt. Er hatte dort seine Prüfung abgelegt. Und von einem Moment auf den anderen hatte er alles verloren. Er wusste nicht, wo er hingehen sollte. Was tat ein Troll im Leben ohne sein Rudel? Planlos ging Mot voran, der von Schmerzen gepeinigte Achk schlurfte stöhnend hinter ihm her.

Sie erreichten das Ende des Tales, als die grelle Mittagssonne vom Himmel brannte. Sie konnten ihre Umgebung nur schemenhaft wahrnehmen und versuchten sich anhand von Geräuschen und Gerüchen zu orientieren. Mot erkannte, dass der Weg in einigen Metern an einer Böschung enden würde. Doch im Grunde war ihm das egal. Er war müde, hungrig, wütend, verzweifelt, ihm taten die Beine weh und die Sonne brannte in seinen Augen. Vor allem aber wurde Achks Gestöhne unerträglich.

»Kannst du nicht einfach dein Maul halten, wenn du mir schon hinterher rennen musst wie ein Küken seiner Mutter?«, sagte Mot.

Achk grunzte.

»Ich hab immerhin versucht gegen Brok zu kämpfen. Von dir ist ja nix zu erwarten.«

In dem Moment riss Mot endgültig der Geduldsfaden.

»Wenigstens reiß ich nicht dauernd andere in die Scheiße! An dem ganzen Mist bist doch nur du schuld! Weil du dein Maul nicht halten kannst und immer wieder von der Prüfung anfangen musst! Und jetzt, wo wir verjagt wurden, traust du dich noch nicht mal, allein zu gehen, sondern klebst mir am Arsch wie Langzahnkacke!«

Mot holte Luft, um Achk weiter anzuschreien, doch der wollte sich das nicht länger anhören und verpasste ihm kurzerhand einen Kinnhaken. Mot taumelte ein paar Schritte zurück.

»Du weißt nicht, wann's genug ist!«, brüllte er und stürmte auf Achk zu.

Die Misere sollte also enden, wie sie begann: im Zweikampf.

Beide waren müde, hungrig und von den Auseinandersetzungen der vergangenen Nacht ausgelaugt. Dennoch sollte sich der Schlagabtausch diesmal schnell zu Mots Gunsten entscheiden. Der Kampf gegen Brok hatte Achk zu viel Kraft gekostet. So erzielte Mot einen Treffer nach dem anderen. Achk taumelte, konnte sich kaum noch auf den Beinen halten.

»Ich mach dich platt«, rief Mot triumphierend, »verpiss dich lieber, solange du noch laufen kannst!«

Achk dachte jedoch nicht daran, davon zu laufen. Er sammelte seine Kräfte für einen letzten, verzweifelten Angriff auf Mots Kehle.

Mit einem animalischen Brüllen stürmte Achk auf Mot zu. Überrascht wich Mot einen Schritt zurück. Achk durchbrach seine Deckung und hieb mit den Klauen nach Mots Hals. Er traf, doch Mots Ausweichschritt hatte gereicht, damit der Angriff an Wucht verloren hatte. Zwar durchdrangen Achks Klauen die dicke Haut, doch verpasste er ihm lediglich ein paar blutige Striemen. Nichts, was einen Troll umbringen würde. Instinktiv riss Mot die Arme nach oben und ließ beide Fäuste zugleich auf Achks Kopf niederfahren. Ein dumpfes Geräusch ertönte beim Aufprall und wie ein nasser Sack fiel Achk zu Boden. Noch bevor Achk auch nur versuchen konnte sich aufzubäumen, trat ihm Mot mit voller Wucht in die Seite. Es knackte, als die bereits lädierten Rippen brachen. Beim zweiten Tritt ließ Achk einen heiseren Schmerzschrei aus seiner Kehle weichen. Mot beugte sich zu Achk herab.

»Du hättest dich verpissen sollen«, knurrte Mot und schob seine Arme unter Achks Körper. Mit aller Kraft stemmte Mot das Gewicht des ausgewachsenen Trolls in die Höhe. Einen langsamen Schritt nach dem anderen machte Mot auf den Rand der Böschung zu. Er kniff die Augen zusammen. Im grellen Licht erkannte er nur Schemen scharfkantiger Felsen. Bemüht, nicht unter der Last zusammenzubrechen, stellte er sich breitbeinig an den Abhang, streckte die Arme und stemmte Achk noch einmal in die Höhe.

»Guten Flug!«, brüllte Mot, bevor er den Körper mit aller Kraft die Böschung hinab schleuderte. Er hörte das Geräusch dumpfer Aufschläge, splitternder Steine und wie der Trollkörper über den Boden schleifte. Dann nur noch ein paar vereinzelte Kiesel. Schließlich war es still.

Mot lauschte. Abgesehen von den üblichen Geräuschen des Gebirges war es ruhig. Langsam machte er sich daran, selbst die Böschung herab zu kraxeln. Dabei lauschte er und schnüffelte. Er roch eindeutig Trollblut.

Als er beinahe unten angekommen war, trat er in eine klebrige Flüssigkeit. Er grinste. Die Felsen mussten Achk die Haut aufgeschlitzt haben. Mot betastete die Wunden an seinem Hals.

Ein wenig bluteten sie noch, doch es gerann bereits. Nichts gefährliches, aber ein paar schicke Narben würden zurückbleiben.

Noch immer hatte Achk sich keinen Fingerbreit bewegt. Mot erreichte den Fuß der Böschung. Er prüfte gar nicht erst, ob Achk tot war oder nicht. Stattdessen suchte er sich einen großen, flachen Stein mit scharfen Kanten. Diesen nahm er mit beiden Händen und kniete sich neben Achk. Kraftvoll schlug er mit der Kante auf den Hals des Trolls. Er durchdrang die Haut, das Blut strömte nur so hervor. Ein zweiter Schlag. Es knackte, als der Stein die Halswirbel brach. Ein dritter Schlag trennte den Kopf vollständig vom Körper. Mot erhob sich, das Haupt seines Widersachers in den Händen haltend.

»Ha! Du hast mich meiner Prüfung beraubt, jetzt bist du meine Prüfung geworden!«

Achks Hohlkopf gab eine gute Trophäe ab.

Mot hielt inne. Wieso sich mit einer Trophäe begnügen? Achk war ja nicht allein schuld an seiner Lage. Dorchk hatte sie bei Brok verpetzt. Brok hatte ihnen die Prüfung aberkannt. Das Rudel hatte sie verstoßen. Achk war nur der Anfang. Sie alle sollten seine Vergeltung spüren. Gerade hatte sich Mot gefragt, was er ohne Rudel tun sollte, doch jetzt überkam ihn die Antwort einer Offenbarung gleich: Er würde ein Troll sein, der ohne Rudel überlebte. Er würde ein Troll sein, den die Rudel achteten. Respekt und Ehrfurcht sollten alle Trolle empfinden, wenn sie seinen Namen aussprachen:

Mot der Trollschlächter.

ANGST DER FURCHTLOSEN

Kwitt

»Dass du ein Feigling bist, hätte ich nicht gedach-«

Er hatte gewusst, dass diese Provokation ein Fehler gewesen war, doch er konnte es nicht mehr zurücknehmen. Mit einem Sprung nach links wich Kwitt dem Felsen aus. Als das Geschoss an ihm vorbeiflog, spürte er den Luftzug auf seiner steinernen Haut.

»Wer is' jetz' der Feigling?«, schrie Tcherkk und fletschte die Zähne. Speichel spritzte und der heiße Atem des Trolls gefror in der Luft. Obwohl er noch als Welpe galt, überragte er jetzt schon jeden anderen aus dem Rudel der Furchtlosen. Kwitt musste aufmerksam bleiben. Er hatte dieses Ungetüm von Troll wirklich wütend gemacht. Drohend hielt Tcherkk den zweiten Felsbrocken zwischen seinen Klauen, so als wollte er das Gestein zermalmen. Oder ihn.

Kwitt atmete tief durch und grub seine nackten Füße in den Schnee. Als Troll machte ihm Kälte nichts aus, denn ihre dicke Haut schützte sie wie eine Rüstung. Sie waren die stärksten Wesen dieser Welt und nichts konnte einen Troll zu Boden zwingen. Doch je näher das Rudel seinem Ziel gekommen war, desto stärker hatte der Wind ihre einzige Schwachstelle angegriffen. Ihre Augen waren weich und verletzlich und der hungrige Wolf der Lüfte hatte Gefallen daran gefunden. Immer wieder biss er zu und zwang Kwitt zum Blinzeln. So auch jetzt.

Auf diesen Moment hatte Tcherkk gewartet. Sofort schnellte seine Pranke mit dem Brocken nach vorne. Dieser Wurf war noch kräftiger als der letzte. Und dieses Mal konnte Kwitt nicht ausweichen. Mit einem Krachen schlug der Fels in seine Brust und holte den Troll von den Beinen. Die Luft entwich seinen Lungen. Dann folgte der Aufschlag, der durch den Schnee zwar abgefedert wurde, aber das Beben, das bis in die entlegensten Winkel seines Körpers vordrang, nicht verhinderte. Als die Erschütterung endete, blieb nur Schmerz.

»Tcherkk hat mehr von dir erwartet«, sagte sein Freund. Er benutzte gerne seinen eigenen Namen, wenn er von sich sprach. Was er doch für ein Dummkopf war. Aber eben dieser Dummkopf stand nun über ihn gebeugt und schaute auf ihn herab. Der Zorn, der Tcherkks Handeln vor einem Augenblick noch bestimmt hatte, war vollkommen verflogen. Stattdessen zeichnete sich ein neuer Ausdruck auf seinem Gesicht ab.

»Hau ab«, keuchte Kwitt. Diese Enttäuschung in den Augen ... Tcherkk verlor nie viele Worte und in diesem Moment musste er das auch nicht. Sein Blick sagte alles. *Ich hab' mehr von dir erwartet. Der Kampf hat noch nich' mal begonnen. Es hätt' so viel Spaß mach'n können. Aber du bist leider nich' der Rivale, der du gern' sein würdest. Du tust mir leid.*

Kwitt ballte die Hände zu Fäusten und ließ einen Wutschrei durch das Gebirge schallen. Das tat gut! Jeder sollte hören, wie stark sein Wille war. Er würde es ihnen allen zeigen. »Beim nächsten Mal reiße ich dir die Kehle raus!«

Tcherkk lachte laut. »Das schaffst du nich' ma' bei 'nem Kraxler.«

Kwitt brummte nur. Worte hatten jetzt keinen Sinn. Er würde seinen Freund schon bald mit Taten überzeugen. Dann hievte er sich aus dem Schnee. Vor ihnen erstreckte sich nichts als Grau. Der Nebel war während ihrer Auseinandersetzung noch dichter geworden. »Wo sind die anderen?«

»Weiß nich'.« Tcherkk hob den Kopf und sog die Luft ein. »Ich riech' sie nich'.«

Das liegt an der kalten Luft, dachte Kwitt ohne es selbst zu glauben. In seiner Heimat hätte er den Geruch seines Rudels meilenweit riechen können, doch dieser Ort war nicht wie seine Heimat. Er war vollkommen andersartig, nicht natürlich. Er spürte etwas, das nicht hierher gehörte. Roork, ihr Anführer, behauptete, dass dies der höchste Punkt der Welt war. Nach Kwitts Meinung war das eine Untertreibung.

»Hmm ... Hier müssen doch irgendwo ihre Fußspu-«

Eine eisige Hand schloss sich um Kwitts Herz, drückte zu und stahl jene Welt, die der Troll kannte. Einst gekannt hatte. Sein Herz erstarrte, seine Gedanken stürzten. Nichts als blendendes Weiß umgab ihn. Eisige Kälte kroch in seinen Leib. Glühende Hitze verbrannte ihn von Innen. Tosender Schmerz ließ ihn alles vergessen.

Verschwinde!

Eine Stimme! Sie war in seinem Kopf. Nein ... nicht nur in seinem Kopf. Sie war überall. Sie war das Weiß. Sie war die Kälte und die Hitze. Sie war der Schmerz. Sie war jene Hand, die seinem Herz befahl, innezuhalten. Jene Hand, die ihn zu töten versuchte.

Verschwinde!, fauchte sie erneut. Sein Kopf bebte. Er würde explodieren.

Verschwinde! Er würde sterben. Da war sich Kwitt sicher. Doch das durfte er nicht. Noch nicht! Er war nichts weiter als ein Welpe. Wenn er jetzt starb, würde er sich das niemals verzeihen.

»Nein! Du verschwindest!«, schrie er mit aller Kraft in das Nichts. Als hätte sein Schrei einen Felsbrocken in eine Wolke geschleudert, stob das Weiß auseinander und offenbarte das Grau des Nebels und mit ihm die gewohnte Welt. Die Stimme in seinen Gedanken verstummte.

»Kwitt!«

Wie ein Ertrinkender tauchte Kwitt auf und holte Luft. Tief Luft. Es fühlte sich gut an. So verdammt gut.

»Was war das?«, fragte Kwitt, als er wieder bei Bewusstsein war. Da sich sein Körper noch taub anfühlte, konnte er sich nur quälend langsam aufrichten. Hatte ihn diese Stimme von den Beinen gefegt?

»Was?« Tcherkks Gesicht war voller Fragen. Das ließ den Troll noch dümmlicher aussehen als sonst.

»Diese Stimme«, sagte Kwitt. »Die Kälte. Das Feuer ...« Er merkte, wie wirr seine Worte klangen und Tcherkks irritierter Ausdruck verstärkte seine Vermutung noch. »Ach ... vergiss es.«

Jetzt, wo Kwitt darüber nachdachte, hatte er dieses Gefühl bereits den ganzen Tag gehabt. Nicht so wie eben. Nein. Viel, viel schwächer und ... versteckter? Wie ein listiges Raubtier. Aber es war da gewesen.

»Da sind Spuren«, sagte Tcherkk, als wäre nichts geschehen.

Für einen Moment wusste Kwitt nicht, wovon sein Freund redete. Dann fiel es ihm wieder ein. Das Rudel. Die Aufgabe. Sie mussten sich beeilen. Wie viel Zeit hatten sie hier wohl schon vergeudet?

»Lass uns gehen.« Sie hatten genug herumgespielt. Die anderen waren bestimmt längst an der Wand angekommen, doch sie beide hatten ihren Streit klären müssen – an Ort und Stelle. Tcherkk war ein Idiot und es war seine Pflicht als Freund gewesen, ihm das zu zeigen. Auch wenn er dieses Mal wenig Erfolg gehabt hatte.

»Wieso trägst du zwei Steine?«, hatte Kwitt ihn gefragt. Und Tcherkk, der munter neben ihm hergestapft war, hatte nur blöd gegrinst. Diese Selbstzufriedenheit ... Kwitt hasste sie und dieses dumme Gesicht hatte ihn rasend vor Wut gemacht. Doch er wusste sich zu beherrschen. Auch wenn er nur eine schmächtige Gestalt von einem Troll war, besaß er eine Gabe, die unter den Furchtlosen einzigartig war: Er konnte denken. Und deshalb ließ er sich auch nicht wie die anderen Trolle provozieren. Beherrschung. Das war ein großer Vorteil. Stets die Ruhe bewahren. Doch dieses dämliche Grinsen hatte seinen Zorn geweckt ...

Ein zweites Mal hatte Kwitt die Frage gestellt. »Warum trägst du zwei Steine, Tcherkk?«

Allmählich war das selbstzufriedene Gesicht einem verärgerten gewichen. »Zu viele Fragen.« Das war Tcherkks nichtssagende Erwiderung gewesen. So sehr sein Körper auch vor Muskeln strotzte, so wenig hatte er im Köpfchen. Tcherkk sprach nicht gerne. Wahrscheinlich weil ihm die Worte fehlten und er einen vollständigen Satz stundenlang im Voraus planen musste.

Als Tcherkk noch immer keine Anstalten gemacht hatte, ihm seine Frage zu beantworten, hatte Kwitt die Taktik gewechselt. Er hatte ganz nüchtern festgestellt, dass Tcherkk wohl zu viel Angst vor der Wand habe. Dass er sich deshalb gleich zwei Felsen mitgenommen hatte, damit er sich bei Gefahr dahinter verstecken könnte.

Mittlerweile war Kwitt die Antwort egal gewesen. Sein Zorn hatte keine Antworten mehr gewollt, sondern Blut. Das war das einzige gewesen, was zählte. Ihm war dieser Nervenkitzel gerade recht gekommen. Dieses unangenehme Gefühl, das ihn den ganzen Tag begleitet hatte, als würde er von der Welt verachtet werden. Er hatte diese Gedanken endlich abschütteln müssen. Und ein Kampf ... ja! Das war genau das richtige gewesen. Also hatte er noch einen draufgesetzt: »Tcherkk, Tcherkk, Tcherkk. Dass du ein Feigling bist ... Das hätte ich nicht gedach-« Und da war der erste Fels geflogen.

Eine Blamage später stapften sie beide durch den Schnee, Kwitt mit einem Felsen, Tcherkk mit zweien – einen unter jeden Arm geklemmt. Auf der Suche nach ihrem Rudel, umgeben von Nebel. Der Zorn der beiden Trolle war so schnell verflogen, wie er gekommen war. Nun gab es in ihrem Inneren eine Leere, die gefüllt werden konnte. So viel Platz für Gefühle, die Kwitt ganz und gar nicht willkommen hieß. Immer noch glaubte er die Stimme in seinem Kopf zu hören ... *Verschwinde.*

Die Welt wollte sie nicht. Sie waren hier oben unerwünscht. Doch sie waren Trolle und Trolle fürchteten sich vor nichts und niemandem. Sie konnten jeden ihrer Feinde schlagen und ihm die Kehle herausreißen, den Geschmack von Blut auf ihrer Zunge spüren und einen Schrei des Triumphes ausstoßen. Nichts anderes waren sie: Trolle!

Zumindest waren sie das beinahe. Noch wurden sie von den Älteren als Welpen bezeichnet. Ein Wort, das Kwitt hasste. Vermutlich wie jeder andere Jungtroll auch. Doch heute würde sich das endlich ändern. Wenn sie erst einmal die Wand der Herausforderung bezwungen hatten, dann waren sie dieses lästige Wort endlich los. Nie wieder ein Welpe, endlich ein wahrhaftiger Troll. Dieser Gedanke verjagte die Stimme ein weiteres Mal und beschleunigte seine Schritte.

»Die lahmen Welpen«, begrüßte Roork die beiden, als sie beim Rudel ankamen. Er war vor einigen Jahren zum Anführer der Furchtlosen geworden, als er einen erbitterten Kampf gegen Taark, der damals als stärkster aller Trolle galt, gewonnen hatte. Allerdings hatte Roork für diesen Sieg einen hohen Preis zahlen müssen. Eine lange, wulstige Narbe überzog die Stelle, wo sich einst sein linkes Auge befunden hatte. Ein fairer Preis, fand Kwitt. Eigentlich auch nicht allzu hoch. Schließlich genügte ja ein Auge zum Sehen.

Fast zwanzig Trolle hatten sich heute versammelt, um die Wand der Herausforderung zu bezwingen, und Kwitt hatte sich immer gefragt, was daran so schwer sein sollte, mit einem Stein gegen eine Felswand zu rennen. Ihm war diese Prüfung zwar spaßig vorgekommen und er hatte auch erkannt, dass ihre Kräfte und Ausdauer durch den Marsch und das Tragen des Felsens getestet wurden, aber für einen Troll war dies keine

Herausforderung. Und dennoch wurde die Wand so genannt. Die Wand der Herausforderung. Bis jetzt hatte er den Namen nicht verstehen können, doch nun, wo er vor ihr stand, begriff er endlich.

»Wo is' jetz' die Wand?«, fragte Tcherkk. Sein Freund war scheinbar noch nicht so weit. Typisch Tcherkk.

Roork antwortete nicht. Stattdessen zeigte er mit seiner Hand in eine Richtung, die Kwitt auch blind hätte finden können. Vor allem blind. Denn sie war nicht aus Fels, wie er immer gedacht hatte, sondern unsichtbar. Seine Augen täuschten ihn, sahen nichts und dennoch war sie da. Die Stimme, die Hand, die Kälte, die Hitze, der Schmerz, das Weiß. Und bei dem Gedanken daran, dass sie genau gegen dieses Wesen, gegen diese Wand, stürmen mussten, gefror Kwitt das Blut in den Adern. Nie war ihm so kalt gewesen.

»Seid ihr bereit, Welpen?« Roorks Stimme schnitt durch die Stille. Alle Trolle waren ruhig, sagten kein Wort, gaben nicht einmal mehr einen Laut von sich. Sie alle kämpften jetzt schon in ihrem Inneren. So wie er. »Hebt euren Felsen, rennt und unterwerft die Welt eurem Willen. Und dann kehrt mit dem Zeichen der Sonne zurück. Dem wahren Zeichen eines Furchtlosen. Dem wahren Zeichen eines Trolls!«

Die Ansprache half. Die Rede spülte die fremde Macht aus seinem Körper. Bewegung und Gemurmel kehrte ins Rudel zurück. Und dann erhob sich ein Brüllen aus ihren Kehlen. »Wir fürchten nichts!«

Die ersten rannten los, allen voran Tcherkk. Wieder war dieser Dummkopf ihm einen Schritt voraus. Verdammter Tcherkk! Er würde ihn gleich überholen.

Noch einmal atmete Kwitt tief ein. Hörte in sich hinein. Hob sein Bein. Und ...

VERSCHWINDE!

Sein Schädel explodierte. Zu gewaltig war die Kraft, die von der Stimme der Welt ausging. Er gefror zu Eis und wollte schreien – vor Hitze und Schmerz, aber auch vor schneidender Trauer und reißender Angst. Angst! Das war es die ganze Zeit gewesen! Er hatte Angst gehabt. Immer noch. Furchtbare Angst. Er ... Er fürchtete sich. Das war nicht möglich.

Beweg dich, schrie er in Gedanken. *Beweg dich, verdammt nochmal. Beweg dich!*

Doch es rührte sich nichts. Wenn er jetzt nicht auf die Wand ... auf die Welt, die ihn ohne zu berühren in Eis verwandelte, losstürmte, dann würde er sterben. Das wusste er. Er wusste, was mit jenen geschah, die die Prüfung nicht bestanden. Sie waren Welpen, die nicht würdig waren, Trolle zu werden. Und was hatten solche Wesen in dieser Welt verloren? Nichts! Es war ein Teil dieses Rituals, dass jene Welpen, die die Prüfung bestanden und zu Trollen wurden, die anderen töteten. Es war ihre erste Pflicht als vollwertiger Troll. Doch mussten sie diese Pflicht überhaupt noch erledigen, wenn er bereits ...

Er musste sich bewegen! Er musste laufen, rennen ... Er musste diese verdammte Wand bezwingen. Doch wenn er das tat, würde er auch sterben, das spürte Kwitt. Die Stimme hielt sein Herz in eisigen Klauen. Würde er diesem Geschöpf auch nur einen Schritt näherkommen ... Es müsste nur zudrücken.

Rannte er, starb er. Blieb er stehen, starb er.

Kwitt atmete.

Wenn ich schon sterbe, dann ganz sicher nicht als Welpe! Er würde rennen! Und wenn sein Herz zerquetscht wurde, dann würde er weiter rennen! Solange, bis er auf die Wand der Herausforderung traf und seinen Fels gegen sie rammte. Erst dann würde er aufhören. Erst dann war er ein Troll. *Und erst dann werde ich sterben!*

Tcherkk

Trolle hatten keine Angst. Und doch kamen Tcherkk zum ersten Mal in seinem Leben Zweifel. War er letztlich doch nur ein Welpe?

Nein. Das konnte nicht sein. Er war stark. Er würde ein Troll werden, würde die Wand bezwingen. Zerschmettern würde er sie! Und doch war nun etwas in ihm, das er zuvor noch nie gespürt hatte. Irgendetwas. Ein zweites Ich? Oder ein Geist? Tcherkk wusste es nicht. Obwohl ihn seine harte, graue Haut noch nie im Stich gelassen hatte, hatte der Eindringling einfach durch sie hindurch gegriffen. So als würde Tcherkk seine Hand in das Wasser eines Bergflusses schnellen lassen, um einen leckeren Fisch zu fangen.

Und nun bin ich dieser Fisch, dachte Tcherkk. *Ich muss aufpassen, dass mir nich' der Kopf abgebissen wird.* Dieser Gedanke machte ihn rasend vor Wut. Er war ein Troll. Kein Fisch. Niemand konnte einem Troll den Kopf abbeißen. So ein Unsinn!

Zornig rammte er seinen Fuß in den Schnee und stieß sich ab. Immer wieder stieß er sich ab. Er konzentrierte sich darauf. Er *musste* sich auf irgendetwas konzentrieren, sonst ... wer weiß. Vielleicht würde ihm dann sein Kopf ...

Hör auf damit! Konzentrier dich auf den Weg! Er spürte, wie der Geist in ihm umherkroch und auf einen Moment der Schwäche wartete. Doch egal wie weit der Weg noch war, diesen Moment würde er dem Eindringling nicht schenken. Da konnte er lange warten.

Tcherkk rannte seit Stunden. Zumindest kam es ihm so vor. Wie sich wohl die anderen machten? Besonders Kwitt ... Tcherkk hatte sein Rudel mittlerweile aus den Augen verloren, doch am Anfang waren sie gemeinsam gestartet und die stärksten von ihnen waren um die Wette gerannt. Kwitt war nicht dabei gewesen. Tcherkk konnte nicht sagen, ob er sich überhaupt bewegt hatte.

Die anderen hatte er, obwohl er zwei massige Felsen unter seinen Armen trug, schnell abgehangen. Das hatte Tcherkk zumindest geglaubt. Jetzt war er sich da nicht mehr so sicher. Er hätte sich mit einem Blick nach rechts und links vergewissern können, doch er wollte vorerst darauf verzichten, denn vielleicht lauerte auch dieses Ding dort irgendwo. Aus einem unerklärlichen Grund wusste Tcherkk, dass der Geist, oder was auch immer es war, nicht nur in ihm, sondern auch um ihn herum existierte. Und diesem Wesen wollte er nicht begegnen. Nein! Niemals. Er hatte ...

Angst? War dieses Gefühl ... Angst? Er hätte gerne gedacht: *Nein, Tcherkk. Das is' nur 'ne Art von Aufregung. Ein Gefühl wie man's bei 'nem Kampf gegen 'nen starken und erfahr'nen Krieger hat, sobald man am Ende seiner Kräfte angekommen is' und verbittert drum kämpft, den Ausgang noch zu dreh'n. Ja, Tcherkk. Genau so ein Gefühl is' das. Nur größer. Viel größer.*

Und doch war es komplett anders. Es war keine Kraft, die seinen Körper erzittern ließ und von der er zehren konnte, um über sich hinauszuwachsen. *Nein, dummer Tcherkk. Ganz im Gegenteil. Diese Kraft zerreißt dich! Und gibst du dich ihr ganz hin, dann wird sie dich verschlingen. Und zuallererst deinen Kopf. Es wird dein Blut trinken und schließlich dein tapferes Herz verspeisen. Tapferes Herz? Nein, dummer Tcherkk. Was denkst du nur? Dein Herz soll tapfer sein? Du hast Angst, Tcherkk. Ja, dieses Gefühl nennt man Angst. Du fürchtest dich. Vor mir!*

»Nein!« Tcherkk wollte schreien, aber er brachte nur pfeifende Laute hervor. Er hatte nicht bemerkt, wie sich seine innere Stimme ganz langsam in die des Geistes verwandelt hatte. Und nun, da es ihm bewusst wurde, griff eine Kälte nach ihm, die sein gesamtes Bewusstsein in Eis verwandelte.

Oh doch, Tcherkk. Du dummer, kleiner, schwacher Tcherkk. Verschwinde!

Dumm? Ja, vielleicht stimmte das. Zumindest sagte das Kwitt immer. Klein? Nein, ganz sicherlich nicht. Er war ein großer Troll, der größte seines Rudels. Doch angesichts der Wand, die unsichtbar und endlos in den Himmel ragte, angesichts der Macht des Geistes ... Ja, vielleicht war dann auch das wahr. Aber schwach? Nein. Egal auf welche Weise man das betrachtete: Er war stark! Verdammt stark! Doch auch der Stärkste hatte Momente der Schwäche. Aber dieser Moment war jetzt vorbei!

»Ich werd' dich zerschmettern!« Sein Schrei war jetzt deutlich kräftiger.

Das bezweifle ich, höhnte die Stimme.

In seinem Leben hatte Tcherkk sich viele Herausforderungen gesucht. Manchmal war er gescheitert, doch nie hatte er aufgegeben. Und irgendwann, da hatte er alles gemeistert. Er hatte die erfahrenen Krieger seines Rudels besiegt, er war zum stärksten Jungtroll aller Zeiten geworden. Und er wollte noch höher hinaus. Er stand noch ganz am Anfang. Auch diese Herausforderung würde er bezwingen!

»Ich werd' dich ZERSTÖR'N!« Noch nie hatte Tcherkk so laut geschrien. Sein vernebelter Verstand bebte. Sein ganzer Körper vibrierte vor Kraft.

Verschwinde! Die Stimme fauchte. Und zitterte. Sie würde ihm nicht den Kopf abbeißen. Niemals!

Doch nicht nur er war in Gefahr. Jetzt erinnerte sich Tcherkk. Kwitt war nicht gelaufen! Er hatte nur auf der Stelle gestanden. Er war dieser Aufgabe nicht gewachsen und wenn Tcherkk sich nicht beeilte und sein Ziel erreichte, dann würde der Geist seinem Freund den Kopf abbeißen, auch wenn ihm das bei Tcherkk nicht gelingen konnte. Oder gerade deswegen. Und selbst wenn nicht ... Wenn Kwitt immer noch auf der Stelle stand, würden die Jungtrolle über ihn herfallen. Auch wenn Tcherkk es nur ungern zugab – er mochte die Sticheleien von diesem Wicht. Und genau jetzt war Kwitt in tödlicher Gefahr, während er herumtrödelte. Diese Gedanken ließen die schlummernden Kräfte in ihm aufsteigen.

»ICH WERD' DICH ZERSTÖR'N!«

Mit einem Krachen prallte der Troll gegen die Wand der Herausforderung. Mit der gleichen Wucht, mit der er seine Schulter in die unsichtbare Macht gerammt hatte, schlug diese auch zurück. Heiße Geisterkraft verbrannte seine Schulter. Er wurde zurückgeschleudert und ein fürchterliches Knacken riss ihm den Arm aus dem Gelenk. Dann krachte er zu Boden. Einer der Felsen, der durch den Aufprall durch die Luft sauste, verfehlte seinen Kopf nur knapp.

Schmerz durchflutete seine rechte Seite. Kühler Schnee dämpfte ihn. Es war angenehm hier zu liegen. Und doch quälte sich Tcherkk wieder hoch. Er durfte keine Zeit verlieren.

Während sich die weiße Ebene nun vor ihm auftat und er die wabernde Wand aus heißer Luft erkennen konnte, war er vorher blindlings auf sie zugelaufen. Er hatte sie nicht gesehen und hatte auch keinen seiner Felsen in den Leib dieses Wesens geschmettert. Erst wenn sich das sonnenförmige Symbol in das Gestein schmolz, galt die Prüfung als bestanden.

Tcherkk betrachtete seine Schulter. Sein Panzer hatte seine alte Form verloren. Die Stelle sah nun aus wie die Oberfläche eines Sees, nachdem man einen Stein hineingeworfen hatte. Die verbrannte Haut kräuselte sich wellenartig. Dem Verlangen, sie zu berühren, um zu schauen, ob seine Haut fest oder flüssig war, widerstand er. Dafür war später noch Zeit.

Er ging drei Schritte durch den Schnee und hob einen seiner Felsen mit der unverletzten Linken auf, indem er das Gestein an seinem Bein hinaufrollte, bis er es an seinem gewohnten Platz unter dem Arm halten konnte. Nur würde er den Felsen so kaum in die Wand rammen können, denn dazu musste er ihn vor sich halten. Er versuchte seinen rechten Arm zu heben, doch die Schmerzen waren enorm. Tcherkk biss sich in die Lippen, bis Blut sein Kinn hinunter lief. Langsam hob er den Arm, während sich seine Zähne weiter ins Fleisch senkten, und hielt den Stein dann mit beiden Händen – erst sanft, dann fest und entschlossen. Er visierte die sich windende Luft an.

Unvermittelt brach die Angst über ihn herein. Wieder fauchte und kratzte der Geist in seinen Gedanken, zeigte ihm Visionen von kopflosen Trollen und dahinschmelzenden Körpern. Doch Tcherkk schüttelte die Angst ab. Er war ein Troll!

Er begann seinen Lauf mit kleinen Schritten und nahm dann an Tempo zu. Immer schneller stießen sich seine Beine vom Schnee ab, bis er die Wand erreichte. Mit voller Wucht und aus voller Kehle schreiend rammte er den Felsen in den Geist. »Ich werde dich zerstör'n!«

Doch die Wand gab keinen Fingerbreit nach. Wieder schien sie die Kraft des Ansturms in sich aufzunehmen, um sie gegen den Angreifer selbst zu richten. Der Stein knirschte, ebenso wie Tcherkks Knochen. Kochender Schmerz durchzog seine rechte Seite. Blut spritzte, als er sich vor lauter Qualen einen Teil der Unterlippe abbiss. Der Troll wurde zu Boden geschleudert.

Nie hatte Tcherkk solche Schmerzen gehabt. Nie hatten seine Knochen oder sein Panzer nachgegeben. Was war das für ein Wesen?

Schreie. Kampfschreie. Dann ein Krachen. Und noch ein Knall. Dann ein dumpfer Aufprall, gefolgt von einem zweiten. Die anderen! Sie waren ebenfalls hier, um dem Geist zu zeigen, aus welchem Stein sie geschlagen waren!

Mit neuer Kraft erfüllt richtete sich Tcherkk auf. Vorsichtig hob er seinen Felsen und drehte ihn in seinen Händen. Immer wieder gab sein Arm unter dem Gewicht nach. Dann sah er es. Ein kreisförmiges Muster, dem auf seiner Schulter unheimlich ähnlich, hatte sich in eine Seite des Gesteins gefressen. Diese

Seite war nicht mehr rund, sondern flach. Man hätte den Fels auf einen Abhang legen können und er wäre nicht heruntergerollt. Das Symbol der Furchtlosen! Er hatte die Aufgabe gemeistert. Zwar sah das Abbild für ihn nicht nach einer Sonne aus, wie es Roork beschrieben hatte, doch zweifellos war er nun ein vollkommener Troll. Kein Welpe mehr.

Wieder gab es einen wilden Schrei, als ein vierter Troll gegen die Wand der Herausforderung rannte. Das festigte Tcherkk in seinem Vorhaben. Er würde immer höher hinaus wollen als alle anderen. Sollten sie die Aufgabe meistern. Sollten sie Trolle werden. Er selbst hatte ein höheres Ziel. Seit Jahrzehnten versuchte sein Volk diese Wand zu zerstören. Einige hatten diesen Grundgedanken vergessen und wollten nur ihr Sonnenzeichen erhalten, um dann von hier zu verschwinden. Tcherkk nicht. Er hatte sich von Anfang an vorgenommen, die eigentliche Aufgabe zu erfüllen. Er hatte es ausgesprochen. Er hatte es geschworen. Er würde diese Geisterwand zerstören!

Er hob den Felsen, stellte sich der Angst, die ihn versuchte zu verjagen, und rannte los. Wieder prallte er wirkungslos ab. Wie eine Fliege an der Haut eines Trolls. Dieses Bild schürte Tcherkks Zorn. Er richtete sich auf und stürmte wieder auf die Wand der Herausforderung zu.

Aufprall. Aufstehen. Aufprall. Aufstehen. Aufprall. Aufstehen.

Tcherkk wusste nicht, wie oft er schon gegen diese verfluchte Wand angelaufen war. Sein Körper war eine einzige Wunde, ein zerschmetterter Leib. Alles drehte sich. Er sah nichts als weiß. Schwarze Punkte. Dann wieder weiß. Die Schreie der anderen waren verstummt, sein Fels längst in tausend Einzelteile zerborsten. Dem zweiten stand dieses Schicksal kurz bevor. Tcherkk nahm ihn hoch, fast in Trance. Sein Körper tat einfach das, was er die ganze Zeit getan hatte. Doch der Troll ahnte, dass dies das letzte Mal sein würde, falls er es überhaupt noch bis zur

Wand schaffte. In welcher Richtung lag sie nochmal? Er wusste es nicht ...

Ein letztes Mal hob Tcherkk den Felsen an die Brust. Ein letztes Mal holte er keuchend Luft. Ein letztes Mal stapften seine bleiernen Beine durch den blutigen Schnee. Ein letztes Mal rannte er auf die Barriere zu. Zorn und Verzweiflung brodelten in seinem Inneren und entzündeten eine Flamme der Kraft. Ein letztes Mal.

Mit voller Wucht schmetterte der Troll gegen die Wand und binnen eines Herzschlags wurde Tcherkks Bewusstsein hinfortgefegt.

Roork

Roork fasste sich an den Hinterkopf. Was um alles in der Welt tat Tcherkk dort? Er konnte es aus dieser Entfernung nicht genau erkennen. Vielleicht wäre es ihm mit zwei gesunden Augen gelungen, aber diese Zeiten waren seit dem Kampf gegen Taark vorbei. Der Anführer der Furchtlosen war sich jedoch sicher, dass der Welpe immer und immer wieder gegen die Wand stürmte. Hatte sie ihm den Verstand geraubt? Er wäre nicht der erste.

»Und das war also diese Herausforderung, von der alle sprechen?«, rief eine Stimme aus weiterer Entfernung. Roork wandte den Blick von Tcherkk ab. Einer der Welpen kam auf ihn zu. Eine mickrige Gestalt.

»Große Fresse, Kwitt«, sagte Roork. Dafür, dass Kwitt einer der drei letzten gewesen war, die sich auf den Weg zur Wand gemacht hatten, riss er das Maul ganz schön weit auf. Zu weit. Roork kannte dieses Verhalten nur zu gut. Wer mit seinen Taten nicht überzeugte, der musste mit Worten nachlegen. Er hasste Prahlerei.

»Hab dich nich' geseh'n«, sagte ein anderer Welpe, nun ein Troll, zu Kwitt. »Da vorn' mein' ich.«

»Dann musst du deine kleinen Äuglein aufmachen«, erwiderte Kwitt und hob seinen Stein in die Luft, auf dem das Mal der Sonne eingebrannt war.

»Du hast lang' gebraucht, meine ich.«

Die umstehenden Trolle brachen in lautes Gelächter aus. Roork stimmte nicht mit ein, doch er konnte sich noch genau an den Tag erinnern, als er die Prüfung absolviert hatte. Dieses Gefühl, innerlich zu sterben. Immer und immer wieder. Allein bei dem Gedanken daran schüttelte es ihn. Selbst von hier konnte er jenes Gefühl von damals spüren. Je näher man dem Ursprung der Erscheinung kam, desto schlimmer wurde es. Doch genauso funktionierte es auch umgekehrt. Wer sich davon entfernte, dem ging es besser. Von einem Hochgefühl getragen, fiel es einem leicht, dutzende Meilen hinter sich zu bringen, solange es nur weg von dieser Wand war. Die Last, die von ihnen abfiel, beflügelte die Trolle. Auch er hatte damals lauthals gelacht, als es endlich vorbei gewesen war.

Kwitt präsentierte immer noch seinen Felsen. Seine frechen Worte hin oder her – in diesem Moment wurden die Welpen, die nun zu Trollen geworden waren, von Erfolg, Stolz und Erleichterung durchflutet. Sie alle klopften Kwitt mit harten Schlägen auf die Schulter und brüllten. Es gab kein besseres Gefühl. Er würde es niemals vergessen. Nicht einmal der Triumph über Taark war damit vergleichbar.

»Wo ist Tcherkk?«, fragte Kwitt in die Runde. Erwartungsvoll sah er sich um, erblickte seinen Freund aber nirgends.

Roork richtete seinen Kopf wieder gen Wand. Ein kleiner, dunkler Fleck erhob sich im endlosen Weiß der Landschaft, entfernte sich weiter und wurde dann wieder zurückgeschlagen. Roork mochte Tcherkk nicht. Doch er musste sich eingestehen, dass er in diesem Moment Respekt für den Welpen empfand. Er selbst hatte die Prüfung damals absolviert und war dann mit breit geschwellter Brust zurückgekehrt. Tcherkk aber ... Er stellte sich diesem Gefühl immer und immer wieder. Und so sehr Roork es auch hoffte, er glaubte nicht daran, dass Tcherkk den Verstand verloren hatte. Das sagte ihm sein Instinkt. Tcherkk war als Welpe schon stärker und mutiger gewesen als die meisten Trolle. Er war der letzte in diesem Rudel, der von der Wand in die Knie gezwungen werden würde.

»Er hat es nicht geschafft?«, fragte Kwitt und versuchte dabei seine Verwunderung zu überspielen.

»Doch«, erwiderte nun Roork und schaute dem Winzling in die Augen. »Er war der erste.«

»Aber wo ist er dann?«

Die Ahnungslosigkeit in seinem Blick erfüllte den Anführer der Furchtlosen mit Genugtuung. Er hasste diesen besserwisserischen Wicht. Roork ließ ihn zappeln und hob erst nach einer Weile die Hand, um in die Richtung zu zeigen, in der Tcherkk seine Spielchen trieb. Ob er wohl das Rudel beeindrucken wollte? Ob er es für sich gewinnen wollte? Roork wusste, dass Tcherkk eines Tages eine Gefahr für ihn werden würde. Doch so schnell? Schon jetzt? Zorn stieg in ihm auf. Unter den Trollen herrschte der Stärkste und mit seinem Sieg über Taark hatte sich Roork dieses Recht vor vielen Jahren erkämpft. Er würde nicht zulassen, dass so ein Welpe ihm den Rang ablief. Jedenfalls nicht kampflos!

»Was macht er da?«, fragte Kwitt.

Mit seinen Kräften prahlen, dachte Roork. Prahlerei war etwas für schwache Trolle. Wahrhaftige Trolle kleideten sich nicht in Worte oder Schauspiel. Sie vollbrachten Leistungen. Kwitts Art musste bei all der gemeinsamen Zeit auf Tcherkk abgefärbt haben.

»Macht er die ganze Zeit«, sagte der Troll, der Kwitt begrüßt hatte.

»'Ne ganze Weile schon.«

»Ja.«

»Weiß nich', was das soll.«

»Is' durchgedreht.«

Die Furchtlosen verfielen in Gemurmel. Dieser Idiot zog die gesamte Aufmerksamkeit auf sich. Sollte er irgendwann beschließen, zum Rudel zurückzukehren, würde eine Hälfte ihn für verrückt erklären, doch die anderen ... Nun, sie waren alle selbst da draußen gewesen, hatten gespürt, wie viel Kraft der Kampf gegen die Wand kostete. Mit diesem Verhalten erhielten sie einen Beweis für Tcherkks Stärke. Einen enormen Beweis. Sie würden ihm folgen.

Roork knirschte mit den Zähnen. Es war alles andere als ehrenvoll, was er nun vorhatte, und dafür verabscheute er sich. »Welpen!«, bellte er.

Das Gemurmel wurde leiser, aber noch ignorierten einige seinen Ruf.

»RUHE!« Sie gehorchten. Noch hatte er ihren Respekt. Doch schon bald würden ihn die ersten zum Duell herausfordern, denn dieses Recht hatten sie mit dem heutigen Tage erworben. Sollten sie nur kommen! »Für mich werdet ihr Welpen bleiben, bis ihr eure Aufgabe zu Ende gebracht habt.«

Stille. Sie hatten es vergessen. Sonst wartete Roork, bis sie von alleine darauf kamen, doch dieses Mal war Eile geboten. Ganz langsam kehrte der komplette Ablauf des Rituals in ihre Dickschädel zurück. Einer nach dem anderen ließ seinen Blick über den Schnee wandern. Niemand sagte ein Wort. Sie hatten verstanden. Der erste von ihnen, ein großer Troll, wandte sich wieder dem Schrecken dieses Ortes zu und rannte los. Weitere folgten. Einige zögerlich, andere entschlossen. Nur Kwitt nicht, obwohl er es vermutlich als erstes verstanden hatte. Geschockt schaute er zu Roork und es kam ihm so vor, als würde dieser verfluchte Winzling seine Gedanken lesen. Hatte er ihn durchschaut? Wenn dem so wäre, würde er Kwitt töten müssen. Für die Furchtlosen wäre das kein Verlust.

Der erste Schrei. Das erste Opfer. Roork verschränkte die Arme vor der Brust und sah dabei zu, wie einem am Boden liegenden Jüngling, der es nicht geschafft hatte, gegen die Wand der Herausforderung anzukommen, der Bauch aufgerissen wurde. Drei Trolle hatten sich über ihn hergemacht und zerfleischten seinen Leib, während sie sich das dampfende Fleisch händeweise in den Mund schoben. Auf dem Weg hierher hatten sie nur ein paar Kräuter gefunden, da sich kein Tier in diese Gegend vorwagte, und bei dem Anblick der fressenden Trolle meldete sich nun auch Roorks Magen zurück. Nur hatte er als Anführer nicht das Recht an diesem Festmahl teilzunehmen. Dies war ein Teil des Rituals, das seine Vorgänger vorgeschrieben hatten. Und gegen die Anweisungen der Toten stellte man sich nicht. Die

Welpen, die nun Trolle waren, fraßen jene, die die Aufgabe nicht bestanden hatten. Das war der natürliche Kreislauf des Lebens. Der Stärkere fraß den Schwächeren.

Oder auch den Verrückten. Einen solchen Fall hatte es zwar noch nie gegeben, doch wer bis zum Sonnenuntergang nicht zurückgekehrt war, der hatte versagt. So einfach war das. Er befahl nichts Unrechtes, denn die Welt war bereits in blutiges Licht getränkt. Roork konnte sich entspannen und zusehen, wie das Spektakel seinen Lauf nahm. Zunächst würde das Rudel die Welpen fressen. Dann würde das Hochgefühl nachlassen und sie würden die Angst spüren, wüssten aber auch gleichzeitig, dass ihre Aufgabe erst beendet war, wenn sie jeden getötet hatten, der das Mal der Sonne nicht vorgezeigt hatte. Sie müssten sich also auch um Tcherkk kümmern. Und das bedeutete, dass sie noch einmal den ganzen Weg bis zur Wand beschreiten müssten. Und das würden sie Tcherkk nicht verzeihen. Wut würde ihren Körper übernehmen und auch wenn sie es als Einzelne schwer gegen den starken Troll haben würden, hätten sie als Rudel keinerlei Probleme.

Tcherkk würde sterben. Doch Roork freute sich nicht darüber. Nein, ganz im Gegenteil, und das verwunderte ihn. Er hasste Tcherkk, aber immer, wenn er sich jenen Tag vorgestellt hatte, an dem seine Klauen den Panzer des Welpen zerfetzen würden, war es in einem fairen Zweikampf geschehen. Was auch immer Tcherkk getrieben hatte, die Zurschaustellung seines Mutes zu übertreiben, würde ihm nun zum Verhängnis werden.

Fast wehmütig betrachtete Roork den winzigen Punkt. Er brauchte nun viel mehr Zeit für die einzelnen Schritte. Nur langsam stemmte sich Tcherkk hoch. Taumelnd rannte er auf die Wand der Herausforderung zu. Roork hatte das sichere Gefühl, dass Tcherkk nach diesem Aufprall nie wieder aufstehen würde.

»Dummer, dummer Welpe«, seufzte er und niemand hörte ihn.

Dann explodierte die Welt.

Ein Krachen, als wären tausend Blitze mit einem Mal eingeschlagen, fegte jegliche Sinneseindrücke hinfort.

Weiß. Stille. Nichts ...

Blendendes Weiß... Nichts als blendendes Weiß. Oder war da noch etwas anderes? Allmählich kam Roork wieder zu sich. Der Schein der Abendsonne tränkte den Schnee in rotes Licht. Ein eisiger Wind jagte um seinen Körper. Was war passiert?

Betäubt taumelte Roork in die Richtung, in der sich sein Rudel befinden musste. Noch immer drehte sich alles und nur gedämpft nahm er die Geräusche der Umgebung war. Doch er ging weiter. Und weiter.

Dann, endlich, sah er eine kleine Gestalt. Kwitt? Noch nie war er so froh gewesen diesen Winzling zu sehen.

»Kwitt!«, rief er und hörte seine Stimme kaum.

Die Gestalt drehte sich um. »Roork!«, sagte sie. »Was ...«

Roork schüttelte den Kopf. Er wusste es nicht. Für einen kurzen Moment hatte Roork gedacht, dass nun alles aus wäre. Er war sich sicher, die Welt wäre explodiert. Aber hier stand er. Unversehrt. Verwirrt, aber unversehrt.

Dann schob sich eine Gestalt in sein Blickfeld. Eine Statur, wie sie kein zweiter im Rudel der Furchtlosen besaß. Tcherkk! Er lebte!

Auch Kwitt hatte ihn bemerkt und rannte auf ihn zu. Roork folgte ihm.

»Tcherkk!«, rief Kwitt.

Der Hüne war hart zugerichtet. Seine Arme hingen schlapp herab, sein rechtes Auge war zugeschwollen und er humpelte. Aber er grinste. Von einem Ohr zum anderen.

Tcherkk deutete mit dem Kopf nach hinten. Und sprach zu Kwitt: »Wofür ich die zwei Felsen gebraucht hab'? Na dafür, du Dummkopf.«

Dann brach er zusammen.

Roork hob den Blick und starrte in die Richtung, in die Tcherkk genickt hatte. Zur Wand. Doch da war nichts mehr. Die flackernde Luft, sie ... sie war einfach verschwunden!

»Er hat es getötet ...«, sagte Kwitt, mehr zu sich selbst.

Und jetzt erst registrierte Roork es. Die Angst. Die Stimme. Die Hitze und die Schmerzen. All das, was das Innere eines jeden attackiert hatte ... Es war verschwunden.

Die Wand der Herausforderung – sie war zerbrochen!

DANKE

Es war ein weiter Weg, doch nun erblickt endlich das erste, richtige, für die Öffentlichkeit bestimmte Werk Divoisias das Licht der Welt. Sieben Köpfe haben diese Welt erarbeitet, fünf Autoren haben Geschichten aus dieser Welt ersponnen, um diese Sammlung zu schaffen, die einen Einblick in die Welt Divoisia bieten soll.

Wir möchten hiermit all jenen danken, die uns auf dem langen Weg zum fertigen Buch begleitet haben.

Allen voran sei unseren wunderbaren Zeichnerinnen und Zeichnern gedankt. Izabela hat das Cover, die Geschichten des Buches und Teile der App illustriert. Christian und Florian haben die App zum Buch mit weiteren Bildern bestückt. Vielen Dank, dass ihr unsere wirren Ideen sichtbar macht.

Ein großer Dank geht an unsere Lektorin Pia, die sich mit allen fünf Autoren und ihren Eigenheiten auseinander gesetzt hat und ihnen stets mit Rat und Tat zur Seite stand.

Der größte Dank geht jedoch an euch. An all diejenigen, die unser Projekt unterstützen und uns helfen, es in die Welt hinauszutragen. Wir danken allen, die unser Crowdfunding auf Startnext finanziell unterstützt haben, denen die die Kampagne in den sozialen Netzwerken geteilt und verbreitet haben und unseren Patreons.

Wenn auch Du uns unterstützen möchtest, freuen wir uns sehr über kurze Rezensionen bei Amazon und in den sozialen Netzwerken. So können wir euer Feedback in künftige Projekte einfließen lassen.

Vielen Dank euch allen. Auf dass dies nur der erste Blick nach Divoisia war und viele weitere folgen mögen!

VIELEN DANK AN ...

Alina Marschke
Annett Kittner
Antonia Schmidt
Bastian Schläfer
Bella Grünwald
Ben Driediger
Benedikt Franken
Benedikt Sprengel
Benjamin D.
Benjamin Spang
Benny Proß
Björn Berendes
Caroline Bauer
Chris Sachau
Christian Feichtinger
Christian Weinhold
Claudia Alraun
Claudia Stießberger
Colin Beckmann
Dailo-Daniel Mai Nguyen
Daniel Ehrlich
Daniel Köster
Daniel Weich
David Fossen
David Hammes
David Kretschmer
David Ottawa
Dennis Grunow
Dennis Hoffelder
Dennis Ziolkowski

Dominik Haas
Dustin Müller
Elias Neuhold
Eric Rauschmann
Eva Philippi
Fabian Coldewey
Felix Vö
Florian Hornung
Florian Pfister
Franz Höppe
GameOfBooks
Hannes Keßler
Hannes Metzger
Inge Rückemann
Isabel Westphal
Jan-Henrik Sievers
Jens Altvater
Jochen Lupprian
Julian Breitler
Jutta Schraml
Jörg Häusler
Kathrin Harloff
Kerstin Schöne
Kevin Jenni
Kevin Köhler
Kevin Mamat-Blum
Klaus Bögl
Laura Rindfleisch
Leon Klein
Lucas Althoff

Lucas Schäfers
Maik Kunze
Marcel Margraf
Mario Stipps
Markus Michalek
Matthias Hahn
Matthias Kienberger
Matthias Teut
Maximilian Zenker
Megan Harloff
Melissa Kleipaß
Niklas Kleibel
Oliver Ettore Bezzo
Pascal Remane
Patrick Schumacher
Philipp Sprenger
Pierce Warner
Quantumplays
Ralph Dürig
Rena Houtrouw
René Feldhues
René Gürtler
Richard Meier
Robert Brüning
Robin Baldauf

Rüdiger Alraun
Sabrina Kalmbach
Sarah In der Heggen
Sarah Student
Severine Weinhold
Siegfried Jäkle
Sieglinde Alraun
Silas Lessner
Simon Vollmer
Siska Drumm
Stephan Ahlers
Sven Rapsch
Sören Schlichting
Tanja Mastellotto
Thomas Borchardt
Thomas Süß
Tim Knauer
Timon Röstel
Tobias Alraun
Tobias Moller
Tom Hünniger
Vanessa Schäfer
Wespenkoenigin
Yannick Reitemeier

+ 9 anonyme Unterstützer

DIVOISIA

Der Weltenbruch. Was für die einzelnen Bewohner Divoisias eine Epoche voller Schrecken war, ist für die Welt nur ein Wimpernschlag. Jedoch ein Wimpernschlag mit gewaltigen Auswirkungen.

Wir sind ein siebenköpfiges Team, das an einer Fantasywelt namens Divoisia bastelt. Was als Roman-Idee begann, wurde zu einer ganzen Welt voller Ideen. Seit acht Jahren entwerfen wir Völker mit den unterschiedlichsten Kulturen und Charakteren, überlegen uns in Chroniken, was sie erlebt und wie sie Divoisia verändert haben und versuchen uns an neuen Sprachen.

Mittlerweile haben wir einen Punkt erreicht, an dem wir auch Leser in unsere Welt entführen können. Ein erster Schritt dazu ist diese Geschichtensammlung, die einen umfassenden Eindruck von Divoisia bietet. Doch das ist nur der Anfang. Weitere Projekte und Erzählungen werden folgen, um euch noch tiefere Einblicke in die Welt Divoisia zu bieten.

divoisia.de

instagram.com/divoisia

youtube.com/divoisia

facebook.com/divoisia

patreon.com/divoisia